Hans Dominik

Das stählerne Geheimnis
(Dystopie-Klassiker)

e-artnow 2018

Leseempfehlungen (als Print & e-Book von e-artnow erhältlich)

Julius von Voß
Ini (Sci-Fi-Klassiker)

Reinhold Eichacker
Walter-Werndt-Trilogie: Panik + Die Fahrt ins Nichts + Der Kampf ums Gold (Science-Fiction-Klassiker)

Hans Dominik
König Laurins Mantel (Science-Fiction-Klassiker)

Reinhold Eichacker
Die Fahrt ins Nichts (Science-Fiction-Klassiker)

Michael Georg Conrad
In purpurner Finsternis (Dystopie-Roman)

Paul Scheerbart
Lesabéndio - Ein Asteroidenroman

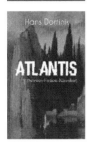
Hans Dominik
Atlantis (Science-Fiction-Klassiker)

Hans Dominik
Der Brand der Cheopspyramide (Science-Fiction-Roman)

Paul Scheerbart
Die große Revolution (Science-Fiction Klassiker)

Albert Daiber
Die Weltensegler (Science-Fiction-Roman)

Hans Dominik

Das stählerne Geheimnis (Dystopie-Klassiker)

e-artnow, 2018
Kontakt: info@e-artnow.org

ISBN 978-80-268-8605-1

Um die sechste Abendstunde wurde die Nachricht in New York bekannt. Gellend schrien die Zeitungsboys die letzte Ausgabe ihrer Blätter mit einer neuen Schlagzeile aus.

»Vertrag zwischen Grand Corporation und Roddington-Konzern unterschrieben. J. W. Roddington bekommt hundert Millionen! Gibt die Geschäfte auf!«

Es war die Zeit des Büroschlusses, zu der die Wolkenkratzer der City sich leeren. Eine vieltausendköpfige Menge füllte die Straßen, und trotz des nichtsnutzigen Februarwetters blieben zahlreiche Passanten stehen, um die noch druckfeuchten Blätter zu kaufen.

»Der Vertrag mit der Grand Corporation perfekt« – das war immerhin eine Sache, um derentwillen man einen Augenblick länger in dem kalten Regen und Schlackerschnee verweilen konnte. In den Straßen- und Untergrundbahnen wurde der Inhalt der Abendblätter von Tausenden besprochen und kommentiert.

Also stimmten die Gerüchte doch, die schon seit Wochen umliefen und die bisher niemand recht glauben wollte. James William Roddington verzichtete wirklich darauf, den großen von seinem Vater begründeten Konzern weiter zu führen. Wie oft hatte die Grand Corporation es früher versucht, den Konzern zu schlucken, und wie übel war jeder dieser Versuche für sie abgelaufen! Mit Krallen und Zähnen hatte Roddington senior sein Lebenswerk verteidigt, bis ein tödlicher Unfall ihn vor Jahresfrist jäh aus seinem Schaffen riß. Mit dreißig Jahren war James William Roddington, sein einziger Sohn, der Erbe der riesigen zu diesem Trust gehörenden Werke geworden. Mit größtem Interesse hatte man in der amerikanischen Hochfinanz damals den Thronwechsel im Hause Roddington verfolgt, erwartungsvoll, wie die zweite Generation sich bewähren würde. Und nun führte der Sohn Verhandlungen mit den alten Gegnern seines Vaters, bereit, jetzt das zu tun, was dieser stets verabscheut hatte.

An der Tatsache ließ sich nicht mehr zweifeln. Übereinstimmend berichteten die Abendzeitungen, daß der Kaufvertrag zwischen den Vertretern der Corporation und Mr. Roger Blake, dem Bevollmächtigten von James William Roddington, am Nachmittag um fünf Uhr dreißig Minuten im Cleveland Building in New York unterzeichnet worden war. Um so mehr beschäftigte die Frage nach dem Warum die öffentliche Meinung.

Wollte Roddington junior etwa mit den Millionen, die ihm durch den Verkauf zuflossen, etwas Neues, ganz Großes unternehmen, von dem die Welt noch nichts ahnte? Plante er irgendwelche Börsentransaktionen, um an anderer Stelle eine Macht zu erringen, größer und gewaltiger noch als die, die er soeben mit seinem Konzern aus der Hand gab?

Oder hatte er doch, wie ein anderes Gerücht wissen wollte, die Absicht, sich mit seinen Millionen so jung noch zur Ruhe zu setzen und das tatenlose Leben eines reichen Müßiggängers zu führen? Daß er jetzt mit seiner Jacht irgendwo in fernen Meeren umherschwamm und den Abschluß des wichtigen Vertrages seinem Bevollmächtigten überließ, konnte vielleicht als eine Bestätigung dafür gelten.

Wie gründlich mochten die Herren der Grand Corporation die günstige Gelegenheit ausgenutzt haben und jetzt über den schwächlichen Erben des alten Roddington lachen! Unbegreiflich erschien seine Handlungsweise den Unzähligen, die sich an diesem Abend damit beschäftigten. Eine Erklärung dafür vermochte niemand zu finden.

Die öffentliche Meinung befand sich im Irrtum, wenn sie annahm, daß James William Roddington bei der Transaktion mit der Grand Corporation übervorteilt worden sei. Satz für Satz hatte er selbst den Kaufvertrag so entworfen, wie er ihn haben wollte, und seinen Bevollmächtigten Roger Blake mit einer genau vorgeschriebenen Marschroute an den Verhandlungstisch geschickt. Die Corporation hatte nur zwei Möglichkeiten: entweder den Vertragsentwurf Roddingtons unverändert anzunehmen oder die Verhandlungen scheitern zu lassen.

In den langen Wochen, durch welche die Verhandlungen sich hinzogen, war das den Leitern der Corporation klargeworden, und an jenem Februarnachmittag hatten sie sich endlich entschlossen, ihre Unterschriften neben diejenige von Blake unter den Vertrag zu setzen. Sie bekamen nicht alles, was sie haben wollten, und sie mußten für das, was sie erhielten, hoch und bar bezahlen.

So war die Laune von Mr. Price, dem Präsidenten der Corporation, nicht die allerbeste, als Frank Dickinson auf seine Einladung zu ihm kam. Frank Dickinson, der schon unter dem alten Roddington jahrelang Chefingenieur des Konzerns war und dessen unvergleichliche Tüchtigkeit nicht wenig zum Aufblühen des Konzerns beigetragen hatte. Ihn jetzt für die Corporation zu gewinnen, war der dringende Wunsch von Mr. Price, und deshalb hatte er ihn zu sich gebeten.

»Ich denke, Mr. Dickinson«, eröffnete er die Unterhaltung, »daß Sie bereit sind, Ihre alten Werke auch nach dem Übergang in unsere Gesellschaft weiter zu leiten. Ich wollte mit Ihnen über eine Erneuerung des Vertrages sprechen.«

Frank Dickinson legte ein Schriftstück auf den Tisch.

»Verzeihung, Mr. Price, es wäre nicht nötig, den Vertrag zu erneuern, er würde noch auf zwei Jahre laufen, wenn nicht...«

»Ich weiß, Mr. Dickinson«, fiel ihm der Präsident ins Wort, »Sie wollen sagen, wenn er nicht von Ihrer Seite gekündigt wird. Ich nehme nicht an, daß Sie daran denken. Aber wir möchten in unserer Gesellschaft in jeder Beziehung klare Verhältnisse haben. Ich schlage Ihnen deshalb vor, sofort in beiderseitigem Übereinkommen einen neuen Vertrag für die nächsten fünf Jahre mit uns zu schließen. Einen Entwurf dafür habe ich hier.«

Mit diesen Worten brachte Mr. Price auch seinerseits ein Schriftstück zum Vorschein, das nach Umfang und Inhalt dem vor Dickinson liegenden ziemlich ähnlich war. Er schlug es auf und schickte sich an es zu verlesen, als die Erwiderung des Chefingenieurs dazwischenkam.

»Sie irren sich, Mr. Price, ich habe in der Tat daran gedacht, den alten Vertrag zu kündigen. Mein Brief wurde vor zwei Stunden eingeschrieben an Sie aufgegeben, hier ist der Postschein darüber. Morgen früh spätestens dürfte mein Schreiben in Ihren Händen sein.«

Der Präsident der Corporation schnappte nach Luft, bevor er sich zu der Frage aufraffte: »Warum haben Sie das getan?«

»Ich tat es, als ich erfuhr, daß die Stahlwerke in Trenton im Besitz meines Freundes Roddington bleiben. Im anderen Falle hätte ich gern ein neues Abkommen mit Ihnen getroffen.«

Präsident Price biß sich auf die Lippen. Das war wieder dieselbe verwünschte Sache, um die er so lange und so erbittert mit Roger Blake gekämpft hatte. Alle die andern großen Anlagen des Roddington-Konzerns, die Automobilfabrik in Albany, die Flugzeugwerke in Oswego, die Lokomotivwerkstätten in Milwaukee, hatte die Corporation bekommen, die Stahlwerke in Trenton hatte James William Roddington sich ausdrücklich vorbehalten. Jetzt kam ihm auch der Chefingenieur mit den Trenton-Werken, auf die seine Gesellschaft so ungern verzichtet hatte. Erst nach längerem Überlegen antwortete Price.

»Ich glaube, Mr. Dickinson, es müßte Sie mehr reizen, ein Dutzend der größten Werke bei uns zu leiten, als ein einziges wenig bedeutendes Stahlwerk unter Mr. Roddington. Schon aus materiellen Gründen...«, fuhr er lebhafter fort, »das Trenton-Werk kann unmöglich ein Gehalt tragen, wie wir es Ihnen zu bieten willens sind.«

Ein leichtes Lächeln lief über die Züge Dickinsons, während er antwortete.

»Wir wollen uns über das Portemonnaie Roddingtons nicht den Kopf zerbrechen, Mr. Price. Ich habe Ihrer Einladung zu dieser Besprechung nur Folge geleistet, um nicht unhöflich zu erscheinen. Mein Entschluß steht unverrückbar fest. Ich bleibe bei Roddington und übernehme die Führung seiner Stahlwerke in Trenton. In der Stahlfabrikation werden wir Ihnen Konkurrenz machen, Mr. Price, aber deshalb brauchen wir noch nicht Feinde zu werden.«

Er erhob sich und streckte Price die Rechte hin. Auch der stand auf.

»Ist das Ihr letztes Wort, Dickinson?«

»Mein letztes, Mr. Price. Leben Sie wohl.« –

Price blieb allein in seinem Zimmer zurück. Verdrossen zerrte er an seinem buschigen grauen Schnurrbart und starrte mißmutig auf den Vertragsentwurf, der nun zwecklos geworden war.

»Genau so stur wie Blake ist der Mensch«, knurrte er vor sich hin, als es klopfte. Direktor Curtis trat ein, und er kam Price gerade recht, um sich seinen Ärger von der Leber zu reden.

»Hören Sie, Curtis, Dickinson will nicht zu uns kommen. Er hat seinen Vertrag gekündigt, geht nach Trenton.«

Curtis sah den Präsidenten verdutzt an.

»Verstehe ich recht, Mr. Price? Dickinson nimmt unseren Vertrag nicht an? Glänzendere Bedingungen kann ihm niemand in den Staaten bieten.«

Price schob den Vertragsentwurf brüsk beiseite.

»Er hat sie nicht einmal angehört, Curtis. Gleich zu Beginn unserer Unterredung sagte er mir klipp und klar, daß er mit Roddington zusammenbleibt.«

»Hm!« Curtis fuhr sich nachdenklich über die Stirn. »Dahinter muß etwas Besonderes stecken.«

»Richtig, Mr. Curtis!« knurrte Price. »Aber was dahintersteckt, müssen wir schleunigst herausbekommen. Setzen Sie unsere besten Leute an diese Aufgabe. Wenn Roddington den Kampf mit der Corporation will, soll er ihn schneller haben, als ihm vielleicht lieb ist.«

Direktor Curtis war eigentlich gekommen, um ein paar Verwaltungsfragen mit Price zu besprechen, doch bei der augenblicklichen Stimmung des Präsidenten zog er es vor, die Sache auf ein andermal zu verschieben.

»Ich werde Palmer mit der Angelegenheit beauftragen«, sagte er und verabschiedete sich.

Mit leichtem Wiegen durchschnitt ein weißer Schiffsrumpf die tiefblauen Wasser des Stillen Ozeans. Es war die »Blue Star«, die Jacht Roddingtons, die unter halbem Dampf östlich von Mindanao kreuzte. Ein Sonnensegel über dem Achterdeck gab Schutz vor den Strahlen des Tagesgestirns, deren Wärme in der zehnten Vormittagsstunde schon recht fühlbar war. Eine leichte Ostbrise wehte von dem in der Ferne eben noch sichtbaren Land her und brachte einen leichten Duft von den Gewürzinseln mit sich.

Im Schatten des Segels saßen zwei Personen in bequemen Deckstühlen neben einem Tisch, auf dem eisgekühlte Getränke und andere Erfrischungen standen. Von der Brücke her kam ein Funkergast die Treppen hinunter und ging zum Achterdeck.

»Ein Funkspruch vom ›Seabird‹, Sir«, meldete er. Mit einer lässigen Bewegung nahm einer der beiden Herren ihm die Depesche ab. Das war James William Roddington, der Mann, über den sich die Einwohner der Hudson-Metropole vor einigen Tagen so sehr die Köpfe zerbrochen hatten. Eine sportgestählte Gestalt im blauen Dreß des Jachtklubs von New York, ein energisches klares Gesicht, ein Paar kühle, scharfe Augen, aus denen ein Strom von Energie strahlte. Der Mann sah nicht danach aus, als ob er sein Leben von nun an in zwecklosem Müßiggang verbringen wolle, aber er hatte auch nichts von dem Geschäftsmäßigen und Hastenden an sich, das für die Dollarjäger der New-Yorker City so typisch ist. Wer ihn nicht näher kannte, der hätte ihn wohl für einen Seemann von Beruf, etwa für den Kapitän der Jacht, halten können. Ohne sich zu übereilen, öffnete er die Depesche, überflog ihren Inhalt und legte sie danach auf den Tisch.

»Ist es was Wichtiges, Mr. Roddington?« ertönte es von dem andern Stuhl her. Die Frage kam aus dem Munde eines Mannes, der im Gegensatz zu Roddington den ausgesprochenen Typus des Gelehrten vertrat. Eine hohe Stirn, durchgeistigte Züge, kurzsichtige Augen hinter scharfen Brillengläsern sprachen dafür, und ein üppiges Haupthaar, das schon seit längerem für die Schere eines Friseurs reif war, verstärkte den Eindruck. Daß es ein Deutscher war, wurde unverkennbar, sobald er den Mund auftat, denn bei jedem Wort, das er sagte, schlug der deutsche Akzent durch.

»Blake und Dickinson kommen mit dem ›Seabird‹, Doktor Wegener. Das Flugzeug wird in einer halben Stunde hier sein«, beantwortete ihm Roddington seine Frage.

»Oh, Dickinson kommt hierher, Mr. Roddington?« Dr. Wegener griff wieder nach einem Heft voller Zahlen und Formeln, in dem er schon vor dem Eintreffen des Funkspruchs geblättert hatte. »Hoffentlich bringt er die neuesten Analysen aus Trenton mit!«

»Ich bat ihn, sie mitzubringen, Doktor Wegener. Nach den letzten Mitteilungen Dickinsons sind unsere Schmelzproben dem besten Stahl der Corporation um vierzig Prozent überlegen.«

»Um vierzig Prozent? All right, Mr. Roddington.« Dr. Wegener griff zum Bleistift und begann die wenigen Seiten in seinem Heft, die noch unbeschrieben waren, mit neuen Berechnungen und Formeln zu bedecken. –

In das leise Atmen der Schiffmaschinen mischte sich das Tacken von Flugzeugmotoren. In großer Höhe kam von Westen her der »Seabird« heran. In langem Gleitflug ging er nieder und setzte dicht neben der Jacht auf die schwach bewegte Wasserfläche auf. Trossen wurden übergeworfen, zwei Personen verließen das Flugzeug und kamen an Bord der »Blue Star«. Am Fallreep empfing sie Roddington und zog sich mit ihnen in seine Kabine zurück. Eine kurze Begrüßung, und die Besprechung begann. Aus seiner Aktentasche nahm Roger Blake ein größeres Schriftstück und legte es vor Roddington auf den Tisch.

»Hier ist der Vertrag, Sir.«

James Roddington blätterte in dem Dokument. »Wie nahm man den Passus über die Stahlwerke in Trenton auf?« fragte er Blake.

»Natürlich mit mehr als gemischten Gefühlen. Er gefiel den Herren gar nicht. Man befürchtet wohl, daß Sie in Trenton Vergrößerungen planen, die der Corporation unbequem werden könnten. Man wollte deswegen allerlei Klauseln in den Vertrag bringen. Erst als ich erklärte, dann die Verhandlungen abbrechen zu müssen, entschlossen sich die Direktoren der Corporation zur Unterschrift.«

Roddington blätterte in den letzten Seiten des Vertrages.

»Der Kaufpreis, Blake...?«

»Wurde in vierprozentigen Bonds der Vereinigten Staaten hinterlegt.« Roger Blake holte weitere Papiere aus seiner Aktentasche. »Hier sind die Bescheinigungen der National Reserve Bank darüber.«

Roddington tat den Vertrag und die Belege in seinen Schrank, dem er ein anderes Schriftstück entnahm.

»Gut, Blake, die Sache geht in Ordnung. Sie bleiben auch weiterhin mein Generalbevollmächtigter. Hier ist Ihr neuer Vertrag. Lesen Sie ihn nebenan im Rauchzimmer in Ruhe durch.«

Sobald Blake den Raum verlassen hatte, wandte sich Roddington an Frank Dickinson.

»So, mein lieber Frank, jetzt haben wir beide miteinander zu reden. In großen Zügen weißt du, was ich vorhabe. Bist du mit der Corporation klar auseinandergekommen?«

Dickinson nickte. »Jawohl, James, ich habe der Corporation gekündigt und Mr. Price gegenüber die Unterschrift eines neuen Vertrages abgelehnt. Es war keine sehr angenehme Viertelstunde, in der ich ihm das klarmachen mußte. Es ging ihm nur sehr schwer ein.«

Wie in einer plötzlichen Aufwallung drückte Roddington die Rechte des Chefingenieurs.

»Das werde ich dir nicht vergessen, Frank. Dort die Corporation mit verlockenden Angeboten und hier ein Mann, der im Begriff steht, sein ganzes Vermögen auf *eine* Karte zu setzen und vielleicht zu verlieren, die Wahl ist dir gewiß nicht leicht geworden.«

Kräftig erwiderte Dickinson den Händedruck des andern, während er sagte: »Da war überhaupt keine Wahl nötig. Ich war von dem Augenblick an entschlossen, mit dir zu gehen, als du mir das erstemal von deinen Plänen sprachst. So ganz scheinst du mich doch noch nicht zu kennen, James. Kannst du dir nicht vorstellen, daß man es schließlich überdrüssig wird, nach hergebrachtem Schema Automobile, Flugzeuge und Lokomotiven zu fabrizieren? Daß es etwas anderes Schöneres gibt, als im alten Trott weiterzuarbeiten... daß auch ich den Drang in mir fühle, etwas Neues, Bahnbrechendes zu schaffen?«

Roddington sah ihn verwundert an. So lebhaft, fast begeistert hatte er seinen Freund bisher noch nicht sprechen hören. Nur zögernd kamen die nächsten Worte über seine Lippen.

»Zwischen uns beiden, Frank, soll dann der alte Vertrag weiter laufen, den du der Corporation gekündigt hast?«

Dickinson machte eine abweisende Handbewegung.

»Das kannst du halten, wie du willst, James. Wenn ich auf Verträge aus wäre, hätte ich sie mit der Corporation schließen können. Hier geht's mir nur um die große Aufgabe. Dein Wort genügt mir.«

»Gut, Frank, dann wollen wir jetzt über deine nächsten Aufgaben sprechen.« Roddington holte aus seinem Schrank einen Stoß von Papieren, die er vor Dickinson ausbreitete. Es waren die Zeichnungen und Berechnungen für neue Anlagen in Trenton. Projekte so groß und gewaltig, daß Dickinson im ersten Augenblick der Atem stockte. Länger als eine Stunde saßen die beiden über diesen Plänen zusammen. Zahlen und immer wieder Zahlen flogen in Rede und Gegenrede zwischen ihnen hin und her. Zahlen, welche die zu investierenden Summen angaben, und andere Zahlen, welche die Eigenschaften des neuen Stahles betrafen.

Der Kopf schwindelte Frank Dickinson, als das Gespräch zu Ende ging. Wie einen kostbaren Schatz barg er alle die Dokumente in einer Mappe, die Roddington ihm zum Schluß übergab. Nicht nur diese nahm er mit, sondern auch Vollmachten, die es ihm gestatteten, in Trenton sofort mit unbegrenzten Mitteln die Errichtung der neuen Anlagen zu beginnen.

Dann mahnte das Spiel der stärker schlagenden Propeller zum Aufbruch. Eine Minute noch schäumte die See vor den Schwimmern, dann hob sich das Flugzeug von der blauen Fläche ab und stürmte mit voller Maschinenkraft nach Osten. Es trug Frank Dickinson und Roger Blake nach den Vereinigten Staaten zurück.

Dr. Wegener erfreute sich bei den Wachoffizieren der »Blue Star« keiner besonderen Beliebtheit. Sie hatten ihn zuerst als eine komische Figur, als einen überstudierten Dutchman, betrachtet und versucht, ihn zur Zielscheibe für bisweilen etwas derbe seemännische Scherze zu machen, aber die Lust dazu war ihnen schnell vergangen. Der deutsche Doktor hatte eine Art, den Betreffenden so merkwürdig durchdringend anzusehen und so sarkastisch zu antworten, daß er sich die Achtung erzwang, die man ihm anfangs verweigern wollte.

Jetzt hatte man an Bord der »Blue Star« Respekt vor ihm, aber man sah es jedesmal mit stillem Verdruß, wenn er mit seinen Instrumenten auf die Brücke der Jacht kam und etwa den Schiffsort überraschend schnell und genau feststellte. Am liebsten hätte man ihn dort überhaupt nicht geduldet, aber leider stand auch noch eine andere Autorität hinter dem Dutchman. James William Roddington hatte einen schriftlichen Befehl erlassen, daß alle Anordnungen seines Freundes ebenso auszuführen seien wie seine eigenen. Bisher hatte Dr. Wegener von dieser Vollmacht nur selten Gebrauch gemacht, dann aber auch durch die eigenartige zwingende Gewalt, die von seiner Person ausging, die Erfüllung seiner Anweisungen schnell und restlos durchgesetzt. –

Nach dem Dinner erschien Dr. Wegener wieder auf der Brücke der »Blue Star«, bepackt mit allerlei merkwürdigen blinkenden Instrumenten. Mit einem kurzen Gruß an den Zweiten Offizier, MacClure, der gerade die Wache hatte, ging er zu seinem gewohnten Platz an Steuerbord. Auf einem Tischchen baute er dort die Apparate auf und machte es sich in einem Sessel davor bequem.

Gleichmütig schritt MacClure auf der Brücke hin und her. Nur bisweilen warf er einen schiefen Blick auf Dr. Wegener und beobachtete, wie der mit seinen Instrumenten hantierte und dazu Notizen auf einem Schreibblock machte. Was für einen neuen wissenschaftlichen Humbug mochte der Deutsche da wieder vorhaben! Schon seit geraumer Zeit lag der Bleistift unbenutzt neben dem Block. Wie fasziniert starrte Dr. Wegener auf die Skalen seiner Instrumente. Jetzt sprang er auf, griff nach einem Fernglas und begann den Horizont nach allen Seiten abzusuchen.

»Verrückter Dutchman«, murmelte MacClure durch die Zähne, »weit und breit kein Schiff in Sicht. Was sucht der mit seinem...?«

Er schrak zusammen. Das letzte Wort blieb ihm im Halse stecken. Mit einem jähen Sprung war der Doktor an seiner Seite und schrie ihm einen Befehl ins Gesicht.

»Ruder hart backbord!«

Ohne erst das Kommando des Wachoffiziers abzuwarten, führte der Rudergast das Manöver aus. Derweil lag die Hand Dr. Wegeners schon an dem Griff des Maschinentelegraphen. Rasselnd dröhnte der Befehl »Volldampf voraus!« nach unten.

In kurzem scharfem Bogen stellte die »Blue Star« sich auf den neuen Kurs, stärker schlugen ihre Schrauben unter dem vollen Druck das Wasser.

Erst jetzt kam MacClure zur vollen Besinnung. Er wollte etwas sagen, in dem neuen Befehl, den Dr. Wegener ihm entgegenrief, ging es unter.

»Die Besatzung und die Passagiere alarmieren! Alle Mann unter Deck!«

Zwei-, dreimal mußte er es hinausschreien, bevor MacClure es begriff und den Befehl durch den Telegraphen unter Deck gab. Der wollte etwas sagen, wollte fragen. Dr. Wegener hatte keine Zeit, ihm zu antworten. Nur mit der Hand deutete er nach vorn, schob jetzt den Rudergänger beiseite, griff in die Speichen des Apparates und steuerte selbst.

MacClure schaute in die gewiesene Richtung, und sein Herzschlag stockte. Wie eine haushohe Wand lief es von vorn her mit unheimlicher Schnelligkeit auf die Jacht zu. –

Und dann war es da. Genau senkrecht schnitt der Bug der »Blue Star« unter der Führung des Doktors in den grünglasigen Wasserberg hinein. Die Jacht erhielt einen Stoß, daß sie in allen ihren Verbänden krachte. So tief war sie unter Wasser, daß die See in ihre Schornsteine eindrang und die Kesselfeuerungen löschte. Unrettbar wäre das Schiff verloren gewesen, gepackt, zerschmettert und in die Tiefe gerissen, wenn die heranbrausende Riesenwoge es nicht genau von vorn in der Richtung des geringsten Widerstandes getroffen hätte. Nur so vermochte sein Auftrieb sich nach überstandenem Anprall auszuwirken, es arbeitete sich wieder nach oben. Das blaugrüne Dunkel um Dr. Wegener wurde lichter. Schäumend und brodelnd wie ein Niagara strömte die Flut nach allen Seiten von dem Verdeck ab.

Der Untergang war vermieden, aber wie eine Nußschale tanzte die Jacht auf der schaumbedeckten, in wilder Dünung auf und ab wogenden See. Sie gehorchte dem Steuer nicht mehr, weil sie bei dem fürchterlichen Zusammenprall mit der Flutwoge alle Fahrt verloren hatte. Wie ein Spielball wurde sie auf dem entfesselten Ozean hin und her geworfen, jede der schwer heranrollenden Wogen konnte immer noch zur Katastrophe führen.

Dr. Wegener ließ das zwecklos gewordene Steuer fahren und gab durch den Telegraphen neue Befehle nach unten.

»Die Feuerungen in Ordnung bringen! Dampf aufmachen! Volle Fahrt voraus!« –

Kommandos, die niemand befolgte. Aus dem Schacht zum Kesselraum taumelte das Maschinenpersonal auf Deck, weißer Dampf quoll hinter ihnen her. Geblendet und halb verbrüht waren sie nach oben geflohen, als die Sintflut in die Feuerungen hereinbrach und alles in brodelnden Dampf hüllte. Noch halb von Sinnen starrten sie auf das Bild der Verwüstung, das sich hier oben ihren Blicken bot. Alle Rettungsboote weggeschlagen, ein Teil der Deckaufbauten zertrümmert... sie hörten die Befehle nicht, die ihnen Dr. Wegener von der Brücke her zubrüllte, bis seine Stimme sich heiser überschrie. –

Eine Hand legte sich auf dessen Schulter. Roddington stand neben ihm.

»Was ist, Doktor Wegener?«

»Runter mit den Kerls, Roddington! An die Kessel mit ihnen! Dampf machen, Fahrt machen, trifft uns die nächste Welle dwars, sind wir erledigt.«

Ohne ein Wort zu erwidern, stürmte Roddington von der Brücke. Seine Gegenwart und seine Stimme brachten die Leute wieder zu Sinnen. Unter seiner Führung drangen sie in den Kesselraum vor. Noch umwogten sie dichte Dampfschwaden, während sie über die schmale eiserne Leiter hinabstiegen. Bis über die Knie wateten sie unten in dem heißen Wasser, aber es gelang ihnen, sich bis zum Maschinenraum durchzutasten. Die Ventilatoren kamen wieder in Gang, Frischluft drang nach unten und verjagte den Dampf. Die Kessel hatten noch einen Druck, der genügte, um die Pumpen in Betrieb zu nehmen. In breitem Schwall schleuderten sie die trübe heiße Flut in die See, welche die Kessel- und Maschinenräume überschwemmte.

Ein Hantieren danach an Ventilen und Düsen. Die Ölbrenner flammten wieder auf, zischend wie feurige Zungen leckten ihre Flammen durch die Feuerungen. Von Sekunde zu Sekunde wuchs ihr Brausen und Brummen, nun brannten sie wieder mit voller Kraft. Vor den Kesseln stand Roddington und blickte auf die Manometer. Zusehends stieg der Druck. Nicht mehr lange, und man würde die beiden Hauptmaschinen der Jacht wieder angehen lassen können. –

Dr. Wegener fand einen Augenblick Zeit sich umzuschauen und sah, daß er allein auf der Brücke stand. Verschwunden waren der Wachoffizier und der Rudergänger, fortgerissen, über Bord gespült von der ersten Riesenwoge, welche die Jacht traf. Nur dadurch, daß er selbst in jenem Moment verhältnismäßig geschützt hinter dem Ruderrad stand, war er dem gleichen Schicksal entgangen.

Sein Blick ging in die Runde. In wolkenloser Bläue wie ein Azurschild wölbte sich der Himmel über ihm, aber schaumig grau und wild kochte die See. Nach allen Richtungen liefen die Wogen durcheinander. Dabei war die Luft fast völlig unbewegt. Es war kein Sturm, der die Wasser aufpeitschte. Irgendeine andere unsichtbare, unheimliche Kraft mußte es sein, die den Ozean in wilden Zuckungen erbeben ließ. –

Von der Seite her lief wieder eine schwere Welle an. Dumpf dröhnte es durch den Rumpf der »Blue Star«, als die Wassermasse sie an Backbord traf. Im Augenblick des Anpralles kämmte die Woge über. Donnernd stürzten ungezählte Tonnen weiß brodelnden Wassers auf das Deck der Jacht, schwer legte das Schiff sich unter dem gewaltigen Druck auf die Seite.

Wie ein Rasender zerrte Dr. Wegener den Hebel des Maschinentelegraphen hin und her, immer wieder riß er ihn auf das Kommando »Volldampf voraus!« Wie ein Alarmsignal schrillte die Telegraphenglocke durch das Schiff, bis die unten bei den Maschinen endlich den Befehl ausführten. Die Schrauben der »Blue Star« begannen sich zu drehen, langsam kam das Schiff auf Fahrt und gehorchte wieder dem Steuer.

Höchste Zeit war es, daß das geschah, denn Steuerbord voraus stürmte schon wieder eine schwere See an. In letzter Minute gelang es dem Doktor, die Jacht zu wenden und den Stoß mit dem Schiffsbug aufzufangen. So ging der Anprall glimpflich ab, doch es war noch längst nicht der letzte. In immer neuen Stößen erbebte das Weltmeer, unaufhörlich mußte er den Kurs ändern, um das Schiff vor der Vernichtung durch die aufgeregten Wassermassen zu bewahren.

Er wußte es selber kaum mehr, wie lange er hier auf der Brücke stand, wie oft er wieder und immer wieder die »Blue Star« dicht am Untergang vorbeisteuerte. Waren es Minuten, waren es Stunden, er hätte es nicht zu sagen vermocht. Wie aus weiter Ferne drang die Stimme Roddingtons an sein Ohr. Der hatte inzwischen mit der Besatzung in den Maschinen- und Kesselräumen Ordnung geschafft und kam jetzt mit dem Ersten Offizier und einem Matrosen auf die Brücke zurück. Seine Hände griffen neben denen des Doktors in die Speichen des Ruderapparates.

»Lassen Sie mir das Steuer, Doktor Wegener. Ich kenne die Jacht genau. Ich denke, wir kommen mit ihr durch.«

Der Doktor trat zurück und lehnte sich an die Wand des Kartenhauses. Erst jetzt, von der ungeheuren Verantwortung befreit, spürte er, wie erschöpft er war, fühlte auch, daß er keinen trockenen Faden mehr am Leibe hatte. Seine Knie begannen zu zittern, matt ließ er sich in einen Sessel niedersinken. –

Die Zeit verrann. Allmählich fühlte er seine Kräfte wiederkehren.

Durch halb geschlossene Lider sah er, wie Roddington die Jacht meisterhaft führte, und empfand auch, daß der Aufruhr der Elemente langsam nachließ. Flacher wurden die Wogen, weniger wild liefen sie durcheinander. Nur noch eine starke Dünung wurde es schließlich, die für das steuerfähige Schiff keine unmittelbare Gefahr mehr bedeutete.

Roddington überließ das Ruder einem Mann der Besatzung, Dr. Wegener hörte, wie er mit dem Ersten Offizier einige Worte sprach, sah ihn in das Kartenhaus hineinkommen.

»Wo ist MacClure?« fragte er. Roddington deutete mit einer vielsagenden Bewegung nach achtern. Der Doktor ließ den Kopf sinken. Er wußte, was es bedeutete, bei solcher See über Bord gerissen zu werden.

»Noch mehr Verluste, Roddington?« fragte er nach einer drückenden Pause.

»Wenigstens kein Leben, Doktor. Kapitän Powell liegt mit gebrochenem Oberschenkel in seiner Kabine. Er stürzte von der Grating, als er zur Brücke wollte. Sonst ist niemand ernstlich verletzt. Ein paar Beulen und blaue Flecke zählen nicht.«

Roddington warf einen langen Blick auf die Verwüstungen an Deck.

»Die ›Blue Star‹ ist übel mitgenommen. Wir müssen auf schnellstem Wege Manila anlaufen. Kapitän Powell gehört in ein Krankenhaus, und die Jacht bedarf einer gründlichen Überholung.«

Dr. Wegener stützte den Kopf in die rechte Hand.

»Danken wir unserm Schöpfer, Roddington, daß wir so gnädig davongekommen sind. Das war ein Seebeben, von dem man an den Küsten des Pazifik noch lange sprechen wird. Wir hatten gut und gern sechstausend Meter Wasser unter uns, als der Teufel losging. Wie mächtig muß der Seeboden gebebt haben, wie gewaltig muß er sich verschoben und verlagert haben, wenn es sechs Kilometer darüber noch solche Sturzwellen geben konnte.«

»Sie sprechen von Verlagerungen des Seebodens«, fiel ihm Roddington ins Wort.

»Schwere Verlagerungen, Mr. Roddington. Wir werden sie später feststellen müssen. Vielleicht hat dies gewaltige Naturereignis alle unsere Pläne unmöglich gemacht... vielleicht aber auch... ich sehe da eine Möglichkeit... könnten unsere Absichten dadurch eine unerwartete Förderung erfahren haben.«

»Sie glauben, Doktor Wegener?«

»Im Augenblick läßt sich gar nichts sagen, Mr. Roddington, ich bin auch der Meinung, daß wir erst einmal Manila anlaufen und alles andere einer späteren Untersuchung überlassen. Es wird nötig sein, daß wir dafür unsere Einrichtungen an Bord noch vervollständigen. Was wir dazu brauchen, können wir in Manila bekommen.« –

Mit Volldampf steuerte die ›Blue Star‹; nach Norden, zwei Tage später erreichte sie Manila. Die Jacht war nicht das einzige Schiff, das bei dem großen Seebeben schwere Havarien davontrug. Zahlreiche Seedampfer lagen dort schon im Hafen, alle mehr oder minder schwer beschädigt. Viele andere galten als verschollen... verloren. Ein verzweifeltes SOS war das letzte, was man in den Stunden der Katastrophe von ihnen gehört hatte.

»Kommen Sie sofort zu mir, Palmer!« beendete Präsident Price das Telephongespräch und warf den Hörer auf die Gabel, daß es knallte. Erregt sprang er auf und lief in seinem Arbeitszimmer im fünfundzwanzigsten Stock des Cleveland Building hin und her, bis ein Boy ihm die Karte von George Palmer hereinbrachte.

Gleich danach betrat der Gemeldete den Raum. Price schüttelte ihm die Hand.

»Setzen Sie sich, Palmer. Hier sind Zigarren, bedienen Sie sich und schießen Sie los! Was gibt es Neues in Trenton?«

»Allerlei, Mr. Price. Im Betrieb der Trenton-Werke werden Veränderungen vorgenommen, die der Corporation auf die Dauer nicht gleichgültig sein können.«

»Hm! So?! Was haben Sie darüber in Erfahrung gebracht?«

»Es gelang mir in Trenton, Fühlung mit einem Werkmeister zu nehmen, der für Zehndollarnoten nicht unempfänglich ist.«

Price zuckte die Achseln.

»Ein Werkmeister?... Glauben Sie, daß Frank Dickinson einem simplen Werkmeister die Geheimnisse der Trenton-Werke auf die Nase bindet?«

»Die Bekanntschaft mit einem Oberingenieur der Werke wäre mir natürlich auch lieber gewesen, Mr. Price, aber dazu bot sich bisher noch keine Gelegenheit. Immerhin ist auch das, was ich von Werkmeister Campell erfuhr, nicht uninteressant.« Während Palmer sprach, holte er ein Blatt mit allerlei Aufzeichnungen hervor. »Da wäre zuerst zu berichten, Mr. Price, daß Dickinson zehn große Elektroöfen aufstellen läßt, die nach dem Hammerstein-Dahlström-Verfahren arbeiten sollen. Das neue Schmelzverfahren, die Erfindung eines deutschen Ingenieurs Hammerstein und von einem Schweden Dahlström weiterentwickelt, soll einen Qualitätsstahl höchster Güte liefern.«

Price hatte sich weit vorgebeugt und schaute sein Gegenüber starr an.

»So! So?! Das wußte Ihr Werkmeister in Trenton?«

»Er wußte noch mehr, Mr. Price. Jeder der neuen Öfen hat eine Leistung von zweihundert Tonnen Stahl pro Tag. Macht bei zehn Öfen zweitausend Tonnen tägliche Ausbeute.«

Price rieb sich das Kinn, während er über das eben Gehörte nachdachte. »Zweitausend Tonnen pro Tag, sagen Sie, Palmer... macht einige siebenhunderttausend Tonnen im Jahr. Wo wollen die Trenton-Werke mit dem Segen hin? Wo wollen sie Absatz für diese Mengen finden?«

Palmer zuckte die Achseln.

»Darüber konnte mir mein Gewährsmann noch nichts sagen. Aber er wußte, daß neben der alten Gießhalle in Trenton ein Neubau von mehr als hundert Meter Länge im Entstehen begriffen ist. Man könnte danach vermuten, daß die Werke große Aufträge auf Stahlguß an der Hand haben.«

Palmer schwieg, im Kopfe des Direktors wirbelten die eben gehörten Zahlen durcheinander.

»Weiter, Mann! Weiter! Sie müssen doch noch mehr darüber gehört haben.«

Ich habe dir schon einen ganzen Sack voll Nachrichten auf den Tisch gelegt, dachte Palmer bei sich, während er antwortete: »Ich möchte Sie nicht mit Dingen behelligen, Mr. Price, die vorläufig mehr auf Vermutungen als auf Tatsachen beruhen.«

»Raus damit, immer 'raus damit, Palmer!« fiel ihm Price ins Wort. »Auch Vermutungen können wertvoll für uns sein.«

Nach kurzem Überlegen sprach Palmer weiter. »Es könnte sein, daß man in Trenton in der neuen Halle nach einem Schleudergußverfahren arbeiten will...«

»Verrückt muß Dickinson sein, vollkommen verrückt!« fiel ihm Price ins Wort.

Palmer fuhr fort. »...und es sieht fast so aus, als ob es sich dabei um Gußstücke von ganz ungewöhnlichen Ausmaßen handeln könnte, um Stücke, Mr. Price, von mehr als hundert Meter in der Länge.«

»Weiter, Palmer! Weiter!« kam es ungeduldig von den Lippen des Direktors.

Palmer warf den Rest seiner Zigarre in den Aschbecher und fuhr sich mit dem Taschentuch über die Stirn.

»Ich bin fertig, Mr. Price. Sie haben mich ausgepreßt wie eine Zitrone, jetzt wissen Sie alles, was ich zu sagen hatte.«

Eine Weile saß Price überlegend da. Plötzlich fragte er unvermittelt.

»Ist Ihre Person in Trenton sehr bekannt, Palmer?«

»Außer dem Direktor Dickinson und Werkmeister Campell kennt mich dort niemand.«

»Hm, Palmer...für die nächsten Monate entbinde ich Sie von jeder anderen Tätigkeit für die Corporation. Es wird Ihre alleinige Aufgabe sein, die Vorgänge in Trenton zu beobachten und mir laufend darüber zu berichten. Vielleicht gelingt es Ihnen dort noch andere nützliche Bekanntschaften zu machen.«

Price griff nach einem Schreibblock, warf ein paar Zeilen auf das Papier und schob das Blatt Palmer hin.

»Senden Sie Ihre Berichte an diese Adresse. Sie können dieselbe Chiffre weiterbenutzen, in der Sie uns Ihre Berichte aus Milwaukee zukommen ließen.«

Palmer stand auf und empfahl sich. Kaum hatte er das Zimmer verlassen, als Price zum Telephon griff und längere Gespräche mit seinen Kollegen Gilbert und Curtis führte. Die Mitteilungen, die er eben von George Palmer, einem seiner tüchtigsten Leute aus der Nachrichtenabteilung der Corporation, bekommen hatte, erregten ihn viel stärker, als er es diesen merken ließ, und er war entschlossen, beizeiten seine Maßnahmen zu treffen.

Einen Monat nach dem großen Seebeben befand sich die »Blue Star« ungefähr wieder an der gleichen Stelle, an der sie damals von dem gewaltigen Naturereignis überrascht wurde. Während eines mehrwöchigen Aufenthaltes im Hafen von Manila waren alle Beschädigungen, welche die Jacht in jenem Aufruhr der Elemente davongetragen hatte, beseitigt worden. Vollzählig hingen die Rettungsboote wieder in den Davits, und in neuem Farbenschmuck schimmerten die Decksaufbauten. Kapitän Powell war noch nicht an Bord, er machte eben unter Benutzung eines Krückstockes die ersten Gehversuche in Manila. An seiner Statt hatte vorläufig der Erste Offizier, George Royer, die Führung der Jacht übernommen. Als es Mittag glaste, erschien er auf der Brücke, um seine Wache anzutreten. Grüßend legte er die Hand an die Mütze, als er im Kartenhaus Roddington zusammen mit Dr. Wegener erblickte.

Die beiden saßen an einem Tisch und beschäftigten sich mit einem Apparat, der während des letzten Aufenthaltes in Manila in die »Blue Star« eingebaut worden war. Die Jacht hatte zu dem Zweck sogar ins Trockendock gemußt. Mittschiffs, etwa ein Meter unter der Wasserlinie, hatte man dort auf Steuer- und auf Backbord mit dem Schweißbrenner zwei kreisrunde Löcher in den Rumpf der Jacht geschnitten, und zwei gußeiserne Gehäuse waren in die so gewonnenen Öffnungen eingefügt worden. Kabelleitungen führten von diesen zu einer Stromquelle im Schiffsinnern und weiter zu dem blinkenden Instrument im Kartenhaus, über dem Roddington und Dr. Wegener jetzt die Köpfe zusammensteckten.

17

Während der Erste Offizier auf der Brücke hin und her schritt, sah er, wie Dr. Wegener eine blanke Messingtaste niederdrückte, und glaubte im gleichen Augenblick ein Geräusch, ähnlich einem Schuß oder einer Detonation, zu hören, das von Steuerbord her aus dem Wasser zu kommen schien. Mit einer kurzen Schulterbewegung setzte er seinen Gang fort. So konnte er nicht mehr beobachten, wie Roddington und Dr. Wegener verwundert auf die Skalenscheibe des Apparates blickten, auf der ein Zeiger bei der Zahl 9800 stehengeblieben war.

Als Leutnant Royer am Steuerbordende der Brücke angekommen war und eben kehrtmachte, hörte er zum zweitenmal einen Knall aus dem Wasser herauf. Als er wieder auf der Mitte der Brücke vor dem Kartenhaus stand, wurde er von Roddington angerufen.

»Sie wünschen, Mr. Roddington?«

»Bitte, nehmen Sie noch einmal ein neues Besteck, Mister Royer.«

Kopfschüttelnd griff der Offizier nach dem Sextanten, was sollte dieser Befehl? Hatte doch sein Vorgänger auf der Brücke erst vor einer knappen Viertelstunde das Mittagsbesteck genommen und den Schiffsort danach in die Seekarte eingetragen.

Mit einem wenig freundlichen Blick auf Dr. Wegener machte er sich an die Arbeit und kam nach kurzer Zeit mit einem Blatt Papier, auf dem ein paar Zahlen standen, in das Kartenhaus zurück.

»Bitte, Mr. Roddington, hier ist die Ortsbestimmung, neun Grad vierzig Minuten Nord, einhundertsechsundzwanzig Grad fünfzehn Minuten Ost.«

»Ich danke Ihnen, Mr. Royer«, sagte Roddington. Der Wachoffizier ging wieder auf die Brücke hinaus. Fragend schauten sich Wegener und Roddington an.

»Was halten Sie davon Doktor Wegener?« brach Roddington das Schweigen.

»Betrachten wir die Tatsachen, Mr. Roddington. Die eben von Royer gemachte Ortsbestimmung ist zweifellos genau. Die Seekarte gibt hier eine Meerestiefe von sechstausend Meter an. Die Angabe ist unbedingt zuverlässig. Die Lotungen stammen von dem deutschen Vermessungsschiff ›Emden‹. Die Lotungen, die wir eben nach dem Echoverfahren vornahmen, gaben eine Tiefe von neuntausendachthundert Meter. Also ist nur der einzige Schluß möglich, daß der Meeresgrund sich hier während des großen Seebebens um dreitausendachthundert Meter gesenkt hat.«

Roddington sprang auf. »Ist etwas Derartiges denkbar, Doktor Wegener? Eine Bodensenkung um fast vier Kilometer? Haben Sie eine Erklärung dafür?«

Der Deutsche strich sich mit beiden Händen durch seinen Schopf.

»Ich will es versuchen, Mr. Roddington, Ihnen die Sache in Kürze zu erklären. Es gibt da eine sehr plausible Theorie, die vor Jahren von einem Namensvetter von mir aufgestellt wurde. Die Philippinen treiben unter der Wirkung von Flutkräften langsam, aber stetig nach Westen, und auf ihrer Ostseite muß sich dabei zwangsläufig ein Einbruchgraben bilden. Es ist die sogenannte Emdentiefe, über der wir uns hier bereits befinden. Etwas weiter nach Osten hat die ›Emden‹ schon vor Jahren die größte überhaupt bekannte Tiefe mit mehr als zehn Kilometer gelotet. Das letzte große Seebeben war das äußere Anzeichen dafür, daß die Geschichte inzwischen noch weiter nach unten gesackt ist. Solch ein Einbruchgraben ist wie ein Sprung in einem Glase. Ist er erst einmal da, hat er die Neigung, immer tiefer zu reißen.«

Roddington nickte. »Ich verstehe Sie, Doktor... wie wird's da weiter östlich aussehen?«

Dr. Wegener zuckte die Achseln.

»Das läßt sich nicht voraussagen, Mr. Roddington. Vielleicht hat sich der Seeboden dort gehoben, vielleicht ist er noch tiefer gesunken. Wir müssen weiterfahren und loten, bis wir die tiefste Stelle haben. Je tiefer, desto besser für unsere Zwecke.« –

Während der nächsten Stunden kamen Roddington und Dr. Wegener nicht von der Brücke. Längst hatte Royer die Wache an den nächsten Offizier abgegeben, nicht ohne ihm dabei ein paar kritische Bemerkungen über das Tun und Treiben Roddingtons und des deutschen Doktors zuzuraunen. Schon kam die Nacht herauf, aber sie hinderte die beiden nicht, ihre Messungen fortzusetzen und von dem Wachhabenden jede halbe Stunde ein neues Ortsbesteck zu fordern.

Ein Steward mußte ihnen das Abendessen auf die Brücke bringen, und auch in die dritte Wache hinein ging das Spiel weiter. –

Die Uhr im Kartenhaus verkündete die Mitternacht. Seit einer halben Stunde fuhr die Jacht nur noch mit Vierteldampf und bewegte sich in immer enger werdenden Kreisen. Roddington hatte inzwischen die Tür geschlossen, so daß kein anderer hören konnte, was sie miteinander sprachen.

»Wir sind über dem tiefsten Punkt, Doktor.«

»Zweifellos, Mr. Roddington. Das Echolot meldet hier eine Tiefe von vierzehneinhalb Kilometer. Wenigstens vierzehneinhalb Kilometer, Roddington!«

»Warum ›wenigstens‹, Doktor?«

»Weil wir nicht wissen, ob das Seewasser unter dem immensen Druck in dieser Tiefe den Schall nicht noch schneller leitet. Es wäre nicht ausgeschlossen, daß die See hier ein bis zwei Kilometer tiefer ist.«

»Teufel, Doktor! Das wäre ja über alles Erwarten günstig.«

»Etwas anderes ist noch günstiger, Mr. Roddington. Wir befinden uns hier noch innerhalb der amerikanischen Gewässer.«

Roddington beugte sich über die Karte und setzte den Finger auf eine Stelle, die von weitem wie ein grauer Schmutzfleck aussah. Es war ein Gewimmel von Zahlen, die der Doktor während der letzten zwölf Stunden mit Bleistift eingetragen hatte.

»Sie haben recht, Doktor Wegener, wir sind noch in der Dreißigmeilengrenze von Siargao... hm...! Gilt die Dreißigmeilenzone überhaupt noch? Das war doch nur eine Prohibitionseinrichtung, um die Bootlegger besser fassen zu können... haben wir jetzt nicht wieder die alte Dreimeilenzone?«

»Sie muß gelten, Roddington! Ich habe niemals gehört oder gelesen, daß die Vereinigten Staaten sie wieder aufgegeben hätten, und wenn sie nicht mehr gälte, müßte sie wieder eingeführt werden. Unsere Sache ist tausendmal wichtiger als die ganze Prohibition.« –

Royer kam auf die Brücke, um die Wache wieder zu übernehmen, da öffnete sich die Tür, Roddington und Dr. Wegener traten heraus. Mit einem leichten Kopfnicken erwiderte Roddington Royers Gruß.

»Die ›Blue Star‹ soll bis nach Sonnenaufgang an dieser Stelle bleiben, Mr. Royer. Machen Sie nur so viel Fahrt, um den Platz zu halten, und nehmen Sie jede halbe Stunde das Besteck. Gute Nacht, Mr. Royer!« –

Glatt wie ein Spiegel lag die See, als die Sonne des neuen Tages heraufkam. Fast unwahrscheinlich blau erschien das Meer, über dem sich ein wolkenloser Himmel wölbte. Kein Lüftchen regte sich. Mit abgestellten Maschinen lag die »Blue Star« bewegungslos auf dem Wasser. Vorn am Bug der Jacht stand Dr. Wegener, neben ihm lehnte sich Roddington an eine eigenartige Winde.

»Ein Prachtwetter, Mr. Roddington, das beste, das wir uns für unsere Arbeiten wünschen können«, meinte Dr. Wegener. Die Hand Roddingtons strich wie liebkosend über den blanken feinen Stahldraht, der die Trommel der Winde bedeckte.

»Wir wollen anfangen, Doktor«, sagte er mit leichter Ungeduld, »lassen Sie die Leute hierher an die Winde kommen.«

Dr. Wegener schüttelte den Kopf.

»Wir werden es anders machen, Mr. Roddington. Das ruhige Wetter gibt die Möglichkeit dazu. Kommen Sie mit nach achtern, heute soll mein neues Wurflot zeigen, was es zu leisten vermag.«

Befehle schallten über Deck. Die Davits eines Rettungsbootes schwangen nach Außenbord. Eine Ladeluke wurde geöffnet. Ein Kranhaken senkte sich hinein, hob einen großen Korb aus dem Bauch der Jacht empor und setzte ihn in das ausgeschwungene Boot ab.

Vier Matrosen mit Riemen und ein Steuermann kletterten in das Boot. Roddington und Dr. Wegener folgten ihnen. Die Riemen tauchten in das Wasser, acht kräftige Arme pullten das Boot hundert Meter von der »Blue Star« fort.

Dr. Wegener öffnete den Korb. Etwas Langes, Blinkendes, Gläsernes entnahm er ihm und einen schweren Bleiklotz. Außerdem noch eine fremdartige Metallkonstruktion, aus Ketten und eigenartigen Klammern zusammengesetzt.

»Wollen Sie so gut sein, Mr. Roddington, das Wurflot senkrecht zu halten? Vorsichtig, bitte! Es ist zwar auf einen Druck von dreitausend Atmosphären geprüft, aber außerhalb des Wassers doch ein gläsernes und daher zerbrechliches Ding.«

Während Roddington das Wurflot hielt, schäkelte es Dr. Wegener mittels der Klammervorrichtung mit dem Bleiklotz zusammen. Der Klotz war wohl über einen Zentner schwer. Er mußte zwei Matrosen zur Unterstützung heranrufen, die den Block anhoben und über Bord des Bootes hinaushielten, während er selbst Roddington den Glaskörper aus der Hand nahm und darüberhielt.

»Block fall!« kommandierte der Doktor.

Klatschend fiel der Bleiklotz in die See. Leicht glitt der Glaskörper aus Dr. Wegeners Hand und folgte ihm. Nur einen Moment war beides noch sichtbar, dann hatte die Tiefe es verschlungen. Schon hatte der Doktor seine Uhr gezogen und nach der Zeit gesehen.

»Genau sieben Uhr zwölf Minuten, Mr. Roddington.«

Ohne recht zu wissen, warum er es tat, blickte Roddington auch auf seine Uhr.

»Stimmt, Doktor Wegener. Was jetzt weiter?«

»Jetzt wollen wir zur ›Blue Star‹ zurückfahren und in Ruhe frühstücken.«

»Haben wir soviel Zeit, Doktor?«

Der nickte. »Block und Lot sind so bemessen, daß sie zusammen mit vier Meter in der Sekunde nach unten gehen. Mit der gleichen Geschwindigkeit steigt der Glaskörper allein, wenn er sich beim Stoß auf den Seegrund vom Block gelöst hat, nach oben. Danach können Sie sich leicht ausrechnen, daß das Lot erst nach zwei Stunden wieder auftauchen kann.«

Die Riemen senkten sich in die Flut. Das Boot fuhr zum Schiff zurück, aber es wurde nicht an Deck gehievt. Roddington befahl das Fallreep auszulegen und ließ es daran vertäuen. –

Von Dr. Wegener gefolgt, begab er sich zu seinem Lieblingsplatz auf dem Achterdeck, wo die Stewards bereits alles für das Frühstück vorbereitet hatten. Der Doktor rückte sich seinen Sessel so, daß er die Decksuhr im Auge behalten konnte. Während der Mahlzeit drehte sich ihr Gespräch in der Hauptsache um das Experiment, auf dessen glückliche Beendigung sie hier warteten.

»Eigentlich eine tolle Idee von Ihnen, lieber Doktor«, meinte Roddington. »Ihr Lot sinkt, sich selbst überlassen, zwei geographische Meilen in die Tiefe. Das ist eine verteufelt lange Strecke... trotzdem... ich will einmal annehmen, es fällt wirklich wie ein Stein in der Luft genau senkrecht nach unten. Dort löst sich der Glaskörper von dem Bleigewicht und steigt, von der Last befreit, wieder nach oben. Ob das aber auch noch senkrecht geschieht, ist mir mehr als zweifelhaft. Nur eine kleine Abweichung von der Senkrechten müßte genügen, um es ein paar hundert, ja ein paar tausend Meter von der Stelle entfernt, an der Sie es herabwarfen, wieder an die Oberfläche zu bringen. Wie wollen Sie es dann wiederfinden?«

Dr. Wegener setzte seine Teetasse auf den Tisch zurück, während er gelassen antwortete.

»Die endgültige Form meines Wurflotes ist das Ergebnis vieler Versuche. Der Glaskörper ist mit schraubenartigen Flossen versehen, die ihn auch beim Aufstieg genau in der Senkrechten halten. Ich bin überzeugt, daß das Lot trotz der gewaltigen Tiefe dicht bei der Abwurfstelle auftauchen wird.«

Roddington machte eine scherzhafte Verneigung vor Dr. Wegener.

»Meine Hochachtung, Doktor! Wenn Sie das erreicht haben, können Sie mehr als Brot essen. Warum ließen Sie dann überhaupt noch die neue Lotwinde aufstellen, wenn wir sie doch nicht mehr nötig haben?«

Dr. Wegener faltete die Hände und senkte den Kopf, als ob er ein Schuldbekenntnis ablegen wolle.

»Damals, Mr. Roddington, als wir sie aufstellten, rechneten wir mit einer Tiefe von höchstens zehn Kilometer. Jetzt aber müssen wir uns auf fünfzehn gefaßt machen.«

»Was machen ein paar Kilometer mehr oder weniger aus?« warf Roddington ein. »Sie haben ja in Manila fünfzig Kilometer Draht besorgt. Die Philippinen sind in Klaviersaitendraht ausverkauft!«

»Für den Notfall tat ich das, mein lieber Mr. Roddington. Wenn es ohne Draht geht, ist es mir lieber.«

»Aber warum denn, Doktor Wegener?«

»Sie vergessen die Zerreißlänge, Mr. Roddington. Auch der beste Stahldraht, die festeste Stahlstange reißen unter der Last ihres eigenen Gewichtes ab, wenn ihre Länge zehn Kilometer überschreitet.«

Roddington lehnte sich in seinem Sessel zurück und schloß die Augen. Sein Gesicht wurde abwechselnd rot und blaß. Es war unverkennbar, daß die letzten Worte des Doktors, obwohl sie doch nur eine nüchterne physikalische Tatsache betrafen, ihn stark erschütterten. Minuten vergingen, bevor er seine Fassung zurückgewann und wieder zu sprechen vermochte.

»Herr des Himmels, die Zerreißlänge, Doktor! Das wirft alle unsere Absichten über den Haufen. In der alten Emdentiefe hätten wir unser Vorhaben gerade noch ausführen können. Diese neuen Veränderungen des Seebodens ... sie schienen uns zuerst so willkommen zu sein ... jetzt bringen sie uns Schwierigkeiten, die ...«

»Ich habe diese Veränderungen in meinen letzten Berechnungen bereits berücksichtigt, Mr. Roddington«, fiel ihm der Doktor ins Wort. »Machen Sie sich deshalb keine unnötigen Gedanken, sorgen Sie nur mit allen Mitteln dafür, daß Ihr Stahl auch wirklich die verlangten guten Eigenschaften hat. Der Mordsdruck in der neuen Tiefe macht mir mehr Sorge als die Zerreißlänge. Die Technik kennt verschiedene Mittel, um sich mit der abzufinden, aber ein Druck von fünfzehnhundert Atmosphären ist kein Pappenstiel. Denken Sie immer daran, daß in der riesigen Tiefe da unten auf jedem Quadratzentimeter Ihrer Stahlkonstruktionen ein Druck von anderthalb Tonnen lasten wird.«

»Auf unsern Stahl können wir uns verlassen«, rief Roddington, der aus den Worten des Doktors frische Zuversicht schöpfte. In seinen letzten Funksprüchen meldete Dickinson Fortschritte, die seine kühnsten Erwartungen noch übertrafen. –

Langsam war der Zeiger der Uhr inzwischen weitergerückt. Dr. Wegener stand auf.

»Nach meinen Berechnungen müßte das Lot in zwei bis drei Minuten auftauchen. Kommen Sie, Mr. Roddington, wir wollen an die Reling gehen. Es wäre vielleicht zweckmäßig, wenn die ›Blue Star‹ ein wenig Fahrt machte, ganz langsam nur, gerade soviel, daß sich nichts, was von unten kommt, unter ihrem Kiel fangen kann.«

Roddington griff zum Telephon und gab den Befehl auf die Brücke. Mit langsamster Fahrt setzte die Jacht sich in Bewegung. Intensiv spähte Dr. Wegener nach der Gegend hin, wo er das Wurflot versenkt hatte. Unaufhaltsam wanderte der Minutenzeiger der Decksuhr weiter. Die Stirn des Doktors krauste sich.

»Jetzt müßte es kommen«, murmelte er vor sich hin. »Ah, da ist es! Sehen Sie, da kommt ein Teil von dem wieder, was wir vor Stunden ins Wasser geworfen haben. Nur zwei Minuten Verspätung. Tadellos ... ganz vorzüglich. Wir wollen das Lot holen.« –

Gleich darauf stieß das Boot von der Jacht ab. Der Doktor ließ es sich nicht nehmen, sein Lot selbst aus dem Wasser zu ziehen. Wie einen Schatz hielt er das gläserne Gebilde in seinen Armen. Während das Boot zur »Blue Star« zurückkehrte, wies er Roddington die Stelle, bis zu der ein innerer dunkler Belag des langen Glasrohres, das den Oberteil des Lotes bildete, hellgelb verfärbt war. Eine »15« zeigte die Röhrenskala an diesem Punkt.

»Fünfzehn Kilometer«, flüsterte er Roddington zu. »Haben Sie es gesehen? Genau fünfzehn Kilometer ist die See hier tief.«

Noch einmal sah sich Roddington das Lot genau an.

»Es ist richtig, Doktor! Fünfzehn Kilometer.«

»Gut, Sie haben es auch gesehen.« Dr. Wegener beugte sich über Bord, tauchte die Hand in die See und ließ von oben her ein paar Tropfen Wasser in die Röhre rinnen. Im Augenblick verfärbte sich der innere Belag seiner ganzen Länge nach hellgelb. Niemand hätte mehr sagen können, welche Tiefe mit dem Lot zuletzt gemessen wurde.

Als sie an Bord zurückkamen, konnte sich Roddington einer Frage nicht enthalten.

»Warum verwischten Sie vorhin die Marke an Ihrem Lot, Doktor Wegener?«

»Ich hielt es für zweckmäßig, Mr. Roddington. Es gibt mehr Leute, die sich für unser Tun und Treiben hier interessieren, als Sie vielleicht denken!«

Roddington sah den Doktor verwundert an.

»Haben Sie einen bestimmten Verdacht?... Etwa auf die Corporation?«

Dr. Wegener zuckte die Achseln. »Vorsicht ist die Mutter der Weisheit, Mr. Roddington. Sie erinnern sich wohl, daß in Manila zwei Leute unserer Besatzung die Gelegenheit benutzten, auf Nimmerwiedersehen zu verschwinden.«

»Ach, an die beiden Halunken denken Sie noch! Wir bekamen ja glücklicherweise gleich Ersatz. Das war doch eine alltägliche Geschichte.«

»Ich weiß nicht, Mr. Roddington, vielleicht mache ich mir unnötige Gedanken... ich frage mich nur, warum die beiden von Bord gegangen sind?«

Roddington machte eine wegwerfende Handbewegung.

»Tausend Gründe gibt es dafür, vielleicht eine gute Stellung in einer der Zuckerfabriken oder in einem Sägewerk... vielleicht auch reine Abenteuerlust. Wer kann wissen, was plötzlich in so einem Matrosenschädel vor sich geht?«

»Sie vergessen, mein lieber Mr. Roddington, daß die Kerls ihre Heuer im Stich gelassen haben. Das tut ein Seemann sonst nicht so leicht. Es wird jedenfalls gut sein, wenn wir den beiden Neuen, die wir in Manila dafür bekamen, etwas auf die Finger sehen. Ich habe für dies philippinische Mischblut nicht viel übrig. Bis jetzt konnte ich nichts Verdächtiges an ihnen bemerken. Aber Vorsicht kann in keinem Fall schaden. Wenn sich irgend jemand bemüßigt fühlt, an dem Lot herumzuschnüffeln, soll er wenigstens nicht erfahren, welche Tiefe wir damit gemessen haben. –«

Eine lange Unterredung gab es danach zwischen Roddington und Dr. Wegener, die sich in der Hauptsache um die eben gelotete Tiefe und die dadurch bedingten Änderungen ihres ursprünglichen Planes drehte, bis sich Roddington zu dem Entschluß durchrang, das große Unternehmen, mit dem er sich schon seit Monaten trug, auch in einer neuen, größeren Form durchzuführen.

Er war sich wohl bewußt, daß er dabei alles auf eine Karte setzte. Mißglückte sein Vorhaben, dann würde er fast ein Bettler sein. Führte es zu dem erwarteten Ziel, dann wäre ihm nicht nur neuer großer Reichtum sicher, darüber hinaus würde man ihn auch als den Schöpfer einer neuen Technik und als den Wohltäter, ja als den Retter seines Landes feiern. Ein riesenhaftes Experiment war es, in das er seine hundert Millionen stecken wollte. Unendlich viel konnte er dabei gewinnen, aber auch alles verlieren.

Direktor Curtis saß Präsident Price in dessen Arbeitszimmer gegenüber. Den Stoff für ihre Unterhaltung lieferte James William Roddington.

»Der Mann gibt uns bei Gott Rätsel auf«, sagte Price. »Seit Monaten treibt er sich in der Gegend der Philippinen herum. Es gelang mir, als er nach dem großen Seebeben den Hafen von Manila aufsuchte, einen Agenten auf seiner Jacht unterzubringen. Hier habe ich die Berichte von unserem Mann. Er schreibt, daß Roddington sich an Bord der ›Blue Star‹ mit physikalischen Versuchen beschäftige. Soweit er etwas davon versteht, müsse es sich um Tieflotungen handeln. Roddingtons Gehilfe dabei ist ein Deutscher, ein Doktor Wegener, mit dem er merkwürdig vertraut sein soll.«

Price warf Direktor Curtis den Brief zu. »Vielleicht werden Sie aus dem Geschreibsel klug.«

Curtis überflog das Schreiben. »Hm, das sieht ja wirklich fast so aus, als ob Roddington neuerdings unter die Tiefseeforscher gegangen ist und kein Interesse mehr für industrielle Dinge hat.«

»Habe ich zuerst auch gedacht, Curtis, bis ich diesen andern Bericht hier bekam, der achtundvierzig Stunden nach dem ersten zur Post gegeben wurde.«

Curtis griff nach dem zweiten Schriftstück. Während er es las, spannten sich seine Züge.

»Was ist das ... Price? Er hat im südlichen Teil von Mindanao bei Davao Waldungen mit einem Bestand von fünf Millionen Festmeter Holz gekauft? Er hat außerdem Gelände am Golf von Davao erworben? Die Errichtung eines großen Werkes soll dort geplant sein? ... Auch dabei ist der deutsche Doktor ständig an seiner Seite ... Er scheint ihn auch in technischen Dingen zu beraten ... da mag der Teufel draus klug werden!«

Er stützte das Kinn in die Hand.

»Man könnte annehmen, Price, daß es sich um eine großzügige Holzverwertung handelt. Holzinteressen hat die Corporation ja nicht. Somit brauchen uns Roddingtons Käufe in Davao wohl kaum zu beunruhigen.«

»Wenn es beim Holz bleibt«, warf Price ein. »Was wir zuletzt aus Trenton hörten, läßt keinen Zweifel darüber, daß in seinen Stahlwerken mit Hochdruck gearbeitet wird.«

»Ich möchte wissen, wofür?« sagte Direktor Curtis. »Das Stahlgeschäft in den Staaten war in den letzten Monaten verdammt still. Nicht einmal das Kriegsamt machte neue Bestellungen. Wie intensiv haben wir uns während der letzten Monate in Washington um neue Rüstungsaufträge bemüht! Trotz unserer guten Beziehungen war nichts zu machen. Wie Roddington bei der augenblicklichen Marktlage seine vergrößerte Produktion absetzen will, ist mir unerfindlich.«

Price pfiff durch die Zähne.

»Hören Sie mal, Curtis, hoffentlich kommt uns Roddington nicht etwa in Washington ins Gehege. Zu Lebzeiten seines Vaters hatte der Konzern recht enge Verbindungen mit der Regierung. Man könnte versucht sein, allerlei zu kombinieren.«

»Wie meinen Sie das?« fragte Curtis.

»Ich meine es *so*: Auf den Philippinen werden ständig neue Befestigungen angelegt. Der Plan unserer Regierung geht dahin, diese Inseln schließlich in uneinnehmbare Forts zu verwandeln. Roddington treibt sich dauernd bei den Philippinen herum. Er erwirbt dort Land, um irgendein großes Werk von einer uns unbekannten Art zu errichten. Er baut sein Stahlwerk in den Staaten auf ein Mehrfaches der bisherigen Leistung aus, und wir bekommen plötzlich von Washington keine Aufträge mehr ... bei Gott, Curtis, je länger ich's mir überlege, um so stärker wird mein Verdacht.«

Das Telephon auf dem Schreibtisch schrillte dazwischen. Es war Palmer, der eben aus Trenton kam. Wenige Minuten später trat er in das Zimmer.

»Setzen Sie sich und schießen sie los«, begrüßte ihn Price, »Herrn Direktor Curtis kennen Sie ja.«

Palmer breitete seine Notizen vor sich aus und begann der Reihe nach zu berichten.

»Man scheint in Trenton Überseetransporte vorzuhaben. Mr. Dickinson läßt von Trenton River aus einen neuen Stichkanal bis zu den Werken hin ausbaggern, der den großen Zehntausendtonnern vom Trenton-See her die Zufahrt gestatten wird.«

Price und Curtis warfen sich gegenseitig einen Blick zu.

»Bitte weiter, Palmer!« ermunterte Price den Agenten. Der breitete eine kleine Planskizze auf dem Tisch aus.

»Sehen Sie, Mr. Price, hier endet der Kanal in einem Hafenbecken, hier ist der Kai. Unmittelbar an ihn schließt sich die große neue Gießhalle an. Sie stößt mit der Schmalseite an den Kai, hier an der Längsseite der Halle stehen die neuen Elektroöfen.«

Interessiert beugten sich die beiden Direktoren über die Skizze. Keiner von ihnen zweifelte mehr daran, daß diese neuen Anlagen der Trenton-Werke für bedeutende Überseelieferungen berechnet waren. Nur die Frage, was und für wen geliefert werden sollte, machte ihnen noch Kopfzerbrechen.

»Wie beschafften Sie sich diese Skizze?« fragte Curtis.

»Die Verkehrsflugzeuge kommen dicht an den Werken vorbei. Die Sache hat mich nur einen Flugschein von Georgetown nach Northville und wieder zurück nach Georgetown gekostet. Übrigens, es fällt mir jetzt wieder ein ... nach Northville flogen zwei Japaner mit, die sich auch für die Werke Roddingtons interessierten.«

Der Verdacht der beiden Direktoren, daß die Trenton-Werke irgendwelche geheimen Rüstungsaufträge von der Regierung der Vereinigten Staaten bekommen hätten, verstärkte sich bei diesen letzten Mitteilungen Palmers.

»Was machten die Japaner?« kam es fast gleichzeitig von ihren Lippen.

Palmer lächelte. »Nichts, meine Herren. Ein anderer hätte nichts Auffälliges an ihnen bemerkt. Aber...« – das Lächeln auf seinen Zügen verstärkte sich – »wenn man selber zu dem Metier gehört, dann weiß man Bescheid. Aus gewissen Bewegungen der beiden Gelben gewann ich die Überzeugung, daß sie Kameras unter ihren Mänteln verborgen hatten und kräftig knipsten.«

»Sie sind dagegen nicht eingeschritten?« fragte Price. Palmer zuckte die Achseln. »Wozu Lärm schlagen und unnötig Aufmerksamkeit erregen? Die Gesichter der beiden Japaner habe ich mir für alle Fälle genau gemerkt.«

»Wir schweifen ab«, sagte Price. »Mögen die Japaner machen, was sie wollen! Konnten Sie etwas über die künftige Produktion der Trenton-Werke in Erfahrung bringen?«

Palmer räusperte sich.

»Die Kontrolle ist in den Werken seit einigen Wochen sehr verschärft worden. Den Leuten der andern Abteilungen ist das Betreten der neuen Anlagen bei Strafe sofortiger Entlassung verboten... nur auf Umwegen konnte sich mein Gewährsmann noch einige Angaben verschaffen. In der neuen Gießhalle stehen drei schwere Deckenkrane, die gekoppelt werden können und zusammen eine Tragfähigkeit von zweitausendfünfhundert Tonnen haben.«

»Unsinn, Palmer! Zweitausendfünfhundert Tonnen... das entspräche dem Gewicht von fünfundzwanzig der schwersten Lokomotiven.« Price schlug mit der Hand ärgerlich auf den Tisch. »Das ist ausgeschlossen. Ihre Gewährsleute haben sich geirrt, Palmer. Oder man hat Sie absichtlich getäuscht.«

Palmer machte ein gekränktes Gesicht.

»Wenn die Herren meine Mitteilungen für unrichtig halten, dann...«

»Sprechen Sie weiter«, sagte Price kurz.

Palmer suchte wieder in seinen Papieren. Er zog es vor, die Zahlen, die er jetzt mitteilen wollte, direkt abzulesen.

»In der neuen Halle wurde eine Gießgrube angelegt, in der nach dem Schleudergußverfahren Hohlkörper von hundert Meter Länge und zwei Meter Stärke gegossen werden können.«

Price und Curtis schwiegen. Im Geiste sahen sie Stahlzylinder in der eben von Palmer genannten Größe. Durch den Kopf gingen ihnen phantastische, vage Ideen von irgendwelchen kaum vorstellbaren Riesengeschützen, die das amerikanische Kriegsamt für seine Befestigungen auf den Philippinen bei Roddington bestellt haben könnte. In ihr Grübeln klang die Stimme Palmers.

»Vier Elektromotoren von je zehntausend Pferden wurden für den Antrieb der Gußtrommel aufgestellt...«

Price machte eine müde Handbewegung.

»Hören Sie auf, Palmer! Wir haben genug davon. Fahren Sie nach Trenton zurück und versuchen Sie noch mehr zu erfahren. Die Kosten spielen keine Rolle.« –

»Es ist ja unsinnig, was er uns eben erzählt hat«, sagte Curtis, nachdem Palmer gegangen war. Nach langem Schweigen antwortete Price.

»George Palmer ist der beste Kopf in unserer Nachrichtenabteilung. Bisher waren seine Berichte stets zutreffend.«

»Ah, bah!« Curtis machte eine Bewegung, als ob er etwas Störendes beiseiteschieben wolle. »Diesmal kann sein Bericht unmöglich zutreffen. Diesmal ist er getäuscht worden.«

»Wir wollen seine nächsten Mitteilungen abwarten. Ich fürchte, Roddington und seine Leute werden uns noch mancherlei zu schaffen machen. Vor allen Dingen, Curtis, müssen wir uns Klarheit darüber verschaffen, was im Kriegsamt gespielt wird.«

Curtis stand auf. »Sie haben recht, Price. Ich werde gleich neue Informationen an unsere Vertreter in Washington telegraphieren. Die Kerls müssen unter Hochdruck gesetzt werden.«

Price schüttelte den Kopf. »Nein, Curtis, tun Sie das nicht! Diesmal ist die Sache zu wichtig. Ich werde selbst an Oberst Barton in Washington schreiben und ihn bitten, unsere Interessen zu vertreten.«

Curtis warf einen Seitenblick auf den Präsidenten. Barton, lange Jahre im Waffenamt des Kriegsministeriums an hervorragender Stelle tätig...seit kurzem Oberst z. D. und im Aufsichtsrat der Corporation..., wenn Price sich entschloß, diesen Mann vorzuschicken, dann mußte er dem Fall Roddington in der Tat größte Bedeutung beilegen.

Kurz nach Mitternacht schritt Frank Dickinson in Begleitung von Oberingenieur Griffith die Front der neuen Ofenanlage ab. Wie zehn gewaltige Steinwürfel standen die mächtigen Elektrostahlöfen in einer schnurgeraden Reihe neben der Längsseite der neuen großen Halle. Ein dumpfes Brausen und Brummen erfüllte die Luft, war doch elektrische Energie im Betrage von mehr als hunderttausend Pferdestärken seit dem frühen Morgen an der Arbeit, im Innern der riesenhaften Ofenbatterie den edlen Stahl zu schmelzen und garzukochen.

An jedem der zehn Öfen stand ein Schmelzmeister mit seinen Leuten, und an jedem Ofen nahm Oberingenieur Griffith die Meldung entgegen, daß alles in bester Ordnung sei.

Am letzten Ofen gesellte sich Oberingenieur Cranford zu Dickinson und Griffith. Zu dritt sahen sie durch eine kleine Seitentür der Schmalwand in die neue Halle. Starklichtlampen erfüllten den Riesenraum bis in die letzten Winkel mit blendender Helligkeit. An der den Ofen zugewandten Längsseite lag jene mächtige Gießgrube, von der Palmer kürzlich zu Präsident Price gesprochen hatte. Etwas Schwarzes, Mächtiges und Rundes war auf ihrem Grund sichtbar, das sich wie ein gigantischer Zylinder über eine Länge von reichlich hundert Meter erstreckte.

Gegenüber der Gießgrube an der anderen Längsseite der Halle befand sich auf erhöhtem Podium ein Kommandostand. Marmortafeln trugen Meßinstrumente, Schalthebel und Signallampen der verschiedensten Art. Außerdem waren Telephone und Lautsprecher vorhanden. Im übrigen war die große Halle leer. Außer Dickinson und seinen beiden Begleitern, mit denen er jetzt das Podium betrat, befand sich kein Mensch in ihr.

Oberingenieur Cranford bewegte nacheinander vier Schalter. Mit vier kurzen leichten Handbewegungen gab er jedesmal zehntausend elektrischen Pferden den Weg zu einem Motor frei. Ein Brausen, Summen und Schleifen dröhnte von der Gießgrube her. Der mächtige Zylinder auf ihrem Grunde begann sich schnell und immer schneller um seine Längsachse zu drehen. Kräftiger und schriller wurde das Brausen, während der Zeiger eines Instruments langsam über die Skala kroch...900...950. Jetzt erreichte er die Zahl tausend. Mit tausend Umdrehungen in der Minute wirbelte die riesige Gußform in der Grube um ihre Achse.

»Achtung! Ofen Nummer eins«, sprach Griffith in ein Telephon. »Achtung! Ofen Nummer eins«, brüllte draußen ein Lautsprecher.

Ein Schalthebel bewegte sich unter Griffiths Hand, und gleichzeitig begann sich draußen der erste Ofen um seine Achse zu neigen. Brennend, strahlend, weiß glühend floß es aus seinem Rachen in eine Bodenrinne, strömte wie eine feurige Schlange der Halle zu, floß durch eine Wandöffnung in sie hinein und ergoß sich wie feuriger Sturzbach in die Gießgrube.

In schneller Folge schrie der Lautsprecher weitere Befehle in die Nacht hinaus.

»Ofen Nummer zwei! Ofen Nummer drei! Ofen Nummer vier!« –

An zehn Stellen zugleich wurde dem weißflüssigen Stahl der Weg freigegeben. Zehn glühende Bäche vereinigten sich zu einem Strom, der zischend und brennend in die Grube und in die wirbelnde Gießform stürzte.

Ein Klang, ein einziger sonorer Ton dröhnte auf, die Werkuhr schlug halb eins. Da begann es schwächer zu fließen, der glühende Erzstrom versiegte, die Öfen waren leer. Zweitausend Tonnen flüssigen Stahls waren in die Gußform gelaufen und wurden mitsamt der Form in rasendem Wirbel herumgerissen. Dumpfer heulten die Elektromotoren, die jetzt außer dem Gewicht der Form auch noch diese Stahlmenge rotieren lassen mußten. –

Nach dem Schleudergußverfahren, von dem Palmer gesprochen und über das Price als unmöglich gelacht hatte, wurde hier zum ersten Male ein riesenhaftes Rohr gegossen. Die Stahlmenge, die aus den Öfen hergeströmt war, füllte die Form nicht ganz aus. Mit unwiderstehlicher

25

Gewalt wurde die glutflüssige Masse von der Zentrifugalkraft nach außen gegen die feuerfeste Wand der Form getrieben und gepreßt, während genau in der Mitte eine lichte Öffnung von einem Meter Weite entstand. –

Es war ein Experiment, das in dieser Größe bisher noch kein Stahlwerk gewagt hatte und so bald wohl kein anderes wagen würde. Hin und her bewegt von hundert Gedanken und Befürchtungen, wie im Fieber durchlebten die drei Ingenieure auf dem Kommandostand die halbe Stunde, während der das glühende Metall in die Form strömte.

Wenn sich trotz aller Sorgfalt doch ein Fehler in ihrer Berechnung befand... wenn die von vierzigtausend Pferdestärken herumgewirbelte Gußform dem ungeheuren Druck des glutflüssigen Stahles nicht standhielt... wenn sie zerriß... ungeheuerlich mußte die Katastrophe dann werden, eine glühende Hölle die ganze gewaltige Halle im Laufe von Sekunden. Leichter atmeten sie, als der letzte Stahl in die Form floß, in dem Bewußtsein, daß der Zentrifugaldruck nun nicht mehr größer werden könnte. Bis jetzt hatte ihre Konstruktion gehalten, ihre Rechnung gestimmt. –

Weiter ging die Zeit. Unaufhörlich dröhnte das Brausen der Elektromotoren durch die Halle. Unbeweglich saßen die drei Männer vor den Instrumenten des Kommandostandes. Schon leuchtete der aufkommende Tag durch die Fenster herein, als sich Dickinson erhob und wie übernächtig seinen Mantel zusammenzog.

»Die kritischen Stunden sind vorüber, Gentlemen. Nach menschlichem Ermessen ist nichts mehr zu befürchten. Ich denke, wir können jetzt unsere Leute an den Stand lassen.«

Cranford griff zum Telephon. In einem entfernten Schuppen wurde gehört, was er sprach. Die Bedienungsmannschaft des Kommandostandes machte sich auf den Weg zur Halle. Worte wurden dabei gewechselt und Fragen gestellt. Sie konnten es sich nicht recht erklären, weshalb sie schon seit Mitternacht in dem entlegenen Schuppen in Bereitschaft liegen mußten, und ihre Verwunderung wuchs, als sie an der Ofenbatterie vorbeikamen. Leer alle Öfen. Die Belegschaft dort bereits an der Arbeit, neue Füllung für die nächste Schmelze hineinzugeben. Und dann sahen sie in der Halle mit Staunen, daß der Leiter des Werkes mit seinen beiden Oberingenieuren den Guß allein bewerkstelligt hatte, während sie an anderer Stelle warteten. Warum? Weshalb?... Sie vermochten keine Erklärung dafür zu finden. Kopfschüttelnd begaben sie sich an ihre Arbeitsplätze. Cranford blieb in der Halle zurück, Dickinson und Griffith verließen das Werk. –

Achtundvierzig Stunden sangen die Motoren ihr brausendes Lied und wirbelten die große Schleuderform rastlos um ihre Achse. Zum drittenmal zog die Mitternacht herauf, als Dickinson in die Halle zurückkam. Ein kurzer Befehl, vier Hebelbewegungen, und die Motoren stellten ihre Arbeit ein, der Riesenzylinder lag ruhig. Neue Kommandos, und ein Teil der Belegschaft stieg in die Gießgrube hinab, Schraubenschlüssel klirrten, Hammerschläge dröhnten, und langsam klaffte der gewaltige Zylinder auf. Dunkel schimmernd lag in ihm wie ein Ungeheuer der Urwelt das Gußstück, ein mächtiges, hundert Meter langes Stahlrohr.

Die drei Mammutkräne der Halle setzten sich in Bewegung. Tragketten senkten sich in die offene Form. Knarrend und klingend strafften sie sich unter der Last, die an ihnen hing. Langsam stieg das gigantische Rohr aus der Grube, schwebte der Mitte der Halle zu und sank auf einen Zug von Loren nieder, die dort auf einem Gleis standen.

Auch die zweite Rechnung der Ingenieure des Trenton-Werkes stimmte. Gut niedergekühlt, nur eben noch handwarm war das gewaltige Gußstück. Knarrend öffneten sich die Schiebetüren an der Kopfseite der Halle. Lokomotiven fuhren an und holten den Lorenzug hinaus ins Freie.

Die vierte Morgenstunde war darüber herangekommen; noch stand der Mond hoch am Himmel. Sein Licht fiel auf den fahrenden Zug und das Riesenrohr. Seine Strahlen spielten auf dem schimmernden Wasser des Hafenbeckens und um die massigen Formen eines großen Ozeandampfers, der dort am Kai lag. Das Heck des Schiffes war der Kaimauer zugewandt. Über eine schwere Ladebrücke führte der Schienenstrang von der Kaimauer weiter auf eine Öffnung am Heck des Dampfers zu.

Unaufhaltsam verfolgte die Lokomotive ihren Weg. Jetzt verschwand sie im Dunkel, wie eine mächtige Raupe kroch hinter ihr der Zug mit dem Stahlrohr in den Schiffsrumpf hinein.

Das erste der vielen Riesenrohre, die Roddington im Verfolg seines großen Planes in Trenton gießen mußte, befand sich an Bord des Transportschiffes. Aufatmend strich sich Dickinson über die Stirn, dann ging er, um den Funkspruch aufzusetzen, der die Meldung davon nach Davao bringen sollte. Dröhnen und Brausen klang ihm auf seinem Wege von den Öfen her entgegen. Dort brodelte bereits das glühende Stahlbad für den nächsten Guß. –

In der großen Halle war eine Belegschaft von etwa fünfzig Mann an der Arbeit. Ein Teil der Leute karrte Sand und Schamottemörtel zu der Gießgrube hin, ein anderer war auf dem Boden der Grube beschäftigt, die feuerfeste Auskleidung der großen Schleuderform überall dort, wo sie unter der Einwirkung des glutflüssigen Stahles eine Abnutzung erlitten hatte, unter Benutzung der herangebrachten Baustoffe wieder instand zu setzen und für den nächsten Guß bereit zu machen.

Das Material für diese Ausbesserungsarbeiten war im Innern der Halle an der einen Schmalseite aufgestapelt. Dort schaufelten die Leute es ein, um es zur Verbrauchsstelle zu bringen. Eben fuhren wieder zwei Arbeiter mit ihren Karren ab, für den Augenblick befand sich niemand bei dem Materiallager.

Da begann es sich plötzlich in einem dunklen Haufen zu regen. Aus dem Sande arbeitete sich ein Kopf heraus, dem Arme und Leib schnell folgten. Wie eine Schlange kroch eine graue Gestalt auf dem Boden nach der kleinen Tür an der Schmalseite. Jetzt richtete das Wesen sich empor. Das Geräusch der niederschnappenden Klinke ging in dem allgemeinen Lärm unter. Durch einen schmalen Spalt schlüpfte es ins Freie und drückte die Tür hinter sich wieder ins Schloß.

Der Mond war inzwischen unter den Horizont gesunken, im unsicheren Sternenlicht bewegte die Gestalt sich vorsichtig vorwärts, jede Deckung sorgfältig benutzend. Jetzt hatte sie den Kai erreicht und kroch im Schatten der Böschung dicht am Ufer des Stichkanals entlang... Zweihundert Meter... dreihundert Meter... die Stelle, wo der Kanal das Werkgelände verließ, war erreicht.

Schritte klangen auf, regungslos blieb die Gestalt liegen und preßte sich dicht an die Böschung. Kaum drei Meter von ihr entfernt ging der Wächter vorbei, der hier ständig patrouillierte. Schwächer wurden seine Schritte und verklangen im Dunkel. Geräuschlos glitt etwas von der Böschung ins Wasser, geräuschlos schwamm es in dem Kanal weiter. Zweihundert Meter... dreihundert Meter, dann stieg es wieder an Land, blieb eine kurze Weile stehen, um das Wasser von seiner Kleidung ablaufen zu lassen und eilte dann der Straße zu, die parallel mit dem Kanal lief.

Und nun im Licht der hier brennenden Laternen ließ sich Genaueres erkennen. Eine schlanke und zierliche Gestalt war es, der Kleidung nach ein Mann. Sein Gesicht, wenn nicht alles täuschte, war dasjenige eines Asiaten aus dem Fernen Osten.

Schnell eilte er auf der Straße vorwärts. Bald hatte er die ersten Häuser Trentons erreicht und bog in eine Seitengasse ein. Vor einem Landhaus machte er halt, ein Schlüssel in seiner Hand öffnete die Gartenpforte, ein zweiter die Tür des Hauses. Lautlos fiel sie hinter ihm wieder ins Schloß.

»Ich versichere Ihnen, Oberst Barton«, sagte General Grove gegen Ende der langen Unterredung, »daß Ihre Vermutungen nicht zutreffen.«

Ein leichtes Zucken ging über die Züge des Obersten. Noch vor Jahresfrist hatte er den Posten im Kriegsamt bekleidet, den jetzt General Grove innehatte. Er wußte aus langer Erfahrung, was von solchen Versicherungen der amtlichen Stellen zu halten war. Der General bemerkte die Bewegung in den Mienen des andern und fuhr mit erhobener Stimme fort.

»Ich gebe Ihnen mein Wort als Offizier, Oberst Barton, daß nichts von dem, was Sie mir hier als Vermutungen und Befürchtungen Ihres Konzerns vorgetragen haben, zutrifft.«

Oberst Barton verneigte sich kurz.

»Ich danke Ihnen, General. An Ihrem Wort zweifle ich nicht. Dann ist unsere Gesellschaft falsch informiert worden.«

Das Verhältnis zwischen Barton und Grove war etwas eigenartig. Durch das freiwillige Ausscheiden des Obersten war Grove seinerzeit avanciert. Er hatte dessen Stellung im Kriegsamt erhalten und mußte ihm eigentlich zu Dank verpflichtet sein. Aber in dies Gefühl mischte sich ein wenig Neid, wenn er die glänzende, hochdotierte Position betrachtete, die Barton jetzt bei der Corporation einnahm. Eine derartige Möglichkeit wünschte sich auch Grove für alle Fälle offenzuhalten, und deshalb war er Oberst Barton gefällig, soweit es sich mit den Pflichten seines Amtes vereinigen ließ.

»Die Informationen Ihrer Gesellschaft treffen diesmal in der Tat nicht zu, Oberst Barton«, fuhr er fort, »obwohl sie ziemlich plausibel klingen. Der Gedanke ist gar nicht so übel. Man stellt hier in den Staaten nur Guß- oder Schmiedestücke her, denen noch niemand genau ansehen kann, was später daraus werden soll. Man bringt sie nach irgendeiner weit entlegenen Werkstätte, etwa auf den Philippinen, und nimmt erst dort die restliche Bearbeitung vor. Das Geheimnis neuer Waffen, solcher Riesengeschütze etwa, von denen Sie sprachen, ließe sich dabei gut wahren...« Während er sprach, schien dem General eine neue Idee zu kommen, denn lebhafter fuhr er fort: »Auch eine falsche Information kann manchmal nützliche Anregungen geben, Oberst Barton. Würde die Corporation gegebenenfalls bereit sein, Werkstätten an einer uns genehmen Stelle auf einer der Philippinen anzulegen, wenn wir wirklich einmal etwas Derartiges planen?«

»Wir würden alles tun, um Ihre Wünsche zu erfüllen, General«, erwiderte Oberst Barton, »unsere Gesellschaft weiß die Aufträge des Kriegsamtes zu schätzen.«

»Und das Kriegsamt die Leistungsfähigkeit Ihrer Gesellschaft«, fiel ihm General Grove ins Wort, »wollen Sie das bitte Präsident Price wissen lassen und ihm bei dieser Gelegenheit meine persönlichen Empfehlungen übermitteln.«

Oberst Barton wollte sich verabschieden, als ihn Grove noch einmal zurückhielt. Als er kurze Zeit danach das Amt verließ, konnte er einen Auftrag mitnehmen, welcher der Corporation die Lieferung von drei schweren Küstenbatterien übertrug.

In gleicher Weise waren Grove und Barton mit dem Ausgang ihrer Unterhaltung zufrieden. Barton, weil er sich dabei als Vertreter der Corporation bewährt hatte. Grove, weil er wieder einmal für die Zukunft vorgearbeitet zu haben glaubte. –

Die gute Laune Groves hielt noch an, als er bald darauf das Restaurant in der Nähe des Kapitols betrat, in dem er den Lunch zu nehmen pflegte. Von näheren Bekannten erblickte er beim Eintreten Kapitän Bancroft vom Marineamt und nahm an dessen Tisch Platz. Er freute sich über das Zusammentreffen, denn der Kapitän war ein angenehmer Gesellschafter.

Kapitän Bancroft gehörte in seinem Amt der Nachrichtenabteilung an, deren Aufgabe offiziell darin besteht, sich aus den Berichten der Marineattachés, Zeitungsnotizen und andern legalen Quellen Informationen über alles das zu verschaffen, was für die Marine der Vereinigten Staaten wichtig und wissenswert ist. Doch nicht immer genügten diese klaren Quellen, um den Wissensdurst des Kapitäns zu stillen, und dann standen ihm andere, wesentlich trübere zur Verfügung, von denen der offizielle Dienst nichts wußte und auch nichts wissen durfte. Agenten dunkler Herkunft und unbestimmten Charakters, die gegen gute Dollars oft wertvolle Nachrichten brachten, die auf keinem andern Wege zu erhalten waren. Leute, die aber auch häufig auf beiden Achseln trugen und ebenso bereit gewesen wären, Geheimnisse des Kapitäns gegen die entsprechenden Jens, Francs oder Pfunde bei andern Stellen zu verwerten. Kapitän Bancroft kannte seine Lieferanten und verstand es meisterhaft, sie zu behandeln. Irgendeine Nachricht, die fast, aber doch nicht ganz stimmte, irgendeine Mitteilung, die nur zu dreißig Prozent richtig war, warf er ihnen als Köder hin, um dafür wirklich Wissenswertes über die Gegenseite zu erfahren.

Das schien auch heute wieder einmal der Fall gewesen zu sein. Beim ersten Blick merkte Grove ihm eine gewisse Erregung an, deren Bancroft nicht recht Herr werden konnte. Vorsichtig versuchte er ihn während des Essens zu sondieren, um der Sache auf den Grund zu kommen. Als der Kellner den Kaffee serviert hatte, war es so weit. Unvermittelt platzte der Kapitän mit der Frage heraus.

»Wie weit sind Sie mit Ihren neuen Riesengeschützen, General Grove?«

Der General setzte die Tasse wieder ab und sah den Kapitän verdutzt an.

»Was? Wie? Kapitän Bancroft... Riesengeschütze? Wer hat Ihnen denn den Bären aufgebunden?«

Der Kapitän lehnte sich in seinen Stuhl zurück. Deutlich war ihm die Erleichterung anzusehen, die er empfand, nachdem er seine Nachricht an den Mann gebracht hatte.

»Ja, General Grove«, sagte er nach kurzem Überlegen, »die Marine baut diese Geschütze nicht. Gebaut werden sie aber, das ist nach den Mitteilungen meiner Gewährsleute sicher, also bleibt nur die eine Möglichkeit, daß das Kriegsamt sie in Auftrag gegeben hat. Übrigens ganz geschickt, General, die letzte Bearbeitung drüben auf den Philippinen vornehmen zu lassen... trotzdem... viel wird es Ihnen auch nicht nützen. Man weiß schon ziemlich viel darüber.«

»Herr Gott im Himmel!« Der General ließ die Hand schwer auf den Tisch fallen. »Ist denn die ganze Welt verrückt geworden? Sie erzählen mir hier dasselbe Märchen, Kapitän, das mir Oberst Barton von der Grand Corporation schon vor ein paar Stunden auftischte. Kein wahres Wort ist an der ganzen Geschichte. Weiß der Teufel, welche Stelle die fette Ente in die Welt gesetzt hat.«

Kapitän Bancroft wurde für einen Augenblick unsicher.

»Wissen Sie, woher Barton die Nachricht hatte?« fragte er Grove.

»Von der Corporation natürlich, Bancroft. Es ist klar, daß Price durch seine Agenten jeden Schritt Roddingtons überwachen läßt. Er hat wahrscheinlich triftige Gründe, in den Trenton-Werken eine bedenkliche Konkurrenz zu sehen. Darf ich fragen, Bancroft, wer Ihnen den Unsinn zugetragen hat?«

»Unter dem Siegel der Verschwiegenheit will ich es Ihnen sagen, General Grove. Die Nachrichten sind mir... auf Umwegen natürlich... aus dem gelben Lager zugeflossen. Der japanische Marineattaché hier in Washington hat bereits ein Aktenstück über die neuen Riesengeschütze der amerikanischen Wehrmacht angelegt, und so einigermaßen weiß ich, was da drinnen steht.«

Grove beugte sich vor.

»Das würde mich auch interessieren, was der Herr Vicomte Oburu da zusammenfabelt, denn eine Fabel ist es, mein Wort darauf, Kapitän Bancroft. Können Sie mir Genaueres sagen?«

Der Kapitän nickte.

»Ich habe vor Ihnen keine Geheimnisse, General. Der japanische Attaché schreibt in seinem Bericht, daß die Vereinigten Staaten sich mit der Entwicklung von Riesengeschützen beschäftigen, die wahrscheinlich für die Befestigung der Philippinen bestimmt sind. Der Bericht gibt die voraussichtliche Rohrlänge mit hundert Meter, das Kaliber mit einem Meter an...«

»By Jove, Kapitän! Der Mann geht kräftig ins Zeug, aber ich zweifle doch, ob sie ihm den Unsinn in Tokio glauben werden. Stellen sie sich doch nur vor... hundert Meter Rohrlänge... das Ferngeschütz des Weltkrieges, das größte Geschütz, das jemals gebaut wurde, war nur dreiunddreißig Meter lang. Dazu dieses unsinnige Kaliber, das wird ihm ja kein Mensch glauben.«

»Das meinen Sie, General. Aber der strebsame Herr Oburu hat sich diese Maße nicht aus den Fingern gesogen. Seine Spione waren in der neuen Halle der Trenton-Werke, als die ersten Stücke gegossen wurden und haben alles sehr genau beobachtet. Er belegt in seinem Bericht jede Zahl und jedes Maß mit genauen Angaben seiner Agenten. Das gibt am Ende doch zu denken. In Tokio soll man die Sache durchaus ernst nehmen. Auf seine ersten Funksprüche bekam der Attaché den Befehl, ausführlichsten schriftlichen Bericht einzusenden und die Angelegenheit mit allen Mitteln weiterzuverfolgen.«

Grove trank nachdenklich den Rest in seiner Tasse aus. Erst nach geraumer Zeit antwortete er.

»Ich glaube, Bancroft, das sollten wir auch tun, und in diesem Falle müssen Kriegsamt und Marineamt endlich mal Hand in Hand arbeiten. Ich werde mich auch noch mit Oberst Barton in Verbindung setzen. Wenn wir beide, Sie und ich, unsere Nachrichtenquellen richtig ausnutzen, werden wir bald wissen, was Roddington in den Trenton-Werken und auf den Philippinen vorhat. Vielleicht wird es sogar unsere Pflicht sein, ihn vor der gelben Spionage zu warnen, aber erst müssen wir selbst einmal Klarheit haben.« –

Als die beiden Herren das Restaurant verließen, waren sie sich über die zunächst zu treffenden Maßnahmen vollkommen einig. Gemächlich schritten sie durch die Pennsylvania Avenue dem Block zu, in dem ihre beiden Ämter lagen.

Bald darauf verließ ein anderer Gast das Restaurant. Seine Hautfarbe und sein Gesichtsschnitt verrieten unverkennbar den Ostasiaten. Sein Ziel war die japanische Botschaft, in der er bald darauf eine Unterredung mit dem Marineattaché hatte.

Zehn Tage waren vergangen, seitdem die »City of Frisco« im neuen Hafenbecken der Trenton-Werke die Trossen loswarf. Mit Südkurs hatte der Zehntausendtonner den Atlantischen Ozean durchpflügt, die Windward-Straße zwischen Kuba und Haiti passiert und seinen Weg durch die Karibische See fortgesetzt.

Am Morgen des elften Tages tauchte Land auf. Mit halbem Dampf setzte die »City of Frisco« die Fahrt fort, und an ihrem Fockmast ging das Lotsensignal in die Höhe.

»Gute Reise bis jetzt«, sagte Ingenieur Scott, der neben Kapitän Smith auf der Brücke stand, »hoffentlich bleibt das Wetter im Pazifik ebenso gut.«

Kapitän Smith, ein alter, wettergebräunter Seebär, schnüffelte in den Wind, bevor er antwortete.

»Ich denke, es wird so bleiben, Mr. Scott. Der Funkdienst meldet leichten Südwest bis in die Gegend der Philippinen.«

Das Land war inzwischen näher gekommen. Kapitän Smith deutete mit der Hand nach Backbord voraus.

»Wenn Sie Ihr gutes Glas benutzen, Mr. Scott, werden Sie schon die Türme von Colombo sehen und vielleicht auch noch etwas anderes, das Sie möglicherweise interessieren dürfte.«

Ingenieur Scott brachte das Glas an die Augen. Silhouettenhaft erkannte er in der Ferne die Baulichkeiten einer Stadt. Davor und dem Schiff viel näher etwas Niedriges, Zackiges, aus dem zahlreiche Rohre schräg aufragten. Nach einer Weile ließ er das Glas wieder sinken.

»Haben Sie die Forts von Aspinwall gesehen, Mr. Scott? Hübsche Röhrchen hat Uncle Sam da hingestellt, für den Fall, daß mal einer dem Kanal zu Leibe will. Auf fünfzig Kilometer schießen die Dinger den dicksten Panzer zusammen.«

»Das kann ich sehr gut begreifen, Kapitän. Der Panamakanal bedeutet praktisch eine Verdoppelung unserer Seemacht. Sollten wir doch einmal mit den Herrschaften in Tokio Händel bekommen, würde ihr erstes Streben wohl sicher dahin gehen, den Kanal auf irgendeine Manier zu blockieren.«

Kapitän Smith lachte.

»Daß sie es mit allen Mitteln versuchen würden, ist klar, Mr. Scott. Gelingen wird's ihnen schwerlich, dazu ist Uncle Sam zu sehr auf der Hut, und die Zuckerhüte, die er für unerwünschte Gäste bereit hält, haben kein schlechtes Kaliber... freilich...«, fuhr er mit einem Seitenblick auf Ingenieur Scott fort, »... im Vergleich mit den vier Rohren, die wir in Trenton eingeladen haben, sind auch die Riesengeschütze der Panamaforts nur...«

Die weiteren Worte von Kapitän Smith gingen im Lärm der Schiffssirene unter. Während sie in kurzen Pausen aufheulte, schlugen die Schrauben der »City of Frisco« rückwärts. Das Schiff lag still, ein Motorkutter näherte sich und stoppte an seiner Seite. Über die Jakobsleiter stieg der Lotse an Bord. Verdutzt bemerkte Kapitän Smith, daß er nicht allein kam. Ein zweiter Mann kletterte hinter ihm an der Leiter hoch, der die Offiziersuniform der amerikanischen Marine trug. Mit kräftigem Händedruck begrüßte der Kapitän den Lotsen, den er von früheren Reisen her kannte, fragend blickte er den Seeoffizier an.

»Kapitänleutnant MacLane«, stellte sich der vor; »ich habe den Auftrag, Ihre Papiere einzusehen, Kapitän Smith, bevor Sie in die Kanalrinne einfahren.«

Kopfschüttelnd lud der Kapitän den Offizier in seine Kabine ein. Es war nicht das erstemal, daß er mit der »City of Frisco« den Panamakanal passierte, aber noch niemals hatte man dabei nach den Schiffspapieren gefragt. In den Schleusen von Gatun, wo es sowieso einen Aufenthalt gab, hatte er auf früheren Reisen stets die Kanalgebühr von zehntausend Dollar, entsprechend den zehntausend Tonnen der »City of Frisco«, gezahlt, und damit waren alle Formalitäten für die Durchfahrt erfüllt gewesen.

In der Kabine bat er MacLane, Platz zu nehmen, und legte ihm die Konnossemente vor. Der Offizier las sie sorgfältig durch.

»Hm, Kapitän Smith, Sie kommen also mit einer Ladung Stahlguß von Trenton und sind auf der Reise nach Davao. Nach den Papieren handelt es sich um vier Rohre zu je zweitausend Tonnen?«

»Yes, Sir«, brummte Kapitän Smith. Die Fragerei begann ihn zu ärgern.

Der Offizier erhob sich, aber wenn Kapitän Smith dachte, daß er nun abziehen würde, so irrte er sich.

»Ich möchte Ihre Ladung sehen, Kapitän.«

Mit einem unterdrückten Fluch griff Smith nach seiner Mütze und führte MacLane über eine eiserne Stiege nach unten. Seine Hand griff nach einem Schalter. Eine Reihe von Glühlampen flammte auf und erfüllte den großen Laderaum mit unsicherem Licht. Anders sah es hier aus als auf früheren Reisen der »City of Frisco«. Sonst pflegte der mächtige Laderaum wohl bis an die Decke mit Kisten, Ballen und Frachtstücken verschiedenster Art vollgepfropft zu sein. Jetzt wirkte er fast leer, nur vier jener riesigen Stahlrohre, wie sie Roddington in den Trenton-Werken neuerdings gießen ließ, befanden sich in ihm. Sie ruhten noch auf den Lorenzügen, auf denen man sie in Trenton in den Schiffsbauch hineingefahren hatte, und die vier Züge standen auf vier Gleisen, die sich durch die ganze Länge des Laderaums erstreckten. Es war offensichtlich, daß man den Raum für diese eigenartige Fracht besonders hergerichtet hatte.

Überrascht blieb MacLane stehen. Prüfend, abschätzend glitt sein Blick über die riesenhaften Stahlrohre, als wolle er sich ihre Maße genau einprägen.

»Was, Sir? Hübsche Dingerchen! Die Rohre von Fort Aspinwall sind Spielzeug dagegen.« Kapitän Smith konnte sich die Bemerkung nicht verkneifen. Irgendwie mußte er seinem Ärger Luft machen.

Der Offizier schien seine Worte zu überhören. Schweigend gingen sie wieder nach oben, aber vergeblich hoffte Smith, daß er den ungebetenen Gast nun endlich loswerden würde. Das Gegenteil war der Fall. MacLane kam mit auf die Brücke und ersuchte Kapitän Smith, einen Funkspruch, dessen Text er ihm überreichte, sofort an die Station von Aspinwall senden zu lassen. Der Text war chiffriert. Irgendeinen Sinn konnte Kapitän Smith aus den Buchstabengruppen nicht entnehmen. Erst nachdem das Radiogramm abgegangen und der Empfang von Aspinwall her bestätigt war, durfte der Lotse seines Amtes walten und die »City of Frisco« in die gebaggerte Rinne bringen, die von der Karibischen See durch die flache Limon-Bai zu dem eigentlichen Kanal führt.

Der Lotsenkutter war längst verschwunden, und eigentlich war die Frage sehr überflüssig, die Kapitän Smith an MacLane richtete.

»Wünschen Sie an Bord der ›City of Frisco‹ zu bleiben, Sir?«

Der Offizier nickte kurz. »Yes, Sir, bis Panama.«

Langsam setzte die »City of Frisco« ihren Weg fort. Schon lag Colon quer backbord, als von dorther mit voller Maschinenkraft ein amerikanischer Kreuzer heranjagte.

»Hallo, Kapitän Smith! Sehen Sie das Signal nicht? Die ›Vermont‹ fordert Sie auf, zu stoppen!«

Kapitän Smith bekam einen roten Kopf, während er nach dem Hebel des Maschinentelegraphen griff, um den Befehl nach unten zu geben.

»Würden Sie vielleicht die Güte haben, Sir, mir zu sagen, was das alles zu bedeuten hat?« wandte er sich an MacLane.

»Es hat zu bedeuten, Kapitän Smith, daß die ›City of Frisco‹ während der Fahrt durch den Kanal eine Wache von der ›Vermont‹ an Bord bekommt.«

Kapitän Smith schob sich die Mütze ins Genick.

»Ich komme jetzt mit der ›City of Frisco‹; das vierzehnte- oder das fünfzehntemal durch den Kanal, Sir, ohne daß man es für nötig befunden hätte, mir eine Wache an Bord zu geben. Darf man den Grund für diese ungewöhnliche Maßnahme wissen?«

MacLane zuckte die Achseln. »Befehl aus Washington, Kapitän Smith. Mehr kann ich nicht sagen.«

Der Kreuzer war inzwischen dicht herangekommen. Ein Boot stieß von ihm ab und brachte einen andern Offizier mit zwanzig Mann zur »City of Frisco« herüber. Ein Grußwechsel zwischen den beiden Marineoffizieren, ein paar leise gesprochene Worte, dann wandte sich MacLane wieder an Kapitän Smith.

»Lassen Sie die gesamte Besatzung Ihres Schiffes auf Deck antreten!«

Kapitän Smith zerkaute einen Fluch zwischen den Zähnen, während er den Befehl weitergab. Die Pfeife des Bootsmannes schrillte durch das Schiff. Die Besatzung strömte nach oben und stellte sich auf dem Vorderdeck auf.

»Was soll jetzt weiter geschehen?« fragte Kapitän Smith verdrossen.

»Ich brauche Ihre Musterrolle, Kapitän.«

George Stanley, der Erste Offizier der »City of Frisco«, brachte sie herbei. MacLane nahm sie ihm aus der Hand, während er fragte: »Sie kennen jeden Mann Ihrer Besatzung persönlich?«

»Yes, Sir!«

»Dann wollen wir die Mannschaft zusammen kontrollieren.« Die Musterrolle in der Hand begann MacLane die einzelnen Namen zu verlesen. Jeder Aufgerufene mußte zur Seite treten, während sein Name in der Liste einen Strich bekam.

Kapitän Smith stand währenddes mit Ingenieur Scott etwas abseits.

»Verstehen Sie das Affentheater, Mr. Scott?« stieß er unwillig heraus. Scott wiegte den Kopf hin und her.

»Man könnte sich verschiedene Gründe dafür denken, Kapitän Smith. Unsere Fracht ist von besonderer Art. Stellen Sie sich einmal vor, daß Ihnen irgendwer, während die ›City of Frisco‹; etwa den Culebra-Durchstich passiert, die Bodenventile aufschraubt. Mit achttausend Tonnen Stahl im Bauch würde Ihr Schiff wie ein Stein wegsacken, und der Kanal wäre auf Wochen blockiert.«

Kapitän Smith machte eine abweisende Handbewegung. »Nonsens, Mr. Scott! Wer hätte ein Interesse daran, das zu tun?«

Ingenieur Scott zuckte die Achseln.

»Weiß ich nicht, Kapitän. Jedenfalls sehen Sie, daß Uncle Sam sicher zu gehen wünscht.« –

Die Verlesung war zu Ende, prüfend überblickte Mac-Lane die Musterrolle. Zwei Namen waren auf ihr, die keinen Strich hatten. Er wies sie dem Ersten Offizier.

»Was sind das für Leute, Mr. Stanley? Sie haben sich nicht gemeldet.«

George Stanley warf einen Blick auf die Namen.

»Zwei Mann von der dritten Heizerwache, Sir.«

»Lassen Sie sie sofort suchen und auf Deck bringen, Mr. Stanley!«

»All right, Sir.« Mit mehreren Maschinisten begab sich Stanley nach unten, um die Fehlenden zu holen. Geduldig ging MacLane mit dem Offizier der »Vermont« auf dem Vorderdeck hin und her. Ein Gespräch schien zwischen beiden im Gange zu sein, das immer eifriger wurde, je weiter die Zeit vorrückte. Doch es wurde so leise geführt, daß weder Kapitän Smith noch Ingenieur Scott ein Wort davon zu erhaschen vermochten.

Eine Viertelstunde verstrich und noch eine zweite. Da endlich erschien Stanley mit seinen Leuten wieder auf Deck. Sie brachten die Vermißten, die sie erst nach langem Suchen im achteren Ankerbunker zwischen den Gliedern der großen Ankerkette aufgestöbert hatten. Die Spuren ihres letzten Aufenthaltsortes waren an den beiden Heizern noch deutlich zu bemerken. Über und über mit Staub und Kettenschmiere beschmutzt, glichen sie mehr Negern als Weißen.

»Erst mal Wasser her und den Kerls die Visagen gewaschen!« befahl MacLane.

Grinsend brachte der Bootsmann der »City of Frisco« einen Eimer mit heißem Sodawasser und einen mächtigen Pferdeschwamm heran und besorgte die Reinigung mehr gründlich als schonend. Die Schmiere ging schließlich ab, aber die Gesichter der beiden Delinquenten wurden dabei nicht völlig weiß. Sie behielten einen gelblichen Schimmer, und deutlich wurde erkennbar, daß man es hier zum mindesten mit ostasiatischem Halbblut zu tun hatte.

Noch einmal verlas McLane die Namen der beiden aus der Musterrolle. Es waren gute englische Namen, und er verlas sie auch zum zweiten und zum dritten Male. Aber mochten die beiden Heizer noch durch die rauhe Waschung des Bootsmannes verwirrt sein, mochte irgendein anderer Grund vorliegen, es dauerte lange, bis sie darauf reagierten. Längere Zeit jedenfalls, als ein normaler Mensch nötig hat, um sich auf seinen Namen zu besinnen.

Ein Blickwechsel zwischen MacLane und dem Offizier vom Kreuzer »Vermont« und ein kurzer Befehl von dem an seine Leute.

Vier Matrosen traten vor, nahmen die beiden verdächtigen Heizer in die Mitte und fuhren mit ihnen zur »Vermont« hinüber. Kapitän Smith wollte aufbegehren... dagegen protestieren, daß man ihm zwei Heizer wegnahm, die er für die Bedienung seiner Kessel brauchte, Ingenieur Scott hielt ihn zurück.

»Seien Sie froh, Kapitän, daß Sie die beiden Galgenvögel loswerden. Denen könnte man es schon zutrauen, daß sie die ›City of Frisco‹ mitten im Kanal versacken lassen.«

»Aber zum Teufel noch mal, die Kerls fehlen mir vor den Feuern!« fluchte Kapitän Smith.

»Regen Sie sich nicht auf, Kapitän! In Gatun treibt sich genug heuerloses Volk herum. Da können Sie leicht ein paar Neue anmustern.« –

Jetzt endlich... die »City of Frisco« lag bereits eine gute Stunde vor Colon... gab MacLane dem Lotsen die Erlaubnis zur Weiterfahrt. Langsam setzte das Schiff sich wieder in Bewegung und steuerte auf Gatun zu. Dicht hinter ihr folgte die »Vermont«. Der Kreuzer hatte anscheinend auch Geschäfte im Pazifik vor.

Die weitere Fahrt verlief ohne besondere Zwischenfälle. Während die »City of Frisco« durch die Schleusentreppe bei Gatun in die Höhe geschleust wurde, glückte es Kapitän Smith, Ersatz für seine beiden verlorenen Heizer zu bekommen. Der große Gatunsee und der Bergdurchstich bei Culebra wurden passiert, und bei Miraflores stieg das Schiff durch die andere Schleusentreppe wieder zum Niveau des Weltmeeres hinab. Ein kurzer Aufenthalt noch im Hafen von Balboa, wo die »City of Frisco« die Ölbunker für die lange Reise nach Mindanao frisch füllte.

Eine halbe Stunde später hatte der Zehntausendtonner die Kanalrinne hinter sich und wiegte sich auf den Fluten des Pazifik. Von der »Vermont« her, die getreulich in seinem Kielwasser geblieben war, kam ein Boot heran, um die Wache zurückzuholen. Mit kurzem Gruß empfahl sich Kapitänleutnant MacLane und ließ sich ebenfalls zu dem Kreuzer übersetzen. Als das Boot abstieß, spuckte Kapitän Smith dreimal kräftig in die See.

»Gott sei Dank, Mr. Scott, daß wir das Kriegsvolk von Bord haben. Es ist mir auf die Nerven gegangen!«

Scott schüttelte den Kopf.

»Ich halte es im Gegenteil für ein Glück, Kapitän Smith, daß das Kommando von der ›Vermont‹ auf die ›City of Frisco‹ kam. Die Geschichte mit den beiden Heizern macht mir Kopfschmerzen. Ich muß den Herren Dickinson und Roddington sofort per Funk Mitteilung davon machen. Wenn so etwas schon an Bord Ihres Schiffes möglich war, dann dürfen wir uns in Trenton und Davao noch auf allerlei andere Überraschungen gefaßt machen.«

»Funken Sie, was Sie lustig sind«, brummte Kapitän Smith und ging in seine Kabine, um seinen Ärger mit einem steifen Whisky-Soda wegzuspülen. –

Das gute Wetter, das der Funkdienst prophezeit hatte, hielt erfreulicherweise an, während die Tage verstrichen und sich zu Wochen summierten.

Kapitän Smith konstatierte es mit Vergnügen, denn mit der schweren Stahllast dicht über dem Kiel war die »City of Frisco« außergewöhnlich steif, was in der Seemannssprache das Gegenteil von rank bedeutet. Bei einem etwa aufkommenden Sturm würde ihr Rumpf unbeweglich wie ein Block auf dem Wasser liegen und schwere Brecher über sich ergehen lassen müssen. Es war dem Kapitän lieb, daß die Wetterlage ihn vor solchen Beanspruchungen seines Schiffes bewahrte.

Die Route, welche die »City of Frisco« verfolgte, war wenig befahren. Nur zwei oder drei Schiffe begegneten ihr bis zu den Hawaiinseln. Im Hafen von Honolulu gab es einen kurzen Aufenthalt, um frischen Treibstoff zu nehmen. Noch waren die Pumpen an der Arbeit, das Öl aus dem großen Tank am Kai in die Bunker des Schiffes zu werfen, als die »Vermont« erschien und zu dem gleichen Zweck dicht neben der »City of Frisco« festmachte. Das mochte wohl das Schiff gewesen sein, das Kapitän Smith auf dem langen Wege von Balboa bis Honolulu bisweilen weit achtern am Horizont bemerkt hatte. Der amerikanische Kreuzer war noch beim Tanken, als die »City of Frisco« bereits die Trossen loswarf und den Hafen wieder verließ. Der zweite Teil ihrer Reise über das größte aller Weltmeere begann und verlief während der nächsten Tage ebenso ereignislos wie der erste.

Auf dem einhundertachtunddreißigsten Grad östlicher Länge war's, kurz nach Mitternacht, nicht allzu weit von der Insel Jap entfernt, als plötzlich von zwei verschiedenen Stellen her Scheinwerfer aufblitzten und die »City of Frisco« anleuchteten. George Stanley, der die Wache auf der Brücke hatte, kümmerte sich zunächst nicht weiter darum. Es mochten wohl Kriegsschiffe, vermutlich japanische, sein, die hier eine Nachtübung abhielten. Er wurde erst aufmerksam, als die langen Lichtbalken der Scheinwerfer mit auffallender Beharrlichkeit an dem Rumpf der »City of Frisco« hängenblieben, während die beiden Schiffe, von denen sie ausgingen, zusehends näher herankamen. Taghell war jetzt die Brücke von dem grellen Scheinwerferlicht beleuchtet. Geblendet mußte der Erste Offizier die Augen schließen, sooft er nach den fremden Schiffen auszuschauen versuchte. Eben zerkaute er einen kräftigen Fluch über gelbe Unverschämtheit zwischen den Zähnen, als ihm von der Funkstation her ein Radiogramm gebracht wurde: Aufforderung des Kreuzers »Katsura« an die »City of Frisco«, zu stoppen.

Blitzschnell gingen ihm seine Instruktionen durch den Kopf. Es war im Augenblick nirgendwo Krieg auf der Erde. Wie kam ein japanisches Kriegsschiff unter solchen Umständen dazu, einen Dampfer der amerikanischen Handelsmarine zum Beidrehen aufzufordern? Hatte es nach internationalem Seerecht überhaupt die Befugnis dazu? George Stanley war seiner Sache nicht sicher. Er schickte den Funkergast sofort nach unten, um Kapitän Smith zu wecken und auf die Brücke zu bitten. Gleichzeitig gab er Befehl »Halbe Kraft!« in den Maschinenraum.

Noch wartete er auf das Erscheinen des Kapitäns, als es auf einem der fremden Schiffe aufblitzte. Eine Granate fegte zweihundert Meter von dem Bug der »City of Frisco« über das Wasser. Der Donner des Schusses war noch nicht verhallt, als Kapitän Smith auf die Brücke eilte.

»Sofort stoppen!« schrie er Stanley zu und lief weiter in die Funkstation. Ein Radiogramm spritzte aus der Antenne der »City of Frisco«. Eine Meldung, schon fast ein Notruf war es, daß das Schiff auf offener See von japanischen Kreuzern angehalten würde.

Die »Katsura« war inzwischen bis auf hundert Meter an die »City of Frisco« herangekommen. Während sie den Dampfer mit acht Scheinwerfern anstrahlte, wurde an der ihm zugewandten Seite des Kreuzers ein Boot zu Wasser gelassen.

Zähneknirschend stand Kapitän Smith neben George Stanley auf der Brücke.

»Die Unverschämtheit wird den Gelben teuer zu stehen kommen«, rief er seinem Ersten Offizier zu. »Nicht den Schimmer eines Rechtes haben sie, uns hier anzuhalten. Jetzt müßte die ›Vermont‹ hier sein, die würde den Burschen die Zähne zeigen.«

Noch während er es sagte, blitzte es an einer dritten Stelle über der nächtlichen See auf. Scheinwerfer vermischten von dorther ihre Lichtkegel mit denen der beiden japanischen Schiffe, leuchteten diese an, leuchteten die »City of Frisco« an und wurden von Minute zu Minute stärker in ihrem Licht. Kapitän Smith sah sie und preßte die Hände zu Fäusten, bis es ihn schmerzte. Auch auf der »Katsura« hatte man das fremde Licht gesehen und schien unschlüssig zu werden. Das Boot, das eben von ihr abgestoßen war, kehrte wieder zurück und wurde an die Flaschenzüge der Davits eingehakt...

Und dann rauschte die »Vermont« heran. Die Kegel ihrer Scheinwerfer hafteten an den beiden japanischen Schiffen. Kapitän Smith konnte es auf seiner Brücke deutlich sehen, wie die Türme des amerikanischen Schlachtkreuzers sich drehten, seine schweren Rohre Richtung auf die beiden Japaner nahmen.

Der Funker in der Station der »City of Frisco« sah auch etwas davon, aber darüber hinaus vermochte er auch die Funksprüche mitzuhören, die jetzt zwischen der »Vermont« und dem japanischen Kreuzer hin und her gingen. Eine Anfrage der »Vermont« an die »Katsura«, kurz, knapp und scharf, was der ganze Spuk hier bedeuten solle. Eine höfliche, ausweichende Antwort von der »Katsura«: Man habe sichere Nachricht, daß zwei von der japanischen Justiz gesuchte Verbrecher sich an Bord der »City of Frisco« befänden; man hätte sich ihrer versichern wollen.

Eine grobe Antwort von der »Vermont«: Die Japaner hätten sich den Teufel was um Leute zu scheren, die sich an Bord von amerikanischen Schiffen befänden. Im übrigen kämen sie zu spät. Die beiden Verbrecher säßen schon längst in Colon in sicherer Verwahrung. Die amerikanische Union würde sich die Mühe machen, die Banditen selber hängen zu lassen.

Noch einmal eine sehr höfliche Rückantwort von der »Katsura«: Man sei den Behörden von Colon für die Unterstützung aufs Sicherste verbunden, und dadurch wäre die Sache ja erledigt.

Schon während der letzten Worte dieses Funkspruches setzten die beiden japanischen Schiffe sich wieder in Bewegung und nahmen Südkurs auf die Insel Jap zu.

Noch längst nicht wäre die Sache erledigt. Washington würde Tokio darüber noch seine Meinung wissen lassen, funkte die »Vermont« den abziehenden Kreuzern nach. Aufs tiefste bedauerte es MacLane, daß das amerikanische Kriegsschiff nicht auch aus seinen schweren Rohren hinter ihnen her funken durfte.

Der Marineattaché Vicomte Oburu saß in der japanischen Botschaft zu Washington an seinem Schreibtisch. Hier, wo ihn niemand sehen und beobachten konnte, war die glatte, ewig lächelnde Maske des Ostasiaten von seinem Gesicht gefallen. Verdrossen und sorgenvoll starrte er auf den leeren Aktenbogen, der vor ihm auf dem Tisch lag, griff hin und wieder zum Federhalter und ließ ihn jedesmal wieder sinken, ohne etwas zu schreiben. Der Mißmut des Attachés hatte seine Gründe, denn allzusehr widersprachen sich die Mitteilungen seiner Agenten, die er in einem neuen Bericht für Tokio zusammenfassen wollte.

Da war zunächst eine Unterredung, die General Grove vom amerikanischen Kriegsamt und Kapitän Bancroft vom Marineamt vor einiger Zeit in einem Restaurant führten und die ein zuverlässiger Gewährsmann Oburus mitstenographiert hatte. Der Attaché griff nach der Mitteilung und las sie noch einmal Wort für Wort durch. Unzweideutig ging daraus hervor, daß weder der General noch der Kapitän etwas von neuen amerikanischen Riesengeschützen wußten... wenn nicht etwa... der Attaché wollte den Gedanken so schnell, wie er ihm kam»als unmöglich verwerfen und vermochte doch nicht davon loszukommen... wenn nicht diese ganze Unterredung von den beiden Offizieren am Ende nur zu dem Zwecke geführt wurde, um einen Spion, um dessen Nähe sie wußten, auf eine falsche Fährte zu bringen. Besonders Bancroft war ein geschickter Gegenspieler, dessen Wirken der Attaché öfter als einmal zu spüren bekommen hatte. Dem war es sicherlich eher zuzutrauen, daß er ein solches Täuschungsmanöver unternahm, als daß er über so geheime Dinge, wie es diese Riesengeschütze doch waren, harmlos in einem öffentlichen Lokal plauderte. Aber... der Attaché war in seiner Lektüre zu der Stelle gekommen, wo Bancroft auch von seinem, Oburus, Bericht nach Tokio sprach... würde der Kapitän das getan haben, wenn er wußte, daß jemand von der Gegenseite das Gespräch belauschte?

Sogar dafür ließ sich ein Grund finden. Die Erwähnung dieses Berichtes konnte raffinierte Absicht sein, um die Unterredung besonders echt erscheinen zu lassen. Der Japaner vermochte zu keiner Klarheit zu kommen. Alles war möglich und alles doch so wenig wahrscheinlich. Mit einem leichten Seufzer ließ er das Blatt sinken und griff nach dem nächsten Bericht, der ihm von einem andern Agenten aus der Kanalzone zugegangen war.

»Die ›Vermont‹ bei der ›City of Frisco‹. Ein Kommando des Kreuzers an Bord des Frachtdampfers. Die Durchmusterung der Mannschaft und die Verhaftung der beiden Heizer...« eine Falte bildete sich auf der Stirn des Attachés. Diese beiden Heizer gehörten zu seinen besten Agenten... »Die ›Vermont‹; bis zum andern Ende des Kanals unmittelbar im Fahrwasser der ›City of Frisco‹;.« Ein zwingender Beweis schien es dem Attaché zu sein, daß das amerikanische Marineamt an der Fracht der »City of Frisco« das größte Interesse nahm, daß es sich also doch wohl um neue geheime Rüstungsprojekte drehte, bei denen es sich nach all dem, was Oburu bereits über die in Trenton gegossenen Rohre in Erfahrung gebracht hatte, um irgendwelche phantastischen Riesengeschütze handeln mußte.

Das war der zweite Bericht, doch die Zweifel und Sorgen Oburus waren damit noch nicht zu Ende. Seine Hand griff nach einem dritten Schriftstück, das erst vor wenigen Stunden in seinen Besitz gekommen war. Ein Kurierflugzeug hatte es von Formosa nach Washington gebracht. Geschrieben hatte es ein Agent in Davao. Oburu durchblätterte es und las:

»Das neue Industriewerk von James William Roddington an der Bucht von Davao bedeckt ein Areal von einer englischen Quadratmeile. Über die hier beabsichtigte Fabrikation wurde folgendes ermittelt: Eine der großen Hallen dicht am Strand enthält Metallbearbeitungsmaschinen verschiedener Art. Die größte der Maschinen ist eine Drehbank, auf der Stücke mit Durchmessern bis zu drei Meter und bis zu einer Länge von hundert Meter bearbeitet werden können. Zur Zeit werden die Maschinen noch nicht benutzt...«

Oburu griff nach seinem Taschentuch und wischte sich die Stirn. Er hegte keinen Zweifel mehr, daß die geheimnisvollen Geschütze auf dieser Riesendrehbank weiterbearbeitet werden sollten. Etwas weniger klar schien ihm der nächste Passus, in dem über große transportable Schweißanlagen berichtet wurde, die auch in der genannten Halle standen. Mit einem Kopfschütteln schlug er die Seite um, und sein Kopfschütteln wurde stärker, während er weiterlas. Von fünf weiteren Hallen war die Rede, in denen Holzbearbeitungsmaschinen von bisher noch nicht gesehenen Abmessungen aufgestellt wurden. Maschinen, die offensichtlich dazu bestimmt waren, das Holz zu verarbeiten, das bereits in Riesenmengen auf dem Gelände des neuen Werkes lagerte. Es stammte aus dem Waldgebiet in der Nähe der Bucht, das Roddington vor kurzem erworben hatte. Ausnahmslos handelte es sich dabei um das Holz des Balsa- oder Floßbaumes, das in gleicher Weise durch außergewöhnliche Festigkeit und Leichtigkeit ausgezeichnet ist. In den nächsten Absätzen sprach der Bericht die Ansicht aus, daß Roddington wohl im Begriff stehe, unter Benutzung dieser wertvollen Holzart eine neue große Industrie aufzuziehen. Das Papier zitterte in der Hand Oburus, als er es umwandte. Er vermochte seiner inneren Erregung über alle diese rätselhaften Vorkommnisse und Dinge kaum noch Herr zu bleiben, während er die letzte Seite des Berichtes las. Sie betraf den Inhalt von drei weiteren Hallen, die für eine große Gummifabrik bestimmt waren. Knet- und Mischmaschinen in der ersten Halle, um den Rohkautschuk zu reinigen und mit den für die spätere Vulkanisierung notwendigen Zusätzen zu vermengen. Die eigentlichen Vulkanisierungsanlagen dann in der zweiten Halle, ein Lager von vielen Tausenden von Zentnern der für die Fabrikation notwendigen Stoffe schließlich in der dritten.

Der Attaché warf den Bericht auf den Tisch und sprang auf. Jetzt, nachdem er alle diese Schriftstücke noch einmal gelesen hatte, war er noch weniger als zuvor imstande, sich ein bestimmtes Bild von dem zu machen, was Roddington in seinem neuen Werk bezweckte. Nur das eine schien ihm sicher, daß die Riesengeschütze, wenn sie hier wirklich fertiggemacht werden sollten, nur einen Teil dieses ganzen großen Betriebes in Anspruch nehmen konnten.

Ein leichtes Klopfen an der Tür ließ ihn aus seinem Grübeln auffahren. Ein Diener der Botschaft kam herein und brachte die neuesten Ausgaben einiger Washingtoner Zeitungen. Oburu, dessen Gedanken noch bei den eben gelesenen Berichten seiner Agenten waren, wollte sie beiseiteschieben, als sein Blick an fetten Schlagzeilen haften blieb.

»Ernster Zwischenfall im Pazifik. Amerikanischer Handelsdampfer widerrechtlich von japanischen Kriegsschiffen angehalten. Kreuzer ›Vermont‹ kam dazwischen. Intervention unserer Botschaft in Tokio.«

Der Attaché zog die Zeitung näher. Während er den verbindenden Text zwischen den Schlagzeilen las, krampften sich seine Finger um das Papier. Die »City of Frisco« mit den rätselhaften Rohren an Bord war also auch an diesem neuen Zwischenfall beteiligt. Seit Jahren war das Verhältnis zwischen der amerikanischen Union und dem Inselreich an der andern Seite des Pazifik wenig freundlich, während der letzten Monate hatte es sich noch weiter verschlechtert. Ein geringfügiger Anlaß konnte den Zündstoff, der sich zwischen den beiden rivalisierenden Mächten angehäuft hatte, zur Explosion bringen.

Wie konnten die japanischen Schiffe bei dieser Lage der Dinge derartig verfahren? Vicomte Oburu sah schwere diplomatische Verwicklungen voraus und suchte vergeblich nach einer Erklärung für das Vorgehen der japanischen Kommandanten. Hatten sie eigenmächtig unter Überschreitung ihrer Befugnisse das internationale Seerecht verletzt? Es schien ihm kaum denkbar. Oder handelten sie auf höheren Befehl aus Tokio? Auch das war wenig glaublich. Ein neues Rätsel geisterte um die »City of Frisco«, und durch die Zwischenkunft der »Vermont« wurde die Lösung nicht leichter. Nur das eine stand für den Attaché jetzt fest: Die »City of Frisco« führte ihre Reise von Panama nach Davao im Schutz eines amerikanischen Schlachtkreuzers aus, und darin glaubte er den zwingenden Beweis dafür zu erblicken, daß seine erste Vermutung doch richtig war. Nur um neue Riesengeschütze, deren Existenz geheimgehalten werden sollte, konnte es sich bei der Fracht der »City of Frisco« handeln.

Vicomte Oburu wußte jetzt, wie er seinen Bericht abzufassen hätte, und schnell glitt seine Feder über das Papier. –

Noch an einer andern Stelle hatten die Arbeiten Roddingtons ein schweres Rätselraten zur Folge. Den Anlaß dazu gaben neue Berichte Palmers an den Präsidenten der Grand Corporation. Fieberhaft wurde in Trenton in der neuen Halle mit Tag- und Nachtschichten gearbeitet. Eine zweite Gießgrube entstand, in ihrer Einrichtung und ihren Abmessungen der ersten gleich. Mit dieser vergrößerten Anlage, die schon in den nächsten Tagen in Betrieb kommen sollte, würde das Werk dann in der Lage sein, alle vierundzwanzig Stunden eins jener Riesenrohre zu gießen, über deren Zweck sich Price mit seinen Leuten immer noch vergeblich den Kopf zerbrach. –

Oberst Barton war einer Einladung von General Grove gefolgt und hatte eine zweite lange Unterredung mit ihm gehabt. Offen legte er dabei die Berichte, welche sich die Corporation bisher aus Trenton verschafft hatte, auf den Tisch, und ebenso offen versicherte ihm General Grove mit Wort und Handschlag, daß weder das Kriegsamt noch das Marineamt mit diesen Dingen etwas zu tun hätten.

Präsident Price griff sich an den Kopf, als Oberst Barton zu ihm kam und ihm Bericht über diese Unterredung gab.

»Betrachten wir die Dinge als nüchterne Kaufleute, Oberst«, rief er, als Barton geendet hatte; »man richtet ein neues Werk vernünftigerweise nur ein, wenn man es wenigstens für die nächsten zwei Jahre voll beschäftigen kann. Schneller lassen sich derartige Anlagen nicht abschreiben.«

Barton wollte etwas erwidern, doch Price fuhr ihm dazwischen. »Eine einfache Rechnung, Barton! Zwei Jahre bedeuten für ein Stahlwerk, das keine Sonntage kennt, siebenhundertdreißig Arbeitstage. Das heißt für das Trenton-Werk den Guß von siebenhundertdreißig dieser verdammten Rohre im Gesamtgewicht von anderthalb Millionen Tonnen Stahl...« Price preßte die Hand gegen die Stirn. »Ich werde noch verrückt, Oberst, wenn wir nicht bald dahinterkommen, was Roddington eigentlich vorhat.«

Barton zuckte die Achseln. »Wie Sie das herausbekommen, Mr. Price, ist Ihre Sache. Ich konnte Ihnen nur die sichere Information geben, daß Washington nichts damit zu tun hat.«

»Wenn es ein anderer Staat wäre...« Price brach jäh ab, als erschrecke er vor seinem eigenen Gedanken. Oberst Barton griff den Satz auf.

»Eine Lieferung der Trenton-Werke für einen fremden Staat meinen Sie? Ich kann es mir nicht denken, Mr. Price. Ich glaube kaum, daß er dann die Werkstätten für die Weiterbearbeitung der Rohre auf amerikanischem Boden in Davao angelegt hätte.«

»Es ist zum Tollwerden!« stöhnte Price. Er erhob sich, holte von einem Regal einen Globus und stellte ihn vor sich auf den Tisch.

»Da liegt Davao«, sagte er und setzte den Zeigefinger auf einen Punkt der Erdkugel. »Ein Katzensprung ist es von dort bis zu dem britischen Teil von Borneo. Roddington könnte am Ende einen Rüstungsauftrag für die Festung Singapore haben.«

Oberst Barton schüttelte den Kopf. »Das halte ich für ausgeschlossen, Mr. Price. Es würde der englischen Tradition schroff widersprechen, Waffen anderswo als in England zu bestellen.«

Price starrte immer noch auf den Globus.

»Die niederländischen Besitzungen liegen auch nicht weit von Davao ab. Sie sind durch den japanischen Expansionsdrang ebenso gefährdet wie die englischen. Wäre es möglich, daß Roddington für Holland arbeitet?«

»Möglich wäre es schließlich«, sagte Oberst Barton gedehnt, »doch für sehr wahrscheinlich halte ich es nicht. Die Niederländer dort unten verlassen sich in der Hauptsache auf England und behalten ihr gutes Geld im Beutel, anstatt es für die Verteidigung ihrer Kolonien auszugeben.«

»Ja, dann, Oberst«, Price tupfte sich die Stirn mit seinem Taschentuch, »dann bin ich mit meiner Weisheit zu Ende. Sonst liegt nur noch japanisches Gebiet in der Nähe. Die Insel Formosa...«

Barton machte eine abwehrende Bewegung.

»Ausgeschlossen, Mr. Price! James William Roddington ist ein ebenso guter Bürger der Vereinigten Staaten wie Sie und ich. Er würde seine Werke eher in die Luft sprengen, als Waffen an Japan liefern. Es hilft nichts, wir müssen die Entwicklung der Dinge eben abwarten«, schloß der Oberst, während er sich verabschiedete.

Die Laune, in der er den Präsidenten zurückließ, war alles andere als gut, und die Direktoren der Corporation bekamen in den nächsten Stunden einige Proben davon zu kosten.

Ein Kesseldefekt zwang die »Vermont«, Manila anzulaufen. Die Beseitigung des Schadens hätte sich in einer Woche erledigen lassen können. Ein Funkspruch aus Washington befahl jedoch, mit dem Schiff in das Trockendock des neuen Kriegshafens zu gehen und bei dieser Gelegenheit gleich eine gründliche Bodenreinigung vornehmen zu lassen.

»Unser Marineamt scheint die Anlagen in Manila auf ihre Brauchbarkeit prüfen zu wollen, und wir müssen ihm dabei als Versuchskaninchen dienen«, sagte Kapitän O'Brien, der Kommandant des Kreuzers, zu Kapitänleutnant MacLane, als er die Depesche empfing. »Meiner Meinung nach hätte die ›Vermont‹ eine derartige Überholung noch nicht nötig.«

»Für einen einfachen Seeoffizier ist es schwer zu erkennen, aus welchen Gründen die Götter und Halbgötter in Washington ihre Befehle erlassen«, erwiderte MacLane ausweichend, »vielleicht möchten die Herrschaften unsern Kreuzer für einige Wochen unauffällig bei den Philippinen behalten und verordnen ihm deshalb aus heiterm Himmel eine Bodenreinigung.«

»Die ganz bestimmt überflüssig ist«, fiel ihm O'Brien ins Wort.

MacLane lachte. »Vielleicht... vielleicht auch nicht, Kapitän O'Brien. Jedenfalls haben wir auf diese Weise vier angenehme Wochen an Land vor uns. Manila ist eine schöne Stadt, in der es sich gut leben läßt.«

»Sie haben mal wieder recht, MacLane«, sagte der Kapitän, während er das Radiogramm in die Tasche steckte. »Der Wille der Herren in Washington geschehe! Amen. Sela.« –

Der Kreuzer wurde in das neue Dock verholt, und während viele Hände seinen Rumpf mit Stahlbürsten verschiedenster Form und Größe bearbeiteten, kamen für die Besatzung angenehme Wochen, in denen sie sich allen Freuden hingeben konnten, die den Seemann an Land erwarten.

Wie im Fluge verstrich die Zeit, und allzu schnell kam der Tag, an dem die Schleusen des Docks geöffnet wurden und die »Vermont«, in allen Teilen blitzend und funkelnd wie ein Schmuckkasten, wieder im Hafenbecken schwamm.

Durch Funkspruch meldete Kapitän O'Brien die beendigte Überholung der »Vermont« an das Marineamt nach Washington. Schneller als er erwartete erhielt er eine Antwort von dort. Ein langes Radiogramm mit einer Menge von Aufträgen und Vollmachten, das ihm befahl, umgehend nach Davao zu fahren und sich dort bestimmte Informationen zu verschaffen.

Wenige Stunden später dampfte der Kreuzer aus dem Hafen hinaus auf das offene Meer. Durch die Mindoro-Straße und die Sulu-See ging die Fahrt. Am Morgen des dritten Tages erreichte die »Vermont« die Südspitze von Mindanao und steuerte die Bucht von Davao an.

MacLane lehnte an der Reling auf dem Achterdeck, als O'Brien zu ihm trat.

»Sehr erbaut bin ich nicht von dem Auftrag, den Washington uns gegeben hat. Die Herren im Marineamt wünschen gewisse Aufklärungen, die uns Roddington ohne weiteres verweigern kann. Er ist niemand Rechenschaft schuldig und kann in seinen Werken tun und lassen, was ihm gefällt, solange er nicht gegen die Gesetze verstößt. Vermutlich wird er uns glatt ablaufen lassen.«

»Ich meine, Kapitän O'Brien«, erwiderte MacLane, »die ›Vermont‹; müßte bei James Roddington einige Steine im Brett haben. Wir haben ihn in Colon von ein paar Zeitgenossen befreit, die bestimmt nichts Gutes gegen ihn im Schilde führten, und wir haben ihm bei Jap die Japaner vom Halse geschafft. Das sind doch recht wertvolle Dienste, auf die hin wir wohl einen freundlichen Empfang von seiner Seite erwarten dürfen, ganz abgesehen davon, daß James William Roddington an sich ein grundanständiger Kerl ist.«

»Sie sprechen ja, als ob Sie ihn persönlich kennen, Mac-Lane?«

Ein verschmitztes Lächeln lag auf den Zügen von Mac-Lane, während er antwortete. »Was man so persönlich kennen nennt, Kapitän. Unsere Bekanntschaft ist ein halbes Menschenalter her, aber ich denke, Roddington wird sich meiner noch erinnern.« –

Enger schoben sich jetzt die Ufer der Bucht von beiden Seiten zusammen. Backbord voraus ragte das mächtige Bergmassiv des Apo gegen den Himmel. Fast bis zum Gipfel hin bedeckte dichter tiefgrüner Laubwald seine Hänge. Gerade voraus kamen in weiter Entfernung die Hafenanlagen von Davao in Sicht.

Backbord querab erhoben sich die Baulichkeiten des neuen hier von Roddington errichteten Werkes. Leicht und gefällig wie ein Schwan wiegte sich der leuchtend weiße Rumpf der »Blue Star« an seiner Ankerkette auf der blauen Flut. Schwarz und massig stachen dagegen drei mächtige Frachtdampfer ab, die am Kai des Werkes vertäut waren; Schiffe offenbar, die frische Ladung aus Trenton hierhergebracht hatten.

In der Nähe der »Blue Star« ließ die »Vermont« den Anker fallen, eine Motorbarkasse wurde zu Wasser gelassen und brachte O'Brien und MacLane an Land. Sie hatten den Kai erst wenige Schritte hinter sich, als ihnen ein Herr in weißem Tropenanzug entgegenkam und sie nach ihren Wünschen fragte. Zum Schutze gegen die brennende Sonne trug er einen mächtigen Sombrero auf dem Kopf, unter dem volles braunes Haar in ungebändigter Fülle hervordrängte.

»Guten Tag, Herr Doktor Wegener! Erfreut, Sie kennenzulernen«, sagte MacLane, »ich möchte meinen alten Freund, Mister Roddington, aufsuchen.«

Dr. Wegener stutzte und suchte Zeit zu gewinnen. Er führte die beiden Marineoffiziere zum Verwaltungsgebäude des Werkes und bat sie, dort Platz zu nehmen und sich kurze Zeit zu gedulden. Dann verschwand er, die Besuchskarte MacLanes in der Hand. Eine Minute später trat er in das Zimmer Roddingtons.

»Wir haben Besuch, Mr. Roddington. Den Kapitän und einen Offizier von der ›Vermont‹, die draußen neben der ›Blue Star‹ ankert. Der eine von ihnen...«, er gab Roddington die Karte, »...behauptet, ein alter Freund von Ihnen zu sein.«

Roddington las den Namen. »MacLane? Hm...sollte es der sein? Dann kenne ich ihn allerdings. Wo sind die Herren, Doktor Wegener?«

»Im Kasino, nebenan. Ich fürchte, Mister Roddington, die Herren werden sehr neugierig sein. Wie gedenken Sie sich zu verhalten, wenn sie allerlei zu sehen und zu hören wünschen?«

Roddington überlegte eine Weile, bevor er antwortete. Zögernd kamen die Worte aus seinem Munde, als ob er jedes einzelne sorgfältig abwägen müsse.

»Über unsere eigentlichen Pläne soll nichts bekanntwerden, bevor wir mit den Arbeiten an Ort und Stelle selbst beginnen. Das wollen wir erst einmal als obersten Grundsatz festhalten, Doktor Wegener. Was hier im Werk geschieht, mögen die Herren sich meinetwegen ansehen, klug können sie ja doch nicht daraus werden.«

»Mir wäre es lieber«, warf der Doktor ein, »wenn überhaupt niemand etwas sähe oder hörte, bevor alles zu Ende ist.«

Roddington hatte die Türklinke bereits in der Hand. Er wandte sich noch einmal um.

»Über diese Frage habe ich in den letzten Tagen viel nachgedacht, Herr Doktor. Eine absolute Geheimhaltung ist unmöglich. Sie wissen auch, was für ein Sagenkranz schon jetzt, wo wir erst beim Anfang sind, um unser Unternehmen geflochten wird. Ich habe mich deshalb entschlossen, die höchsten Stellen unserer Landesverteidigung zur gegebenen Zeit in meine

Absicht einzuweihen und für die Arbeiten an Ort und Stelle den Schutz unserer Marine zu erbitten.«

»Das wollten Sie tun, Mister Roddington?«

»Jawohl! Nach reiflichem Überlegen bin ich zu dem Entschluß gekommen. Lassen Sie uns jetzt zu unsern Gästen gehen.« –

Im Kasino erhob sich MacLane beim Eintreten Roddingtons. Einige Sekunden standen sie sich gegenüber und schauten sich in die Augen. Dann schlug Roddington MacLane auf die Schulter.

»Bist du's wirklich, alter Junge? Wie kommst du hierher, Freddy?«

»Ich bin's, James. In Lebensgröße, wie du siehst.« Er griff Roddingtons Hand und schüttelte sie kräftig, Roddington sprach weiter.

»Ist lange her, daß wir uns nicht mehr gesehen haben. Vor zwölf... nein, vor dreizehn Jahren sagtest du unserm alten Harvey College in Massachusetts good-bye, um zur Marine zu gehen. Ich mußte noch ein Jahr länger auf der Schulbank schwitzen...«

Die beiden alten Schulfreunde vergaßen für Minuten die Gegenwart von O'Brien und Dr. Wegener, während Rede und Gegenrede zwischen ihnen hin und her flogen. Belustigt hörte der Kapitän der Unterhaltung zu. So ein Gauner, dachte er bei sich, kennt den Roddington wie seine Westentasche und sagt mir vorher kein Wort davon!

Dr. Wegener ließ sie eine Weile gewähren, dann mischte er sich ein und machte den Vorschlag, das Gespräch bei einem gemeinsamen Lunch weiterzuführen. Zu viert saßen sie bald darauf um einen Frühstückstisch. Der Doktor bemühte sich, den Kapitän O'Brien zu unterhalten, denn während der nächsten Viertelstunde waren Roddington und MacLane immer noch mit dem Auskramen alter Erinnerungen an die gemeinsame Schulzeit beschäftigt. Erst beim Kaffee gab Roddington dem Gespräch eine andere Wendung.

»Ja, da seid ihr nun hier, Freddy, und wollt euch natürlich brennend gern meine Werke besehen. Mach mir nichts vor, alter Junge«, fuhr er auf einen Einwand MacLanes fort. »Ihr seid genau so neugierig wie alle andern... die Herren von der Marine« – er sagte es mit einem Blick auf O'Brien – »sogar noch ein bißchen mehr als die andern.«

Der Kapitän bekam einen roten Kopf. Roddington bemerkte es wohl und wandte sich direkt an ihn.

»Ich bitte Sie, Herr Kapitän, das Marineamt in Washington gelegentlich wissen zu lassen, daß ich mich zur gegebenen Zeit... wenn die vorbereitenden Arbeiten hier beendet sind... selbst an die Herren wenden werde. Ich rechne bei dem, was ich vorhabe, stark auf die Unterstützung der Marine.«

Dr. Wegener rutschte unruhig auf seinem Stuhl hin und her. Er fürchtete, daß Roddington, von seinen eigenen Worten fortgerissen, mehr sagen könnte, als im Augenblick rätlich war. Kapitän O'Brien wollte sich für das Vertrauen, das Roddington ihm mit dieser Eröffnung schenkte, bedanken, doch der wehrte lachend ab.

»Später, Herr Kapitän, später... alles zu seiner Zeit. Wenn es Ihnen recht ist, machen wir jetzt einen Gang durch das Werk.« –

Beim Verlassen des Verwaltungsgebäudes wies Roddington auf die Kaianlage. Die drei Frachtdampfer, die noch vor einer Stunde dort lagen, waren verschwunden. Südwärts weit draußen in der Bucht waren ihre Rauchfahnen eben noch am Horizont zu sehen, aber ein viertes Schiff war in der Einfahrt begriffen. Während sie noch dastanden und auf das Meer hinausschauten, kam es heran, machte mit dem Bug am Kai fest, und nun wiederholte sich hier in umgekehrter Reihenfolge das Schauspiel, das unbefugte Augen schon vor Wochen in Trenton beobachtet hatten. Torartige Ladeluken im Schiffsbug wurden geöffnet. Eine Lokomotive fuhr in das Schiff hinein, kam nach kurzer Zeit wieder zum Vorschein und schleppte hinter sich einen hundert Meter langen Lorenzug. Eines jener riesenhaften Stahlrohre, über die sich die Rüstungssachverständigen verschiedener Staaten vergeblich die Köpfe zerbrachen, lag auf den Loren. Langsam kroch der Zug mit seiner schweren Last über ein Gleis dahin und verschwand in einer Werkhalle.

»Nettes Röhrchen, was, Freddy?« fragte Roddington MacLane mit harmloser Miene. Zweitausend Tonnen Stahl in einem Stück zu vergießen... das soll uns erst mal ein anderes Werk nachmachen!«

Während sie weitergingen, kam die Lokomotive schon wieder aus der Halle zurück, und bald kroch ein zweiter Zug an ihnen vorüber, ebenso beladen wie der erste.

Kapitän O'Brien war verstummt. Schweigend betrachtete er den gigantischen Stahlzylinder, überwältigt von den mächtigen Ausmaßen des Gußstückes. MacLane schien weniger beeindruckt zu sein. Er hatte ja schon früher die ersten vier Rohre im Bauch der »City of Frisco« gesehen, wo sie in dem Laderaum vielleicht noch imposanter wirkten als hier im Freien.

»Das wären denn also die künftigen Riesengeschütze, James«, meinte er, »die Freund Price schlaflose Nächte bereiten.«

Roddington schüttelte den Kopf.

»Price hat eine etwas zu üppige Phantasie... Immerhin«, fuhr er nach einer kurzen Pause fort, »wenn ihr mal so etwas braucht, halte ich mich dafür empfohlen. Meine Stahlwerke in Trenton würden euch besser bedienen als die Corporation.«

MacLane sah ihn fragend an.

»Meinst du das im Ernst, James?«

»Warum nicht, Freddy? Das innere Langrohr ist da, ihr seht es ja hier. Die Bank, auf der man es bearbeiten müßte, steht in der Halle dort drüben. Noch einen Mantel aufgeschrumpft, und ein Kanönchen wäre fertig, mit dem ihr von Honolulu bis nach Manila schießen könnt.«

MacLane wurde unsicher. »Wenn man dich jetzt so sprechen hört, könnte man fast glauben, daß doch etwas an den bewußten Gerüchten ist.«

»Bitte, mein lieber Freddy, ich habe nichts gesagt«, erwiderte Roddington vieldeutig.

Sie waren inzwischen zu der Halle gekommen und traten ein. Nur eine einzige Werkzeugmaschine war hier vorhanden, aber sie war in ihren Ausmaßen so imposant, daß O'Brien und MacLane in neues Staunen gerieten. Jene Drehbank war das, von der ihnen Roddington eben gesprochen hatte. Eins der mächtigen Rohre war eingespannt, wie man bei einer Drehbank gewöhnlichen Kalibers etwa eine Eisenbahnachse oder irgendeine Kolbenstange für die Bearbeitung einspannt. Langsam drehte das mehr als hundert Meter lange Stück sich um seine Achse. An seinen beiden Enden gruben sich Drehstühle und Fräser in das Metall ein und hoben Span um Span ab. MacLane wollte stehenbleiben und sich den Arbeitsvorgang näher betrachten. Roddington zog ihn am Ärmel mit sich fort.

»Komm weiter, Freddy! Daß hier noch keine Geschütze fertiggemacht werden, hast du wohl gesehen. Das andere braucht dich jetzt noch nicht zu interessieren.«

Weiter führte sie Roddington zu einem ein paar hundert Meter entfernten Hallenbau. Zu beiden Seiten des Weges, den sie gingen, war Holz in schier unübersehbarer Menge aufgestapelt. Mächtige Stämme jenes Floßbaumes, der einen Teil der Wälder von Mindanao bildet und ein ungemein festes und dabei doch überraschend leichtes Holz liefert.

»Alle Wetter, James, deine Holzhauer in den Wäldern haben ordentlich geschuftet«, stieß MacLane bewundernd hervor.

Roddington schüttelte den Kopf. »Ein kapitaler Irrtum von dir, Freddy. Mit den eingeborenen Holzhauern wäre ich nicht weit gekommen. Meine Ingenieure, ausgerüstet mit den modernsten Baumfällmaschinen, Motorsägen und anderen Hilfsmitteln, haben das geleistet. Trotzdem war es noch eine Riesenarbeit.«

Als Roddington die Tür der Halle öffnete, scholl ihnen ohrenbetäubender Lärm entgegen. Mehr als hundert Holzbearbeitungsmaschinen der verschiedensten Art waren in voller Tätigkeit, die mächtigen Stämme der Länge nach zu zerschneiden und ihnen durch Hobeln und Fräsen ganz bestimmte Formen zu geben. Was das Ganze zu bedeuten hatte, wurde den beiden Marineoffizieren klar, als sie an einer Längsseite der Halle mehrere der großen aus Trenton hierhertransportierten Gußstücke erblickten. Die Stahlzylinder waren fast über die ganze Länge mit einer ebenfalls zylindrischen massiven Hülle aus Balsaholz umkleidet.

Die Holzmäntel waren aus den Stücken zusammengesetzt, deren Herstellung sie eben an der anderen Seite der Halle sahen, und hatten eine äußere Dicke von sechs Meter. Noch rätselhafter und mächtiger als vorher wirkten die damit umkleideten Rohre.

»Verstehen Sie, MacLane, was das zu bedeuten hat?« fragte O'Brien. MacLane stand eine Weile nachdenkend vor den grotesken Gebilden. Seine Lippen murmelten Zahlen, als ob er im stillen etwas berechnete.

»Man könnte fast auf die Idee kommen«, sagte er endlich, »daß die Dinger da irgendwie schwimmen sollen. Irgendeinen andern vernünftigen Zweck kann ich für die Holzummantelung nicht sehen.«

Während er es sagte, hatte er sein Notizbuch herausgezogen und begann noch einmal zu rechnen.

»Aber es langt zum Schwimmen noch nicht«, wandte er sich danach an Roddington. »Dazu müßten die Holzmäntel noch dicker sein. So, wie sie jetzt sind, würden die Rohre im Wasser einfach wegsacken. Also...«

»Also«, beendigte Roddington den Satz MacLanes, »hast du dich geirrt, Freddy, und die Rohre sollen gar nicht schwimmen.«

Kopfschüttelnd folgten O'Brien und MacLane seiner Aufforderung, mit ihm in die Gummifabrik zu gehen. Das erste, was sie beim Betreten der nächsten Halle erblickten, waren wieder einige der holzummantelten Rohre, in besonderen Vorrichtungen waren sie drehbar gelagert, und Dutzende von Arbeitern waren dabei, den Holzmänteln mittels Druckluftzerstäuber einen starken Kautschuküberzug zu geben.

Vor einem der Rohre blieben sie stehen. Der Überzug war hier eben vollendet, und schon eilten andere Werkleute hinzu. Breite Bandagen, die aus einem starken Teppichstoff zu bestehen schienen legten sie fest um das Rohr. Ein Kabel, das von der Bandage ausging, wurde an eine Schalttafel angeschlossen. MacLane sah, wie ein Strommesser auf der Tafel plötzlich tausend Ampere anzeigte.

»Bei Gott, James«, rief er in plötzlichem Verstehen aus, »das ist Rekord, du hast hier die größten Heizkissen der Welt.«

Roddington lachte. »Du hast nicht so ganz unrecht, Freddy. Im Prinzip kommt's wirklich auf ein Heizkissen heraus. Aber wir nennen die Dinger hier Vulkanisatoren. Es ist eine Erfindung von Doktor Wegener. Ein einfaches und probates Mittel. Man legt die Asbestbandagen stramm um den Mantel, schaltet die in ihnen befindlichen Heizspulen ein. Es gibt eine Temperatur von hundertzwanzig Grad, und in einer halben Stunde ist der ganze Kautschukbelag vulkanisiert.«

»Geniale Idee«, murmelte MacLane vor sich hin, »wenn ich nur den Zweck des ganzen Unternehmens begreifen könnte! Das bißchen Gummi macht die Rohre auch noch nicht schwimmfähig.«

»Aber es verhindert, daß das Holz naß wird, wenn...« Roddington schwieg, als ob er schon zuviel gesagt hätte.

Also ins Wasser will James doch mit den Rohren, dachte MacLane, aber er sprach den Gedanken nicht aus. –

Der Rundgang durch das Werk war beendet. O'Brien wollte am Kai wieder in die Barkasse der »Vermont« steigen, als Roddington ihn noch einmal zurückhielt. Ernster als bisher waren seine Miene und Stimme, als er zu ihm sprach.

»Kapitän O'Brien, was in meinen Werken hier und in Trenton geschieht, soll nach seiner Vollendung der Wehrkraft der amerikanischen Union dienen. Als einem Offizier unserer Kriegsmarine habe ich Ihnen rückhaltlos alles gezeigt. Ich bitte Sie, ebenso rückhaltlos denjenigen Stellen in Washington, von denen Sie hierher geschickt sind, alles zu berichten, was Sie gesehen haben. Für die übrige Welt muß es vorläufig noch unbedingtes Geheimnis bleiben.«

O'Brien ergriff Roddingtons Hand.

»Mein Wort als Offizier darauf, Mr. Roddington. Ich werde nach Ihren Wünschen handeln.«

Auch MacLane verabschiedete sich mit einem Händedruck.

»Schade, alter Junge«, meinte er dabei lächelnd, »ich hätte dir so gern ein paar Dutzend Reporter auf den Hals geschickt. Doch nun sehe ich wohl ein, daß es nicht sein darf.«

»Aber zum Supper könntest du heute abend kommen, Freddy, wenn du dienstfrei bist.«

MacLane schüttelte den Kopf. »Unmöglich, James! Ich vermute, daß wir jetzt gleich nach Manila zurückgehen. Ein Flugzeug, das O'Brien und mich nach Washington bringen soll, steht dort bereit.«

Roddington sah ihn verwundert an. »Weswegen das, Freddy?«

»Deinetwegen, wenn du's wissen willst. Ich glaube zu ahnen, James, was du vorhast. Soweit es an mir liegt, soll alles geschehen, um dir die Unterstützung unserer Flotte zu verschaffen.«

Noch ein letzter Händedruck zwischen den beiden Jugendfreunden, dann stieß die Barkasse von der Kaimauer ab.

Oburu warf einen ungeduldigen Blick auf die Uhr.

»Wenn Ihr Mann pünktlich wäre, müßte er schon hier sein, Koami.«

»Ich kenne Collins seit längerer Zeit als pünktlich und zuverlässig, Herr Vicomte. Er wird sicher kommen. Es müssen heute zwingende Gründe für seine Verspätung vorliegen.«

Die Unterhaltung zwischen den beiden Japanern fand in der Wohnung Koamis in der Emerson Street in Washington statt. Vicomte Oburu hatte hier zum erstenmal eine persönliche Zusammenkunft mit Henry Collins verabredet, nachdem er früher bereits mehrfach durch die Vermittlung Koamis wertvolle Informationen von ihm erhalten hatte. Oburu setzte sich so in einen Sessel, daß er die Uhr im Auge behalten konnte, und sprach weiter.

»Die letzte Nachricht, die Sie von dem Mann bekamen, bezog sich auf sechs schwere Küstenbatterien, die das Marineamt bei der Corporation bestellte?«

Koami nickte. »So war es, Herr Vicomte.«

»Die Information war wertvoll für uns, Koami, und traf in allen Einzelheiten zu. Wir haben sie aber auch teuer bezahlt. Wenn ich mich recht erinnere, haben Sie dem Mann dafür fünfhundert Dollar gegeben.«

Koami griff nach einem Notizbuch, dessen Seiten mit japanischen Schriftzeichen bedeckt waren, und blätterte darin.

»Fünfhundert Dollar ausgezahlt an Henry Collins am sechzehnten März. Sie haben ein gutes Gedächtnis, Herr Vicomte.«

»Haben Sie eine Schätzung darüber gemacht, was dieser Mr. Collins für die Information verlangen wird, die er uns jetzt in Aussicht stellt?«

Koami überlegte eine Weile, bevor er antwortete.

»Wir werden ihm gleich zu Beginn der Verhandlungen einen festen Preis bieten müssen, denn sonst...«

Oburu schüttelte den Kopf. »Einen festen Preis bieten, bevor wir den Wert der Information kennen... das heißt die Katze im Sack kaufen.«

»Der Mann wird sich nicht die Möglichkeit verscherzen wollen, auch noch in Zukunft Geschäfte mit uns zu machen, Herr Vicomte. Er verspricht uns detaillierte Mitteilungen über die Pläne Roddingtons. Ich möchte vorschlagen, daß wir ihm zehntausend Dollar bieten.«

»Zehntausend Dollar, Koami? Mein Fonds für diese Zwecke ist nicht unerschöpflich...«

Oburu wollte noch weiter sprechen, als die Klingel ertönte.

»Das wird Collins sein, Herr Vicomte«, sagte Koami und ging, um zu öffnen. Er kehrte in der Begleitung eines Menschen zurück, dessen Äußeres nicht unbedingt vertrauenerweckend war. Der Mann mochte etwa die Mitte der Vierzig überschritten haben. Auf seinem von hundert Falten und Fältchen zerknitterten Gesicht lag ein Zug von Durchtriebenheit. Den Blick hielt er gesenkt, als ob es ihm schwer würde, einem anderen in die Augen zu sehen.

Der richtige Typ des Agenten, der auf beiden Achseln trägt..., dachte Oburu bei sich, während Koami ihn mit Collins bekannt machte.

»Mr. Collins bringt uns die bewußten Informationen«, eröffnete Koami das Gespräch. »Er erwartet von Ihnen ein Angebot, Herr Vicomte.«

Koami und Oburu tauschten einen schnellen Blick.

»Fünftausend Dollar«, sagte Oburu.

Das Gesicht von Collins verzog sich und wurde dabei noch ein ganz Teil faltiger.

»Sagen wir zehntausend Dollar, Sir, und ich lege Ihnen die Pläne des Marineamtes auf den Tisch.«

Oburu stutzte.

»Die Pläne des Marineamtes? Von den Plänen Roddingtons war die Rede, Mr. Collins.«

»Es bleibt sich gleich, Sir, Roddington und das Marineamt arbeiten zusammen.«

Oburu hatte Mühe, die gleichmütige Miene zu bewahren. Schon die wenigen Worte, die Collins ihm hier gesprächsweise hinwarf, bedeuteten für ihn eine Nachricht von größter Wichtigkeit.

»Also zehntausend Dollar, Mr. Collins, wenn Sie die Pläne bringen«, sagte er nach kurzem Überlegen.

»Gemacht, Sir! Wo ist das Geld?« kam die Antwort kurz und knapp von Collins' Lippen.

»Ich werde Ihnen einen Scheck geben, Mr. Collins.«

»Nicht zu machen, Sir! Bei Geschäften wie dem hier gibt's nur Barzahlung.«

»Ich habe das Geld hier, Herr Vicomte«, mischte sich Koami ein. Er ging zu einem Schrank und kam mit einem Bündel von Hundertdollarnoten zurück. Collins warf einen scharfen Blick darauf und erhob sich.

»Sie gestatten, Gentlemen! Eine kleine Toilettenangelegenheit. Die Pläne werden gleich zur Stelle sein.«

Er drehte sich zur Wand um und begann an seiner Kleidung zu knöpfen, am Rock, an der Weste und schließlich am Hemd, und brachte eine Art von Brustbeutel aus einem feinen Gummistoff an das Licht. Ein Rauschen und Knistern. Vielfach gefaltetes Pauspapier kam aus dem Brustbeutel zum Vorschein.

Collins breitete es auf dem Tisch auseinander. Auf den ersten Blick erkannte Oburu, daß er einen Plan des Hafens von Manila vor sich hatte, für den allein er mit Vergnügen ein paar tausend Dollar gegeben hätte. Der Attaché bildete sich ein, nicht schlecht über die Verteidigungsanlagen dieses großen amerikanischen Kriegshafens orientiert zu sein. Er hatte sich diese Wissenschaft während der letzten Jahre manchen Dollar kosten lassen. Auf dem Plan aber, den er jetzt vor sich sah, waren Dinge eingezeichnet, von deren Existenz er bisher noch keine Ahnung hatte. Panzerforts und versenkbare Küstenbatterien, deren zweckmäßige Anlage ihm sofort einleuchtete. Punktierte Linien gaben den Verlauf der unterirdischen Kraftleitungen zu den neuen Werken an. Im Moment schoß es dem Attaché durch den Kopf, wie wertvoll die Kenntnis dieser Dinge im Ernstfall einmal für die japanischen Fliegergeschwader werden könnte. Ein paar tüchtige Bomben auf diese Leitungsstränge, und die Verteidigungswerke, von ihrer Kraftquelle abgeschnitten, würden wehrlos sein. Schon jetzt bereute er die zehntausend Dollar nicht mehr.

Eine Weile ließ ihn Collins den Plan in Ruhe betrachten. Dann deutete er auf eine etwas landeinwärts in den Berghängen gelegene Stelle, an der mehrere Kreise eingezeichnet waren.

»Sehen Sie das, Sir?« fragte er. »Das sind die neuen bombensicher in den Felsen eingebauten Treibstofftanks.«

Oburu wußte, daß die Öltanks, von denen die Aktionsfähigkeit der amerikanischen Pazifikflotte in hohem Maße abhängig war, bisher ziemlich dicht am Hafen lagen und bei einem unvorhergesehenen Überfall feindlicher Schiffe nicht allzuschwer in Brand geschossen werden konnten.

»Sehen Sie hier, Sir«, fuhr Collins in seinen Erläuterungen fort, indem er mit dem Finger einer stark ausgezogenen Linie folgte. »Hier geht von den neuen Tanks – sie fassen zusammen anderthalb Millionen Kubikmeter – eine ebenfalls bombensichere Rohrleitung ab.«

Oburus Blick folgte dem Finger von Collins. Die Leitung ging von den Bergen her auf kürzestem Wege zur Küste und lief dann an dieser entlang bis zu einer zehn Kilometer südlich von Manila gelegenen Bucht. Dort trat sie in die See hinaus und endete in einer Wassertiefe von zwanzig Meter.

Collins hob den Kopf. Einen Moment trafen sich seine Blicke mit denen Oburus. Schnell blickte er wieder zur Seite.

»Jetzt wissen Sie, Sir, wozu Mister Roddington die großen Rohre in Trenton gießt. Wie gefällt Ihnen die Zapfstelle hier in der Seitenbucht?«

Nachdenklich schaute der Attaché auf den Plan. Erst nach längerem Überlegen antwortete er.

»Ich begreife nicht ganz, was das amerikanische Marineamt mit dieser Anlage bezweckt.«

Collins deutete auf ein paar am Rande der Bucht eingezeichnete Vierecke, während er weiter erklärte: »Hier kommen die neuen Forts hin, Sir. Dadurch wird die Bucht unangreifbar. Die Ölschiffe, die den Treibstoff von Frisco nach den Philippinen bringen, drücken ihn hier durch das Rohr in die Tanks. Selbst wenn ein Ölschiff von feindlicher Seite dabei in Brand geschossen würde, kann nicht viel passieren... während bei dem jetzigen Verfahren im Hafen von Manila... Sie wissen...«

Oburu nickte. Er wußte. Immer mehr begann ihm die Zweckmäßigkeit der neuen Anlagen einzuleuchten. Der flüssige Treibstoff, in gleichem Maße unentbehrlich für die Motoren der Flugzeuggeschwader und die Kesselfeuerungen der Kriegsschiffe, bildete infolge seiner leichten Brennbarkeit eine stete Gefahrenquelle. Eine einzige Granate konnte eine Feuersbrunst von ungeheuerlichen Ausmaßen hervorrufen. Durch die Anlage, deren Plan er hier vor sich hatte, war die Gefahr auf ein Minimum reduziert.

Auch das Rätsel von Trenton fand hier eine zwanglose Erklärung. Irgendeine gewöhnliche Rohrleitung hätte durch einen glücklichen Treffer der Angreifer leicht zerstört werden können. Den Riesenrohren Roddingtons vermochten auch die stärksten Fliegerbomben nichts anzuhaben. Der Plan war gut, das stand für Oburu jetzt außer jedem Zweifel. Befriedigt faltete er ihn zusammen; nicht weniger befriedigt ließ Collins das Paket Dollarnoten in seiner Brusttasche verschwinden. Für beide Parteien hatte sich das Geschäft gelohnt.

Im Trenton-Werk war gerade der glutflüssige Stahl für das einhundertvierzigste Rohr in die Schleuderform gelaufen. Frank Dickinson saß in seinem Zimmer im Werk und hatte das Arbeitsprogramm vor sich. Nur zehn Rohre waren noch zu gießen und außerdem fünf eigenartige kugelförmige Hohlgußstücke, für die ihm Roddington die Zeichnungen vor einigen Wochen aus Davao geschickt hatte. In spätestens vierzehn Tagen würde das alles erledigt sein, und dann... Dickinson stützte den Kopf nachdenklich in die Hände... ja, dann würde es um die weitere Beschäftigung des Werkes schlecht bestellt sein. Die kleinen laufenden Aufträge der alten Kundschaft würden gewiß nach wie vor hereinkommen, aber sie reichten nicht annähernd hin, um die Leistungsfähigkeit des Werkes voll auszunutzen. Etwas Besonderes würde geschehen müssen, um neuen Absatz für das Werk zu schaffen.

Während Dickinson noch überlegte, wurde ihm ein Besuch gemeldet. »Kemi Itomo, Nagasaki-Japan« las er mit einiger Verwunderung auf der Karte, die der Diener vor ihn hinlegte.

Ein Gelber?! Hier im Trenton-Werk? Diesmal nicht als Spion, wie man sie in letzter Zeit ein paarmal abgefaßt und der Justiz zur weiteren Veranlassung übergeben hatte... sondern regulär angemeldet als ein legaler Besuch? Dickinson wußte nicht, was er davon halten sollte.

»Führen Sie den Herrn herein!« befahl er nach kurzem Überlegen. Der Diener verschwand und bat Herrn Kemi Itomo einzutreten. Mit einer höflichen Verbeugung trat der Japaner näher und folgte, sich nochmals verneigend, der Aufforderung Dickinsons, Platz zu nehmen. Er sprach ein ganz brauchbares Englisch.

»Was verschafft mir die Ehre Ihres Besuches, Mr. Itomo?« fragte Dickinson.

»Ich möchte etwas bei Ihnen bestellen, Mr. Dickinson. Es handelt sich um eine besondere Art von Stahlguß, den wir in Japan noch nicht herstellen können.«

Dickinson hatte das Gefühl, als ob ein elektrischer Schlag ihn durchzuckte. Einen Augenblick sah er den Japaner starr an. Dessen Gesicht blieb unbeweglich.

»Waren Sie schon bei der Corporation?« fragte Dickinson. Der Japaner schüttelte den Kopf.

»Nein, Sir, ich glaube auch nicht, daß die Corporation mir das Gewünschte liefern könnte.«

»Aber Sie meinen, unsere Werke würden es können, Mr. Itomo?«

Das Lächeln auf den Zügen des Japaners verstärkte sich um eine Kleinigkeit, als er erwiderte.

45

»Ich glaube, Sie werden es können. Ich hörte, daß Ihr Werk für Schleuderguß hervorragend eingerichtet sein soll.«

Dickinsons Rechte umklammerte die Armlehne des Sessels, während er antwortete. »Ihre Information ist zutreffend, Mr. Itomo. Wir haben uns auf diesem Gebiete spezialisiert. Wollen Sie mir Näheres über die Art der Stücke mitteilen, die Sie benötigen?«

Der Japaner griff nach seiner Aktentasche und holte eine Zeichnung hervor.

»Bitte, Sir«, fuhr er fort, während er sie seinem Gegenüber zuschob, »es handelt sich um eine Anzahl starkwandiger Stahlrohre.«

Dickinson starrte auf das Papier. Er schloß die Augen und öffnete sie wieder, aber die Zeichnung blieb unverändert dieselbe. Sie stellte ein Riesenrohr der gleichen Art dar, wie er deren jetzt bereits einhundertvierzig Stück für Roddington gegossen hatte. Noch einmal überprüfte er die eingetragenen Maße. Jeder Irrtum war ausgeschlossen, sogar das Gewicht von zweitausend Tonnen für das einzelne Stück war auf der Zeichnung notiert. Er brauchte geraume Zeit, sich zu sammeln, bevor er weitersprechen konnte.

»Darf ich fragen, Mr. Itomo, für welchen Zweck Sie diese außergewöhnlichen Gußstücke benötigen?«

Der Japaner zuckte die Achseln.

»Ich bedaure, Mr. Dickinson, Ihnen nichts Genaues sagen zu können, da ich selbst nur im Auftrag handle. Soviel mir bekannt ist, sind die Rohre... wir würden zunächst zehn Stück gebrauchen... für eine Hochdruckleitung der chemischen Werke in Nagasaki bestimmt.«

Das lügst du und der Teufel, dachte Dickinson bei sich. Laut fuhr er fort:

»Ich kann in dieser Angelegenheit nicht selbst entscheiden. Ich muß durch Funkspruch die Einwilligung Mr. Roddingtons einholen. Würden Sie mir vierundzwanzig Stunden Zeit dafür lassen?«

Der Japaner verneigte sich.

»Selbstverständlich, Mr. Dickinson. Darf ich Sie morgen um die gleiche Zeit wiederum aufsuchen?«

Und dann war Herr Kemi Itomo gegangen. Dickinson war allein in seinem Zimmer, allein mit tausend Gedanken, mit tausend Zweifeln, die auf ihn einstürmten. Hätte er den Japaner nicht von sich aus sofort abweisen müssen? Durfte er Roddington überhaupt mit einer solchen Frage kommen?

Während der nächsten Stunden schwirrten die Funksprüche zwischen Davao und Trenton hin und her. Jeden Satz, ja womöglich jedes Wort, das der Japaner während seines Besuches gesprochen hatte, wünschte Roddington zu wissen. Am Abend endlich kam seine Antwort, die Dickinson trotz des vorhergegangenen Depeschenwechsels in Erstaunen setzte, und am nächsten Mittag kam Herr Kemi Itomo wieder zu Dickinson.

Die Unterredung zwischen dem Japaner und dem Direktor des Stahlwerkes nahm diesmal einen glatten Verlauf. Dickinson erklärte sich bereit, die zehn Rohre innerhalb der von Itomo gewünschten Frist zu liefern. Nur bei der Festsetzung des Preises und der Zahlungsbedingungen gab es ein längeres Hin und Her. Mit der Hartnäckigkeit, die den Ostasiaten in geschäftlichen Dingen eigen ist, versuchte Itomo zu handeln, aber ebenso hartnäckig bestand Dickinson auf seinen Forderungen. Ebenso wie einst seinem Bevollmächtigten Roger Blake beim Verkauf des Konzerns an die Corporation hatte Roddington auch ihm die Marschroute genau vorgeschrieben, von der er nicht abweichen durfte. Noch einen letzten Versuch machte Herr Kemi Itomo, dann bewilligte er die Forderungen der Gegenseite. Ein Vertrag wurde entworfen und in zwei Ausfertigungen von den beiden Verhandlungspartnern unterschrieben. Sorgfältig steckte der Japaner sein Exemplar in die Brusttasche, ebenso sorgsam verschloß Dickinson das seinige in dem Tresor seines Arbeitszimmers, nachdem Itomo ihn verlassen hatte. Er tat es in dem angenehmen Bewußtsein, für einen weiteren Monat lohnende Beschäftigung für das Werk zu haben. –

Daß die Corporation trotz der eben erwähnten Vorsichtsmaßregeln doch Kenntnis von dem Inhalt des Vertrages bekam, wird stets eine Glanzleistung ihrer Nachrichtenabteilung bleiben. In höchster Erregung bat Präsident Price den Direktor Curtis durch das Telephon zu sich. Mit rotem Kopf saß er da und zerzauste wütend seinen Schnurrbart, als der Gerufene bei ihm erschien.

»Mich trifft der Schlag, Curtis!« empfing er den Direktor. »Das Trenton-Werk hat einen Auftrag im Werte von anderthalb Millionen Golddollar von den Japanern bekommen. Zehn Stück von diesen verdammten Rohren sind dafür zu liefern.«

Curtis warf einen Blick auf den Bericht, den der Präsident vor sich hatte.

»Anderthalb Millionen, Mr. Price... für zwanzigtausend Tonnen Stahl? Alle Wetter, Roddington hält auf Preise, das muß man ihm lassen. An dem Auftrag dürfte das Trenton-Werk fünfzig Prozent verdienen.«

»Das Trenton-Werk! Jawohl, Curtis! Aber nicht die Corporation«, schrie Price erbost. »Warum haben sich die Japaner nicht an uns gewandt?«

Trotz seiner Aufregung sah Price selber ein, daß seine Frage töricht war. Es hätte dazu kaum noch der Antwort von Curtis bedurft, der allerhand von den Spezialeinrichtungen des Trenton-Werkes sagte. Ein neuer Gedanke schien dem Präsidenten zu kommen.

»Wir werden die Errichtung einer ähnlichen Anlage in einem unserer Werke in Erwägung ziehen müssen«, fuhr er nach kurzem Überlegen fort. »Vorerst aber wollen wir feststellen, wie man in Washington über derartige Lieferungen an Japan denkt.«

Curtis nickte. »Das halte ich auch für sehr angebracht, Mister Price, ehe wir größere Kapitalien für Schleudergußanlagen festlegen. Unsere Beziehungen zu den Japanern sind wirklich nicht so, daß ein amerikanisches Stahlwerk ihnen mit gutem Gewissen Dinge liefern dürfte, die irgendwie nach Rüstungen und Waffen aussehen. Ich begreife nicht, wie Roddington den Auftrag übernehmen konnte?«

Price zuckte die Achseln.

»Vielleicht weiß er gar nicht darum. Vielleicht hat Dickinson das auf seine eigene Kappe genommen. Sie kennen ihn ja auch: ein ehrgeiziger Werksleiter, der um jeden Preis Aufträge für seinen Laden hereinholt.«

Ein Lächeln huschte um die Lippen von Curtis.

»Nicht um jeden Preis, Herr Präsident. Er hält dabei auf hohe Preise, das haben wir doch eben festgestellt.«

Bei dem Einwand von Curtis stieg Price das Blut von neuem zu Kopf. Ärgerlich sprang er auf.

»Ich sehe jedenfalls, Curtis, daß wir erst in Washington sondieren lassen müssen, bevor wir unsere weiteren Dispositionen treffen. Beauftragen Sie Oberst Barton damit! Es muß schnellstens geschehen.«

»Ich werde es sofort veranlassen«, sagte Curtis und verließ das Zimmer. –

Oberst Barton sprach bei General Grove im Kriegsamt vor und wurde von ihm weiter ins Marineamt zu Kapitän Bancroft geschickt. Der Kapitän schüttelte den Kopf, als er von der Bereitwilligkeit Roddingtons, an die Japaner zu liefern, hörte.

»Wir haben im Augenblick kaum ein gesetzliches Mittel, die Lieferung durch die Trenton-Werke zu verhindern«, legte er Barton seine Meinung über den Fall dar.

»Es wäre verkehrt, gerade jetzt eine besondere ›Lex Roddington‹ zu erlassen, um die Lieferung zu unterbinden. Eine solche Maßnahme würde die gespannten Beziehungen zwischen Washington und Tokio weiter verschlechtern. By Jove, Oberst Barton, sie sind schon schlecht genug. Jedenfalls werden wir uns auf Grund Ihrer Mitteilungen mit Roddington in Verbindung setzen und es versuchen, ihn von der Lieferung abzubringen.« –

Oberst Barton verließ das Marineamt mit dem angenehmen Bewußtsein, der Konkurrenz ein gutes Geschäft versalzen zu haben. Er war noch nicht lange fort, als MacLane in das Zimmer zu Bancroft kam.

»Wissen Sie schon das Neueste?« empfing ihn der Kapitän. »Die Corporation hat durch ihre Agenten von der Rohrlieferung Roddingtons an die Gelben Wind gekriegt und spuckt jetzt Gift und Galle. Präsident Price soll einen Anfall von Gelbsucht gehabt haben. Eben war Oberst Barton bei mir, den mir General Grove auf den Hals gehetzt hat. In der Absicht natürlich, uns zum Eingreifen zu veranlassen und Roddington das Geschäft zu verderben.«

MacLane ließ sich in den nächsten Sessel fallen und brach in ein langes, herzhaftes Gelächter aus.

»Köstlich, Bancroft!« rief er, als er endlich die Sprache wiederfand. »Das ist der richtige Abschluß für die Komödie. Wie haben wir uns damals amüsiert, als Roddington wegen der Rohrlieferung bei uns anfragte. Es war ja der schönste Beweis dafür, daß die Gelben auf den schwindelhaften Plan hereingefallen sind, den wir Mr. Oburu durch Henry Collins andrehen ließen, und jetzt...«, er mußte wieder laut auflachen, »...jetzt kommt der gute Price nachgehinkt und schickt einen berittenen Boten nach Washington. Für wie töricht muß er Roddington eigentlich halten?... Anzunehmen, daß der Mann solche Lieferung abschließt, ohne vorher mit uns Fühlung zu nehmen! Das ist schon mehr als eine Komödie, das fängt schon an, Burleske zu werden.«

Kapitän Bancroft stimmte in die Fröhlichkeit des andern nicht ein.

»Mein lieber MacLane«, sagte er nach kurzem Überlegen, »diese Posse oder Burleske, oder wie Sie es sonst nennen wollen, hat doch einen sehr ernsthaften Beigeschmack. Ihr Freund Roddington wird in einer Weise bespitzelt, die mir nachgerade Bedenken erregt. Wie ist das möglich, daß die Corporation sofort von einem fremden Vertrag Kenntnis erhält, den die beiden Partner aufs strengste geheimhalten?«

MacLane zuckte die Achseln.

»Das läßt sich schwer sagen, Bancroft. Sie wissen ja ebensogut wie ich, daß die Corporation über einen Stab der gerissensten Agenten verfügt. Die Kerls sind fähig, einem Kriminalinspektor die Uhr aus der Westentasche zu stehlen, ohne daß er es merkt.«

»Und leider auch einen Vertrag, der in Trenton in dem diebessicheren Tresor liegt. Das ist es, was mir Sorge macht, MacLane. Wäre es die Corporation allein, so möchte ich es meinetwegen noch hingehen lassen. Bei der ist es schließlich der Konkurrenzneid, aber die Gelben sind auch noch immer scharf hinter Roddington her...«

»Das begreife ich nicht, Bancroft. Die Herrschaften sollen fürs erstemal den bewußten Plan von Manila verdauen.«

»Sollte man meinen, MacLane! Aber ich habe neue Nachrichten, daß sie immer noch in Davao herumschnüffeln. Roddington nimmt diese Dinge zu leicht. Ich halte es für notwendig, ihm von Amts wegen zu Hilfe zu kommen. Wir werden mit dem Gesindel, das ihn von rechts und links bespitzelt, doch fertig werden.«

»Dazu müßte er sich zuerst an uns wenden«, warf MacLane ein.

»Sehr richtig, mein Lieber! Offiziell können wir den ersten Schritt nicht tun. Deshalb bitte ich Sie als Roddingtons Freund, sich mit ihm in Verbindung zu setzen und zu veranlassen, daß er hierherkommt.«

»Ich werde es tun, Kapitän Bancroft. Soweit ich im Bilde bin, muß er mit seinen Vorbereitungen so ziemlich fertig sein. Es ist für ihn jetzt an der Zeit, uns hier in Washington seine Karten offen auf den Tisch zu legen. Er muß es schon deshalb tun, weil er die Unterstützung unserer Flotte bei seinen weiteren Arbeiten braucht. Ich ließ mir in Davao seinen Werkcode von ihm geben. Ich werde ihm heute noch funken.«

Um die gleiche Zeit wiesen die Zeiger der Uhren in Davao die neunte Morgenstunde. Heiß brannte dort bereits die Tropensonne von einem wolkenlosen Himmel nieder und übergoß die neuen Werksbauten am Strand mit ihren grellen Strahlen.

James William Roddington und Dr. Wegener kamen von einem Gang durch das Werk zurück. Auf die Einladung des Doktors folgte ihm Roddington in sein Arbeitszimmer. Ein mächtiger Zeichentisch nahm den mittleren Teil des Raumes ein. Kaum ein freies Fleckchen war auf ihm vorhanden, unter Dutzenden von Zeichnungen und Plänen verschwand die Tischplatte. Nicht viel anders sah es auf dem vor einem Fenster stehenden Schreibtisch aus. Auch hier unendliche Mengen von Papier, mit Tausenden von Zahlen und langen Rechnungen bedeckt.

Dr. Wegener schob Roddington einen Stuhl hin und nahm ihm gegenüber Platz. Das Aussehen des Doktors war gegen früher verändert. Überarbeitung und Sorge hatten seinen Zügen unverkennbare Spuren aufgeprägt. Von schlaflosen Nächten und dauernder geistiger Anspannung sprachen die Schatten unter seinen Augen. Mit wachsender Unruhe hatte Roddington während der letzten Tage die Veränderung an ihm bemerkt.

»Sagen Sie mir offen, was Sie auf dem Herzen haben, Doktor Wegener«, eröffnete er jetzt die Besprechung. »Schon seit einiger Zeit merke ich, daß irgend etwas Sie bedrückt.«

Der Doktor strich sich mit einer nervösen Bewegung durch seinen Schopf.

»Sie haben recht, Mr. Roddington. Es hat keinen Zweck, den Kopf vor der Gefahr in den Sand zu stecken. Wir müssen offen sprechen. Der ungeheure Wasserdruck ist es, der mir immer größere Sorge bereitet.«

»Sie fürchten, Doktor Wegener, daß das Balsaholz dem Druck von tausend und mehr Atmosphären nicht widerstehen könnte? Ich habe in letzter Zeit ähnliche Gedanken gehabt.«

Der Doktor griff nach einem mit Zahlen bedeckten Blatt, während er weitersprach.

»Unsere Rechnung schien sehr einfach zu sein, Mr. Roddington. Der ganze Rohrstrang wiegt dreihunderttausend Tonnen. Durch die Holzmäntel werden die Rohre im Wasser bis auf fünf Prozent ihres Gewichtes entlastet. Wir brauchen nur noch ein Gewicht von fünfzehntausend Tonnen zu beherrschen, wenn... ja, wenn eben das Holz dem Druck standhält.«

»Sie waren Ihrer Sache zuerst doch völlig sicher«, warf Roddington ein. »Wir haben das Holz zusammen unter den Pressen dem größten Druck ausgesetzt. Sie haben die Volumenverringerung, die wir dabei feststellen konnten, in Ihren Berechnungen berücksichtigt. Woher kommen Ihnen jetzt die Bedenken?«

Es dauerte geraume Zeit, bis Dr. Wegener sich zu einer Antwort aufraffte.

»Eine bündige Erklärung kann ich Ihnen nicht geben, Mr. Roddington. Nennen Sie es Ahnung... nennen Sie es meinetwegen, wie Sie wollen. Vor einer Woche etwa... es war nach Mitternacht... ich konnte nicht einschlafen, da kam es über mich. Wie ein Wachtraum war es, ich sah uns beide auf der Plattform des größten Schiffes unserer Werkflotte stehen. Die schweren Winden waren in Tätigkeit... Rohr fügten wir an Rohr und ließen den Strang an mächtigen Stahltrossen immer tiefer in die See hinab. Alles ging gut. Kilometer um Kilometer fuhr der Strang in die Tiefe, an den Dynamometern konnte ich ablesen, daß die berechnete Entlastung tatsächlich vorhanden war... und dann, Roddington... dann gab es plötzlich einen fürchterlichen Ruck. Schwer neigten die acht Schiffe der Werksflotte, an denen der Rohrstrang hing, sich über. Die Zeiger der Dynamometer schnellten in die Höhe. Hell klangen die schweren Stahltrossen, wie die aufs höchste gespannten Saiten einer Riesengambe... dann brachen sie, Roddington. Mit Gewalt schnellten die abgerissenen Enden nach oben, in der Tiefe der See verschwand der Rohrstrang. Mit einem Schrei fuhr ich auf, war ich wach... Hatte ich doch geträumt? Seit der Nacht bin ich meiner Sache nicht mehr sicher.«

Mehr als er sich selbst gestehen wollte, war Roddington von den Worten Dr. Wegeners ergriffen. Seit jenem Tage, da an Bord der »Blue Star« zwischen den beiden zum erstenmal die Zerreißlänge erwähnt wurde, waren ihm öfter als einmal technische Zweifel und Bedenken gekommen.

Es war nicht die Festigkeit des Balsaholzes allein, an die er dabei denken mußte. Auch die Frage, wie der auf die Holzmäntel aufvulkanisierte Kautschukbelag sich dem riesenhaften Wasserdruck gegenüber verhalten würde, ging ihm wieder und immer wieder durch den Sinn. Jedes Loch in diesem Belag mußte ja notwendigerweise auch ein Loch in der Rechnung bedeuten, die Dr. Wegener mit soviel Sorgfalt aufgestellt hatte.

Nicht einmal, sondern Dutzende von Malen hatten sie bei früheren Fahrten auf der »Blue Star« Versuche darüber angestellt. Am Draht des Tiefseelotes versenkten sie Holzstücke mehrere Kilometer tief in das Meer. Kam das Holz mit dem Lot wieder nach oben, so war es bis in die letzten, feinsten Hohlräume mit Seewasser imprägniert und ebenso schwer wie das Wasser selbst geworden. Eine Schwimmfähigkeit besaß es danach nicht mehr.

Damals war ihnen zuerst die Idee eines Gummibelages gekommen. Andere Versuche machten sie mit derartig geschützten Holzstücken, und der Schutz bewährte sich. Man konnte weder Dr. Wegener noch Roddington den Vorwurf machen, daß sie nicht alle erreichbaren Erfahrungen gesammelt hätten, bevor sie an die Ausarbeitung ihres Planes gingen. Doch was im kleinen sicher war, konnte im großen unsicher werden. Zu bedeutend war der Unterschied zwischen den kleinen Holzstücken, mit denen sie bisher experimentiert hatten, und den mächtigen Holzmänteln der Riesenrohre, die nun bald dem fürchterlichen Druck der tiefsten Meerestiefe ausgesetzt werden sollten. –

In das minutenlange Schweigen fielen langsam und schwer die Worte Roddingtons.

»Einen zweiten Versuch würden mir meine Mittel nicht mehr gestatten, Doktor Wegener. Der erste Versuch darf kein Mißerfolg werden.«

»Deshalb, Mr. Roddington, müssen schon beim ersten Versuch die Werkschiffe so tragfähig, die Trossen so mächtig, die Winden so stark sein, daß uns der Rohrstrang auch dann nicht in die See stürzen kann, wenn die tragenden Mäntel nicht standhalten.« –

Ihre Unterhaltung wurde durch den Eintritt eines Werkmannes unterbrochen. Er brachte eine Funkdepesche. Roddington riß das Papier auf und las die Unterschrift »MacLane«. Der Text war verschlüsselt. Zusammen mit Dr. Wegener machte er sich an die Entzifferung. Nachdenklich wiegte der Doktor den Kopf, als das letzte Wort des Radiogramms in Klarschrift auf dem Papier stand.

»Es war vielleicht doch nicht klug, daß Sie den japanischen Auftrag annahmen«, sagte er endlich. »Es scheint die Herren in Washington verschnupft zu haben, und wir sind auf ihre Unterstützung angewiesen.«

Noch einmal und noch ein drittes Mal überlas Roddington den Funkspruch, dann raffte er sich zu einem Entschluß auf.

»Es hilft nichts, Doktor«, sagte er, während er das Telegramm beiseitelegte, »ich muß mit der schnellsten Luftverbindung nach Washington und die Sache in Ordnung bringen. Wir können gleich zusammen die Antwort an Freund Freddy aufsetzen.«

Er griff nach Papier und Bleistift, aber Dr. Wegener beeilte sich nicht sonderlich, ihm bei der Abfassung des Textes zu Hilfe zu kommen. Mit halb geschlossenen Augen saß er da und preßte bisweilen die Hände gegen die Schläfen.

»Was halten Sie von diesem Passus, Doktor?« fragte Roddington ungeduldig und las ihm ein paar Sätze vor, die er eben niedergeschrieben hatte. Dr. Wegener schlug die Augen wieder auf. –

»Bevor Sie nach Washington gehen, müssen Sie sich selber darüber klar sein, in welcher Größe und in welchem Umfang Sie die Hilfe der Bundesmarine erbitten wollen.«

»Ich meine, Doktor Wegener, Sie hätten vor wenigen Minuten klar ausgesprochen, was wir brauchen.«

Der Doktor schüttelte den Kopf.

»Nein, Mr. Roddington, ich deutete es nur ungefähr an. Wir müssen vorher vollkommen klar sehen.« –

Immer lebhafter wurde Dr. Wegener, während er weiter sprach. Sorge und Müdigkeit schienen von ihm abzufallen, und immer aufmerksamer folgte Roddington seinen Worten. Eine Viertelstunde verstrich darüber und noch eine zweite, dann war der Doktor mit seinen Darlegungen zu Ende.

»Sie haben wieder einmal recht, Doktor«, sagte Roddington, »das muß zuallererst geschehen.«

»Dann wollen wir jetzt zusammen die Antwort an MacLane aufsetzen, Mr. Roddington.«

Schon während der Doktor es sagte, griff er zum Bleistift. Schnell wurde der Text geschrieben und verschlüsselt. Eine halbe Stunde später spritzte er aus der Antenne des Senders von Davao in den Äther.

Unter der Nachwirkung von Oberst Bartons Bericht war Präsident Price in einer etwas besseren Laune.

»Was bringen Sie Neues, Palmer?« fragte er seinen Agenten und schob ihm mit einer einladenden Bewegung die Zigarrenkiste hin. Während Palmer mit der Linken danach griff, holte er mit der Rechten das unvermeidliche Notizbuch hervor.

»In Trenton wird wieder Tag und Nacht in drei Schichten gearbeitet, Mister Price.«

»Wo, Palmer? In der neuen Gießhalle?«

»Dort auch«, stieß Palmer zwischen zwei Rauchwolken hervor.

Der Präsident ließ seine Faust auf den Tisch fallen.

»Immer noch Schleuderguß? Das Geschäft mit den Gelben haben wir Dickinson doch verdorben.«

Palmer sah, wie sich eine bedenkliche Röte auf dem Gesicht von Price entwickelte, und das veranlaßte ihn, die Mitteilung zu unterdrücken, die ihm schon auf der Zunge lag.

»Die Rohre für Tokio sind längst gegossen, sie schwimmen seit Tagen irgendwo zwischen Trenton und Panama«, wollte er eigentlich sagen. »Es wird kein Schleuderguß in Trenton mehr hergestellt«, sagte er statt dessen, und das Gesicht des Präsidenten nahm allmählich wieder seine natürliche Farbe an.

»Was wird in der neuen Halle gemacht?« fragte er kurz.

»Stahldrahtseile, Mr. Price. Dickinson hat die größte Kabelspinnmaschine aus den Werkstätten der General Electric in Schenectady gekauft. Man spricht von einer halben Million Dollar, die dafür gezahlt wurden.«

»Soviel ist die Maschine nicht einmal neu wert«, brummte Price vor sich hin.

Palmer nickte lebhaft. »Sehr richtig, Herr Präsident! Dickinson hat für die alte Maschine beinahe den doppelten Neupreis bezahlt, weil er sie sofort haben mußte und auf dem freien Markte nichts Ähnliches greifbar war. Die Herren von der General Electric haben ihn gehörig bluten lassen.«

»Also Stahldrahtseile spinnt Dickinson jetzt«, sagte Price kopfschüttelnd. »Weiß der Teufel, Palmer, wir haben nicht gemerkt, daß in den Vereinigten Staaten besondere Nachfrage nach dem Artikel vorhanden ist. Vielleicht will er auch damit seine gelben Geschäftsfreunde beglücken. Na, ich denke, es werden sich Mittel und Wege finden lassen, ihm das Handwerk zu legen.«

Palmer zuckte die Achseln. Er war in dieser Beziehung nicht so siegessicher wie Price, doch in Rücksicht auf dessen explosive Natur zog er es vor, seine Bedenken für sich zu behalten.

»Sie sagten vorher, Palmer«, fragte Price weiter, »daß in Trenton mit drei Schichten gearbeitet wird. In welchen Abteilungen geschieht das?«

»Im Walzwerk und in der Drahtfabrik, Mr. Price.«

»Ach, so ist das zu verstehen! Diese Abteilungen müssen natürlich das Futter für die Kabelspinnmaschine liefern. Tag und Nacht wird gearbeitet, sagen Sie. Dann muß es sich um große Mengen handeln.«

Palmer zog wieder seine Notizen zu Rate.

»Sehr wohl, Herr Präsident. Die neue Kabelspinnmaschine liefert stündlich fünf Kilometer eines reichlich schenkelstarken Stahldrahtseiles. Da müssen die andern Abteilungen sich schon dranhalten, um den Draht zu liefern, der dabei verbraucht wird.«

»Konnten Sie in Erfahrung bringen«, fragte Price weiter, »für wen die Trossen bestimmt sind?«

Palmer schüttelte den Kopf. »Ich hörte, daß die fertiggestellten Trossen nach Davao verfrachtet werden. Das wäre im Augenblick alles, was ich an Neuigkeiten in Trenton erfuhr, Mr. Price.«

Verstohlen sah der Agent dabei den Präsidenten an. Keinen der sonst üblichen Ausbrüche gab es heute. Offensichtlich war Price in guter Laune, und Palmer hütete sich, noch ein paar Nachrichten anzubringen, die diese vielleicht verschlechtern konnte. Mit einer Verbeugung erhob er sich. Mit stiller Verwunderung nahm er das halbe Dutzend Zigarren in Empfang, das ihm Price gegen seine sonstige Gewohnheit beim Abschied in die Hand drückte. –

Als der Agent draußen war, ging Price im Zimmer hin und her und rieb sich die Hände. Einzelne Worte und Sätze kamen dabei von seinen Lippen.

Es ist so, es kann kaum anders sein. Ich habe ihn überschätzt ... er ist ein Riesennarr. Mit offenen Augen läuft er in sein Verderben ... um so besser für uns ... bald werden wir das Trenton-Werk billig kaufen können ... der andere ... der deutsche Narr, der ihm die Verrücktheiten eingeblasen hat ... der könnte von Rechts wegen eine Provision von uns verlangen, wenn Roddington fertig ist ...

Befriedigt ließ er sich wieder in seinen Sessel fallen. Price glaubte jetzt zu wissen, wenigstens zu ahnen, welchen Utopien James Roddington nachjagte, und als nüchterner Kaufmann sah er das schlechte Ende mit Sicherheit voraus. Aber es bestand die Möglichkeit, daß Roddington oder Dickinson vielleicht auch noch weiterhin lukrative Geschäfte mit den Japanern machten und dadurch den nach seiner Meinung unvermeidlichen Zusammenbruch auf geraume Zeit hinausschoben. Das mußte verhindert werden. Price sah da entfernte Möglichkeiten für Roddington, die seine gute Laune wieder um ein paar Grad sinken ließen. Er griff zur Feder, denn die neuen Instruktionen, die er Oberst Barton geben wollte, waren derart vertraulicher Natur, daß er sie seinem Sekretär nicht diktieren wollte... Eigenhändig schrieb er einen Brief, der bald danach den Oberst zu weiteren Besuchen in den Ämtern von Washington veranlaßte. –

Dabei waren die Befürchtungen von Price unbegründet und seine Maßnahmen vorläufig wenigstens verfrüht. Vicomte Oburu und seine Leute hatten im Augenblick andere Sorgen. –

Ungefähr zur gleichen Zeit, da Price den Schlußstrich unter seinen Brief setzte, stiegen drei Leute auf einem Waldpfad in die östlich von Manila gelegenen Berge. Trotz der frühen Stunde brannte die Sonne schon stark und erzeugte unter den dichten Baumkronen eine feuchte, ermüdende Wärme. Immer häufiger blieb der vorderste der drei Männer, offenbar der Führer der kleinen Gesellschaft, stehen und wischte sich den Schweiß von der nassen Stirn. Jetzt ließ er sich auf einem Felsblock am Wege nieder und nahm seinen Sombrero ab.

»Uff, Gentlemen! Verteufeltes Klima auf dieser gottgesegneten Insel. Eine kurze Rast wird uns allen guttun.«

Ungeduldig blickte der zweite Mann auf seine Uhr.

»Wir haben noch reichlich eine Stunde bis zum Ziel, Mr. Collins. Die Zeit wird knapp.«

»Ah, bah, Mr. Itomo. Ich habe keinen trockenen Faden mehr am Leibe. Wenigstens ein paar Minuten muß ich mich verschnaufen.«

Dabei zog Collins seine Pfeife heraus, setzte sie in Brand und begann behaglich zu rauchen. Itomo trat indes ungeduldig von einem Bein auf das andere. Für einen Japaner war der Aufenthalt hier innerhalb des befestigten Gebietes von Manila nicht unbedenklich. Die amerikanischen Behörden pflegten gegen neugierige Fremde scharf vorzugehen, und je länger sie sich hier aufhielten, um so größer war die Möglichkeit, daß sie entdeckt wurden. Die Ruhe, mit der Collins sich in solcher Lage dem Genuß seiner Pfeife hingab, ging dem Gelben allmählich auf die Nerven. Unruhig wandte er sich um und wollte nach dem Dritten sehen. Eben noch stand der wenige Schritte hinter ihm, jetzt suchten seine Blicke ihn vergeblich.

»Koami, wo sind Sie?« rief er gedämpft. Eine Antwort kam nicht. Es schien, als ob der dichte Wald zu beiden Seiten des Pfades den dritten Mann verschlungen hätte.

»Keine Aufregung, Mr. Itomo«, sagte Collins, »er wird schon wiederkommen.« Mit einem Augenzwinkern deutete der Amerikaner dabei an, daß er an eine sehr naheliegende Erklärung für die vorübergehende Abwesenheit Koamis dachte. –

Ein Rascheln in den Büschen ließ Itomo aufhorchen. Noch dachte er, es wird Koami sein, der zurückkommt, als es kurz und scharf neben ihm ertönte.

»Hände hoch!«

Ein Unteroffizier der amerikanischen Armee, gefolgt von drei Soldaten, brach aus dem Dickicht. Die Gewehre der Mannschaften waren auf Itomo und Collins gerichtet. Schweigend folgte der Japaner dem Befehl. Mit einem schweren Fluch legte Collins seine Pfeife auf den Stein und streckte seine langen Arme ebenfalls in die Luft, ohne sich zu erheben. Der Unteroffizier schaute indes suchend nach allen Seiten aus.

»Wo ist der dritte Mann geblieben?« herrschte er Collins an. Der zuckte die Achseln.

»War eben noch hier, Sir, vermute, er muß gleich wiederkommen... wenn Sie ihn nicht etwa verscheucht haben.« –

Der zweite Teil von Collins' Vermutung bestätigte sich. Koami kam nicht wieder und blieb auch unauffindbar, als der Unteroffizier das Dickicht zu beiden Seiten des Pfades von zweien seiner Leute durchsuchen ließ. Ohne ihn mußten Collins und Itomo, mit soliden stählernen

Armbändern versehen, in Begleitung der amerikanischen Patrouille den Rückmarsch nach Manila antreten. Ein paar Kolbenstöße erstickten dabei im Keim eine Unterhaltung, die Itomo im Flüsterton mit Collins beginnen wollte. In der Kaserne wurden die beiden Gefangenen sofort in getrennte Räume gesteckt, um später einzeln verhört zu werden. –

Auf das Verhör Itomos soll an dieser Stelle nicht näher eingegangen werden. In bemerkenswerter Weise ging dasjenige von Collins vonstatten. Es unterschied sich schon dadurch von dem des Japaners, daß Collins ohne die Handfesseln mit seiner Pfeife im Munde vor dem vernehmenden Offizier erschien.

»Ihr Sergeant ist ein Quadratesel, Mr. Oberst«, eröffnete Collins die Unterhaltung. »Er hat es so dumm angestellt, daß der andere Gelbe durch die Lappen gegangen ist.«

Der Oberst nahm diese freimütige Bemerkung keineswegs übel. »Nehmen Sie Platz und erzählen Sie, wie das geschehen konnte«, sagte er.

»Da ist nicht viel zu erzählen. Ich war mit den beiden auf die Minute genau zur verabredeten Zeit an dem verabredeten Platz. Stellte mich erschöpft, setzte mich auf einen Stein und dachte, schon während ich mir meine Pfeife ansteckte: Jetzt muß die Patrouille zugreifen. Ja, Essig war's damit. Die halbe Pfeife habe ich schon ausgeraucht, als der Sergeant mit seinen Leuten endlich ankommt. So ungeschickt natürlich, daß Koami rechtzeitig was merkt und sich verdrücken kann. Mit Mühe und Not habe ich den andern so lange aufgehalten, bis Ihre Leute endlich ran waren.«

Collins war mit seinem Bericht zu Ende und beschäftigte sich angelegentlichst mit seiner Pfeife.

»Meinen Sie, daß die Gelben irgendwelchen Verdacht gegen Sie geschöpft haben, Mr. Collins?« fragte der Offizier. Collins grinste und rieb sich die Seite.

»Ich glaube es bestimmt nicht, Herr Oberst. Unsere Verhaftung ging verdammt echt vor sich. Ich habe ein paar ordentliche blaue Flecke dabei abbekommen. Ihre Leute wußten ja nicht, was gespielt wurde, und haben die Sache sehr naturgetreu gemacht.«

»Hm.« Der Oberst überlegte geraume Zeit, ehe er weitersprach.

»Die ortsübliche Taxe für den Fall Itomo wären sechs Monate. Man hat ihm nichts Erschwerendes nachweisen können. Er hatte weder Fernglas noch photographische Kamera noch irgendwelche belastenden Aufzeichnungen bei sich. Behauptet, er wäre ein harmloser Tourist, der unter Ihrer Führung nur einen Ausflug in die Berge machen wollte. Hätte keine Ahnung, daß das verboten sei. Im Höchstfalle würde er sechs Monate erhalten. Wenn der Richter ihm seinen Schwindel glaubt, kommt er am Ende noch billiger weg. Es müßte etwas dagegen geschehen.«

Collins qualmte wie ein Küstendampfer, und dabei kam ihm eine Idee.

»Wie wäre es, Mr. Oberst, wenn ich mit dem Gelben zusammen noch vor der Gerichtsverhandlung ausrückte. Ihre Türen hier sind nicht besonders fest. Eine Kaserne ist ja schließlich kein Gefängnis. Während einer der nächsten Nächte könnten wir entweichen. Im Hafen draußen müßte ein geeignetes Boot liegen, schlecht bewacht natürlich, daß es sich bequem stehlen ließe. Ich bin überzeugt, nach einer solchen gemeinsamen Flucht würde das Vertrauen des Herrn Itomo und seiner Landsleute in meine Person unerschütterlich sein, und wir könnten die Sache bei nächster Gelegenheit mit besserem Erfolg noch einmal versuchen.«

Der Oberst hatte den andern reden lassen, zuerst mit Widerstreben, bald interessiert und von dessen Ausführungen immer mehr gefesselt.

»By Jove! Der Vorschlag läßt sich hören«, rief er, als Collins fertig war. »Was haben wir davon, wenn der Japaner ein paar Monate absitzt und danach seine dunklen Geschäfte weiterbetreibt! Es wird besser sein, wenn Sie ihn unter Aufsicht behalten und auch die Verbindung mit dem andern wieder aufnehmen. Haben Sie sich schon einen Plan gemacht, wie man die Sache arrangieren könnte?«

Mr. Collins hatte bereits einen Plan, und er benutzte die nächste Viertelstunde dazu, ihn dem Oberst ausführlich zu entwickeln. Schon die übernächste Nacht sollte zur Flucht benutzt werden. Es traf sich günstig, daß zu dieser Zeit gerade der Gedenktag eines Heiligen als ein althergebrachtes Volksfest in Manila gefeiert wurde. In dem allgemeinen Trubel würde die Flucht ohne unbequeme Zwischenfälle vonstatten gehen können.

Als Collins den Oberst verließ, lag der Plan in allen Einzelheiten fest.

»Glück muß der Mensch haben«, lachte Collins vor sich hin, als die »Hawk« in dunkler Nacht unter vollem Segeldruck aus der Bucht von Manila hinaus auf die offene See rauschte. Er hatte guten Grund für diese Bemerkung.

Ein Glücksfall war es schon, daß sein Kassiber mit dem Fluchtplan durch die Vermittlung eines Eingeborenen, der in der Kaserne als Wärter tätig war, richtig in die Hände Itomos kam. Ein Glück auch, daß die Kasernenwache in jener Festnacht ihren Dienst reichlich nachlässig versah. Ohne besondere Schwierigkeiten gewannen Collins und Itomo das Freie und eilten zum Hafen.

Etwas Unvorhergesehenes ereignete sich dann, was Collins eine Weile stutzig machte. In einer der engen Hafengassen stieß unversehens Koami zu ihnen. Erst später bekam Collins die Erklärung dafür. Itomo hatte es verstanden, sich durch denselben Eingeborenen, der ihm den Kassiber des Amerikaners brachte, auch mit seinem Landsmann in Verbindung zu setzen.

Und dann der letzte größte Glücksfall. Am Kai fanden sie die »Hawk«, eine seegehende Segeljacht mit einem Hilfsmotor. Es sah fast so aus, als ob ihr Besitzer für den nächsten Tag eine große Tour vorhätte. Die Benzintanks waren gefüllt. Frisches Wasser und Lebensmittel befanden sich in reicher Menge in den Vorratsräumen des Bootes. Alle für die Navigierung notwendigen Instrumente nebst gutem Kartenmaterial waren vorhanden.

Collins und seine Begleiter brauchten nur an Bord zu gehen, die Trosse loszuwerfen und den Motor anzukurbeln. Schnell verschwanden die Lichter der Stadt hinter ihnen. Schon konnten sie die Segel setzen, und dann kam eben jener Augenblick, in dem Collins seine Betrachtung über das Glück anstellte. –

Das alles lag nun schon mehrere Tage zurück. Vorsichtig hatten sie sich in der Zwischenzeit auf Südost-Kurs ihren Weg durch das Inselgewirr gesucht, bis sie südlich von Luzon den Stillen Ozean erreichten. Und dann konnte Collins noch einmal tiefsinnige Betrachtungen über das Glück vom Stapel lassen. Halbraum fiel hier der Passatwind in die Segel der »Hawk« und trieb das Boot geradeswegs seinem Ziel, den japanischen Palauinseln, zu. Nur noch eine einfache Spazierfahrt würden die tausend Kilometer bis dorthin sein. In vier, höchstens fünf Tagen würden sie ihr Ziel erreichen. Stundenlang konnte Collins Schot und Steuer festmachen und sich ganz seiner geliebten Pfeife widmen. In dem steten Passatwind hielt das Boot auch sich selbst überlassen seinen Kurs bei.

Nur den Horizont mußte der Amerikaner scharf im Auge behalten, weniger um seinetwillen als seiner Gefährten wegen. Die Herren Itomo und Koami wünschten nach ihren Erlebnissen in Manila jedem Schiff der Union aus dem Wege zu gehen und sehnten lebhaft den Augenblick herbei, wo sie sich im Schutze der japanischen Gewässer befinden würden.

Bisher war das Glück ihnen auch hierbei günstig gewesen. Abgesehen von einigen harmlosen Fischerbooten der Eingeborenen war ihnen kein Fahrzeug in Sicht gekommen. Nun durchschnitt die »Hawk« schon seit mehr als vierundzwanzig Stunden die Fluten des Pazifik, und nirgends verriet eine Mastspitze oder Rauchfahne die Anwesenheit anderer Schiffe.

Collins ersuchte Koami den Kompaß zu beobachten, etwaige Kursabweichungen durch das Steuer zu korrigieren. Dann begann er mit dem Sextanten zu arbeiten, um den Schiffsort zu bestimmen. Eben trug er die gefundene Länge und Breite in die Seekarte ein, als ein Ruf Itomos ihn aufmerken ließ. Der Gelbe deutete mit der Hand Steuerbord voraus. In weiter Ferne, fast schon unter der Kimme, war etwas zu bemerken, das vielleicht ein Schiff sein konnte.

Zu den wenigen Dingen, die Collins nicht an Bord der »Hawk« gefunden, sondern selbst mitgebracht hatte, gehörte ein vorzügliches Fernglas, das er jetzt auf den Ruf Itomos hin an die Augen brachte. Sein Beobachtungsort schien ihm nicht günstig. Er ging nach dem Vorderdeck, lehnte sich dort mit dem Glas an das Stag und schaute lange in die gewiesene Richtung. Fragend blickten die beiden Japaner ihn an, als er wieder nach achtern kam.

»Amerikanisches Schiff?« fragte Koami. Collins nickte, während er sich am Steuer niederließ und den Kurs der »Hawk« auf das ferne Fahrzeug setzte.

»Was tun Sie?« fragte ihn Itomo unruhig.

»Interessante Sache, Gentlemen«, sagte Collins gleichmütig. »Es sind zwei Schiffe da drüben. Ich will mich hängen lassen, wenn eins davon nicht die ›Blue Star‹, die Jacht unseres Freundes Roddington ist. Das andere scheint ein dicker Frachtkasten zu sein. Zu fürchten haben wir von ihnen kaum etwas.«

Itomo und Koami schienen die Ansicht von Collins nicht so unbedingt zu teilen. Mit offensichtlichem Unbehagen sahen sie die Entfernung zwischen der »Hawk« und den fremden Schiffen immer geringer werden.

»Wenn man uns von dort drüben bemerkt, Mr. Collins«, hub Itomo von neuem an, »unser Segel ist weithin zu sehen, das weiße Schiff sieht so aus, als ob es sehr schnell fahren könnte… es wäre besser, wenn wir weiter abblieben.«

»Sie haben recht, Itomo, unsere Segel sind auf eine viel weitere Entfernung zu sehen als unser Boot. Aber dagegen gibt's ja ein einfaches Mittel.« Schon während der letzten Worte holte er das Boot dicht an den Wind, drückte Koami Steuerpinne und Schot in die Hand und machte sich an den Falleinen zu schaffen. Die Gaffel der »Hawk« mit dem großen Segel sank herab. Kurz darauf war auch das Klüversegel eingeholt. Nur noch der kahle Mast des Bootes stand, der von den andern Schiffen her bei der bisherigen Entfernung kaum bemerkt werden konnte. Der Motor wurde angeworfen, und unter dem Druck ihrer Schraube lief die »Hawk« langsam näher an die »Blue Star« heran. Collins befahl Koami, den eingeschlagenen Kurs weiter zu halten, und preßte sein Glas an die Augen. Lange Zeit blickte er schweigend hindurch. Nur noch etwa anderthalb Kilometer mochte die »Hawk« von den beiden andern Schiffen ab sein, als er es Itomo hinhielt.

»Das ist nicht uninteressant, Mr. Itomo, was die Leute da drüben treiben. Nach dem schwarzen Frachtdampfer müssen Sie sehen, nicht nach der ›Blue Star‹.«

Der Japaner hatte inzwischen entdeckt, was Collins meinte. Außenbords an dem Frachtdampfer war irgend etwas Mächtiges, Langes, Helles befestigt. Eben noch lag es waagerecht an der Schiffswand. Jetzt ließen die Trossen an einer Seite nach. Das eine Ende senkte sich, tauchte in die See, verschwand darin.

Das Glas von Collins hatte eine fünfzehnfache Vergrößerung. Es brachte für Itomo den Frachtdampfer bis auf hundert Meter heran. Deutlich konnte er verfolgen, wie der gewaltige Zylinder da drüben senkrecht in die See tauchte und verschwand. Eine schwere Fachwerkkonstruktion auf Deck konnte er erkennen, über die Stahltrossen liefen, an denen der Zylinder hing. Laufende Räder und Motoren verrieten ihm; daß das Spiel weiterging, daß der Zylinder immer tiefer in die See hinabgelassen wurde. Fast unwillig blickte er Collins an, als der ihm das Glas wieder aus der Hand nahm, um selber hindurchzusehen.

»Spaßhaft, was, Mr. Itomo?« bemerkte er dabei. »Sie sind meines Wissens ja auch Interessent für die bewußten Rohre aus Trenton. Hier sieht's beinahe so aus, als ob Mr. Roddington noch eine neue Verwendungsart dafür gefunden hätte. Aber halt…« unterbrach er sich und setzte den Motor still. »Näher wollen wir nicht heranfahren, wir können von hier aus alles gut genug sehen.« –

Wenn Henry Collins gewußt hätte, was er leider nicht wußte, so wäre er den Schiffen Roddingtons in weitem Bogen aus dem Wege gegangen und hätte sich schwer gehütet, die Japaner auf die Vorgänge dort aufmerksam zu machen. Aber er konnte es nicht wissen, denn Kapitän Bancroft und MacLane hatten es nicht für nötig gehalten, ihm ihre letzten Gründe mitzuteilen, als sie ihm den Auftrag gaben, dem Vicomte Oburu einen fingierten Plan in die Hände zu spielen. Man hatte ihm damals nicht verraten, daß dieser Plan nur den Zweck verfolgte, die wirkliche Verwendung der geheimnisvollen Rohre zu tarnen.

So konnte es geschehen, daß er jetzt infolge dieser Unkenntnis der Zusammenhänge die beiden Japaner Dinge sehen ließ, die durchaus nicht für ihre Augen bestimmt waren, und die Herren Itomo und Koami waren jetzt auf das höchste an dem, was dort drüben geschah, interessiert. Verschwunden war ihre Scheu vor den amerikanischen Schiffen. Wenn Collins es zugelassen hätte, wären sie noch näher herangegangen, um alle Einzelheiten noch besser beobachten zu können. –

Es war noch früher Morgen, als sie die beiden Schiffe Roddingtons von der »Hawk« aus sichteten, und die Sonne stand bereits tief im Westen, als sie endlich genug gesehen zu haben glaubten. Mit Motorkraft entfernte sich die »Hawk«, bis sie weit genug ab war, um ohne die Gefahr einer Entdeckung ihre Segel wieder hissen zu können. Der Passat schwellte die Leinwand, in flotter Fahrt setzte das Boot seine Reise nach den Palauinseln fort. Wenige Tage später lief es in den Hafen von Babeldaob ein. –

Was die Insassen der »Hawk« durch einen Zufall beobachten konnten, war jener letzte, entscheidende Versuch, den Roddington auf den Rat Dr. Wegeners unternahm, bevor er in Washington die Unterstützung der amerikanischen Marine für seine weiteren Arbeiten erbitten wollte. Das Gelbe, Lange, das die Insassen der »Hawk« von weitem sahen, war eins jener großen, mit Balsaholz und Gummi ummantelten Stahlrohre. Richtig hatten sie auch noch gesehen, wie das mit seinem Mantel weit über zweitausend Tonnen schwere Stück von dem Dampfer aus an zwei mächtigen Stahltrossen in die Tiefe gelassen wurde. Nicht aber konnten sie sehen, wie Dr. Wegener und James Roddington, beide blaß vor Erwartung und Aufregung, neben den Dynamometern und anderen Meßinstrumenten auf dem Deck der »City of Frisco« standen und fieberhaft den Gang der Zeiger auf den Skalen verfolgten, während das gewaltige Stück tief und immer tiefer in die See versank.

Hundert Tonnen zeigten die Dynamometer, als das obere Ende des Riesenrohres im Wasser verschwand. Die Rechnung Dr. Wegeners erwies sich als richtig, bis auf fünf Prozent war es im Wasser durch den Holzmantel entlastet.

Weiter lief die Zeit, und weiter liefen die schenkelstarken Stahltrossen, an denen das Rohr hing. Stetig wanderten die Zeiger der mit den Laufrollen verbundenen Zählwerke vorwärts und gaben die Tiefe an.

...Fünf Kilometer... sechs Kilometer... die Blicke des Doktors gingen zwischen den Zeigern der Zählwerke und der Dynamometer hin und her, während er sich den Tropenhut ins Genick schob.

...Zwölf Kilometer... dreizehn Kilometer... langsam begannen die Dynamometerzeiger zu klettern. Der Riesendruck von dreizehnhundert Atmosphären, dem das Rohr in dieser Tiefe ausgesetzt war, begann den Holzzylinder zusammenzupressen. Die Entlastung wurde geringer; schwer und immer schwerer hing das Rohrgewicht an den Trossen.

...Vierzehn Kilometer... fünfzehn Kilometer... rapide stieg das Dynamometer. Das Holz des Mantels begann unter dem Riesendruck zusammenzubrechen... dann plötzlich wieder ein Fallen der Zeiger. Das Rohr lastete nicht mehr an den Trossen, es hatte in einer Tiefe von zwei geographischen Meilen den Seeboden erreicht und ruhte auf ihm. –

Ein Befehl kam von Roddingtons Lippen, und rückwärts begannen die Maschinen der schweren Hebezeuge zu laufen. Von neuem strafften sich die Trossen, der Aufstieg begann. Meter um Meter hißten die Maschinen die schweren Kabel aus der See. Noch triefend vom Seewasser liefen sie wie riesige Schlangen in den leeren Bauch der »City of Frisco« zurück und füllten ihn allmählich, während das Rohr der Meeresoberfläche näher kam.

...ein Kilometer... noch fünfhundert Meter... kaum ein Wort war in den langen Stunden, die der Versuch nun schon währte, zwischen Roddington und Dr. Wegener gewechselt worden. Fieberhaft rechnete der Doktor, während er dabei die Zeigerstellungen der Meßinstrumente notierte. Mit einem leisen Seufzer ließ er den Schreibblock sinken. Langsam und schwer kamen die Worte von seinen Lippen.

»Es hilft nicht, Mr. Roddington, bei dreizehn Kilometer Tiefe brechen die Holzmäntel zusammen. Wir müssen annehmen, daß die letzten beiden Kilometer des Stranges mit ihrer vollen Last an den Trossen hängen werden.« –

Null Meter gaben die Zeiger der Zählwerke an. Das obere Ende des Rohres tauchte aus der See auf. Eine starke Kabelschlaufe wurde über Bord gelassen, um auch das untere Ende zu fangen und das ganze gewaltige Stück waagerecht emporzuhissen.

Wie hatte es sich bei dieser Fahrt in die tiefsten Tiefen des Ozeans verändert! Bis auf einen geringen Bruchteil seiner früheren Stärke war der Holzmantel unter dem riesenhaften Druck von anderthalbtausend Atmosphären zusammengequetscht. Jedes Fäserchen in der gewaltigen Holzmasse mußte zerrissen und zerbrochen sein, denn diese Deformation war dauernd. Auch jetzt, wieder in der Luft, befreit von dem fürchterlichen Druck, behielt der Mantel die Form, welche die Gewalten der Tiefe ihm aufgezwungen hatten. Das gemarterte Holz dehnte sich nicht wieder aus.

Wie fasziniert starrten James Roddington und Dr. Wegener auf den auch jetzt noch gewaltigen Zylinder, den der Gummibelag wie eine faltig und runzlig gewordene Greisenhaut umgab. Sie bemerkten es darüber nicht, wie weit im Osten an der Kimme der See ein Segel gehißt wurde und ein Boot seinen Weg fortsetzte. Mit einer energischen Bewegung strich sich der Doktor durch den Schopf.

»Fassen wir das Resultat zusammen«, sagte er entschlossen. »Der Gummi hat gehalten, was wir erwarteten. Das Holz bricht bei dreizehn Kilometern zusammen. Wir wollen mit doppelter Sicherheit rechnen, verlangen Sie in Washington Hilfsmittel, um die untersten vier Kilometer sicher abzufangen.«

Roddington sah ihn lange an, bevor er fragte. »Sind Sie mit dem Ergebnis zufrieden, Doktor Wegener?«

Fast ebensolange ließ sich der Doktor Zeit, ehe er antwortete.

»Es hätte schlimmer kommen können. Ich glaube, wir dürfen zufrieden sein, und vielleicht... vielleicht, Mr. Roddington, ist es sogar gut so, wie es jetzt ist.«

»Wie meinen Sie das?« fragte Roddington.

»Ich meine es so, Mr. Roddington. Mit einer Überlast von vierzig- bis fünfzigtausend Tonnen wird sich der Strang tief in den Seeboden einbohren. Wir dürfen noch sicherer als bisher auf einen wasserdichten Anschluß des untersten Rohres an den Seeboden rechnen.«

»Also sind Sie zufrieden, Doktor Wegener?«

»Zufrieden werde ich erst sein, Mr. Roddington, wenn wir das letzte Ziel erreicht haben. Aber jetzt sehe ich den Weg zu ihm offen.« –

Die Sterne schimmerten am Firmament, als die »Blue Star« und die »City of Frisco« den Kurs auf Süd setzten, um nach Davao zurückzukehren. Am Morgen des übernächsten Tages machten sie dort am Kai des neuen Werkes fest. Ein kurzer Abschied noch zwischen Roddington und Dr. Wegener. Roddington bestieg das Flugzeug, das ihn schon erwartete. Der Doktor stürzte sich von neuem in die Arbeit. Vieles war ja noch zu tun und bereitzustellen, wenn das gewaltige Werk, dem all sein Schaffen und Streben galt, glücklich vonstatten gehen sollte.

Mit gemischten Gefühlen sah Vicomte Oburu der Ankunft Kyushus entgegen, den man von Tokio aus kürzlich der Botschaft in Washington als Handelsattaché zugeteilt hatte. Es gab einen Major Kyushu im japanischen Generalstab, und wenn der etwa dieselbe Person wie der neue »Handelsattaché« war, dann konnte das für Oburu bedeuten, daß man mit seinen Berichten in Tokio nicht zufrieden war und es vorzog, noch einen andern, vielleicht geschickteren Fachmann auf den Posten in Washington zu schicken.

Schneller, als er es gedacht, verging die Zeit. Der Tag kam, an dem Kyushu in der amerikanischen Bundeshauptstadt eintraf, und schon am nächsten Tag wurde Oburu von ihm zu einer Unterredung unter vier Augen gebeten. Nach wenigen Worten wußte er, daß er einen Generalstabsoffizier vor sich hatte. Etwas gelindert wurde diese unangenehme Erkenntnis durch die Anerkennung, die Kyushu seinen bisherigen Berichten zuteil werden ließ.

Abschriften dieser Berichte hatte der Major zu der Unterredung mitgebracht und dazu noch andere Geheimberichte, von denen Oburu bisher nichts wußte.

»Es wurde Ihnen bereits mitgeteilt«, sagte Kyushu im Laufe der Unterhaltung, »daß der Plan von Manila, den Sie von einem gewissen Collins erwarben, eine Fälschung ist.«

»Ich bekam diese Benachrichtigung in der Tat. Ich entsandte daraufhin zwei meiner Agenten nach Manila. Ihre Berichte stehen noch aus«, erwiderte Oburu. Nur eine zuckende Bewegung seiner Backenmuskeln verriet seine innere Erregung.

»Sie hätten sich die Mühe sparen können«, fuhr Major Kyushu fort, »wir haben durch unsere in Manila ansässigen Agenten schon vorher festgestellt, daß es weder Öltanks in den Bergen noch Forts in der Nebenbucht gibt. Sie sind getäuscht worden.«

»Aber dieser Collins, von einem meiner besten Agenten empfohlen, machte keinen schlechten Eindruck«, versuchte sich Oburu zu rechtfertigen.

»Über Collins sind wir uns noch nicht klar«, fuhr Kyushu fort. Die Möglichkeit bleibt offen, daß er selbst von einer dritten Stelle getäuscht wurde, die wir...«, ein leichtes Lächeln glitt bei diesen Worten über die Züge Kyushus, »...vielleicht im Marineamt der Union zu suchen haben. Vorläufig spricht für ihn der Umstand, daß er zusammen mit Ihrem Agenten Itomo in Manila gefangengenommen wurde...«

»Meine Leute sind gefangen?« unterbrach Oburu den Major.

»Sie waren gefangen. Es gelang ihnen zu entfliehen und nach den Palauinseln zu entkommen. Zufällig hatten sie unterwegs Gelegenheit, einen Vorgang zu beobachten, über den dieser Bericht hier vorliegt. Wollen Sie ihn bitte lesen, bevor wir weitersprechen.«

Oburu las den Bericht und gab ihn Kyushu zurück. »Unbegreiflich, Herr Major...«

»Bitte nur: Herr Kyushu«, unterbrach ihn der andere, »ich bin offiziell als Handelsattaché hier. Man braucht in der Union nicht zu wissen, daß ich Offizier bin.«

»Unbegreiflich, Herr Kyushu«, begann Oburu von neuem, »ich verstehe nicht, was Mr. Roddington damit bezweckt hat.«

»Einer unserer Agenten hat das Rohr später in Davao gesehen«, fuhr Kyushu fort. »Es ist ihm auch gelungen, Stücke von dem alten Holz beiseitezubringen, als es mit einem neuen Mantel versehen wurde. Es ist außer Zweifel, daß das Rohr in eine sehr große Tiefe versenkt und einem ungeheuren Wasserdruck ausgesetzt wurde. Anders läßt sich der Zustand der Holzproben nicht erklären. Das ursprünglich leichte und weiche Holz ist hart wie Stein und schwerer als Wasser geworden.«

»Das Ganze bleibt mir unbegreiflich«, sagte Oburu.

»Fassen wir zusammen, was wir sicher wissen«, erwiderte Kyushu, »Roddington hat einhundertundfünfzig dieser Stahlrohre mit einer Gesamtlänge von fünfzehn Kilometer nach Davao kommen und dort mit Holzmänteln versehen lassen. Das ist das einzige Positive, was wir wissen. Alles andere ist Vermutung, vielleicht sogar absichtliche Täuschung.«

Oburu stützte den Kopf in die Hand.

»Dann war es auch überflüssig, daß wir durch Itomo zehn von diesen Riesenrohren kaufen ließen. Ich bedaure es außerordentlich, wenn mein Bericht von Manila die Veranlassung dazu war.«

Kyushu schüttelte den Kopf.

»Sie brauchen sich keine Vorwürfe zu machen. Wir sind sehr zufrieden, daß wir diese Rohre bekamen. Man ist in Nagasaki bereits dabei, nach dem Vorbild von Trenton ein Werk zu errichten, in dem wir nötigenfalls selbst derartige Rohre herstellen können.«

»Wozu das, Herr Kyushu?«

»Weil wir glauben, daß Washington keine weiteren Rohrlieferungen von Trenton an uns zulassen wird.«

Oburu ließ die Hände auf den Tisch sinken.

»Würden Sie die Güte haben, sich deutlicher zu erklären?«

Der Major schüttelte den Kopf.

»Ich möchte es vermeiden, Vicomte Oburu, Sie auf eine Spur zu setzen, die sich möglicherweise doch zuletzt als falsch erweisen könnte. Nur das darf ich Ihnen sagen, daß sich die Geologen an unserer Universität in Tokio ganz bestimmte Gedanken über die Absichten Roddingtons und seine bisherigen Arbeiten machen. Der Plan, den er vielleicht verfolgen könnte, scheint freilich zunächst so phantastisch und so wenig aussichtsvoll, daß wir abwarten müssen, was er weiter unternimmt.«

»Sie sprechen immer noch in Rätseln«, unterbrach ihn Oburu.

»Warten Sie ab, mein lieber Vicomte, bis die Rätsel sich Ihnen von selber lösen. Nur das möchte ich Ihnen sagen. Wir haben bei unseren Inseln die gleichen geologischen Verhältnisse wie die Amerikaner bei den Philippinen. Dort ist es der Philippinengraben, bei uns der Japangraben, beides Gebiete größter und verhältnismäßig nahe am Land gelegener Meerestiefen. Zehn Kilometer hat man an der ›Emdentiefe‹; im Philippinengraben gemessen, achteinhalb Kilometer im Japangraben. Wenn es uns nützlich erscheint, könnten wir eines Tages den Versuch Roddingtons bei uns wiederholen.«

»Und jetzt, Kyushu, was sollen wir jetzt tun?«

»Beobachten, Oburu. Zerbrechen Sie sich vorläufig noch nicht den Kopf über das, was man in Trenton und Davao und vielleicht auch in Washington vorhaben könnte, sondern versuchen Sie mit allen Mitteln Informationen über die weiteren Schritte Roddingtons zu bekommen. Setzen Sie alle Ihre Agenten für diesen Zweck ein. Für die kommenden Monate muß das Ihre wichtigste Aufgabe sein.«

»Und Sie, Kyushu?«

»Ich werde das gleiche tun, und von Zeit zu Zeit werden wir unsere Erfahrungen austauschen.« –

Erheblich erleichtert kehrte Oburu nach dieser Unterredung in sein Arbeitszimmer zurück. Er nahm die Überzeugung mit, daß seine bisherigen Arbeiten doch nicht vergeblich waren und in Tokio gewürdigt wurden. Daneben aber auch das Bewußtsein, daß man ihn vor eine neue Aufgabe stellte, welche die höchste Anspannung all seiner Kräfte verlangte.

Noch am Abend des gleichen Tages, an dem er in Washington ankam, suchte Roddington MacLane in dessen Wohnung auf. Mit heiterer Miene empfing ihn der Kapitänleutnant, aber immer ernster wurde sein Gesicht, je länger die Unterredung zwischen den beiden Freunden andauerte. Nach einer Stunde erst war Roddington mit dem, was er zu sagen hatte, zu Ende. Mit einem langen Blick schaute ihn MacLane an, und geraume Zeit verstrich, bevor er zu sprechen begann.

»Wenn dir dein Plan gelingt, James, wird man deinen Namen in die Ehrentafeln unseres Landes einmeißeln. In einem Atem wird man dich mit den großen Führern unseres Volkes nennen. Aber wenn er dir nicht gelingt?«

»Dann, Freddy, werde ich ein armer Mann sein. Das Vermögen, das ich durch den Verkauf meines Konzerns an die Grand Corporation bekam, geht nach den Kostenanschlägen für meine Arbeiten so ziemlich drauf.«

Nachdenklich wiegte MacLane den Kopf.

»Bist du dir klar darüber, daß die Aussichten auf Gelingen oder Mißlingen ungefähr wie fünf zu hundert stehen?«

»Nein, Freddy! Fünfzig zu fünfzig habe ich sie zusammen mit Doktor Wegener errechnet. Sonst hätte ich das Unternehmen nicht gewagt. Du siehst die Dinge zu schwarz.«

»Und du, James, fürchte ich, viel zu rosig. Es wäre ein Geschenk des Schicksals, über alles Erwarten groß, wenn dir dein Vorhaben bis zum letzten Ende glückte. Vergiß es nicht, daß es hier um das Letzte geht... Alles könnte dir gelingen, und wenn die geologische Theorie, die dein deutscher Berater aufgestellt hat, nicht zutrifft, wäre schließlich doch alles umsonst.«

»Ich weiß es, Freddy! Die Gefahr muß ich laufen. Jetzt handelt es sich um das Nächste. Du weißt, welche Unterstützung ich von euch erbitte. Ist Aussicht vorhanden, daß man sie mir gewährt?«

Nach kurzem Überlegen erwiderte MacLane: »Jetzt will ich einmal Optimist sein und sage dir: Ja! Es wird nicht leicht sein, aber es wird und muß uns gelingen. Morgen werde ich mit Kapitän Bancroft zu dem Admiral unseres Departements gehen. Ist der gewonnen, dann werden wir den Staatssekretär des Marineamtes in die Arbeit nehmen. Es trifft sich gut, daß Mr. Harding die Schwächen unserer Stellung auf den Philippinen genau kennt und schon seit langem auf eine Abhilfe sinnt. Ich hoffe deshalb, daß es gelingen wird, ihn auf unsere Seite zu bringen. Ist das aber geschehen, dann haben wir gewonnenes Spiel. Das Gesamtkabinett würde

Mr. Harding, wie ich ihn kenne, nicht mehr bemühen, sondern alle Verantwortung auf seinen eigenen Kopf nehmen.«

Roddington atmete erleichtert auf und drückte dem andern die Rechte.

»Ich danke dir von ganzem Herzen, Freddy. Deine Worte geben mir neue Spannkraft. Welche Zeit wird das alles nach deiner Meinung beanspruchen?«

MacLane zuckte die Achseln.

»Schwer zu sagen, lieber Freund. Vielleicht drei Tage ... vielleicht drei Wochen. Leicht wird die Aufgabe durchaus nicht sein, alle diese hohen und höchsten Instanzen, die ich dir eben nannte, zu gewinnen. Wir wollen es mit Mut und Gottvertrauen versuchen. Hoffentlich bleibt uns der Erfolg nicht versagt.« –

»James Roddington ist in Washington ... James Roddington hat lange Konferenzen mit Kapitän Bancroft und Admiral Jefferson ... James Roddington wurde heute von Staatssekretär Harding empfangen ...«

Wie ein Lauffeuer verbreiteten sich diese Nachrichten, obgleich alle Beteiligten sorgfältig bestrebt waren, die Vorgänge geheimzuhalten. Mit knapper Not wurde vermieden, daß etwas darüber in die Presse kam. Aber in der japanischen Botschaft und auch in den Ministerien mehrerer anderer Staaten war man über jeden Besuch unterrichtet, den Roddington in den Ämtern der Bundeshauptstadt machte, und mit wachsendem Verdruß empfing Präsident Price die täglichen Berichte Bartons, die ihn über jede neue Verbindung, die Roddington aufnahm, informierten.

Zwar gelang es nicht, irgend etwas über die Geschäfte zu erfahren, die Roddington betrieb, aber die Tatsache allein, daß er Verhandlungen mit dem Marineamt führte, genügte, um die Neugierde gewisser interessierter Kreise aufs höchste zu spannen. –

»Was haben Sie Neues in Erfahrung gebracht?« fragte Kyushu, als er in Oburus Zimmer kam. Oburu schob ihm eine Meldung hin.

»Roddington hat in den Häfen der Westküste zwölf große Frachter für unbestimmte Zeit gechartert.«

Kyushu überflog die ihm gereichte Liste. Schiffsnamen und Tonnagen fielen dabei von seinen Lippen. »... zwölftausend Tonnen ... zehntausend Tonnen ... fünfzehntausend Tonnen ... eine stattliche Flotte, die sich Mister Roddington nach der Aufstellung hier zugelegt hat«, wandte er sich an Oburu. »Ist ihr Ziel bekannt?«

»Alle Schiffe haben Order nach Davao, Herr Kyushu.«

Der Major gab ihm den Bericht zurück, während er weitersprach.

»Ich habe es mir gedacht, Oburu. Brachten Ihnen Ihre Agenten aus Panama noch weitere Nachrichten?«

Vicomte Oburu nickte und suchte ein anderes Schriftstück aus einem Stapel von Papieren heraus.

»In der vorletzten Nacht haben vier Flugzeugmutterschiffe der amerikanischen Atlantikflotte den Kanal passiert«, las er daraus vor. »Ihnen folgte eine Flottille von zwölf Zerstörern. Voraussichtliches Ziel für alle Schiffe sind die Philippinen.«

Kyushu wartete, ob noch mehr käme, doch der Bericht war zu Ende ...

»Die Meldung sagt nichts darüber, ob die Mutterschiffe ihre Flugzeuge an Bord hatten?« fragte er. Vicomte Oburu schüttelte den Kopf.

»Nein, Herr Kyushu, darüber ist nichts vermerkt.«

Nachdenklich sah Kyushu vor sich hin. Wie mit sich selbst sprechend, fuhr er dann fort:

»Vier Mutterschiffe aus dem Atlantik ... vier andere von der Westküste sind auf dem Wege nach den Philippinen ... jedes Schiff hat fünfundzwanzigtausend Tonnen ... zusammen eine Tragkraft von zweihunderttausend Tonnen ... die Schiffe werden zusammen eine imposante Plattform für die Arbeiten Roddingtons bilden ...«

»Sie meinen, Kyushu, daß die neuerlichen Bewegungen der amerikanischen Kriegsmarine mit Roddington in Verbindung zu bringen sind?« fragte Oburu.

»Ihr letzter Bericht, den Sie mir eben vorlasen, hat mich davon überzeugt, mein lieber Vicomte. Bis dahin hätte ich es immer noch nicht für möglich gehalten. Mister Harding riskiert viel, indem er Roddington Kriegsschiffe der amerikanischen Union für seine Zwecke zur Verfügung stellt. Glückt der Plan, so wird er der große Mann sein, mißlingt er, dann dürfte es ihn wohl sein Amt kosten.«

Oburu machte eine ungeduldige Bewegung.

»Sie entnehmen aus den Berichten meiner Agenten mehr als ich selbst, Kyushu. Wollen Sie es nicht endlich aufgeben, mich Rätsel raten zu lassen?«

»Sie werden sehr bald selber sehen, Vicomte Oburu, was gespielt wird. Ihre letzten Mitteilungen haben mich in meinem Entschluß bekräftigt. In Washington ist vorläufig nichts Wichtiges für uns beide zu tun. Während der nächsten Zeit muß unser Platz dort sein, wo Roddington arbeitet.«

»Sie meinen in Davao?« fragte Oburu.

»In der Nähe von Davao, mein lieber Vicomte.« Kyushu blickte auf seine Uhr. »In drei Stunden geht das Flugschiff nach Frisco. Wir wollen es benutzen. Haben Sie die Güte, sich danach einzurichten.« –

Um zwei Uhr nachmittags verließen die beiden Attachés der japanischen Botschaft Washington mit dem flugplanmäßigen Schiff. In Frisco erwartete sie bereits ein japanisches Flugzeug, mit dem sie die Reise über den Pazifik in westlicher Richtung gleich nach ihrer Ankunft fortsetzten. Ihr Ziel war die Insel Jap.

Acht Mutterschiffe ... sie werden zusammen eine imposante Plattform für die Arbeiten Roddingtons bilden«, diese Worte, die Kyushu vor einer Woche sprach, kamen Oburu wieder in die Erinnerung, als er jetzt den Kopf von den Okulargläsern des Periskoprohres zurückzog.

»Sie haben recht«, sagte er zu dem Major, der neben ihm in der Zentrale des U-Kreuzers »Karawa« stand, »imposant wirken die amerikanischen Mutterschiffe mit der darüberliegenden Plattform.«

Major Kyushu war inzwischen an das Periskop getreten. Die stark vergrößernde Optik des Instruments ließ die amerikanischen Schiffe, die etwa zehn Kilometer von dem japanischen U-Boot entfernt auf der See lagen, fast greifbar nahe erscheinen. In der Form eines achtstrahligen Kreuzes waren die Flugzeugmutterschiffe zusammengefahren, so daß in der Mitte zwischen ihren Vorderstehen nur noch ein freier Raum von wenigen Metern blieb. Durch starke eiserne Fachwerkkonstruktionen waren ihre Plattformen, auf denen sonst Flugzeuge starteten und landeten, zu einer einzigen großen Arbeitsbühne verbunden. So bildeten die acht Schiffe gewissermaßen eine schwimmende Insel mit einer Tragkraft von zweihunderttausend Tonnen, auf der sich Riesenkräne zu schwindelnder Höhe emporreckten.

Dunkel und drohend wie ein Symbol zusammengefaßter Kraft und Energie hob sich die Gruppe der so zu einer Einheit verbundenen Schiffe gegen den tiefblauen Hintergrund der See und des Himmels ab. In engeren und weiteren Kreisen um sie herum patrouillierten vierundzwanzig Zerstörer der amerikanischen Kriegsmarine. An eine Meute scharfer Hunde mußte Kyushu bei ihrem Anblick denken, die unermüdlich auf der Hut sind, bereit, jedem die Zähne zu zeigen, der das von ihnen bewachte Gut bedrohen könnte. Mit Befriedigung erinnerte er sich daran, wie Kapitänleutnant Hatama, der Kommandant der »Karawa«, das obere Ende des Periskopes sorgsam durch ein Bündel Seetang tarnen ließ, bevor sie tauchten. Das gab die Sicherheit, daß nicht blinkendes Metall oder Glas den Amerikanern die Nähe des japanischen Bootes verriet. Ein wenig auf der stillen See treibender Tang konnte nicht auffallen, und im Vertrauen auf solche Unsichtbarkeit hatte sich das Boot bis auf wenige hundert Meter an die äußere Linie der Zerstörer herangepirscht.

Sollte man es wagen, noch weiter vorzudringen, um aus nächster Nähe zu beobachten, was Roddington jetzt mit seinen Ingenieuren und Werkleuten auf der großen Plattform unternahm? Noch überlegte es Kyushu, als er von den Vorgängen dort aufs neue gefesselt wurde.

Eins jener ummantelten Rohre hatten die Kräne gepackt, hoben es empor, richteten es auf, bis es senkrecht stand und wie ein mächtiger, hundert Meter hoher Turm in die Höhe ragte.

Doch nicht lange stand es so. Deutlich konnte Major Kyushu sehen, wie der mächtige, im vollen Sonnenlicht grell gelb schimmernde Schaft an Höhe verlor, niedriger und immer niedriger wurde, bis nichts mehr von ihm zu sehen war. Aber da stieg an einem andern Kran schon ein zweites Rohr in die Höhe, stellte sich steil und immer steiler, ein neuer Turm stand senkrecht auf der Plattform.

Kyushu preßte die Kiefer zusammen, daß seine Zähne knirschten, und ließ die Augen für kurze Zeit vom Periskop.

»Unmöglich, Oburu, von hier aus zu sehen, was sie auf der Plattform treiben.«

Oburu preßte sein Gesicht gegen das Okular und drehte an den Linsen, um sie noch schärfer einzustellen.

»Wenn ich nicht irre, Kyushu, dreht sich das Rohr um seine Längsachse.«

»Dann verschrauben sie es mit dem ersten«, sagte der Major nach kurzem Überlegen...überlegte wieder, sprach zögernd weiter: »Wird das Gewinde gegen den ungeheuren Druck dichthalten? Ob Roddington auch daran gedacht hat?« –

Die Vorgänge unmittelbar auf der Plattform lagen für die »Karawa« im toten Sichtwinkel. Weder Kyushu noch Oburu konnten verfolgen, was dort vorging. Nur darin hatte Oburu richtig gesehen, daß das obere Rohr sich um seine Längsachse drehte. James Roddington und seine Ingenieure, die auf der Plattform unmittelbar neben der Verbindungsstelle der beiden Rohre standen, konnten die Dinge aus nächster Nähe weit besser beobachten.

Ihre Uhren in der Hand, verfolgten Roddington, Dr. Wegener und Frank Dickinson das Arbeiten der neuen Spezialmaschine, die während der letzten Monate in Trenton nach den Zeichnungen des Doktors entstanden war.

Eine Art von stählerner Riesenzange hielt das obere Ende des unteren Rohres, das noch bis zur Höhe der Plattform aus dem Wasser ragte. Eine andere Vorrichtung, die entfernt an eine mächtige Karusselldrehbank erinnerte, umfaßte das untere Ende des oberen Rohres, ließ das ganze Rohr um seine Längsachse rotieren und verschraubte es dabei mit dem Unterrohr.

Ein kurzes Knirschen und Rucken. Mit der Kraft eines fünfhundertpferdigen Motors war die Verschraubung zusammengewürgt.

»Fünf Minuten«, sagte Roddington.

»Vier Minuten und fünfzig Sekunden«, verbesserte ihn Dr. Wegener.

Noch während die beiden um die Zeit stritten, schoben sich kranzförmig hundert Schweißbrenner an die Verschraubungsstelle heran. Brausend und zischend beleckten ihre blauen Flammen die stählerne Rohrwand, der an dieser Stelle der Holzmantel auf eine kurze Strecke fehlte. Schon leuchtete das Metall unter den Flammen hell auf, begann weiß zu glühen, zu tropfen, zusammenzufließen.

»Sieben Minuten, dreißig Sekunden«, sagte Dr. Wegener und gab mit der Hand ein Zeichen. Die Flammen wurden klein, die Brenner wurden zurückgezogen, die erste Verschraubung war druckdicht verschweißt. Schweigend warteten die Ingenieure und Werkleute auf neue Befehle, während die Minuten verstrichen. Erst noch in Gelbglut, jetzt nur noch schwach rot leuchtete die Schweißnaht auf dem Rohr. Jetzt war sie dunkel.

»Sieben Minuten, dreißig Sekunden. Absenken!« rief Dr. Wegener dem neben ihm stehenden Ingenieur Scott zu. Der brachte eine Pfeife an die Lippen und gab ein Signal. Kranmotoren liefen an und ließen schenkelstarke Stahldrahttrossen aus. Um hundert Meter senkte sich der gelbe Turm in die Tiefe in die unergründliche See. Schon liefen die Motoren eines andern Krans, um ein drittes Rohr aufzurichten.

»Achtundzwanzig Minuten im ganzen«, konstatierte Dr. Wegener mit einem Blick auf den Sekundenzeiger seiner Uhr. »Zwei Minuten unter der errechneten Zeit.« »Das würde bedeuten?« fragte Roddington.

»Daß wir nicht fünfundsiebzig, sondern nur siebzig Stunden brauchen, um den Grund zu erreichen...wenn es so bleibt«, erwiderte der Doktor.

»Liegt dir soviel an einer Zeitersparnis von fünf Stunden?« wandte sich Dickinson an Roddington.

»Es kann viel davon abhängen, Frank. Wie sind die Wettermeldungen, Doktor Wegener?«

»Bis jetzt gut, Mr. Roddington. Trotzdem betrachte ich jede Stunde, die wir früher ans Ziel kommen, als einen Gewinn.« –

Die Stunden verstrichen, und unaufhörlich fügte sich eins der Riesenrohre an das andere. Immer länger wurde der Strang, der senkrecht in die tiefe See hineinstach. Immer zahlreicher, immer schwerer wurden die Drahtseiltrossen, an denen die Riesenlast hing. Wie ein Feuerball versank die Sonne im Westen in die See, da flammten Hunderte von Starklichtlampen auf der großen Plattform und den anderen Schiffen auf, und in ihrem grellen Schein ging die Arbeit rastlos weiter.

Immer neue Schiffe kamen von Davao her an, passierten den Kreis der Zerstörer, machten an der schwimmenden Insel fest und luden neue Rohre aus. Und nicht nur Rohre allein, sondern bisweilen auch riesenhafte kugelförmige Stahlgußstücke, stählerne Hohlkugeln mit einem Durchmesser von mehr als sechs Meter. –

Kyushu sah es durch das Periskop der »Karawa«, und eine Falte bildete sich auf seiner Stirn.

»Wir sind schlecht bedient worden, Oburu«, sagte er, »von der Herstellung dieser Stücke haben uns unsere Agenten aus Trenton nichts gemeldet.« –

»Irgendwer denkt an mich«, sagte in diesem Augenblick Frank Dickinson auf der Plattform. »Mir klingt das rechte Ohr.«

Er hatte es nur scherzhaft gemeint und unbewußt doch das Richtige gesagt, denn mit Verdruß und Ärger dachte Kyushu in diesem Augenblick an die rigorosen Maßregeln, durch die Dickinson jeden Kundschafter von der alten Halle in Trenton ferngehalten hatte, in der diese stählernen Hohlkörper gegossen wurden. Vergeblich hatten Kyushus Agenten alle Künste spielen lassen, um bis dorthin vorzudringen. Ohne Ausnahme wurden sie schon auf halbem Wege erwischt und verschwanden auf unbestimmte Zeit in amerikanischen Gefängnissen. Nicht die geringste Meldung über das, was in der alten Halle geschah, drang in die Außenwelt, obwohl Kyushu Wochen hindurch mit Ungeduld auf solche Nachrichten wartete.

Erst hier von Bord des U-Kreuzers aus sah er die eigenartigen Stücke zum erstenmal.

»Es ist so, wie ich es erwartete«, wandte er sich an Oburu. »Nach jedem fünfundzwanzigsten Rohr schalten sie da drüben eine Kugelschleuse in den Strang ein. Es wäre auch anders kaum denkbar. Wie wollte Roddington sonst Förderanlagen bis auf den Seegrund in seinen Rohrschacht einbauen. Wie wollte er ohne die Schleusen den Luftdruck in der Tiefe meistern.«

Eine Seekarte in der Hand trat der Kommandant Hatama zu Kyushu und Oburu. Ein Kreuz auf der Karte markierte die Stelle, an der die schwimmende Insel Roddingtons lag. Hatama deutete mit dem Finger darauf.

»Ich habe Ihre Mitteilungen dahin verstanden, Herr Major Kyushu, daß die Yankees ein druckfestes Stahlrohr bis in die tiefste Meerestiefe absenken wollen.«

Kyushu nickte. »Ganz recht, Herr Kapitän. Das ist nach allem, was wir in Erfahrung brachten, die Absicht Roddingtons und seiner Leute.«

Hatama hielt ihm die Karte hin und wies auf die eingetragenen Tiefen, während er weitersprach.

»Aber diese Stelle hier ist keineswegs die tiefste. Die Karte gibt für sie nur sechs Kilometer an. Hundert Seemeilen weiter nach Osten über der ›Emdentiefe‹; wurden zehn Kilometer gelotet.«

Prüfend betrachtete Kyushu die Karte. Kopfschüttelnd erwiderte er.

»Sie haben recht... Warum läßt sich Roddington vier Kilometer entgehen?... ich wüßte nur einen einzigen Grund dafür. Hier befindet er sich noch innerhalb der Dreißigmeilenzone. Seine Anlage liegt im Hoheitsgebiet der Union und steht unter dem Schutz der amerikanischen Wehrmacht. Weiter draußen auf der freien See wäre die Lage völkerrechtlich ganz anders.«

Oburu hatte inzwischen die Karte auch betrachtet.

»Sechs Kilometer in der Tat«, sagte er, während er sie an Hatama zurückgab. »Was will Roddington dann mit den vielen Rohren? Wir haben sichere Nachricht, daß mehr als hundertfünfzig Stück davon nach Davao gebracht wurden.«

Vergeblich versuchten die Offiziere an Bord der »Karawa« eine Antwort auf diese Frage zu finden. Trotz allem, was die japanischen Agenten über die Angelegenheit in Erfahrung gebracht hatten, enthielt das Unternehmen Roddingtons immer noch unlösbare Rätsel für sie. Auch jetzt, da sie die Arbeiten Schritt für Schritt fast greifbar nahe verfolgen konnten, wurde das Geheimnis für sie nicht lichter.

»Das eine wissen wir jedenfalls sicher«, versuchte Kyushu ein Fazit zu ziehen, »jedes dieser verteufelten Rohre ist hundert Meter lang. Im Augenblick versenken die Yankees da drüben das fünfzigste Rohr. Der Strang ist demnach bereits fünf Kilometer lang. Mit noch mal zehn Rohren müßten sie nach Ihrer Karte, Hatama, den Grund erreichen. Wir können vorläufig nichts anderes tun, als ruhig liegenbleiben und das Ende der Arbeiten abwarten.« –

Licht kam im Osten auf, ein neuer Tag brach an, die Lampen auf der schwimmenden Insel erloschen. Unablässig ging die Arbeit auf ihr weiter. Turm erhob sich nach Turm, wurde verschraubt, verschweißt und abgesenkt.

Blaß und übernächtig standen Kyushu und Oburu am Periskop und sahen dem Schauspiel zu. Längst mußte nach ihren Beobachtungen und Aufzeichnungen der Seegrund erreicht sein, doch immer wieder kamen die großen Frachter von Davao her und luden weitere Rohre auf der Plattform aus. Rätselhafter, unbegreiflicher wurde für die Gelben von Stunde zu Stunde, was Roddington und seine Leute dort trieben.

Auf der Plattform verabschiedete sich MacLane von Roddington, nachdem er den Arbeiten mehrere Stunden hindurch zugeschaut hatte.

»Willst du uns schnöde verlassen, Freddy?« fragte Roddington scherzend.

»Auf ein Weilchen, James! Komme vielleicht bald zurück«, erwiderte MacLane in derselben Tonart. »Will nur eben mal sehen, was auf A 17 los ist.«

Er stieg in seine Barkasse und ließ sich zu dem Zerstörer A 17 fahren, auf dem er zusammen mit Kapitän Bancroft hierhergekommen war.

»Was, MacLane, schon wieder hier?« empfing ihn Bancroft an der Reling. »Ich glaubte bestimmt, Sie würden da drüben nicht weggehen, bis Ihr Freund Roddington glücklich den Seegrund erreicht hat.«

MacLane griff ihn am Arm und wies mit der Hand in die Richtung Backbord voraus.

»Sehen Sie das Tangbüschel auf dem Wasser, Bancroft?«

Der Kapitän kniff die Augen zusammen, meinte nach einiger Zeit:

»Ja, irgendwelcher Dreck schwimmt da. Ob es Tang ist, kann ich von hier aus nicht erkennen.«

MacLane reichte ihm sein Glas.

»Sehen Sie sich die Geschichte mal dadurch an, aber nehmen Sie bitte Deckung hinter der Windhutse.«

Der Kapitän fragte erstaunt. »Was heißt das? Warum soll ich Deckung nehmen?«

Ein verschmitzter Zug lag auf MacLanes Gesicht, während er antwortete.

»Deshalb, mein verehrtester Herr Kapitän Bancroft, weil möglicherweise unter diesem Tanghaufen das Ende von irgendeinem Periskop stecken könnte und weil es nicht gut wäre, wenn man dort...«

»Sie sehen Gespenster, MacLane«, fiel ihm Bancroft ins Wort.

»Sollte mich herzlich freuen, wenn's so wäre«, erwiderte MacLane seelenruhig. »Aber ich fürchte, ich werde recht behalten. Das Häufchen da drüben liegt schon seit Stunden unbeweglich an derselben Stelle. Dabei haben unsere Frachter doch wirklich genug Wellen geworfen. Es müßte längst ein Stück weitergetrieben sein, wenn's eben nicht an irgend etwas anderem unter Wasser festhinge. Von Stunde zu Stunde ist mir das Ding verdächtiger geworden. Deshalb kam ich hierher zurück.«

Bancroft pfiff durch die Zähne. »Pfui Teufel, MacLane...wenn Sie recht hätten...Sie denken natürlich an ein japanisches U-Boot...«

MacLane lachte. »Sie sind ein vorzüglicher Gedankenleser, Bancroft. Gerade das ist es, was ich denke. Den Gelben müssen wir das Vergnügen versalzen.«

»Wie wollen Sie das machen? Wasserbomben hätten wir an Bord.«

MacLane schüttelte den Kopf. »Das lieber nicht, Bancroft. Es könnte vielleicht Roddingtons Arbeiten stören. Wasserbomben sind mir überhaupt nicht sehr sympathisch. Ich denke mir die Sache so. A 17 patrouilliert jetzt ruhig seinen Kreis ab. Sobald der Zerstörer wieder in die Nähe von dem verdächtigen Fleck da drüben kommt, steuert er mit kurzer Wendung unter Volldampf darauf los und überrennt ihn. Ist es wirklich nur ein Haufen Tang, merkt keiner von den andern Kommandanten, daß wir uns blamiert haben... ist es etwas anderes... nun das würden wir dann ja merken.«

»Sie haben recht«, stimmte der Kapitän bei, »Ihr Vorschlag hat mancherlei für sich.«

»Dann wäre es am besten, Sie sprechen selber mit dem Kommandanten von A 17. Sie sind ja gut mit ihm bekannt.«

»Das soll sofort geschehen«, sagte Kapitän Bancroft und schlug den Weg zur Kabine des Kommandanten ein. –

Erschöpft von einer sechsunddreißigstündigen Wache am Periskop, hatten sich Kyushu und Oburu in der Zentrale der »Karawa« zu kurzer Rast niedergelassen, wo ihnen ein Tank, ein Maschinenzylinder ungefähre Sitzgelegenheit bot. Die Lider drohten ihnen zuzufallen. Hatama stand am Periskop, die Augen an das Okular gepreßt. Ein rauher Ruf von seinen Lippen ließ die beiden andern auffahren. Sie sahen wie er zur Schalttafel sprang und an Hebeln riß.

Ein Ruck ging durch den Leib des U-Kreuzers. Mit Hochstrom sprangen seine elektrischen Maschinen an und rissen ihn mit voller Schraubenkraft vorwärts. An einem anderen Hebel zerrte Hatama. Unter dem Druck des Tiefensteuers stellte die »Karawa« sich schräg und schoß nach unten. Nach einem dritten Hebel griff der Kommandant, um das Periskop-Rohr einzufahren. Da ging ein klirrender Stoß durch das Boot, wie wenn Eisen auf Eisen trifft. Einen Moment nur dauerte es, dann herrschte wieder Stille in der Zentrale. Nur ein leises Singen und Rauschen der großen Elektromotoren drang vom Maschinenraum her herein. Dreißig Meter wies der Zeiger des Tiefenmessers in der Zentrale, auf vierzig und fünfzig kletterte er langsam weiter.

»Was ist geschehen?« fragte Kyushu.

Hatama fuhr sich über die Stirn. »Um ein Haar von einem Zerstörer gerammt, Herr Major. Die See muß unsere Tarnung fortgespült haben, anders ist es kaum zu erklären. Ich sah den Zerstörer plötzlich aus der Reihe scheren, auf uns zukommen... versuchte dynamisch zu tauchen... Zeit, um die Tanks zu fluten, war nicht mehr... der Amerikaner hat das Periskop noch getroffen...«

Während Hatama die letzten Worte sprach, arbeitete er an den Hebeln für das Ein- und Ausfahren des Periskoprohres. Die Anlage funktionierte nicht mehr. Geknickt und verbogen ließ sich das Rohr weder vorwärts noch rückwärts bewegen.

»Können wir auftauchen?« fragte Kyushu. Hatama schüttelte den Kopf. »Hier innerhalb der amerikanischen Hoheitsgrenze besser nicht. Wir wollen unter Wasser nach dem Kompaß fahren, bis wir auf freier See sind.«

»Und dann, Hatama?«

»Werden wir auftauchen und sehen, ob sich der Schaden mit unsern Bordmitteln beseitigen läßt.«

»Und wenn nicht?«

»Müssen wir die Werft in Babeldaob aufsuchen.«

Kyushu hatte noch allerlei auf dem Herzen, doch im Augenblick war er zu übermüdet, um es auszusprechen. Mit halbgeschlossenen Lidern entwarf er den Text einer Funkdepesche und gab das Blatt Hatama.

»Wollen Sie bitte gleich nach dem Auftauchen das hier an unsere Station in Babeldaob funken lassen. Wecken Sie mich, sobald Antwort da ist.«

Major Kyushu verließ die Zentrale und ging nach seiner Kabine. Wenige Minuten später lag er in tiefem Schlaf. –

Kapitän Bancroft stand schon wieder bei MacLane, als A 17 das Tangbüschel überrannte.

»Ich glaube, Sie haben sich geirrt«, sagte er, während der Zerstörer wieder in weitem Bogen in die Reihe der andern Schiffe einscherte.

»Oder auch nicht, Bancroft.« MacLane deutete auf die Stelle, wo der Tang gelegen hatte. »Der Ölfleck war vorher nicht da. Vielleicht erreicht der Japaner den Seeboden noch eher als Roddington mit seinen Rohren. Jetzt möchte ich wieder zurück zur Plattform und sehen, wie es dort steht. Wollen Sie mitkommen, Bancroft?«

Der Kapitän nahm den Vorschlag an. Es interessierte ihn doch, die Arbeiten Roddingtons aus der Nähe zu sehen, die ihresgleichen in der Geschichte der Technik bisher nicht hatten.

Zusammen mit MacLane wanderte er über die Plattform nach der Mitte hin, wo die Riesenkräne eins der gewaltigen Rohre nach dem anderen aufsetzten, wo die Kolonnen der Werkleute unter dem Kommando ihrer Ingenieure rastlos und exakt wie die Maschinen arbeiteten.

Es verschlug ihm fast die Sprache, was er erblickte. Erst hier in der Nähe kamen die ungeheuren Abmessungen der Kräne, der bewegten Massen, der gigantischen Stahlseile voll zur Wirkung. Seine Augen gingen über die Skalen der Dynamometer. Schon zeigten sie viele Tausende von Tonnen an, und immer noch wurde die Riesenlast vermehrt. Mit jedem neuen Rohr gingen neue Trossen in die See.

Er packte seinen Begleiter am Ärmel. Heiser kamen die Worte von seinen Lippen.

»Das heißt Gott versuchen, MacLane! Unmöglich, daß Roddington das schafft. Es geht über Menschenwerk hinaus.«

Aufmerksam beobachtete MacLane, wie eben wieder eine Kugelschleuse mit dem Strang verschraubt und verschweißt wurde. Mit einer leichten Bewegung machte er seinen Arm frei und sagte:

»Er wird es schaffen, Bancroft. Das ist die dritte Schleuse bei Kilometer 7,5. Der halbe Strang hängt bereits.«

Kapitän Bancroft griff sich an die Stirn.

»Die Hälfte erst, MacLane? Noch einmal die gleiche Riesenlast muß ausgelassen werden?! Sehen Sie die Tausende von Tonnen, welche die Dynamometer jetzt schon zeigen? Das sind Kräfte, die menschliche Technik nicht meistern kann... niemals wird meistern können.«

MacLane deutete auf die unendlichen Kabelmengen, die weithin die große Plattform bedeckten.

»Sehen Sie sich das an, Bancroft! Jedes Kilogramm, das die Stahldrahtseile zu tragen haben, ist sorgsam berechnet. Die Kabel wurden nach der Rechnung gesponnen. Keine Trosse wird brechen. Noch einmal sechsunddreißig Stunden – und der Strang stößt auf den Seeboden und bohrt sich so, wie es auch berechnet wurde, mit seinem Gewicht in ihn ein.«

»Ich möchte es glauben, MacLane, aber noch kann ich es nicht glauben. Wenn es wirklich gelingt... wenn alles so glückt, wie Ihr Freund und dieser deutsche Doktor da drüben es geplant und berechnet haben... was für ein Ruhmestag würde es für Roddington... für unsere Marine... für uns alle sein!«

»Noch sechsunddreißig Stunden, Bancroft, dann werden Sie glauben müssen, was Sie jetzt nicht glauben wollen. Die Stunden, die wir heute hier mit erleben, werden wir wohl niemals vergessen.«

Dämmerung und Nacht kam auf. Beim Schein der aufflammenden Starklichtlampen konnte Bancroft beobachten, wie die Kolonnen Roddingtons durch frische Mannschaften abgelöst wurden. Exakt in einer fast militärischen Form vollzog sich der Schichtwechsel in kürzester Zeit, ohne daß die Arbeiten auch nur einen Augenblick ins Stocken gerieten. Er konnte mit seiner Anerkennung nicht zurückhalten.

»Tadellos! Ganz vorzüglich! Die Leute sind gut gedrillt.«

»Das hat ihnen der deutsche Doktor beigebracht«, antwortete MacLane lachend. Schon vor vier Wochen ließ Roddington seine besten Leute aus Trenton nach Davao kommen. Mit ihnen hat Doktor Wegener dann Tag für Tag jeden Griff, jeden Handschlag, jede Bewegung geübt, bis alles wie am Schnürchen ging. Wer nicht mitmachen wollte, wurde wieder nach Hause geschickt. Die andern, die bei der Sache waren, erhalten seit einem Monat doppelten Lohn.«

»Ein teurer Spaß, mein lieber MacLane.«

»Roddington weiß, warum er es tut. Das Geld ist gut angelegt, Bancroft. Sie sehen ja, wie seine Leute eingefuchst sind, wie jeder Schlag und jeder Griff sofort sitzt. Wie ein Uhrwerk schnurrt das Ganze seit siebenunddreißig Stunden, und wie ein Uhrwerk wird es noch vierunddreißig Stunden weiterlaufen, bis das Werk vollendet ist.«

»Ich muß es zugeben, MacLane. Aber wie steht's mit der oberen Leitung? Einundsiebzig Stunden sind eine lange Frist. Wollen Roddington oder der deutsche Doktor die ganze Zeit über auf den Beinen bleiben?«

MacLane deutete auf eine Gruppe inmitten der arbeitenden Kolonnen. »Dort sehen Sie Roddingtons Stab: Frank Dickinson, Griffith, Cranford und Scott. Sie mußten sich von Doktor Wegener ebenso instruieren und drillen lassen wie die einfachen Werkleute. Auch hier ist für Ablösung und frische Arbeitskraft gesorgt. Die vergangene Nacht sind Roddington und Doktor Wegener bei den Arbeiten zugegen geblieben, diese Nacht werden sie sich wohl Ruhe gönnen. Sie können es unbesorgt. Jeder von ihren Leuten versteht sein Geschäft. –

Es ging schon auf Mitternacht, als Bancroft und MacLane sich von dem fesselnden Schauspiel losrissen und an Bord von A 17 zurückkehrten. –

Kurs Ost zu Südost verließ die »Karawa« den Ort des Zusammenstoßes. Mit einer Stundengeschwindigkeit von zehn Seemeilen trieben die kräftigen Elektromotoren den U-Kreuzer in einer Wassertiefe von zwanzig Meter durch die See. Die Vermutung MacLanes, daß er in die tiefsten Abgründe versinken würde, bestätigte sich nicht, aber übel genug war ihm der Stoß von A 17 doch bekommen.

Jener Ölfleck, den MacLane dem Kapitän Bancroft gleich nach der Kollision zeigte, hatte eine für den Kommandanten Hatama recht unangenehme Ursache. Zwar traf der Kiel des amerikanischen Zerstörers nur das Periskop der »Karawa« und glitt haarscharf über ihren Rumpf hinweg, aber die Wucht des Anpralles ließ den großen Öltank auf Backbord leck springen. Unaufhaltsam drang während der weiteren Fahrt Seewasser in den Tank und drängte das leichtere Öl in die See.

Ein halbe Stunde später, der Kreuzer mochte etwa fünf Seemeilen zurückgelegt haben, merkte Hatama, daß sein Schiff stark backbordlastig wurde. Nach dem Log befand er sich schon außerhalb der amerikanischen Hoheitsgrenze, aber immer noch in Sichtweite der amerikanischen Kriegsschiffe. So ließ er die Gleichgewichtslage durch das Lüften eines Tauchtanks auf Backbord wieder herstellen und fuhr unter Wasser weiter. Noch eine halbe Stunde wollte er die Fahrt so fortsetzen. Dann, zehn Seemeilen von Roddingtons Flotte entfernt, konnte er wohl ohne die Gefahr einer Entdeckung auftauchen.

In seine Überlegungen und Berechnungen mischte sich ein Wasserstrahl, der von der Decke der Zentrale von der Stelle her, an der die Durchführung des Periskoprohres sich befand, herabkam und ihm gerade zwischen Hals und Rockkragen in den Nacken rieselte. Ein leichtes Tröpfeln war es zuerst, ein feines Spritzen bald danach und dann ein daumendicker Strahl, der mit einem Druck von zwei Atmosphären in das Schiff hereinbrach.

In wenigen Minuten war der Fußboden der Zentrale überschwemmt. Hatama gab den Befehl zum Auftauchen. Preßluft drang in die Ballasttanks und jagte das Wasser aus ihnen heraus. Um ein Gewicht von zweihundert Tonnen Seewasser erleichtert, stieg die »Karawa« empor. Wie der Rücken eines riesigen Meerwals tauchte ihr Rumpf aus der Wasserfläche auf, und im gleichen Augenblick versiegte auch der Strahl, der durch das schadhafte Periskoprohr in das Schiff drang.

Der Kommandant ließ die Deckluken öffnen, und ein Blick zeigte ihm, daß an eine Beseitigung der Schäden mit Bordmitteln nicht zu denken war. Der Rammstoß des amerikanischen Zerstörers hatte das Periskoprohr schwer angebrochen. Fast wie ein Wunder erschien es Hatama jetzt, daß die verletzte Stelle überhaupt so lange wasserdicht geblieben war. An ein Tauchen war nicht mehr zu denken. In Überwasserfahrt mußte er die Werft in Babeldaob möglichst schnell erreichen.

Während er Befehl gab, die Ölmotoren anzulassen, kam ihm der Auftrag Kyushus in die Erinnerung, und er schickte dessen Depesche in den Funkraum. Dann nahm ihn die Navigierung des

U-Kreuzers in Anspruch. Die Flotte Roddingtons war nicht mehr zu sehen, eine Entdeckung durch sie im Augenblick nicht zu befürchten. Trotzdem legte Hatama Wert darauf, möglichst schnell weiterzukommen und Begegnungen seines havarierten Bootes mit anderen Schiffen zu vermeiden. –

Er war eben dabei, eine astronomische Ortsbestimmung zu machen, als ihm die Antwort auf das Radiogramm Kyushus gebracht wurde. Er überflog den Inhalt.

»›Gerana‹; seit vierundzwanzig Stunden in See. Versuchen Verbindung mit ihr zu bekommen und Befehl weiterzugeben. Senden Sie Ihren Schiffsort.«

Hatama schrieb die Zahlen für die eben genommene Position auf ein Blatt Papier und schickte den Boten damit zum Funkraum zurück. Während der nächsten Stunden waren seine Gedanken nicht eben von heiterer Art. Die »Gerana« war ein Schwesterschiff der »Karawa«, beide gehörten der neusten Klasse der japanischen U-Kreuzer an. Kyushu hatte das andere Boot durch seinen Funkspruch angefordert, irgendwo auf halbem Wege würden sie es treffen, und von ihm aus würde der Major das Unternehmen Roddingtons weiterverfolgen, während die »Karawa« mit ihren Havarien die Werft von Babeldaob aufsuchen müßte, und dann… Hatama war sich nicht im Zweifel darüber… war seine Laufbahn als Seeoffizier wohl zu Ende.

Ob verschuldet, ob unverschuldet, auf jeden Fall würde man ihm den Unfall zur Last legen. Kommandanten, die mit ihren Schiffen Unglück hatten, konnte die japanische Kriegsmarine nicht gebrauchen. Immer mehr festigte sich sein Entschluß, gleich nach dem Anlaufen des Hafens von Babeldaob von sich aus seinen Abschied zu erbitten.

Ungeduldig wartete er inzwischen auf weitere Funknachrichten von dort. Wenn die »Gerana« über Wasser fuhr, müßte es der Station von Babeldaob doch ein leichtes sein, mit ihr in Verbindung zu treten. Nur wenn der Kreuzer tauchte, hörte die Funkmöglichkeit auf. Aber eine Stunde verging nach der anderen, ohne daß weitere Nachrichten kamen. Hatama fand nur die eine Erklärung dafür, daß die »Gerana« unter Wasser fuhr oder sich für längere Zeit irgendwo auf den Grund gelegt hatte. Derartiges kam bei den Übungsfahrten der neuen Kreuzer ja des öfteren vor.

Die dritte Nacht ging zu Ende; zum vierten Mal, seitdem Roddington und seine Leute mit der Absenkung des Riesenstranges begannen, hob sich die Morgensonne aus der See. Eine Nacht höchster Aufregungen war es, welche die Nerven aller Beteiligten nicht weniger anspannte als die gewaltigen Strahltrossen. Stunden lagen hinter den Ingenieuren und Werkleuten, während deren Trossen und Nerven zu reißen drohten.

Wie es Dr. Wegener vorausgesehen und in die Rechnung gestellt hatte, begannen die tragenden Holzzylinder des Stranges bei dreizehn Kilometer Tiefe unter dem Wasserdruck zusammenzubrechen. Das volle Stahlgewicht einer Rohrlänge von zweitausend Meter hing an den Kabeln, eine zusätzliche Riesenlast von vierzigtausend Tonnen zu all dem anderen, was die gewaltigen Seile schon zu tragen hatten. Merklich tiefer lag jetzt die ganze Plattform, schwer ächzten die mächtigen Räder, über welche immer neue Trossen abliefen, um das enorme Gewicht des Stranges mittragen zu helfen. Splitternd riß hier und dort ein einzelner Stahldraht und verriet durch seinen Bruch, daß die Beanspruchung des Materials bis an die äußerste Grenze ging.

Anders sahen auch die Rohre aus, die jetzt mit dem Strang verschraubt und verschweißt wurden. Reichlich fünfzehn Meter stark waren die Holzmäntel, die sie umgaben, gewaltig Schwimmkraft und Auftrieb, die daraus resultierten. Jedes Rohr, was jetzt hinzukam, half das Gewicht des Stranges mit zu tragen und ihn in senkrechter Stellung zu halten.

Das hundertfünfzigste Rohr wurde angefügt. Dr. Wegener stand dabei, als es geschah, das Gesicht gerötet, die Augen wie im Fieber glänzend. Er allein von allen den vielen, die hier schafften, war während der letzten zweiundsiebzig Stunden nicht zur Ruhe gekommen. Mit hastiger Hand griff er nach dem Becher mit schwarzem Kaffee, den ihm ein Steward brachte, und stürzte das starke Getränk in einem Zuge hinunter. Dann ging sein Blick wieder zu den Werkleuten und Ingenieuren und zu den Skalenscheiben der Dynamometer.

»Das hundertfünfzigste Rohr, Roddington! Wenn unsere Lotungen richtig sind, müssen wir mit ihm den Seeboden erreichen.«

Wie ein ungeheurer Turm, hundert Meter hoch und dreißig Meter dick, reckte sich das Rohr in die Luft. Ein Kommando – und die Kranmaschinen liefen an, langsam versank es in die Tiefe. Wie an einem Magneten hingen die Blicke des Doktors am Zeiger des nächsten Dynamometers.

»Sehen Sie, Roddington! Sehen Sie! Der Zeiger zuckt nach unten. Der Strang hat den Boden des Ozeans berührt.«

Er packte Roddington am Arm und zog ihn näher an das Meßinstrument heran, während er weitersprach.

»Nur noch wenig mehr als vierzigtausend Tonnen. Tausend Tonnen fängt der Seeboden schon ab.«

Das einhunderteinundfünfzigste Rohr wurde angesetzt, und wieder ließen die schweren Winden neue Trossenlängen aus. Fieberhaft, aufgeregt gestikulierend, wie ihn Roddington bisher noch nie gesehen, verfolgte Dr. Wegener den Weitergang der Dinge.

»Sehen Sie, Roddington! Sehen Sie nur! Die Zeiger sinken! Fünfunddreißigtausend Tonnen... dreißigtausend Tonnen...«

Das hundertzweiundfünfzigste Rohr wurde montiert, und noch einmal fuhr der ganze Riesenstrang um hundert Meter in die Tiefe. Nur noch zehntausend Tonnen hatten jetzt die Trossen zu tragen. Den Rest der gewaltigen Last trug der Seeboden, in dem der Strang nun bereits zweihundert Meter tief eingedrungen war.

Das hundertdreiundfünfzigste Rohr kam an die Reihe, und noch einmal, zum letztenmal, gingen die Winden an, um Kabel auszulassen. Nur langsam sank die Riesenmasse tiefer. Noch fünfzig Meter, jetzt noch vierzig Meter ragte das letzte Rohr über den Wasserspiegel heraus, da wurden die gigantischen Trossen, die unter dem Riesengewicht so lange Stunden bis zum Brechen gespannt waren, plötzlich schlaff. Die Zeiger der Dynamometer sanken auf den Nullstrich zurück.

»Hurra, Roddington! Der Strang steht!« schrie Dr. Wegener. Dann wurde es ihm schwarz vor Augen, erschöpft bis zum Niederbrechen ließ er sich taumelnd in einen Stuhl fallen. Die in der Nähe Stehenden hatten seine Worte gehört, und wie ein Lauffeuer gingen sie weiter von Mund zu Mund, bis aus zweihundert Kehlen ein donnerndes Hurra von der Plattform her über die See brauste.

»Champagner her! Gebt unserm Doktor Sekt zu trinken!« Irgendeiner aus der Menge der Ingenieure und Werkleute hatte es gerufen, und wenige Augenblicke später war ein Steward mit dem Verlangten zur Stelle. Ein Pfropfen knallte. Der Wein schäumte ins Glas. Roddington drückte es Dr. Wegener an die Lippen. Einen tiefen Zug tat der und überwand die Ohnmacht, die ihn angewandelt hatte.

»Das Rohr steht«, waren seine ersten Worte, als er wieder zu sich kam. Was er sagte, traf zu. Starr und unbeweglich stand der gewaltige, mehr als zwei geographische Meilen lange Strang aus eigener Kraft lotrecht an der tiefsten Stelle des Weltmeeres. Nur langsam noch und immer langsamer bohrte er sich weiter in den Grund, bis er nach Stunden zur völligen Ruhe kam. Da ragte sein oberes Ende noch zwanzig Meter über die See hinaus, zweihundertachtzig Meter tief war das untere in den Meeresboden eingedrungen.

Der erste Akt des gewaltigen technischen Dramas, das James Roddington durch die Kraft seiner Millionen abrollen ließ, war zu Ende. Würden die folgenden ebenso glücklich verlaufen, wie er sie geplant, wie seine Gehilfen es erhofften? Das blieb die große, die brennende Frage, auf die erst die kommenden Wochen und Monate eine Antwort geben konnten. –

MacLane und Bancroft hatten Roddington zu seinem Erfolge beglückwünscht und waren dann an Bord von A 17 zurückgekehrt. Auch sie waren übernächtig und wie in leichtem Fieber, aber die innere Erregung ließ sie noch nicht an Ruhe denken. Auf dem Achterdeck trafen sie Kapitän Ferguson, den Kommandanten des Zerstörers, der von dort aus die Vorgänge auf der Plattform durch sein Glas verfolgt hatte.

»Hallo, Ferguson! Haben Sie einen trinkbaren Sekt an Bord?« begrüßte ihn Bancroft.

Ferguson lachte.

»Unsere Messe führt eine gute Marke, Bancroft. Kommen Sie in meine Kabine, Gentlemen, wir wollen den Stoff versuchen. Die Stunde ist es wert.«

Zu dritt saßen sie in der Kabine des Kommandanten und ließen die Pfropfen knallen, als Ferguson ein Funkspruch gebracht wurde. Er las ihn einmal und noch einmal und schob ihn dann Bancroft hin. Nach einem kurzen Blick darauf sagte der: »Derselbe kann's nicht sein, Ferguson. Der Bursche hat von A 17 ein Ding abbekommen, daß ihm wohl die Lust zu weiteren Taten vergangen ist.«

»Wenn es nicht derselbe ist, dann ist es eben ein anderer«, erwiderte Ferguson bedächtig. »Japan besitzt mehr als einen U-Kreuzer. Kommen Sie mit auf die Brücke. Wir wollen sehen, ob wir etwas finden.«

Der Funkspruch, der diese Unterredung veranlaßte, kam von einer amerikanischen Luftjacht, die im Anflug auf Roddingtons Flotte begriffen war. Aus der großen Höhe hatte man von dort aus deutlich den Rumpf eines U-Kreuzers erkannt, der untergetaucht nur wenige hundert Meter von A 17 entfernt, bewegungslos auf einer Stelle lag, und in der nicht grundlosen Vermutung, daß es sich um einen unerwünschten Zuschauer handeln könnte, die Beobachtung an die amerikanischen Zerstörer gefunkt.

Ferguson suchte die See in der angegebenen Richtung mit seinem Glas ab, und dann spielte der Maschinentelegraph in seiner Hand. Es waren die gleichen Kommandos, die er vor mehr als sechsunddreißig Stunden schon einmal gegeben hatte. Wie ein Pfeil brach A 17 plötzlich aus der Linie der anderen Zerstörer heraus und schoß auf irgend etwas Dunkles zu, das Ferguson durch sein scharfes Glas gesehen hatte.

Wieder ein Rammstoß, doch diesmal traf er mehr als ein schwaches Periskoprohr. So heftig war der Anprall, daß MacLane und Bancroft gegen die vordere Reling der Brücke geschleudert wurden. Ein Knirschen und Dröhnen klang aus der Tiefe empor. Dann glitt A 17 auf seinem Kurs ruhig weiter. Hinter ihm brodelten Luftblasen auf und Öl, das sich weit über die glatte Meeresfläche verbreitete.

»Den haben wir richtig gefaßt, der geht bestimmt auf Grund«, sagte Ferguson. »Der wird nichts mehr verraten.« –

Schwer havariert erreichte die »Karawa« den Hafen von Babeldaob mit den letzten Resten ihres Triebstoffes. Die Laune ihres Kommandanten war nicht rosig, fast noch düsterer die von Major Kyushu und Vicomte Oburu. Vergeblich hatten sie ein gutes Schiff ihrer Flotte in Gefahr gebracht. Es war ihnen nicht gelungen, die Dinge zu sehen, um deretwegen sie das Abenteuer riskiert hatten und über die man in Tokio so brennend gern genaue Nachrichten zu haben wünschte.

Verdrossen gingen Kyushu und Oburu in Babeldaob an Land, um ihre Berichte für Tokio zu schreiben, und noch verdrossener verglichen sie schließlich, was sie unabhängig voneinander zu Papier gebracht. Übereinstimmend war es das gleiche Rätselhafte, Unerklärliche.

An einer Stelle innerhalb der amerikanischen Hoheitsgrenze, wo die Seekarte knapp sechs Kilometer Tiefe angab, lag die Flotte Roddingtons. Dort senkte sie einen Rohrstrang ab, der nach der Feststellung der beiden japanischen Offiziere bereits länger als zehn Kilometer sein mußte, als der Rammstoß des amerikanischen Zerstörers ihre Beobachtungen unterbrach.

Unzufrieden mit sich selbst machten sie ihre Berichte fertig, um sie dem Postschiff nach Tokio mitzugeben. Dasselbe Schiff nahm auch das Abschiedsgesuch Hatamas mit. In offener seemännischer Weise schilderte der Kommandant darin den Vorgang, der fast zum Untergang der »Karawa« geführt hätte; berichtete, wie es ihm nur im letzten Moment noch gelungen war, dem plötzlichen Angriff des amerikanischen Zerstörers mit knapper Not zu entgehen. Das Schriftstück schloß mit der Bitte, ihn seines Postens zu entheben, weil er ein Schiff seines kaiserlichen Herrn nicht heil aus der Gefahr herausgeführt hatte.

Die Antwort auf dieses Gesuch würde in mehr oder minder ungnädiger Form der Abschied sein, darüber hatte Hatama kaum einen Zweifel. Etwas weniger sicher waren sich Major Kyushu und Vicomte Oburu über den wahrscheinlichen Erfolg ihrer Berichte. Nur daß auch hier die

Antwort nicht sehr angenehm sein, daß man sie vielleicht sogar von ihren Posten abberufen würde, glaubten sie voraussehen zu können.

Qualvoll langsam verstrichen die nächsten Tage. Niemand in Babeldaob kümmerte sich um die Sorge der drei, denn die Flottenstation hatte andere, viel größere Sorgen. Wieder und immer wieder versuchte man Verbindung mit der »Gerana« zu bekommen. Alle Bemühungen blieben vergeblich, und längst war die Zeit überschritten, die der U-Kreuzer im Verlauf einer normalen Übung unter Wasser bleiben konnte.

Die »Gerana« blieb stumm. Zwei Meilen unter dem Meeresspiegel ruhte ihr vom Kiel des amerikanischen Zerstörers zerrissener Rumpf auf dem Meeresgrund, ein schauerlicher Sarg, zusammengedrückt und bis zur Unkenntlichkeit deformiert von dem ungeheuren Druck der Tiefe. –

In der Flottenstation von Babeldaob zweifelte man nicht mehr daran, daß dem U-Kreuzer ein ernster Unfall zugestoßen sei, denn wenn das Schiff aufzutauchen vermochte, dann konnte es auch funken, dann hätte es sich in der langen Zeit einmal melden müssen. Nur die Frage blieb offen: War der »Gerana« ein Betriebsunfall zugestoßen, irgendein Maschinen- oder Pumpendefekt, oder war sie das Opfer einer feindlichen Einwirkung geworden? Nach den Erlebnissen Hatamas lag die zweite Möglichkeit nicht allzu fern. Was Hatama nicht wußte, das wußte man in der Flottenstation, denn von dort aus hatte man die »Gerana« vierundzwanzig Stunden nach dem Auslaufen der »Karawa« mit dem Auftrag in See geschickt, ebenfalls die Arbeiten Roddingtons zu beobachten. Ein ungesundes Gewässer für japanische Schiffe schien die See in der Umgebung von Roddingtons Flotte zu sein, das merkte man jetzt in Babeldaob und kam auch bald in Tokio zu der gleichen Erkenntnis. Ihren größten modernsten U-Kreuzer mußte die japanische Marine als verschollen und verloren aus ihren Listen streichen.

Viel früher als die Flottenstation in Babeldaob wußte Präsident Price, daß die japanische Marine um ein U-Boot ärmer war. Von seiner Luftjacht kam der für die »Gerana« so verhängnisvolle Funkspruch, und er selbst sah es aus sechstausend Metern Höhe mit an, wie A 17 den Rammstoß führte und der U-Kreuzer weidwund nach unten ging. Nur ganz allmählich verschwammen die Umrisse des Bootes, während es tief und immer tiefer sank in dem kristallblauen Wasser.

»Wie lange haben wir ihn sehen können?« fragte er Curtis, der mit gefurchter Stirn neben ihm stand.

»Schwer zu sagen, Mr. Price. Es können fünfzig, können hundert und vielleicht noch mehr Meter gewesen sein. Aus unserer Höhe kann man die Dinge noch in großer Seetiefe erkennen. Ich will hoffen«, fuhr er nach kurzem Zögern fort, »daß dieser Rammstoß nicht wie der bekannte Funke im Pulverfaß wirkt. Es hat sich Zündstoff genug zwischen Tokio und Washington angehäuft. Vielleicht hätten wir besser getan, den Funkspruch nicht loszulassen.«

Price hatte die letzten Worte von Curtis nur noch mit halbem Ohr gehört. Sein Blick hing an den Vorgängen auf der Plattform, und sein ganzes Interesse galt dem mächtigen Rohrstrang, dessen Umrisse sich von der Jacht aus auch bis zu einer beträchtlichen Tiefe unter Wasser erkennen ließen.

»Unsinn, Curtis, was Sie da eben sagten«, brummte er halblaut vor sich hin. »Wenn's endlich zum Krach kommt, blüht unser Weizen. Die Corporation kann Munitionsaufträge gebrauchen. Sollte mich freuen, wenn ich sie ihr durch meinen Funkspruch verschaffe.«

Die Jacht hatte inzwischen den Liegeplatz der Werkflotte erreicht und schraubte sich in weiten Spiralen aus ihrer Höhe hinab. Noch tausend, jetzt nur noch fünfhundert Meter kreisten sie über der Plattform, und Price nahm ein Glas zu Hilfe, um die Dinge besser betrachten zu können.

»Alle Wetter, Curtis«, entfuhr es ihm dabei, »ein ganzer Kerl ist James Roddington doch... wenn er auch unheilbar verrückt ist. Das Stück soll ihm mal erst einer nachmachen. Können Sie es sehen?...sonst nehmen Sie mein Glas. Der Rohrstrang steht bei Gott frei auf dem Seegrund. Man kann es deutlich sehen. Die Trossen hängen schlaff an den Winden...ich habe es nicht für möglich gehalten, Curtis. Darum flog ich mit Ihnen hierher, mit meinen eigenen Augen wollte ich es sehen.«

Curtis gab ihm das Glas zurück.

»Gesehen habe ich es auch, Mr. Price. Verstehen kann ich es auch jetzt noch nicht. Nach unsern zuverlässigen Nachrichten hat Roddington mehr als hundertfünfzig Rohre nach Davao bringen lassen. Einen Strang von mehr als fünfzehn Kilometer müßte das geben. An keiner Stelle des Weltmeeres findet man solche Tiefe.«

Price hatte das Glas wieder an die Augen gesetzt.

»Verrückt ist Roddington! Rettungslos verrückt«, knurrte er, während er die Vorgänge auf der Plattform beobachtete, »aber seine Verrücktheit hat Format. Das muß man ihm lassen... Ah!... Sehen Sie mal, Curtis! Was ist denn jetzt da unten los? Die Kolonnen auf der Plattform wimmeln ja plötzlich wie die Ameisen durcheinander. Donnerwetter, sehen Sie doch bloß, Curtis, jetzt schwärmen die da unten in acht Strahlen auseinander. Gut gedrillt hat Roddington seine Leute. Die Girls in einer Revue können es auch nicht besser machen, wenn sie auf der Bühne einen Stern bilden.«

Price preßte das Glas fester an die Augen, während er weitersprach.

»Dabei arbeiten die Jungens da unten wie die Teufel, ich kann es ganz deutlich sehen... nehmen Sie mal das Glas, Curtis.«

»In der Tat, Mr. Price, Sie haben recht«, bestätigte ihm Direktor Curtis seine letzten Worte. »Jeder von den Kerls... auf einige zweihundert schätze ich ihre Zahl... hat einen Schraubenschlüssel... sie liegen auf den Knien und hantieren wie die Wilden... Das sieht ja fast so aus, als ob sie die Plattform wieder in die acht Segmente zerlegen wollten, aus denen sie zusammengefügt wurde.«

»Ausgeschlossen! Das halte ich für vollkommen ausgeschlossen. Wie ich die Sache taxiere, wird Roddington hier noch lange Zeit zu tun haben und die Plattform dabei nötig brauchen. Gerade jetzt sind hier die windstillen Monate. Es wäre töricht, wenn er seine Arbeiten unterbrechen wollte.«

»Ihre Meinung in Ehren, Mr. Price. Aber da... da sehen Sie, daß ich doch recht hatte.«

Price drückte das Gesicht gegen die große Spiegelscheibe der Jacht und starrte wie fasziniert auf das Schauspiel, das sich fünfhundert Meter tiefer seinen Blicken bot. Eins der acht großen Flugzeugmutterschiffe setzte sich langsam in Bewegung. Zwei Spalten klafften an den Stellen, an denen eben noch zwei Kolonnen der Werkleute arbeiteten. Die Spalten wurden breit und immer breiter, und mit einem Segment der großen Plattform fuhr das Schiff aus dem Kreis heraus.

Was hier geschah, wiederholte sich in den nächsten Minuten bei den andern Mutterschiffen. Eins nach dem andern löste sich aus dem starren Gefüge, das sie, durch die Plattform miteinander verbunden, so manchen Tag gebildet hatten. Wie ein gelber Riesenpfahl ragte nur noch das Ende des Rohrstranges an der Stelle aus der See, wo eben noch Roddingtons Arbeitsbühne stand.

Einige hundert Meter davon entfernt formierten sich die acht Mutterschiffe in Kiellinie und dampften mit forcierter Fahrt in Richtung auf Davao davon. Einen fremdartigen, fast grotesken Anblick gewährte das abziehende Geschwader den beiden Beobachtern in der Luftjacht. Um die volle Schiffsbreite und mehr noch ragte auf jedem von ihnen das Plattformsegment zu beiden Seiten über Bord hinaus und erinnerte in der Form ein wenig an die Schwingen eines Flugzeuges. Man konnte fast denken, daß die Schiffe sich bei etwas schnellerer Fahrt auch mit diesen kurzen Flügeln in die Lüfte erheben würden. Aber der Eindruck lastender Schwere und der Verbundenheit mit dem Wasser kam wieder durch die riesenhaften Kräne, Winden und Kabeltrossen, die jedes der acht Schiffe auf seinem Rücken trug.

Price gab durch das Telephon einen Befehl in den Führerstand, und in weiten Kreisen folgte die Jacht dem Geschwader, dem sich jetzt auch die Flottille der Zerstörer anschloß. Durch sein Glas konnte der Präsident beobachten, wie auf den Mutterschiffen intensiv weitergearbeitet wurde. Schon lag ein Teil der hohen Kräne waagerecht auf den Verdecken. Schon wurden die

Seitenteile der Plattformsegmente dort, wo sie über die Bordwand hinausragten, plötzlich wie im Scharnier beweglich, klappten, von Winden angeholt, senkrecht in die Höhe und legten sich weiter über dem Schiffsdeck zusammen.

»Haben Sie eine Ahnung, Curtis, was das alles bedeuten soll?« fragte Price. Der überlegte eine geraume Weile, bevor er sich zur Antwort entschloß.

»Wenn Sie Wert auf mein Urteil legen, Mr. Price, so möchte ich sagen, es sieht fast wie eine Flotte aus, die sich auf einen kommenden Sturm vorbereitet, die alle Segel refft und alles fest macht, um das kommende Unwetter zu bestehen... und die außerdem vielleicht noch versucht, dem Wetter durch schnelle Flucht aus dem Wege zu gehen. Ich will nicht sagen, daß es so sein muß, Mr. Price, doch der Gedanke kam mir in dem Augenblick, als Sie mich fragten.«

Kopfschüttelnd griff der Präsident wieder zum Telephon.

»Wie ist die Wetterlage? Liegen Sturmwarnungen vor?« hörte Curtis ihn in den Apparat sprechen. Price legte den Hörer wieder auf.

»Was ist es?« fragte Curtis gespannt.

»Keine Sturmwarnungen, aber das Barometer im Führerstand ist seit einer halben Stunde rapide gefallen und fällt noch immer weiter. Der Pilot fragt, ob wir den Hafen von Caraga anfliegen sollen.«

Curtis schüttelte den Kopf. »Ich glaube, Mr. Price, Ihre gute Jacht braucht keinem Sturm aus dem Wege zu gehen. Mag kommen, was da will, wir sind in der Luft vollkommen in Sicherheit. Vielleicht sogar weniger gefährdet als auf der Reede von Caraga. Es hat an der Ostseite der Philippinen bisweilen plötzliche Flutwellen gegeben, denen kein schwimmendes Fahrzeug widerstehen konnte.«

Price nickte.

»Sie haben recht, Curtis, wir wollen zunächst einmal der Flotte Roddingtons folgen und sehen, was sich da weiter ereignet. Seinen abenteuerlichen Rohrstrang werden wir immer noch wiederfinden können... wenn er dem Ansturm der Elemente gewachsen ist. Es sollte mir um Roddington leid tun, wenn es anders wäre.« –

Der plötzliche Aufbruch der Werkflotte stand durchaus nicht im Programm Roddingtons und hatte sehr triftige Gründe. Kaum hatte Dr. Wegener jenen Schwächeanfall, der ihn in dem Augenblick überkam, da er das Riesenrohr fest im Seegrund stehen sah, überwunden, als er sich auch sofort wieder seiner schweren Verantwortung bewußt wurde. Sein erster Blick, sobald er wieder fest auf den Füßen stand, galt seinen meteorologischen Instrumenten, und mit Schrecken sah er, daß der Zeiger des Barometers während der kurzen Zeit seiner Ohnmacht sturzartig nach unten gegangen war und immer noch weiter fiel.

Eine kurze hastige Aussprache unter vier Augen gab es danach zwischen dem Doktor und Roddington, und dann kam der Befehl, der zweihundert Werkleuten die Werkzeuge in die Fäuste drückte und sie strahlenförmig über die Verbindungsstellen der Plattform ausschwärmen ließ.

Weiter geschah danach alles das, was Price und Curtis auf ihrer Luftjacht beobachten konnten. In schnellster Fahrt suchte die ganze Flotte der Werk- und Kriegsschiffe die schützende Bucht von Davao zu erreichen.

Roddington und Dr. Wegener hatten sich wieder an Bord der »Blue Star« begeben, die den Schluß der langen Schiffslinie bildete. Schweigend saßen sie im Kartenhaus auf der Brücke der Jacht, aufmerksam verfolgte der Doktor den Gang des Dosenbarometers, das vor ihm auf dem Tisch stand.

»Was befürchten Sie, Doktor?« brach Roddington die lastende Stille. »Einen Sturm, einen Orkan, einen Taifun?«

»Ich weiß es nicht, Mr. Roddington. Vielleicht das eine... vielleicht das andere... hoffentlich kein neues Seebeben. Es könnte alle unsere Hoffnungen zunichte machen.«

»Ein Seebeben, Doktor? Neue Veränderungen in der Tiefe? Nach so kurzer Zeit? Halten Sie das für möglich?«

Der Doktor zuckte die Achseln.

»Möglich ist alles, Mr. Roddington. Es läßt sich nichts mit Sicherheit voraussagen. Der Seeboden in der großen Tiefe ist vielleicht noch nicht im Gleichgewicht. Es könnte sein, daß neue Verschiebungen auftreten, daß er sich wieder hebt. Wir müssen abwarten, was die nächsten Stunden bringen... und müssen hoffen, Roddington, daß unsere Stahlrohre auch solchen Beanspruchungen gewachsen sind.« –

In sattem Blau glänzten Meer und Himmel, als die Werkflotte ihren Arbeitsplatz verließ. Einem bleiernen Grau war inzwischen die Azurfarbe gewichen. Nicht eigentliche Wolken waren es, die den Farbenwechsel hervorbrachten, sondern ein nebliger Dunst, stark genug, die Kraft der Tropensonne zu brechen. Nur noch wie eine bleiche Scheibe stand sie am Firmament, eintönig grau war auch das Meer. Obwohl sich kein Lüftchen regte, kam doch ein hohler Seegang auf. Einzelne lange Roller liefen von Osten her auf die Küste zu und brachten die »Blue Star« zum Schlingern.

Immer sorgenvoller wurde das Gesicht Roddingtons, während die Jacht bald nach Backbord, bald nach Steuerbord schwer überholte.

»Ich fürchte, Doktor Wegener«, begann er stockend, »das ist mehr als der Ausläufer eines fernen Sturmes. Das erinnert bedenklich...«

Ein schwerer Brecher, der die »Blue Star« von links her traf und seinen Gischt über die Brücke ergoß, ließ ihn verstummen. Schwer legte sich die »Blue Star« unter dem Anprall nach Steuerbord über. So stark war die Neigung, daß der Doktor seine Instrumente festhalten mußte, um sie am Fallen zu hindern.

Roddington wollte weitersprechen, eine Frage lag ihm auf den Lippen. »Ist es doch ein Seebeben?« wollte er sagen, als ihm die veränderte Miene des Doktors auffiel.

»Das Schlimmste ist vorüber, Roddington! Das Barometer steigt wieder!« fast triumphierend kamen die Worte aus seinem Munde.

»War es ein Seebeben?« brachte Roddington seine Frage an.

»Vielleicht, Mr. Roddington... wahrscheinlich sogar, aber jedenfalls kein schweres... nicht zu vergleichen mit jenem Beben, das wir hier vor Monaten miterlebten. Sehen Sie...«, er deutete auf die Skala des vor ihm liegenden Instrumentes, »man kann es direkt verfolgen, wie der Zeiger von Millimeter zu Millimeter läuft.«

Er stand auf, ging auf die Brücke hinaus und blickte prüfend in die Weite.

»Es klärt sich schon wieder auf, Mr. Roddington«, sagte er, als er in das Kartenhaus zurückkam. »Ich glaube, daß es nicht mehr nötig ist, mit der Flotte in den Hafen zu gehen. Sobald sich die See beruhigt hat, können wir zu unserm Arbeitsplatz zurückkehren.« –

Verwundert sahen Price und Curtis von ihrer Jacht aus, wie die Werkflotte ihre Fahrt verlangsamte, schließlich beidrehte und liegenblieb.

»Verstehen Sie, Curtis, was jetzt wieder los ist?« fragte der Präsident.

»Ich sehe nur, Mr. Price, daß Roddington sich mal wieder sehr plötzlich eines andern besonnen hat. Warum? Das mag der Teufel wissen. Seine Schiffchen rollen in der groben Dünung nicht schlecht durcheinander. Ich würde in seiner Lage schleunigst einen sicheren Hafen aufsuchen. Aber... Sie haben es ja öfter als einmal gesagt, der Mann ist unheilbar verrückt... sehen Sie, jetzt dreht die ›Blue Star‹ um und fährt denselben Weg zurück, den sie gekommen ist.«

Direktor Curtis brauchte nicht weiterzusprechen, Price sah mit eigenen Augen das Manöver, das sich unter ihm vollzog. Die ganze Werkflotte, mehr als zwanzig Schiffe, wendete und fuhr denselben Kurs zurück, den sie gekommen war.

Ein Funkspruch wies Hatama, Kyushu und Oburu an, das schnellste im Hafen von Babeldaob liegende Marineflugzeug zu nehmen und unverzüglich zur mündlichen Berichterstattung nach Tokio zu kommen. Mehrfache viele Stunden während Vernehmungen über den Unfall der »Karawa«, bei denen jedes einzelne Wort der drei vielleicht über Krieg und Frieden entscheiden konnte, entwickelten sich aus dieser Berichterstattung. –

Admiral Yoritama hatte das Protokoll des letzten Verhörs vor sich liegen, als er eine neue Vernehmung begann.

»Sie haben ausgesagt, Herr Kapitänleutnant Hatama, daß das Periskop der ›Karawa‹; durch Tang getarnt war, so daß die Amerikaner Ihr Boot nicht bemerken konnten. Ferner haben Sie angegeben, daß der Unfall der ›Karawa‹; durch einen planmäßigen Angriff des Zerstörers A 17 verursacht wurde. Wie lassen sich diese beiden Behauptungen miteinander vereinigen?«

Hatama überlegte eine Weile, bevor er antwortete.

»Es ist richtig, Exzellenz, daß das Periskop in der angegebenen Weise getarnt war. Es ist aber möglich, nach meiner persönlichen Überzeugung muß es so gewesen sein, daß die Tarnung... vielleicht durch das Schraubenwasser der in der Nähe passierenden Frachtschiffe zerstört wurde. Jedenfalls setzte A 17 plötzlich Kurs auf die ›Karawa‹; und rannte mit Volldampf auf sie zu. Das U-Boot wäre zweifellos vernichtet worden, wenn es mir nicht im letzten Augenblick gelungen wäre, wegzutauchen.«

Mit hastender Feder notierte ein Sekretär die Aussage Hatamas, kopfschüttelnd verglich sie der Admiral mit einem anderen Schriftstück.

»Sie vermuten, Kapitänleutnant, daß die Tarnung durch irgendwelche Einwirkungen zerstört wurde. Auf der Werft in Babeldaob hat man an dem gebrochenen Rohr aber noch eine größere Menge Seetang vorgefunden. Wie verträgt sich das mit Ihrer Auffassung?«

Wieder eine längere Pause, bevor der Kommandant antwortete.

»Dieser Befund schließt die Möglichkeit nicht aus, Exzellenz, daß das Tangbündel sich doch etwas verschoben hat und dadurch ein blinkender Teil des Periskopes sichtbar wurde. Ich muß bei meiner früheren Aussage bleiben, daß ein zielbewußter, heimtückischer Überfall auf die ›Karawa‹; stattgefunden hat.«

Admiral Yoritama ließ den Kommandanten das neue Protokoll unterschreiben und ersuchte ihn, sich weiter zur Verfügung des Admiralstabes zu halten.

Hatama verließ danach den Raum, Kyushu und Oburu wurden hereingerufen. Ihre Vernehmung war nur kurz und deckte sich mit ihren früheren Aussagen.

»Wir haben den Vorfall nicht beobachten können, wir standen im Augenblick des Zusammenstoßes nicht am Periskop«, gaben beide übereinstimmend zu Protokoll. –

Eine ernste Beratung zwischen den Admiralen Yoritama, Togukawa und Harunobu folgte der Vernehmung.

»Einwandfrei beweisen können wir den amerikanischen Angriff nicht«, eröffnete Yoritama die Besprechung, »wenn er auch höchstwahrscheinlich stattgefunden hat... Die Voraussetzungen für einen diplomatischen Schritt in Washington sind wenig günstig.«

»Die ganze Angelegenheit ist wenig erfreulich«, stimmte ihm Exzellenz Harunobu bei. »Die ›Karawa‹; befand sich innerhalb der amerikanischen Hoheitsgrenze, wo sie nach internationaler Gepflogenheit nichts zu suchen hatte... Zu allem Überfluß lag sie auch noch untergetaucht dort und beobachtete Arbeiten, an deren Geheimhaltung der amerikanischen Marine offenbar gelegen ist. Bei diesem Tatbestand muß ich von einem Schritt in Washington abraten. Unser Botschafter würde dabei in einer schwierigen Lage sein. Er müßte den Aufenthalt der ›Karawa‹; in amerikanischen Gewässern offiziell bekanntgeben. Die Regierung der Union würde diese Mitteilung sicherlich in einer für unsere Marine wenig angenehmen Art glossieren, im übrigen alles auf einen unglücklichen Zufall schieben und jeden Angriff ableugnen.«

»Und die ›Gerana‹;?« warf Yoritama ein.

»Wir haben nicht die Spur eines Beweises, daß sie durch amerikanische Schiffe versenkt wurde, sosehr auch hier der Verdacht besteht.«

Togukawa, der Chef des japanischen Admiralstabes, hatte bisher schweigend zugehört; jetzt begann er zu sprechen.

»Ich würde es für ein Unglück halten, wenn wir Beweise hätten und gezwungen wären, in Washington Beschwerde zu erheben.«

Yoritama und Harunobu sahen ihn erstaunt an, während er fortfuhr.

»Sie werden meine Auffassung sofort begreifen, meine Herren. Eine wohlbegründete Beschwerde in dieser Angelegenheit wäre gleichbedeutend mit sofortigem Kriegsausbruch, der uns im Augenblick noch nicht paßt.«

Ein Nicken der beiden anderen bewies, daß sie ihn verstanden. Ohne es auszusprechen, dachten alle drei in diesem Augenblick gleichzeitig an denselben Angriffsplan, der bis in alle Einzelheiten ausgearbeitet in den Geheimakten des Admiralstabes lag. Ein Flottenbauprogramm war danach erst zu Ende zu führen, das die japanischen Seestreitkräfte instand setzen sollte, sich ebenso plötzlich und schlagartig, wie es vor vielen Jahrzehnten mit der russischen Festung Port Arthur geschah, der amerikanischen Besitzungen im Pazifik zu bemächtigen.

Deshalb hatte man Formosa und die Palauinseln zu uneinnehmbaren Flottenstützpunkten ausgebaut, um von dort aus im geeigneten Augenblick den Vorstoß gegen die amerikanische Herrschaft auf den Philippinen zu unternehmen.

Als ob er jeden Gedanken der beiden andern mitgedacht hätte, sagte Togukawa:

»Der erste Schlag muß sofort Erfolg haben. In spätestens zwei Jahren sind wir so weit. Vorher dürfen unsere diplomatischen Beziehungen mit der amerikanischen Union keine Störung erleiden.«

»Zwei Jahre sind eine lange Zeit, Exzellenz«, warf Yoritama ein, »in zwei Jahren können die Amerikaner in Manila Treibstoffdepots haben, durch die sie von der Zufuhr aus ihrem Land unabhängig werden. Dann sind die Philippinen für uns uneinnehmbar.«

Togukawa machte eine abweisende Bewegung. »Der Plan, an den Sie denken, war ein Bluff.«

»Der morgen oder übermorgen Wirklichkeit werden könnte, Exzellenz. Die Treibstoffversorgung der Flottenstützpunkte auf Luzon und Hawai bildet den schwachen Punkt in der amerikanischen Rüstung. Das haben die Yankees wohl erkannt, und ich fürchte, sie werden die Zeit, die wir ihnen lassen müssen, gut ausnutzen.«

»Wir schweifen ab, meine Herren«, unterbrach ihn Togukawa. »Über die Frage, um derenthalben wir zusammenkamen, sind wir wohl alle der gleichen Meinung. Keine diplomatischen Schritte in Washington wegen der ›Karawa‹. Weitere Beobachtung der Arbeiten des Mr. Roddington. Unsere U-Boote werden für diese Angelegenheit nicht mehr gefährdet. Irgendwelche harmlosen Kopradampfer können uns die gleichen Dienste leisten. Unter allen Umständen müssen wir dahinterkommen, was Roddington und die amerikanische Kriegsmarine mit ihren Arbeiten bezwecken. Geld darf dabei keine Rolle spielen. Der Admiralstab stellt für diese Angelegenheit aus dem Dispositionsfonds zunächst einen Betrag von einer Million Jen zur Verfügung. Das wäre im Augenblick wohl alles.«

»Ist über das Gesuch des Kommandanten Hatama schon ein Entschluß gefaßt?« fragte Yoritama.

»Der Abschied wird ihm nicht bewilligt«, erwiderte Togukawa, »die allerhöchste Stelle hat dahin entschieden, daß ihm kein Vorwurf zu machen ist. Die Führung der ›Karawa‹ gibt er ab. Ich habe ihn mir auf ein Jahr zur besonderen Verwendung im Admiralstab erbeten.«

Die Beratung der Admirale war beendigt. Hätte Präsident Price um sie gewußt, er wäre sicherlich wenig befriedigt von ihr gewesen. Noch einmal ging die drohende Kriegsgefahr an den Völkern zu beiden Seiten des Pazifik vorüber.

Eine Admiralskonferenz fand nicht nur in Tokio, sondern auch in Washington statt. Mr. Harding, der Staatssekretär des amerikanischen Marineamtes, hatte die Admirale Jefferson und Burrage zu sich gebeten, um mit ihnen über eine Denkschrift des Kapitäns Craven zu beraten, und es kamen dabei auch Dinge zur Sprache, mit denen sich fast zur gleichen Zeit die japanischen Marine-Exzellenzen befaßten.

»Ich habe die technischen Zahlenangaben der Arbeit von Kapitän Craven nachgeprüft«, begann Admiral Jefferson seinen Bericht, »sie stimmen durchweg. Unsere See- und Luftstreitkräfte im Pazifik haben in runder Summe zwei Millionen Pferdestärken. Ihr Treibstoffbedarf während eines Kriegsjahres wird von Kapitän Craven mit drei Millionen Kubikmeter eher zu niedrig als zu hoch veranschlagt. Tankanlagen auf Luzon, die diese Menge fassen, sind in der Tat erforderlich, wenn wir die Schlagfertigkeit unserer Streitkräfte für ein erstes Kriegsjahr sicherstellen wollen. Unsere jetzigen Anlagen würden allenfalls für einen Monat ausreichen. Meine Meinung geht dahin, mit den von Craven vorgeschlagenen Neubauten in der Nähe von Manila sofort zu beginnen und sie schnellstens auszuführen.«

»Wollen Sie sich bitte zu der Angelegenheit äußern?« wandte der Staatssekretär sich an Admiral Burrage.

»Ich unterschreibe jedes Wort, Exzellenz, das in der Denkschrift steht. Es sind im Amt Stimmen laut geworden, daß Craven die Dinge zu sehr schwarz in schwarz dargestellt hat. Nach meiner Ansicht sind sie in Wirklichkeit noch schwärzer, als er sie schildert.

Ich beginne mit der ersten Feststellung der Denkschrift. Durch jahrelange Untersuchungen und Bohrungen haben unsere besten Geologen, die Professoren Tate und Caine, konstatiert, daß auf den Philippinen keine Erdölvorkommen vorhanden sind. Dies Ergebnis ist grundlegend und formgebend für alles weitere. Jede Tonne Treiböl für unsere Wehrmacht muß demnach von auswärts nach den Philippinen gebracht werden, und im Kriege ist sie Bannware. Mögen wir holländisches Öl aus den nahen Sundainseln oder amerikanisches aus den Staaten dorthin bringen, in jedem Fall wird der Gegner mit allen Kräften bemüht sein, die Transporte zu unterbinden. Die Gefahr, daß es ihm gelingt, ist groß und wird von Jahr zu Jahr größer. Die Folgen einer Unterbindung hat Admiral Jefferson Euer Exzellenz bereits angedeutet...«

Admiral Burrage machte eine kurze Pause. Jefferson benutzte sie zu einer Zwischenbemerkung.

»Ich kann mich mit dem negativen Ergebnis der Professoren Tate und Caine noch nicht zufrieden geben. Auf den benachbarten Sundainseln sind reichlich Petroleumquellen vorhanden, ebenso auf Formosa und in Hinterindien. Es will mir nicht in den Kopf, daß es auf den Philippinen gar kein Erdöl geben sollte. Ich würde es mit Freude begrüßen, wenn das Marineamt die Schürfungsarbeiten fortsetzen ließe... vielleicht durch andere Geologen... die eine glücklichere Hand haben. Wichtig genug ist die Sache dazu.«

Die beiden Admirale waren so in die Diskussion vertieft, daß keiner von ihnen auf das Gesicht des Staatssekretärs achtete. So entging ihnen ein leichtes rätselhaftes Lächeln auf den Zügen, als er jetzt antwortete.

»Ihre Anregung kommt zu spät, Herr Admiral, ich habe die Fortsetzung der Schürfungsarbeiten bereits veranlaßt. Sie sind seit Monaten im Gange.«

»Hoffentlich mit besserem Erfolg als die früheren«, sagte Jefferson. Burrage fuhr in seinem Referat fort.

»Jedenfalls müssen so oder so bombensichere Tankanlagen bei Manila geschaffen werden, deren Fassungsvermögen wenigstens drei Millionen Kubikmeter betragen sollte. Nur dann haben wir Sicherheit, daß der Gegner unserer Verteidigung nicht schon im ersten Kriegsjahr den Lebensnerv durchschneidet. Jeden entbehrlichen Dollar müssen wir in diese Anlage stecken. Doppelt, ja dreimal so groß, als Kapitän Craven sie verlangt, möchte ich sie bauen, wenn es irgendwie möglich ist.«

»Das würde nicht mehr nötig sein«, warf Admiral Jefferson dazwischen, »wenn unsere Geologen endlich Erdöl auf den Philippinen finden.«

»Dann erst recht!« verteidigte Burrage seinen Standpunkt. »Man müßte auf den Inseln dann Raffinerien errichten, um das Rohöl an Ort und Stelle zu reinigen. Solche Anlagen sind durch einen Fliegerangriff leicht in Brand zu setzen, und der Gegner würde mit allen Mitteln bestrebt sein, sie zu zerstören.«

»Für jeden Fall, Gentlemen«, nahm der Staatssekretär das Wort, »steht fest, daß wir Tankanlagen von der Größe, wie sie Kapitän Craven fordert, brauchen.«

»Unbedingt, Exzellenz!« fast gleichzeitig kamen die Worte von den Lippen der beiden Admirale.

»Kapitän Craven«, fuhr Harding fort, »wünscht die neuen Tankräume in den Hängen des Porphyrgebirges östlich von Manila anzulegen. Er schlägt vor, sie so tief in den gewachsenen Fels einzusprengen, daß auch die schwersten Fliegerbomben und Lufttorpedos ihnen nichts anhaben können. Die Füllung der Tanks und die Entnahme des Brennstoffes soll nach seinem Plan durch unterirdisch verlegte Druckrohre erfolgen.«

»Eine merkwürdige Duplizität der Ereignisse, die mir beim Durchlesen der Denkschrift sofort auffiel«, platzte Jefferson heraus.

»Wieso das?« fragte der Staatssekretär.

»Weil ich vor zwei Monaten einen ganz ähnlichen Plan entwarf und den japanischen Agenten in die Hände spielen ließ. Damals handelte es sich darum, den Gelben eine plausible Verwendung von Roddingtons Rohren zu suggerieren und sie über den wirklichen Zweck zu täuschen. Dabei kam ich auf die Idee von bombensicheren Rohrleitungen und weit in das Gebirge hineingeschobenen Tanks.«

»Ist nicht gerade vorteilhaft, daß die Herrschaften in Tokio auf diese Weise von dem Plan wissen«, warf Burrage ein.

»Mögen sie es wissen oder nicht«, sprach Harding weiter. »Die Anlagen müssen so absolut unangreifbar gebaut werden, daß sie vor jeder Beschädigung durch feindliche Gewalt gesichert sind, Übrigens ist die Frage noch offen, wo wir sie hinstellen werden. Es wird davon abhängen, ob und wo wir auf den Inseln Erdöl finden.«

Admiral Burrage zog ein bedenkliches Gesicht.

»Ich befürchte, Exzellenz, daß die Japaner uns keine Zeit lassen werden, das Ergebnis neuer Bohrungen abzuwarten. Wir müssen damit rechnen, daß es im Pazifik in sehr absehbarer Zeit zu einer Konflagration kommt. Der Ausbau der japanischen Flotte geht in einem Tempo vor sich, daß alle maßgebenden Politiker – sowohl die britischen wie die unsrigen – mit einem kriegerischen Zusammenstoß in spätestens zwei Jahren rechnen. Wenn Ihre neuen Sachverständigen ebensoviel Zeit brauchen wie die Herren Tate und Caine, wird es zu spät sein.«

»Davon ist keine Rede, Herr Admiral Burrage«, fiel ihm der Staatssekretär ins Wort, »ich verlange nur noch drei Monate. Innerhalb dieser Frist werden wir wissen, ob es auf den Philippinischen Inseln Erdöl gibt oder nicht.«

»Wir sollten trotz alledem sofort mit dem Bau der Tanks bei Manila beginnen«, schlug Burrage vor, »dort müssen sie ja auf jeden Fall angelegt werden. Jeder Aufschub kann verhängnisvoll werden.«

»Ich kann Ihrer Auffassung nicht ohne weiteres beipflichten«, erwiderte Harding. »Setzen Sie einmal den Fall, es würden mächtige Brennstoffquellen im südlichen Teil von Mindanao erbohrt, dann wäre es meiner Meinung nach verfehlt, die Tankanlagen tausend Kilometer nördlich davon auf Luzon zu errichten.«

»Und Manila, Exzellenz?! Unser Kriegshafen, unsere stärkste Seefestung auf den Inseln? Soll es ohne Brennstoffversorgung bleiben?«

Erst nach längerem Schweigen entschloß sich der Staatssekretär zu einer Antwort.

»Es wäre vielleicht möglich, meine Herren, daß die amerikanische Union dann einen neuen Flottenstützpunkt mit noch viel stärkeren Befestigungen auf den Inseln anlegt, um den für unsere Wehrmacht unentbehrlichen Brennstoff in nächster Nähe und unter sicherem Schutz zu haben. Das alles wird sich im Laufe der nächsten zwölf Wochen erweisen.« –

In mehr als nachdenklicher Stimmung verließen die beiden Admirale das Marineamt.

»Haben Sie begriffen, was Harding eigentlich meinte?« fragte Burrage Jefferson. »Mir waren seine letzten Worte so dunkel wie ein delphisches Orakel.«

Jefferson ließ sich Zeit mit der Antwort. Erst nach einer nochmaligen Aufforderung entschloß er sich dazu.

»Entweder, Burrage, erlebt die Welt im Laufe der nächsten zwölf Wochen eine ungeheure Überraschung, oder ein amerikanischer Bürger erfährt die größte Enttäuschung seines Lebens. Das war es wohl, was der Staatssekretär im Sinne hatte.«

»Wollen Sie mich zum besten haben, Jefferson?« rief Burrage ärgerlich. »Ihre Worte sind ja noch zehnmal dunkler als die von Harding.«

Jefferson zuckte die Achseln. »Ich möchte Ihnen nicht etwas sagen, Burrage, was vielleicht nicht zutrifft. Es ist nur eine Vermutung von mir ... die mir freilich immer wahrscheinlicher wird, je länger ich sie überdenke. In zwölf Wochen werden wir Gewißheit haben.«

Sie hatten inzwischen den Garfield-Platz erreicht. Mit einem Ruck blieb Admiral Burrage stehen und sagte verdrießlich:

»Mein Weg geht hier links ab. Grüßen Sie das Orakel von Delphi von mir, wenn Sie ihm zufällig begegnen sollten.«

»Auf Wiedersehen, Burrage«, lachte Jefferson ihm nach, »warten Sie nur die zwölf Wochen ab.«

»Der Strang steht noch, Doktor Wegener!«

Roddington stieß die Worte hervor und ließ das Glas sinken, durch das er bisher von der Brücke der »Blue Star« aus die See abgesucht hatte. Wie ein gelbes Pünktchen leuchtete es weit voraus auf der blauen Fläche, wuchs langsam, während die Jacht darauf zuhielt, und stand schließlich wie ein mächtiger Pflock im Ozean, als das Schiff mit rückwärts gehenden Schrauben dicht daneben die Fahrt abstoppte.

»Der Strang steht, Roddington! Steht hoffentlich unversehrt.«

Noch während der Doktor es sagte, gingen seine Finger zum Schaltknopf des Echolotes. Ein Druck, ein Knall, der Zeiger des Tiefenmessers lief über die Skala, blieb zitternd auf der »Dreizehn« stehen. Der Doktor kniff die Lider zusammen, als wolle er schärfer sehen, fragte dann.

»Täuschen mich meine Augen, Mr. Roddington? Ich lese dreizehn ab, nicht fünfzehn Kilometer.«

Roddington beugte sich dichter über die Skala. »Sie haben richtig gesehen, Doktor Wegener. Es sind dreizehn Kilometer.«

Zum zweiten, zum dritten und auch zum vierten Male ließ der Doktor den Apparat arbeiten. Drei neue Lotungen; jede von ihnen ergab den gleichen Wert wie die erste. Dreizehn Kilometer war die See an der Stelle tief, wo das Rohr stand.

»Verstehen Sie, wie das möglich ist, Doktor?« fragte Roddington.

Der Doktor hatte sich in den Stuhl vor dem Instrumententisch fallen lassen und wühlte mit beiden Händen in seinem Schopf. Erst nach minutenlangem Grübeln gab er Antwort.

»Es ist wunderbar, Roddington. Über alle Maßen wunderbar und unbegreiflich. Das obere Ende des Stranges hat sich um kein Meter verschoben, aber der Seeboden, in dem das Rohr steckt, ist zwei Kilometer flacher geworden... Er muß es geworden sein, denn das Lot ist zuverlässig. Nur eine Erklärung vermag ich zu finden. Von allen Seiten her muß sich der Boden zu der tiefsten Stelle hin, an die wir den Strang stellten, herangeschoben haben, ohne das Rohr mit in die Höhe zu nehmen. Unfaßlich bleibt mir, wie das geschehen konnte.«

James Roddington war tief erblaßt. Seine Knie zitterten, kraftlos ließ auch er sich in einen Sessel sinken. Noch niemals, seitdem die beiden zusammen arbeiteten, hatte Dr. Wegener ihn so verzweifelt und niedergebrochen gesehen.

»Ich fürchte, Doktor Wegener, alles ist verloren«, kam es tonlos von seinen Lippen. »Der fürchterliche Druck... der entsetzliche, unberechenbare Druck, den die heranschiebenden Magmamassen des Seebodens ausgeübt haben... unmöglich, daß das Rohr ihm widerstehen konnte... Ich hab's gewagt, das Spiel ist verloren. Es war vergeblich, was ich versuchte.«

Der Doktor legte dem Zusammengesunkenen die Hand auf die Schulter. »Kopf hoch, Roddington! So schnell gebe ich das Spiel nicht verloren. Sie sagten selbst, der Gesteinsdruck ist unberechenbar. Mit dreifacher Sicherheit habe ich das Rohr gegen den Wasserdruck berechnet. Vielleicht bleibt die Beanspruchung in dieser Grenze.«

»Ich glaube es nicht, Doktor. Ich kann es nicht glauben«, stöhnte Roddington, »...ein Felsengebirge... zweitausend Meter hoch... keine Stahlwand könnte solchem Druck widerstehen.«

»Kopf hoch, Roddington!« Dr. Wegener gab ihm einen kräftigen Schlag auf die Schulter. »Erst sehen und nicht verzweifeln!«

Roddington sah ihn mit abwesenden Blicken an. »Ich sollte jetzt nach Washington, Doktor. Sollte Harding mündlich berichten, wie weit wir gekommen sind. Was soll ich ihm nun sagen?«

»Sagen Sie gar nichts, Mr. Roddington. Bleiben Sie hier! Funken Sie ihm nur, daß der Strang steht und daß die Arbeiten weitergehen.«

»Und danach, Doktor? Wenn wir an die Stelle kommen, wo das Rohr zusammengequetscht, ungangbar ist? Was soll ich dann sagen?«

Dr. Wegener war aufgestanden.

»Nicht unnütz grübeln, Roddington! Wir wollen arbeiten, Tag und Nacht arbeiten, daß wir schnell in die Tiefe kommen, alles weitere müssen wir heute noch der Zukunft überlassen. Vielleicht, Mr. Roddington... ich sage es nicht als einen leeren Trost für Sie... vielleicht war dies zweite Seebeben Ihren Plänen sogar förderlich. In wenigen Tagen werden wir es wissen.« –

Und dann lag Roddingtons Werkflotte wieder an ihrer alten Stelle um den Rohrstrang herum, und andere Maschinen und andere Werkleute waren an der Arbeit, um die Förderanlagen in das Riesenrohr einzubauen. Fördermaschinen und Förderschalen, mit denen Menschen zum erstenmal in bisher noch niemals erreichte Tiefen hinabsteigen wollten.

Fünfzehn Kilometer tief war der gigantische Schacht, den Roddington in den Ozean und den Seeboden abgesenkt hatte, fünfmal tiefer als die tiefsten bisher auf der Erde existierenden Schächte. Unmöglich war es natürlich, diese gewaltige Strecke in durchgehendem Betrieb mit einem Förderseil zu durchfahren. Keine Trosse, und wäre sie auch aus Roddingtons bestem Stahl geflochten, hätte solcher Beanspruchung standgehalten. Deshalb war der riesige Schacht unterteilt. Wie dicke Knoten in einem Bambusrohr saßen fünf stählerne Hohlkugeln in dem Strang. In Abständen von je zweitausendfünfhundert Meter hatte man sie zwischen die Rohrlängen während der Absenkung eingefügt.

Meisterstücke der Gießkunst waren diese Kugeln. In genialer Planung hatten Dr. Wegener und Roddington die ersten Zeichnungen dazu entworfen. Monate hindurch hatten die besten Konstrukteure des Trentonwerkes nach diesen Entwürfen auf dem Reißbrett weitergearbeitet, bis schließlich in den Gießgruben aus edelstem Stahl jene wunderbaren Gebilde entstanden, die jetzt, tief in den Ozean versenkt, zu Teilen des gewaltigen Rohrstranges geworden waren. Äußerlich glatte Kugeln, doch im Innern mit all dem vielen Neuen ausgerüstet, das abweichend von allem Bisherigen zur Beherrschung der riesigen Tiefe notwendig wurde.

Umsteigestationen sollten diese Kugeln unter anderem werden zwischen je zwei übereinanderliegenden Fördereinrichtungen. In der oberen Kugelhälfte landete der Förderkorb der oberen Anlage, der aus zweitausendfünfhundert Meter Höhe herunterkam, aus ihrer unteren Hälfte ging die Förderschale der nächsten Anlage ab, um Menschen und Material zu der nächsten zweitausendfünfhundert Meter tiefer gelegenen Kugel zu bringen.

Bis auf die letzte Schraube und den letzten Feilstrich fertig, kamen sechs Förderanlagen von Trenton her über die See, und kaum lagen ihre Teile auf der Arbeitsbühne der Werkflotte, als auch schon mit dem Einbau begonnen wurde.

Seine fähigsten Ingenieure aus Trenton und die erfahrensten Spezialisten, die er in der Union auftreiben konnte, hatte Roddington zu diesem Zweck versammelt. Verwegene Gesichter waren darunter, die in den Kupfergruben von Colorado, den tiefsten Schächten der Welt, gearbeitet hatten. Verwitterte, ausgedörrte Gestalten, die alle Schrecken der Tiefe kannten. Leute, die mit dem Tode auf du und du standen.

Ein Tagelohn von zweihundert Dollar hatte sie dem Rufe Roddingtons willig folgen lassen, erwartungsvoll und tatendurstig waren sie über den Pazifik hierhergekommen, aber sie erschraken doch, als sie hörten, worum es hier ging. –

»Was Sie sagen, Mr. Roddington, ist ein Ding der Unmöglichkeit«, erklärte Bergingenieur Larking, der die Förderanlage der Anaconda-Mine gebaut hatte. »Auf dem halben Wege... nein, auf dem dritten Teil des Weges werden sie schon verbrennen, die Rechnung ist sehr einfach. Auf je hundert Meter Tiefe steigt die Temperatur um drei Grad Celsius. Vierhundertfünfzig Grad Wärme, gute Rotglut, werden Sie in fünfzehntausend Meter Tiefe haben.«

»Ihre Rechnung ist blödsinnig, mein Lieber«, mischte sich Dr. Wegener in die Debatte. »Noch blödsinniger als blödsinnig.«

Der lange hagere Larking sah ihn giftig an und hob die Linke, als ob er im nächsten Augenblick zuschlagen wolle. Aber da umspannte die Rechte des Doktors schon sein Handgelenk, und eine unwiderstehliche Gewalt zwang Mr. Larking, sich auf einen Stuhl zu setzen, während Dr. Wegener wie in einem wissenschaftlichen Vortrag fortfuhr.

»Seewasser ist kein Gestein, mein Teuerster. Es ist kalt da unten, schandbar kalt sogar. In fünfzehn Kilometer Tiefe dürfte der Ozean eine Temperatur von drei Grad unter Null haben. Mit Ihrer Rotglut ist es Essig.«

Larking rieb sich sein Handgelenk und schaute verdutzt auf den komischen deutschen Doktor, der ihm mit ein paar Worten alle seine Theorien über den Haufen warf.

»Well, Sie meinen, Mister Doktor...«, war alles, was er in seiner Überraschung hervorbringen konnte.

»Ich meine in der Tat, dear Sir. Das ist ja gerade der Witz bei der Sache, daß wir hier im Ozean eine Tiefe von fünfzehn Kilometer erreichen konnten, ohne durch die Erdwärme behindert zu werden. In festem Boden wäre es natürlich unmöglich gewesen. Da wären wir, wie Sie richtig bemerkten, schon auf halbem Wege in unerträgliche Glut geraten.«

Mr. Larking bewegte den Mund, als ob er an einem zähen Bissen kaute. Es bedurfte einiger Zeit, bis er die Mitteilung des Doktors verdaut hatte. Bruchstückweise wiederholte er einige von dessen Worten.

»Keine Erdwärme, Mister Doktor?... Runter bis auf fünfzehn Kilometer Tiefe... großartige Sache!... Freue mich, daß ich dabeisein kann... aber wie wird's nachher, wenn Sie etwa noch weiter ins Gestein rein wollen?«

Dr. Wegener unterbrach ihn mit einer Handbewegung.

»Das kommt später, Mr. Larking. Vorläufig handelt sich's um den Rohrstrang, und da wird's vielleicht auch noch Überraschungen geben. Haben Sie schon mal darüber nachgedacht, was für ein Luftdruck auf dem Boden eines fünfzehn Kilometer tiefen Schachtes herrscht?«

Mr. Larking wurde der Antwort durch das Dazwischentreten eines Ingenieurs enthoben, der Dr. Wegener meldete, daß die erste Förderanlage eingebaut und betriebsfertig sei. Der Doktor ließ Mr. Larking stehen und eilte mit Roddington zu dem Schacht.

Es wurde bereits früher gesagt, daß das oberste Rohr mit einem besonders starken Holzmantel umgeben war. Er bildete mit seinem oberen Ende eine runde Plattform von etwa vierzig Meter im Durchmesser. Auf einer Laufbrücke gingen Roddington und Dr. Wegener von der Werkbühne, die auf den acht großen Mutterschiffen lag, zu ihr hinüber und sahen wieder mit Vergnügen, wie sich das Bild hier durch vierundzwanzigstündige Arbeit verändert hatte. Wo früher in der Mitte der hölzernen Kreisfläche nur ein dunkles Loch gähnte – der Schachtmund, in den hineinzustürzen grauenvollen Tod bedeutete –, erhob sich jetzt, aus eisernem Fachwerk gefügt, ein Fördergestell. Eine Miniaturausgabe jener gewaltigen Fördergerüste, die über den Gruben der Kohlenreviere stehen, war es nur, und entsprechend klein war auch die Förderschale. Nicht eins jener mächtigen mehretagigen Gebilde, die in den Kohlengruben gleichzeitig ein Dutzend Kohlenwagen befördern, sondern nur eine kleine Schale von weniger als ein Meter Durchmesser, die eben in die lichte Weite des stählernen Schachtes hineinpaßte.

Vier Leute standen bei der Schale, sprachen lebhaft aufeinander ein, schienen fast in einen Streit verwickelt zu sein. Als Roddington und Dr. Wegener näher kamen, fingen sie einzelne Worte davon auf. Frank Dickinson, Griffith, Cranford und Scott stritten sich darüber, wem von ihnen die Ehre der ersten Einfahrt in Roddingtons Schacht zufallen sollte. Roddington machte ihrem Wortwechsel kurz ein Ende.

»Keinen unnötigen Streit, Gentlemen. Als die ersten werden Doktor Wegener und ich in den Schacht einfahren.«

Vergeblich versuchte Dickinson mit dem Hinweis auf allerlei Gefahren zu protestieren.

»Du kennst mich schlecht, mein lieber Frank, wenn du glaubst, daß ich einem anderen die Ehre und auch meinetwegen die Gefahr der ersten Einfahrt überlasse.«

Mehr noch vor seinem Blick als vor seinen Worten verstummte Dickinson. Gefolgt von Dr. Wegener stieg Roddington in den Förderkorb. Nur bis zur Hüfthöhe reichte die eiserne Korbwand. Schon für zwei Personen war es ziemlich eng in dem Korb.

»Glück auf, Frank!«

»Glück auf, James!« erwiderte Dickinson den alten Bergmannsgruß und ließ den Fördermotor an. Langsam glitt der Korb nach unten, schwarz und leer gähnte der Schachtmund.

Dunkelheit umgab die beiden Männer, während der Förderkorb mit ihnen gleichmäßig nach unten sank. Klein und immer kleiner, zuletzt nur noch wie ein winziger Stern schimmerte die Schachtöffnung hoch über ihnen, Dr. Wegener griff nach der Batterielampe, die sie außer mancherlei Werkzeug mit in den Korb genommen hatten, und ließ sie aufleuchten. Schwarz schimmernd schien die Innenwand des Stahlstranges um sie herum in die Höhe zu steigen, während sie doch selbst in die Tiefe glitten. An einer Seite hatte der im übrigen kreisrunde Korb eine Abflachung. Sie war vorgesehen, um an dieser Stelle später elektrische und andere Leitungen in den Schacht einbauen zu können. Außerdem pfiff durch diese Aussparung die Luft nach oben, die der sinkende Korb unter sich verdrängte. Dr. Wegener sog sie in tiefen Zügen ein und sagte dabei:

»Atmen Sie auch recht kräftig, Roddington! Wir durchfahren in zehn Minuten einen Höhenunterschied von 2500 Meter. Man muß den Körper rechtzeitig dem höheren Druck angleichen. Verschlucken Sie Luft, sowie Ihre Trommelfelle knacken.« – Gleichmäßig sank der Korb weiter, der Doktor verfolgte den Zeiger seiner Uhr.

»Noch eine Minute, Mr. Roddington... noch dreißig Sekunden... jetzt...«, er schob die Uhr in die Tasche zurück. Der Korb verlangsamte seinen Lauf und hielt. Der Doktor zog eine Schußwaffe aus der Tasche und feuerte einen Schuß senkrecht nach oben. Das war das verabredete Zeichen für die glückliche Ankunft.

Nicht ohne Grund hatte Frank Dickinson von den Fährnissen der ersten Förderfahrt gesprochen. Noch fehlten ja alle jene Schutz- und Sicherheitseinrichtungen, die zu einer vorschriftsmäßigen Förderanlage gehören; die dazu erforderlichen Kabel waren noch nicht im Schacht verlegt. Nur durch das primitive Mittel eines Pistolenschusses konnte man über die lange Strecke von zweitausendfünfhundert Meter signalisieren.

Aber das Mittel war gut. Roddington glaubte, die Trommelfelle sollten ihm springen, als der Schuß losging. Wie ein riesenhaftes Schallrohr wirkte der Schacht und ließ den Knall des Schusses in ungeschwächter Stärke hoch oben aus der Mündung herausfahren.

»Nicht ganz so schnell wie Elektrizität, aber ebenso wirksam«, sagte der Doktor, als der Donner in der Höhe vergrollte, »sieben Sekunden braucht der Schall von hier nach oben.«

Noch während er es sagte, kletterte er über den Korbrand und stand auf dem schweren Stahlboden, der die Kugel wie eine waagerechte Wand in der Mitte teilte.

»So, da sind wir, Mr. Roddington«, fuhr er fort, »die erste der sechs Etappen wäre erreicht. Ich bin neugierig, wie es in der zweiten aussehen wird. Stellen wir erst einmal den Druckausgleich her.«

Der Schein seiner Lampe fiel auf ein in dem Stahlboden befindliches Ventil. Er kniete davor nieder und begann es aufzudrehen. Ein Gurgeln und Zischen erfüllte den Raum, fast ohrenbetäubend, da die Stahlwand wie ein Resonanzboden wirkte. Luft fiel von oben her in den Schacht ein, pfiff durch das offene Ventil und stürzte weiter in den nächsten Schachtabschnitt nach unten.

»Unsere Rechnung stimmt, Roddington«, sagte der Doktor, sobald er sich wieder verständlich machen konnte. »Der nächste Abschnitt schluckt verdammt viel Atmosphäre. Bei Kilometer fünf werden wir die vorgesehene Luftschleuse einbauen müssen und bei Kilometer zehn noch einmal.«

Das Geräusch war inzwischen verstummt. Der Luftdruck zwischen den beiden Schachtabschnitten hatte sich ausgeglichen. Roddington stand im Halbdunkel, und so konnte Dr. Wegener nicht sehen, wie es in seinen Zügen arbeitete, wie er bald rot, bald blaß wurde. Wie im Fieber wirbelten seine Gedanken durcheinander...

Die erste Etappe war geschafft, fünf lagen noch vor ihm... noch fünfmal vierundzwanzig Stunden Tag- und Nachtarbeit... in fünf Tagen würde er vielleicht in einer noch niemals von eines Menschen Fuß erreichten Tiefe auf dem Seegrund stehen... würde wissen, ob wenigstens der erste Teil seines gigantischen Planes gelungen sei... unwillkürlich faltete er die Hände wie zum Gebet...

»An die Arbeit, Roddington!« riß ihn die Stimme Wegeners aus seinen Gedanken. Der Doktor warf ein paar schwere Schraubenschlüssel auf den Boden; klirrend polterte Stahl auf Stahl.

Roddington griff zu, und neben ihm arbeitete Dr. Wegener. Eine schwere Schraube nach der andern lösten sie mit ihren Schlüsseln, bis die letzte entfernt war. Dann ließ sich die eingeschraubte Luke herausnehmen. Dunkel klaffte darunter die untere Hälfte der Kugel und die Mündung des nächsten Abschnittes, Dr. Wegener zog Roddington vom Rand fort.

»Vorsicht, mein Lieber! vergessen Sie nicht, daß wir als die ersten Pioniere hier sind. Hier fehlt noch alle und jede Sicherheitsvorrichtung. Ein Sturz in diese Tiefe...ich will Ihnen bei einer anderen Gelegenheit ausrechnen, mit welcher Geschwindigkeit ihr Leib zweieinhalbtausend Meter tiefer auf den Stahl schmettern würde. Im Augenblick haben wir hier genug getan. Jetzt sind die andern dran, um die nächste Förderanlage einzuhängen. Kommen Sie, Roddington, ich sehne mich nach Licht und Sonne.«

Dann standen sie wieder in der Förderschale, und ein Schuß dröhnte durch das Riesenrohr. Der Doktor zählte langsam die Sekunden. Die Schale setzte sich nach oben in Bewegung. Einige Sekunden mochten sie gefahren sein, als ihnen von unten her ein zweiter Schuß nachdröhnte.

»Was war das, Doktor?« fragte Roddington.

Der Doktor rieb sich verdrießlich die Stirn. »Dumme Sache, Mr. Roddington, daran habe ich nicht gedacht. Es war der Widerhall unseres ersten Schusses, der aus dem zweiten Schachtabschnitt wieder zurückkam. Hoffentlich werden unsere Leute oben das auch begreifen und keine falschen Manöver machen. Die Sache könnte sonst unangenehm für uns werden. Es ist höchste Zeit, daß wir mit dem Einbau der elektrischen Signalanlagen beginnen.« –

Langsam, sehr langsam, mit kaum fünf Seemeilen in der Stunde, schob die »Hitsa Maru« ihren Rumpf durch die Fluten des Pazifik; ihre alte, schwindsüchtige Maschine gab nicht mehr her. Verrottet und verkommen sah das ganze Schiff vom Bug bis zum Achtersteven aus. Seit undenklichen Zeiten mochte keine frische Farbe mehr auf seine rostigen Wände gekommen sein.

Ein altes, zu dreiviertel ausgedientes Trampschiff war die »Hitsa Maru«, sicherlich von ihren Reedern dreimal abgeschrieben, aber immer noch gut genug, irgendwo bei den Südseeinseln Kopra zu laden und nach den australischen Häfen zu bringen.

Die Besatzung war des Schiffes würdig. Was sich da auf dem Deck herumräkelte, wies so ziemlich alle Mischfarben vom Gelb der Ostasiaten über das Braun der Malaien bis zum Schwarz afrikanischer Neger auf. Der Teufel mochte wissen, in welchen Hafenspelunken der Kapitän der »Hitsa Maru« seine Mannschaft aufgegabelt hatte. Es war eine bunt zusammengewürfelte Gesellschaft, und schließlich durfte das nicht wundernehmen, denn ein ehrlicher Seemann mit ordentlichen Papieren hätte auf einem Schiff von der Art der »Hitsa Maru« kaum Heuer genommen.

Es mochte um die zehnte Vormittagsstunde sein, als Steuerbord voraus Schiffe am Horizont sichtbar wurden. Der Trampdampfer änderte seinen Kurs ein wenig und steuerte darauf zu, obwohl der Weg nach Australien in einer andern Richtung lag. –

Größer und deutlicher sichtbar wurden jetzt die fremden Schiffe. Eine Gruppe ließ sich erkennen, die sternförmig zusammengezogen stillag uns deren Decks eine gemeinsame Plattform verband. Roddingtons Flotte war es, in deren Nähe die »Hitsa Maru« sich befand.

Der Kapitän des Trampdampfers stand neben seinem Ersten Steuermann auf der Brücke und verfolgte durch sein vorzügliches Glas die Vorgänge auf der Werkflotte. In ihrer Kleidung waren beide ebenso abgerissen und verwahrlost wie die Besatzung. Nur ihre Gesichter zeigten einen andern Typ; reines altes Samuraiblut schien in ihren Adern zu fließen.

Noch schaute der Kapitän durch sein Glas, als ein dritter Mann auf der Brücke erschien. Nach kurzem Gruß sagte er:

»Hören Sie, Kapitän Hatama, der amerikanische Zerstörer A 17 funkt, wir sollen nach Süden wegdampfen. Unsere Anwesenheit ist hier unerwünscht.«

Der Kapitän zuckte mit den Achseln.

»Die ›Hitsa Maru‹ hat keine Funkanlage an Bord, Kyushu. Bereiten Sie für alle Fälle das Manöver vor.«

Unverändert verfolgte das Kopraschiff seinen Weg auf die Werkflotte zu und kam ihr dabei immer näher. Schon konnte der Kapitän die einzelnen Gestalten auf der Plattform deutlich erkennen.

Inzwischen schien man auch an Bord von A 17 zu der Erkenntnis gekommen zu sein, daß man an Bord eines so alten Kastens, wie die »Hitsa Maru« es war, keine Funkanlage voraussetzen durfte. Ein Schuß blitzte am Bug des Zerstörers auf, während gleichzeitig ein Flaggensignal hochging, das den Trampdampfer aufforderte, nach Süden hin zu verschwinden.

Noch hatte sich der Rauch des Schusses nicht verzogen, als auf dem Deck der »Hitsa Maru« dicke Dampfwolken aufstiegen. Gleichzeitig zeigte sie ein Flaggensignal, das man auf amerikanischer Seite erst nach geraumer Zeit entziffern konnte; weil die einzelnen Flaggen, die es bildete, fast bis zur Unkenntlichkeit ausgeblichen und verschmutzt waren.

»Japanisches Kopraschiff ›Hitsa Maru‹; meldet Kesseldefekt. Ist vorläufig manövrierunfähig«, sagte MacLane zu Kapitän Ferguson, als er den Sinn des Flaggenspruches glücklich herausbekommen hatte.

Anstatt sich um sein havariertes Schiff zu kümmern, beobachtete dessen Kapitän inzwischen eifrig durch sein scharfes Glas die Vorgänge auf der Plattform. Auch sein Steuermann hatte plötzlich ein Glas und schien die Menschen und Maschinen auf Roddingtons Werkflotte mit den Augen verschlingen zu wollen. Währenddes schaukelte die »Hitsa Maru« – vielleicht machte ihre Schraube noch ein paar Umdrehungen – immer näher an die amerikanische Gruppe heran.

Kyushu war nur einen kurzen Augenblick im Maschinenraum gewesen, um das von dem Kapitän gewünschte »Manöver« zu befehlen. Die Dampfwolke, die sich gleich danach auf Deck zeigte, war die Folge dieses Auftrages. Nun saß er schon wieder in seiner Kabine, die Hörer eines Empfängers an den Ohren, und schrieb mit, was er hörte.

Es war ein eigentümliches Ding um die Funkerei an Bord der »Hitsa Maru«. Nach dem offiziellen Schiffsregister besaß der alte Seelenverkäufer keine Empfangs- oder gar Sendegeräte, und nirgends war eine Antenne zu sehen. Aber es ist ja bekannt, daß jedes gewöhnliche Hanftau zur Antenne wird, wenn man einen Kupferdraht darin einspinnt, und mehr als eine Leine des Kopraschiffes barg eine Kupferseele. –

Auch Mr. Jonas Merrywater, der seit zwei Wochen zu der Belegschaft auf Roddingtons Werkflotte gehörte, schien um solche Möglichkeit zu wissen. Er hatte jetzt Freiwache und saß in seiner Kabine an Bord des dritten Mutterschiffes. Der Riegel der Kabinentür war von innen vorgeschoben. Auf dem Tisch vor ihm stand eine winzige Morsetaste, kaum größer als eine Walnuß. Eine unauffällige Schnur, irgendein Stück gewöhnlichen Bindfadens schien es zu sein, ging von der Taste zu seiner Seekiste, eine andere Schnur lief von der Kiste nach Außenbord hin. Eifrig arbeiteten seine Finger auf der Taste und morsten, was Major Kyushu vier Kilometer entfernt an Bord der »Hitsa Maru« mitschrieb.

Mr. Merrywater war eine neue Akquisition des japanischen Nachrichtendienstes, der sich diese Sache viel Geld kosten ließ. Vermittels seiner geschickt getarnten Funkeinrichtung vermochte er die wertvollsten Informationen zu senden, nur hatte das Verfahren leider eine schwache Seite. Um nicht sofort entdeckt zu werden mußte Jonas Merrywater mit Mikrokurzwellen arbeiten, die für alle Empfangsgeräte von Roddingtons Flotte unhörbar waren. Aber die Eigenart dieser Wellen bedingte es, daß derjenige, der sie aufnehmen wollte, ziemlich dicht an den Sender herankommen mußte. Deshalb trieb sich die »Hitsa Maru« hier herum, täuschte Kesselschaden und Manövrierunfähigkeit vor, während die Funksendung Merrywaters zu ihr herüberflog.

Nun kam das Schlußzeichen. Kyushu schob mehrere eng beschriebene Blätter in seine Brusttasche, schaltete den Apparat ab und stellte ihn in eine Wandnische. Ein paar Handgriffe des Majors – und ein Schrank, gefüllt mit Wäschestücken und allerlei anderen Dingen, schob sich vor die Nische. Auch ein geschickter Kriminalist hätte in der Kabine keine Funkanlage mehr finden können.

Er eilte in den Maschinenraum, und seine bloße Gegenwart dort schien den Kesselschaden zu beheben. Die Dampfwolke auf Deck verschwand, die Maschine ging wieder an, langsam kam die »Hitsa Maru« auf Fahrt, setzte Südkurs und schlich gemächlich davon.

Es war auch hohe Zeit dafür, denn A 17 war inzwischen dicht herangekommen. Durch Flaggensignal fragte Kommandant Ferguson, ob er Mannschaften für die Kesselreparatur an Bord der »Hitsa Maru« schicken solle.

»Danke, nicht mehr nötig. Hoffen mit eigener Kraft den nächsten Hafen von Mindanao zu erreichen«, ließ Kapitän Hatama zurück signalisieren und gab Befehl in den Maschinenraum, die Fahrt zu verstärken.

Der amerikanische Zerstörer drehte ab und kehrte in den Kreis der andern Wachschiffe zurück. –

»Haben Sie sich den Steuermann auf der Brücke des Japaners genauer angesehen?« fragte MacLane den Kommandanten.

»Nur oberflächlich, Mr. MacLane, der Kerl sah ebenso abgerissen aus wie der ganze Trampkahn.«

»Merkwürdig, merkwürdig«, murmelte MacLane vor sich hin. »Wenn ich nicht wüßte, daß der Vicomte Oburu in der japanischen Botschaft in Washington steckt... ich würde wetten, daß ich ihn vorhin auf der Brücke der ›Hitsa Maru‹; gesehen habe.«

Kapitän Ferguson lachte. »Eine Täuschung von Ihnen, MacLane. Die Gelben sehen für ein Europäerauge einer wie der andere aus. Ich kenne den Marineattaché auch. Der Herr Vicomte würde sich schön dafür bedanken, auf so einem schmierigen Seelenverkäufer anzumustern.«

»Mag sein, Ferguson, daß ich mich geirrt habe«, sagte MacLane, immer noch kopfschüttelnd. »Trotzdem... eine auffällige Ähnlichkeit war vorhanden. Ich werde mich doch mal per Funkspruch in Washington erkundigen, ob Herr Oburu etwa zur Zeit beurlaubt ist.«

»Sie sehen ja am hellichten Tage Gespenster, MacLane«, suchte ihn Ferguson von seinem Verdacht abzulenken.

»Gespenster, die vielleicht da sind«, erwiderte MacLane und stieg die Treppe zur Funkstation empor. –

Der Steuermann der »Hitsa Maru« saß mit Kyushu in dessen Kabine.

»Was haben Sie von der Brücke aus durch Ihr Glas feststellen können, Oburu?« fragte der Major.

»Nicht allzuviel, Kyushu. Auf der Plattform lagen Teile von Förderanlagen. Ein Satz schien noch vollständig zu sein, von einem andern fehlten Stücke...«

Kyushu nickte. »Das würde sich mit dem, was unser Mann funkte, decken. Haben Sie sonst noch etwas Besonderes bemerkt?«

»Ich sah etwas, Kyushu, aber ich bin nicht sicher, ob meine Vermutung richtig ist. An einer Stelle, leider durch Kabelrollen zum Teil verdeckt, lagen auf der Plattform Maschinenteile, die mir zu Gesteinsbohrmaschinen zu gehören schienen. Man könnte daraus schließen, daß Roddington vom unteren Ende seines Schachtes weiter in den Seeboden vordringen will. Doch ich kann mich auch geirrt haben. Es war nur sehr wenig von den bewußten Teilen zu sehen.«

»Ich glaube, Sie haben sich nicht geirrt«, sagte Kyushu, »hören Sie, was Merrywater gefunkt hat.«

Er griff in die Brusttasche, holte seine Aufzeichnungen hervor und begann zu lesen.

»Die fünfte Förderanlage wird eingehängt. Morgen abend hofft Roddington auch mit der Montage der sechsten fertig zu werden und den Seegrund zu erreichen. Übermorgen soll der bergmännische Vortrieb beginnen. Ich gehöre zu einer Schicht der dazu bestimmten Leute. Erwartet Freitag zehn Uhr Ortszeit neuen Funkspruch.«

Kyushu faltete das Papier zusammen und steckte es wieder fort.

»Das bestätigt unsere bisherigen Annahmen«, sagte Oburu. »Roddington senkt einen sechs Kilometer tiefen Schacht bis zum Seegrund ab. Er hängt in ihn sechs Förderanlagen ein, von denen jede tausend Meter bewältigt, und er wird nun versuchen, in das Gestein vorzudringen, soweit Bergdruck und Wärme es ihm erlauben.

Wenn wir wollten, könnten wir das im japanischen Tiefgraben östlich von unserer Insel auch tun. Die Frage steht nur noch offen: Was bezweckt Roddington mit diesem ganzen Unternehmen? Ich halte es für vollkommen ausgeschlossen, daß ein Geschäftsmann wie Roddington sein ganzes Vermögen nur für irgendeine wissenschaftliche Idee aufs Spiel setzt. Er hofft sicher, in der unbekannten Tiefe Schätze zu entdecken, die ihm die verausgabten Millionen vielfach ersetzen werden. Wenigstens ist das meine Meinung, Kyushu.«

Der Major hatte ihm nachdenklich zugehört.

»Nach meiner Kenntnis der Yankees können Sie recht haben, Oburu«, erwiderte er, »doch das ist eine zweite Frage; eine andere und vorläufig wichtigere ist noch zu beantworten. Warum hat Roddington mehr als hundertfünfzig Rohre gießen lassen, und wo sind sie geblieben? Für den Schacht kann er nur sechzig verbraucht haben. Unsere Agenten aus Davao melden, daß dort nur noch zwei Rohre vorhanden sind. Wo sind die übrigen geblieben? Was hat er damit noch vor? Unsere Aufgabe ist erst gelöst, wenn wir das wissen.«

Oburu krauste die Stirn, er schien einem Gedanken nachzuhängen. Nach einer Pause sagte er:

»Man müßte sich bei Merrywater erkundigen. Es sollte ihm doch möglich sein, gesprächsweise und unauffällig etwas Näheres darüber zu erfahren. Ich finde, Kyushu, seine Berichte sind allzu knapp und kurz. Für das Geld, das er uns kostet, müßte er mehr liefern.«

Kyushu nickte. »Ich will beim nächsten Mal versuchen, mehr von ihm zu erfahren. Übrigens müssen wir unsere Vorbereitungen für den nächsten Freitag rechtzeitig treffen. Mit der ›Hitsa Maru‹ dürfen wir uns hier nicht wieder sehen lassen. Ich glaube, die Amerikaner hatten heute schon irgendwelchen Verdacht auf uns.«

»Bis Freitag sind es nur drei Tage, Kyushu. Sie werden sich beeilen müssen, wenn Sie bis zu dieser Zeit ein anderes Fahrzeug haben wollen.«

»Sie haben recht, Oburu. Ich werde gleich einen Funkspruch aufgeben«, beendigte Kyushu die Unterhaltung.

Der Major brauchte zu diesem Zweck nicht, wie kurze Zeit zuvor MacLane, zu einer Funkstation emporzusteigen. Es genügte, daß er die Matratze seiner Koje beiseitezog. Ein gutes Langwellen-Funkgerät kam darunter zum Vorschein, und wenige Minuten später hatte er Verbindung mit der Station von Babeldaob. –

In ungeduldiger Erwartung sahen auf der »Hitsa Maru« Kyushu und Oburu die nächsten Stunden und Tage verstreichen. Nicht minder erwartungsvoll waren Roddington und seine Leute auf der Werkflotte. Immer näher rückte ja auch für sie der Zeitpunkt heran, an dem es sich zeigen mußte, ob der erste Teil des kühnen Wertes geglückt war. Unruhig harrte in Washington auch der Staatssekretär des Marineamtes der kommenden Dinge. Es bedrückte ihn, daß Roddington seiner Aufforderung, nach Washington zu kommen, nicht gefolgt war, sondern sich auf Funksprüche beschränkte. Obwohl die Berichte von der Werkflotte bisher nicht ungünstig lauteten, wurde Mr. Harding doch die Sorge nicht los, daß noch irgendwelche unbekannten Gefahren dem Unternehmen Roddingtons drohen könnten.

»Bis Station V alles klar. Roddington.«

Wieder und immer wieder überlas Staatssekretär Harding den Funkspruch. Was lag nicht alles in den wenigen Worten!

»Bis Station V alles klar.« Das bedeutete, daß fünf Förderanlagen liefen und daß die Luftschleusen bei Station II und IV arbeiteten. Es bedeutete, daß die Bewetterungsanlagen in Betrieb waren, die den unteren durch die Luftschleusen von der Außenwelt getrennten Teilen des Schachtes frische Luft zuführten. Es bedeutete schließlich, daß Roddington und seine Leute jetzt in der ungeheuren, noch niemals zuvor von Menschen erreichten Tiefe von 12 500 Meter am Werk waren, um noch die letzte Förderanlage einzuhängen und mit ihr bis zu dem so heiß erstrebten Ziele, dem Seeboden, vorzudringen.

Harding ließ das inhaltsschwere Blatt sinken und stützte den Kopf in die Rechte. Über Länder und Meere flogen die Gedanken des Staatssekretärs zu Roddington und seinen Getreuen. Würden sie auch noch die letzte Strecke bewältigen? Würden sie die dunklen Gewalten der Tiefe überwinden?... Im Geiste sah Harding das Stahlrohr zitternd im Abgrund des Weltmeeres stehen, glaubte seine Wände unter dem ungeheuren Wasserdruck ächzen und knistern zu hören, erblickte Männer mit eisernem Herzen, die tiefer und immer tiefer in den Schacht vordrangen, der Gefahr und des lauernden Todes nicht achteten. –

Eine lange Reise war es von der Station Null am Schachtmund über der See bis zur Station V. Die Durchschleusung bei Station II und IV nahm jedesmal geraume Zeit in Anspruch, denn allzuschnell durfte man die Einfahrenden dem Druckunterschied nicht aussetzen. Erst anderthalb Stunden, nachdem Roddington und Dr. Wegener vom Licht des sonnigen Tropentages Abschied genommen hatten, erreichten sie die Station V. In der oberen Hälfte der mächtigen Stahlkugel, in der die Station sich befand, traten sie aus der Förderschale.

Man war weitergekommen in den wenigen Tagen, seitdem die beiden die erste Förderfahrt bis zur Station I unternahmen. Elektrisches Licht erhellte den Raum, in dem sie jetzt standen. Zischend entwich aus einem Rohr an der Wand die Frischluft, die von den Ventilatoren über Tag ununterbrochen in den Schacht hereingeworfen wurde. In rastloser Arbeit hatten ausgesuchte Leute das alles in einer unwahrscheinlich kurzen Zeit geschafft. Auf die Stunde genau waren bisher die Fristen innegehalten worden, die Roddington in sein Arbeitsprogramm eingesetzt hatte. –

Über eine eiserne Leiter stieg er, von Dr. Wegener gefolgt, in den unteren Teil der Kugel. Auch hier elektrisches Licht und kühle Frischluft. Auch hier bereits eine Telephonanlage, die sicheren Verkehr mit allen anderen Stationen ermöglichte.

Larking war hier mit vier Leuten am Werk. Seit vier Stunden arbeiteten die fünf Männer nach einem Reglement, das, von Dr. Wegener ausgearbeitet, jeden Griff und jeden Handschlag vorsah.

»Tag, Mr. Larking, elf Uhr dreißig jetzt«, begrüßte der Doktor den Bergingenieur.

»All right, Sir. Elf Uhr dreißig.«

Dr. Wegener hatte ein Blatt in der Hand, auf dem neben anderem Text rote Zahlen standen. Er fuhr mit dem Finger darüber hin.

»Elf Uhr dreißig soll Fördermaschine VI betriebsbereit sein, Mr. Larking.«

Der Bergingenieur machte eine unmutige Bewegung.

»Die Maschine ist bereit, Doktor, der Schacht ist nicht klar.«

Roddington fühlte seinen Herzschlag stocken. Der Schacht nicht klar? Nichts anderes konnte es bedeuten, als daß die Gewalten der Tiefe Sieger über sein Werk waren, daß das mächtige Rohr dem vereinten Druck von Fels und Wasser gewichen war... Er lehnte sich an die stählerne Wandung, preßte die heiße Stirn gegen das Metall und empfand wohltuend die eisige Kälte, die davon ausging. Wie im Traum hörte er die Frage, die Dr. Wegener an Larking richtete.

»Wie tief sind Sie mit der Schale hinuntergekommen?«

Wie eine Ewigkeit erschien ihm die Sekunde, bis Larking antwortete.

»Tausend Meter, Mr. Wegener. Da ließ der Seilzug nach, die Schale klemmte, saß fest im Schacht.«

Tausend Meter... blitzartig erfaßte Roddington die Zahl. Fieberhaft arbeitete sein Gehirn. Tausend Meter... noch fünfhundert Meter tief in das Gestein hinein war der Schacht befahrbar... bis dahin vordringen... dort mit dem Sauerstoffbrenner ein Loch in die Rohrwand schneiden... von dieser Stelle aus einen Stollen in das Gestein treiben... weiter, immer weiter nach unten, bis er das fand, was in der Tiefe sein mußte... um derentwillen er diese ganze Riesenarbeit unternommen hatte...

Eine neue Frage des Doktors drang an sein Ohr.

»Ist das Unterseil über die ganze Schachtlänge klar, Mr. Larking?«

»Yes, Sir.«

Zwei kurze Worte nur, aber einen Alpdruck nahmen sie Roddington von der Brust. Das Unterseil lief ungehemmt bis zum Schachtgrund... also war das Rohr nicht völlig zusammengedrückt... Seine Schwäche fiel von ihm ab. Mit einem Schritt stand er neben Dr. Wegener und Larking. Prüfend gingen seine Blicke durch den Raum, kurz und abgehackt kamen die Worte von seinen Lippen.

»Wo ist die Sonde?«

Larking hatte ein unbehagliches Gefühl. Nach dem Programm Roddingtons sollte die Sonde stets in der jeweils erreichten untersten Station sein. Einen kurzen Augenblick zögerte der Ingenieur, bevor er antwortete.

»Die Sonde liegt bei der Schleuse auf Station IV.«

Er erwartete einen Vorwurf Roddingtons, aber der war schon am Telephon und gab Befehl, die Sonde sofort nach Station V zu bringen, und auch Dr. Wegener, sonst leicht mit einem Tadel bei der Hand, rügte das Versäumnis nicht. –

Schweigend standen Roddington und Dr. Wegener sich gegenüber, ihre Blicke trafen sich, kreuzten sich, ohne daß ein Wort von ihren Lippen fiel. Auch ohne Worte verstanden sie sich. Die gleiche Frage bewegte sie: »Wer von uns wird den Schacht befahren?«

Erst nach minutenlangem Schweigen fielen die ersten Worte. Dr. Wegener sprach sie.

»Sie dürfen es nicht tun, Roddington. Es ist meine Sache.«

»Meine, Doktor Wegener.«

»Lassen Sie es mich tun, Roddington. Sie sind Ihrem Werk verpflichtet. Wer sollte es zu Ende führen...?«

»Sie, Doktor Wegener!«

»Nein, Roddington. Sie haben es geplant, und... nur Sie können es zu Ende bringen.«

Ein Geräusch übertönte Roddingtons Antwort. Aus dem oberen Teil der Kugel brachten zwei Leute über die steile Stiege eine eigenartige Konstruktion herab. Das war die Sonde, eine Erfindung Dr. Wegeners, entworfen und gebaut für den möglichen Fall, daß ein Befahren des Schachtes mit der Förderschale nicht möglich wäre. Ein schmaler Zylinder aus elastisch federndem Stahlfachwerk, eben groß genug, um einem Menschen Platz zu bieten.

»Hängen Sie die Förderschale aus und die Sonde ein, Mr. Larking«, befahl Dr. Wegener. »Einer kann nur fahren, lassen Sie mir den Vortritt«, wandte er sich wieder an Roddington. »Ich glaube, ich habe es um Sie und Ihr Werk verdient.« –

Larking und seine Leute hantierten mit Flaschenzügen und Schraubenschlüsseln. Dröhnend erfüllte der Lärm ihrer Arbeiten den engen Stationsraum. Roddington blickte zur Seite, beugte sich nieder und suchte zwischen allerlei Bauteilen, die in einem Winkel lagen. Zwei stählerne Bolzen hielt er in der Rechten, als er sich wieder erhob. Der Lärm wurde schwächer und verklang.

»Die Sonde ist eingehängt, Doktor Wegener«, meldete Larking.

»Lassen Sie mich, Roddington?« Fast flehend stieß der Doktor die Worte hervor.

»Gleiche Chance für uns beide, Doktor Wegener!« Roddington hielt ihm die Rechte hin. »Ziehen Sie! Wer das längere Stück behält, wird fahren!«

Zaudernd, prüfend sah Dr. Wegener auf Roddingtons Hand. Ein Blick auf dessen Gesicht überzeugte ihn, daß alles weitere Reden überflüssig sei. Mit jähem Entschluß griff er zu. Roddington öffnete die Rechte, der längere Bolzen lag in seiner Hand.

»Schicksalsfügung, Doktor Wegener. Ich mache die Fahrt. Sie steuern hier die Fördermaschine. Sie wissen, um was es geht, mein Leben liegt in Ihrer Hand. Durch den Fernsprecher bleiben wir in Verbindung. Lassen Sie den Hebel der Maschine keinen Augenblick aus der Hand, achten Sie auf jedes Wort von mir, steuern Sie auf den ersten Ruf um... für einen zweiten könnte es vielleicht zu spät sein.« –

Eng von dem federnden Fachwerk der Sonde umschlossen, sank Roddingtons Körper in die Tiefe. Nur noch einen Augenblick warf die elektrische Lampe in seiner Hand einen Schein nach oben. An der Fördermaschine stand Dr. Wegener, die Hand am Hebel, das Mikrophon vor dem Mund, die Hörer an den Ohren, den Blick auf den Tiefenzeiger gerichtet.

Langsam wanderte der Zeiger über die Skala. Sechshundert Meter... achthundert Meter... neunhundert Meter...

»Freie Fahrt bis jetzt. Das Rohr unversehrt«, klang es aus dem Telephon.

»Tausend Meter jetzt, Roddington«, rief Dr. Wegener in das Mikrophon und stellte den Hebel der Maschine um. In verlangsamter Fahrt, nur noch mit halber Geschwindigkeit, lief das Seil ab.

Tausend Meter tiefer betrachtete Roddington durch das Fachwerk der Sonde die Rohrwände und begriff, warum die Förderschale nicht weiter gekommen war. Ungeheuerliche Kräfte mußten hier auf das Rohr gewirkt haben.

Wie gekräuselt sah der Stahl aus. Wie man wohl einen Kleiderstoff fältelt, hatten die während des zweiten Seebebens von allen Seiten mit elementarer Wucht andrängenden Gesteinsmassen die schwere Rohrwand in sich zusammengeschoben. Aber – Roddington empfand es als einen Glücksfall – die kreisrunde Form war dabei bewahrt geblieben.

»Alles in Ordnung, Roddington?«

Verhaltene Unruhe klang aus der Stimme des Doktors.

»Alles in Ordnung, Doktor Wegener. Noch freier Raum neben der Sonde. Welche Tiefe?«

»Eintausendachthundert Meter, Roddington.«

Tiefer und immer tiefer sank die Schale.

»Zweitausend Meter jetzt!« kam Dr. Wegeners Stimme von oben.

»Fahrt verringern, Doktor, das Rohr wird enger!«

Der Schalthebel in der Hand des Doktors bewegte sich. Langsamer wurde der Lauf des Seiles.

»Zweitausendeinhundert Meter jetzt, Roddington ... zweitausendzweihundert Meter ...«

»Fahrt verringern, Doktor!«

Feine Schweißperlen standen auf Dr. Wegeners Stirn, während er das Kommando ausführte. Nur noch Zentimeter um Zentimeter schlich das Seil über die Scheibe.

»Vorsichtig, Roddington«, schrie Dr. Wegener in das Mikrophon. »Soll ich stoppen?«

Wie in einer Vision sah der Doktor in diesen gefährlichen Sekunden die Sonde mit ihrer lebendigen Fracht durch das von ungeheurem Druck zusammengeschnürte Rohr kriechen. Glaubte jeden Augenblick das Scharren und Schleifen ihres Federwerkes an den Schachtwänden zu vernehmen. Furcht überkam ihn, daß Roddington ein Opfer seiner Kühnheit werden könnte, erdrückt und erschlagen von den übermächtigen Gewalten der Tiefe. Seine Hand zuckte. Er wollte die Maschine umsteuern, die Sonde wieder nach oben holen, als Worte aus dem Telephon drangen.

»Die Einschnürung ist passiert, Doktor Wegener. Das Rohr wird wieder weiter.«

Dr. Wegener warf einen Blick auf den Tiefenzeiger, rief zurück.

»Zweitausenddreihundert Meter jetzt, Roddington!«

»Schnellere Fahrt, Doktor!« klang's aus dem Telephon zurück.

Das Seil beschleunigte seinen Lauf.

»Zweitausendvierhundert Meter, Roddington. Alles klar bei Ihnen?«

»Alles klar hier. Rohr hat normale Weite.«

»Zweitausendfünfhundert Meter jetzt!«

Während Dr. Wegener es sagte, glitt der Steuerhebel aus seiner Hand. Automatisch setzte die Fördermaschine sich still. Die Sonde hatte Station VI auf dem Schachtgrund erreicht.

Mit schnellem Griff öffnete Roddington die federnde Wand der Sonde. Auf massives Metall trat sein Fuß, als er sie verließ. Er stand auf dem schweren Stahlpfropf, mit dem man das untere Ende des ersten Rohres verschlossen hatte, bevor man mit der Absenkung des Schachtes begann. Glänzend und glatt war hier die innere Wand, so wie man sie in der großen Halle in Trenton gegossen hatte. Nichts verriet den gewaltigen Druck, der von außen her darauf lasten mochte.

»Alles in Ordnung, Roddington?«

Erregt, unruhevoll kamen die Worte aus dem Telephon.

»Alles in Ordnung, Doktor Wegener. Ich lege das Telephon jetzt ab und erwarte Sie hier. Versuchen Sie, möglichst viel von der Werkzeuggarnitur A I mitzubringen. In dreißig Sekunden können Sie die Sonde hochgehen lassen. Glück auf, Doktor Wegener!«

Vergeblich rief und schrie der Doktor in sein Mikrophon. Von Roddington kam keine Antwort mehr. Er hatte das mit der Sonde fest verbundene Telephon inzwischen abgelegt und wartete darauf, daß Dr. Wegener seine Anordnungen ausführte. –

»Es heißt Gott versuchen, Herr«, sagte Larking, als Dr. Wegener seinen Leib in den engen Raum der Sonde zwängte.

»Denken Sie, was Sie wollen, Mr. Larking. Aber führen Sie auf das Wort genau aus, was ich Ihnen sagte. Alles Gerät vom Satz A I an das Oberseil. Alles mit Draht fest verknoten. An keiner Stelle darf es mehr als vierzig Zentimeter spreizen.«

Die Sonde tauchte in den Schachtmund ein. Am Seile über ihr arbeiteten Larking und seine Leute mit Flaschenzügen und Zangen. Eine Viertelstunde verging darüber.

»Sind Sie fertig, Larking?«

Wie aus einem Schallrohr tönte die Stimme Dr. Wegeners aus dem Schachtmund.

»Alles in Ordnung, Doktor!«

»Gut, Mr. Larking. Halten Sie sich genau an den Plan für die Seilfahrt. Von tausend bis zweitausendfünfhundert Meter halbe Fahrt. Los in Gottes Namen!« –

Endlos erschien Roddington die Zeit, die verfloß, seitdem er die Sonde verlassen hatte. Seitdem er hier einsam in einem stählernen Kerker stand, durch Meilen von Licht und Sonne getrennt, in einer Tiefe, die vor ihm noch niemand erreichte ... die bis zu dieser Stunde für unerreichbar galt. –

Langsam wie die Zeit kroch auch das Seil vorwärts. Deutlich konnte er die einzelnen Drähte erkennen, aus denen es geflochten war, und immer traumhafter wurde sein Sinnen.

Wünsche, Hoffnungen, Pläne verwob er in Gedanken in das stählerne Gespinst, das vor seinen Augen vorüberzog.

Schneller wurde jetzt die Fahrt der Trosse. Zu wirbelnden Reflexen verschwammen die einzelnen Drähte im Licht seiner elektrischen Lampe. Ein Geräusch riß ihn aus seiner Versunkenheit. Die Sonde kam herunter und hielt vor ihm. Dr. Wegener sprang heraus.

»Glück auf, Roddington!«

Roddington fühlte den Druck von der Hand des anderen und war wieder ganz bei sich.

»Glück auf, Doktor Wegener! Haben Sie das Werkzeug mitgebracht?«

»Alles da, Mr. Roddington!«

Der Doktor sprach in das Telephon, die Fördermaschine lief wieder an. Das Seil über der Sonde senkte sich herab, mit Werkzeugen und Geräten verschiedenster Art war es bepackt. Mit einer Zange durchschnitt der Doktor die haltenden Drähte. Roddington sprang hinzu, um die schweren Gasflaschen abzunehmen, die Larking an die Trosse gebunden hatte. Schraubenschlüssel und andere Werkzeuge fielen polternd auf den Stahlboden.

»Sie haben gleich alles mitgebracht, Doktor Wegener?« fragte er etwas verwundert. »Was hat es für einen Zweck, wenn der Fels nicht steht?«

Mit einer kurzen Kopfbewegung schleuderte der Doktor das Haar aus der Stirn. »Er muß stehen, Roddington ... und er wird stehen. Sehen Sie die Wand hier, glatt und spiegelblank. Kein Riß, keine Falte«, er hatte einen schweren Schlüssel gegriffen und begann eine Schraube aus der Rohrwand herauszudrehen, sprach dabei weiter. »Da oben, dreihundert Meter höher, Roddington, da möchte ich's bei Gott nicht probieren. Da könnte uns der Fels vielleicht wie zäher Brei in den Schacht eindringen. Hier sind wir unterhalb der Druckzone. Hier kann man's wagen.«

In Davao hatte Dr. Wegener in die Wand dieses untersten Rohres ein armstarkes Loch bohren und es durch einen Schraubenbolzen wieder verschließen lassen. Den drehte er jetzt mit dem Schlüssel heraus. Zoll um Zoll trat der starke Bolzen aus der Wand hervor. Noch ein paar Umdrehungen, und klirrend stürzte das schwere Stück zu Boden. An einer Stelle war die stählerne Wand, welche die beiden Menschen bisher von den Gewalten der Tiefe trennte, geöffnet. Die nächsten Minuten, vielleicht Sekunden, mußten die Entscheidung bringen.

War der Druck auch hier noch so mächtig, daß das Urgestein unter seiner Gewalt plastisch wurde, daß es durch die Bohrung in den Schacht eindrang? ... Oder stand der Fels, wie Dr. Wegener es hoffte?

Der hatte inzwischen eine Stahlstange gegriffen, fuhr damit in die Bohrung, bis er auf den Fels draußen traf; zog die Stange zurück, prüfte, maß und sondierte immer wieder von neuem.

Schweigend verfolgte Roddington seine Bewegungen. Wie an einem Magneten hingen seine Blicke an der Stelle des Stabes, die der Doktor mit dem Daumen markierte. Bei jeder neuen

Sondierung fürchtete er den Finger vorrücken, das Stabende kürzer werden zu sehen, und dann hätte er alle weiteren Pläne, alle Zukunftshoffnungen begraben können.

Schwer und dickflüssig vertropften die Minuten; unverrückt blieb der Finger des Doktors an der gleichen Stelle des Stabes.

Wie Jubelschrei drang es aus seiner Kehle:

»Der Fels steht, Roddington, wir können es wagen!«

Hundertfach gebrochen und zurückgeworfen rollten die Worte durch das lange Rohr. Ein dumpfes Echo von ihnen drang zweitausendfünfhundert Meter empor, wo Larking immer noch wartend neben der Fördermaschine stand. Der fürchtete ein Unglück, eine Katastrophe, schrie in das Mikrophon, lauschte vergeblich auf Antwort. Die beiden in der gefährlichen Tiefe hörten ihn nicht. Sie waren schon bei der Arbeit, die ihren Plan ein Stück weiter fördern sollte. –

Brausend beleckten die blauen Stichflammen der Schneidebrenner, die sie in ihren Händen hielten, die Rohrwand. In kleinen Bächen rieselte der schmelzende Stahl unter den Flammen fort, in tausendfachem Funkenspiel sprühte er zu Zunder verbrannt davon. Mit Gewalt waren sie dabei, die Wand des stählernen Käfigs zu zerbrechen, den sicheren Schutz, den sie erst selbst geschaffen, zu zerstören, um den Kampf mit der Tiefe im Urgestein weiter zu führen.

Am Freitagmorgen trieb eine malaiische Prau, eins jener primitiven Boote, deren sich die Eingeborenen für den Verkehr zwischen den Inseln des Pazifik zu bedienen pflegen, auf Nordostkurs über die See. Der schwache Wind vermochte ihr Segel kaum halb zu füllen, und nur langsam kam sie vorwärts. Als von Backbord Roddingtons Werkflotte sichtbar wurde, schlief die Brise ganz ein, regungslos blieb die Prau auf der Stelle liegen.

Der braunhäutige Malaie an ihrem Heck ließ das Steuer fahren und schob sich eine neue Portion Betel zwischen die Zähne. Der europäische Zeitbegriff schien für ihn nicht zu existieren. Irgendwann einmal, vielleicht in Stunden, vielleicht in Tagen würde wohl wieder Wind aufkommen, und dann konnte die Fahrt ja weitergehen. Der Gedanke, zu den Rudern zu greifen, kam weder ihm noch den paar andern Leuten im Boot. Auch die beiden Passagiere des Fahrzeuges hatten offenbar keine besondere Eile.

Die saßen in der engen dunstigen Kajüte. Der eine von ihnen, Major Kyushu, hatte die Kopfhörer eines Empfangsgerätes übergestülpt. Der andere, Vicomte Oburu, schrieb eilig mit, was der Major halblaut diktierte. Der Funkspruch kam von der Werkflotte herüber aus der Kabine von Jonas Merrywater und lautete:

»Verzögerung im Arbeitsprogramm. Große Aufregung hier. Man spricht davon, daß ein Unglück geschehen ist. Es heißt, daß der Schacht zwischen den Stationen V und VI zu Bruch gegangen ist. Roddington und Doktor Wegener sollen auf Station VI eingeschlossen sein. Man fürchtet, daß sie verloren sind. Frank Dickinson macht eine Expedition zu ihrer Rettung bereit. Achtung, Achtung! Ich schalte auf Empfang um.«

Die Morsetaste in Kyushus Hand begann zu klappern. Ein ganzes Bündel von Fragen hatte er sich in den verflossenen drei Tagen für Mr. Merrywater zurechtgelegt und wünschte sie jetzt beantwortet zu haben.

Die erste und wichtigste davon: Wo sind die vielen Rohre geblieben, die Roddington nach Davao bringen ließ? Mr. Merrywater vermochte keine Auskunft darüber zu geben. Nur das wußte er mit Bestimmtheit, daß alle Rohre, die in den Frachtschiffen zur Werkflotte kamen, beim Schachtbau Verwendung gefunden hatten. Stirnrunzelnd diktierte Kyushu diese Antwort, kopfschüttelnd schrieb Oburu sie nieder.

Sechs Kilometer konnte Roddingtons Schacht nur tief sein. Davon waren die beiden japanischen Offiziere ebenso überzeugt wie von der Zuverlässigkeit der offiziellen Seekarten, die diese Tiefe für die Stelle angaben, an welcher der Schacht stand. Wo waren die übrigen Rohre mit einer Gesamtlänge von neun Kilometern geblieben? Mehr denn je quälte sie die Frage. Schließlich konnte eine Stahlmenge von hundertachtzigtausend Tonnen doch nicht einfach verschwinden, sich irgendwie verflüchtigen und in ein Nichts auflösen. Wie war es möglich, daß keiner der vielen Agenten, die der japanische Nachrichtendienst auf Roddingtons Spuren gesetzt hatte, etwas über den Verbleib dieser gewaltigen Stahlmassen in Erfahrung zu bringen vermochte?

Kyushu und Oburu hatten das niederdrückende Gefühl, daß sie hier mit ihrer Kunst am Ende waren. Eine neue Meldung kam aus dem Sender Merrywaters:

»Die Expedition fährt eben bei Station Null ein. Besteht aus Frank Dickinson, Griffith und Cranford. Soll in anderthalb Stunden Station V erreichen. Ingenieur Larking gibt ungünstige Nachrichten von Station V. Förderschale von Station VI ist leer heraufgekommen. Seit anderthalb Stunden keine Lebenszeichen von Roddington und Doktor Wegener. Achtung, Achtung! Nächster Funkspruch in zwei Stunden.«

Kyushu stellte seinen Empfänger ab und zog die Telephone verdrießlich von den Ohren, sagte dabei zu Oburu:

»Schade, daß unser Mann gerade jetzt aufhört. Es muß ihm irgend etwas dazwischengekommen sein. Warten wir ab, was er in zwei Stunden zu melden hat.« –

In der Tat war Mr. Jonas Merrywater etwas dazwischengekommen. Aber nicht etwa irgendwelche von Roddingtons Leuten, die ihn, wie Kyushu vermutete, bei seiner geheimen Funkerei gestört hatten, sondern einfach nur das Gongsignal, das die gesamte Besatzung vom Mutterschiff III zum Mittagessen rief. Davon konnte Major Kyushu freilich nichts hören, da Merrywaters Sendegerät nur Morsezeichen zu geben vermochte. Mr. Jonas Merrywater aber hatte den vertrauten Klang sogleich vernommen und in seiner Weise darauf reagiert. Die ganze Funkerei war ihm nicht so wichtig wie das Dinner. Mochten die Gelben erst einmal warten, bis er damit fertig war. –

Falsches und Wahres durcheinander gemischt enthielten die Funksprüche, die Kyushu soeben aufgenommen hatte. In Wirklichkeit spielten sich die Dinge folgendermaßen ab.

Gleich nach seiner Ankunft auf Station VI telephonierte Dr. Wegener an Larking:

»Schachtgrund erreicht. Alles in guter Ordnung. Geben Sie die Nachricht an Mr. Dickinson weiter!«

Larking tat, wie ihm geheißen, und brauchte etwa zehn Minuten, bis er Dickinson erreichte. Inzwischen gingen Roddington und Dr. Wegner auf Station VI ans Werk und begannen, die Rohrwand mit den Schweißbrennern zu bearbeiten. Die Verbindung mit Station V hörte dabei notwendigerweise auf, da das Telephon sich in der Sonde befand. Frank Dickinson erhielt durch Larking die Meldung Dr. Wegeners und eilte sofort zur Funkstation, um sie nach Washington an Harding weiterzugeben. Er blieb in der Station, um die Antwort des Staatssekretärs gleich an Ort und Stelle in Empfang nehmen zu können.

Auf Station V wurde Ingenieur Larking inzwischen stark von seinen Aufgaben in Anspruch genommen. Ebenso wie die höher liegenden Schachtteile sollte ja auch die letzte Strecke mit elektrischen Leitungen und einem Bewetterungsrohr für die Zuführung von Frischluft nach Station VI ausgerüstet werden. Unaufhörlich brachten die Förderanlagen die Teile dafür hinab, und er war mit seinen Leuten voll beschäftigt, sie in Empfang zu nehmen und in dem beengten Raum für den Einbau vorzubereiten.

So geschah es, daß er sich länger als eine Stunde nicht um die Station VI kümmerte. Erst als die Anfuhr von Bauteilen von oben her für eine kurze Weile aussetzte, griff er wieder zum Telephon, um die Verbindung mit Roddington oder Dr. Wegener aufzunehmen. Es war vergeblich, so sehr er sich auch die nächste halbe Stunde bemühte.

Den schwachen Telephonanruf mochten sie dort unten vielleicht bei ihren Arbeiten überhören. So griff er zum Schalthebel der Fördermaschine, ließ die Sonde auf Station VI ein wenig in die Höhe fahren und dann wieder so weit nach unten gehen, daß sie kräftig auf den Boden aufsetzte. Das hätten die beiden nach seiner Überzeugung sicher hören und sich daraufhin irgendwie melden müssen, aber nach wie vor blieb das Telephon stumm. Immer stärker wurde seine Befürchtung, daß auf Station VI etwas nicht in Ordnung sei, und so suchte er schließlich durch den Fernsprecher Frank Dickinson zu erreichen. Es dauerte geraume Zeit, bis er ihn bekam. Ein kurzes telephonisches Gespräch gab es dann zwischen Larking und Dickinson, und schnell war dessen Entschluß gefaßt, selbst nach Station VI vorzudringen und wenn nötig Hilfe zu bringen. –

In diesem Punkt stimmte die Nachricht, die Jonas Merrywater an Kyushu gefunkt hatte. Auch das traf zu, daß Griffith und Cranford gleich nach Dickinson in den Schacht einfuhren, um sich an der Rettungsaktion zu beteiligen. Unbegründet war dagegen die Nachricht vom Zusammenbruch des Schachtes. Hier hatte Mr. Merrywater ein Gerücht weitergegeben, ohne sich vorher über den wirklichen Tatbestand zu vergewissern. –

Auf Station V stieg Dickinson in die Sonde. Werkzeug brauchte er nicht mit nach unten zu nehmen. Nur eine Gasmaske, eine kleine Sauerstoffflasche und eine elektrische Lampe hatte er bei sich. So ausgerüstet, trat er die Fahrt über die letzte Strecke nach Station VI an.

Eine knappe halbe Stunde nahm sie in Anspruch, doch wie eine Ewigkeit kamen ihm diese dreißig Minuten vor. Hin und her flogen seine Gedanken zwischen dem, was seine Augen in nächster Nähe erblickten, und dem, was ihn am Ende der Fahrt in der Tiefe erwarten mochte. Langsamer wurde jetzt die Fahrt der Sonde, immer enger der Schacht. Mit sorgenvollem Blick betrachtete er die von dem riesigen Außendruck zusammengeschobene Stahlwand und begann als Ingenieur zu überlegen, wie man hier die notwendigen Leitungen einbauen und doch noch genügend Platz für den Durchgang der Sonde behalten könne. Frischluft und elektrischer Strom mußten unbedingt bis zum Schachtgrund geführt werden, wenn Leben und Arbeit dort unten in der fürchterlichen Tiefe möglich sein sollten.

Frischluft vor allen Dingen. Er verwünschte den Übereifer Roddingtons, der dort sofort mit irgendwelchen Arbeiten begonnen haben mochte, ohne den Einbau der Bewetterungsleitung abzuwarten. Während die Sonde langsam durch den Schacht kroch, eilten seine Gedanken ihr voraus. Im Geiste sah er seinen Freund und den deutschen Doktor dort unten mit dem Erstickungstode kämpfen, war über die Langsamkeit der Fahrt verzweifelt und atmete erst wieder leichter, als die Einschnürung passiert war und die Sonde schneller nach unten glitt.

Bisher hatte er die Gasmaske noch nicht benutzt. Die Luft im Schacht war wohl etwas drückend, aber gut atembar. Jetzt dicht vor dem Ziel spürte er den eigenartigen Geruch von verbranntem und zerschmolzenem Metall. Mit einer schnellen Bewegung zog er die Maske vor das Gesicht und drehte die Sauerstoffleitung auf.

Die Sonde hielt. Er trat aus ihr heraus und sah in Wirklichkeit, was er vorher in Gedanken erschaut hatte. Regungslos lagen zwei Gestalten auf dem Stahlboden, Roddington und Dr. Wegener. Stand er vor Ohnmächtigen oder vor Toten?

Die Schweißbrenner waren ihren Händen entglitten. Sie brannten nicht mehr, aber an der Wand zeigte eine Stelle die Spuren ihrer Arbeit. Über die Fläche eines Quadratmeters etwa war dort der Stahl weggebrannt und weggeschmolzen. Das Urgestein der Tiefe lag hier offen.

Ein leises Zischen drang von den am Boden liegenden Brennern her an Dickinsons Ohr und erfüllte sein Herz mit eisigem Schreck. Strömte hier Knallgas aus den erloschenen Brennern?... Vielleicht seit Stunden schon? Das geringste Fünkchen konnte dann eine verheerende Explosion auslösen, die ihn und die Leiber der beiden anderen im Bruchteil einer Sekunde zerschmettern, zerreißen, in formlose Masse verwandeln mußte.

Mit einem Sprung war er bei den beiden großen Gasflaschen, griff nach den Ventilen und fühlte, wie die ungeheure Spannung seiner Nerven von ihm wich. Das Ventil der Wasserstoffflasche war geschlossen, das der Sauerstoffflasche geöffnet, nur reiner Sauerstoff entströmte den Brennern. Im letzten Augenblick noch, bevor ihm die Sinne schwanden, mußte einer der beiden Verunglückten die Kraft und Geistesgegenwart besessen haben, den gefährlichen Wasserstoff abzudrehen.

Dickinson riß die Maske vom Gesicht. Erst jetzt kam ihm die drückende Hitze, die hier auf dem Schachtgrund herrschte, zum Bewußtsein. Der Schweiß brach ihm aus allen Poren. Mit Gewalt bezwang er die Schwäche, die ihn überkommen wollte. Neben Roddingtons Körper warf er sich nieder, griff nach dessen Hand und suchte den Puls zu fühlen.

Es dauerte geraume Zeit, bis er ihn fand. Nur noch schwach und unregelmäßig schlug das Herz Roddingtons, und nicht viel anders stand es um Dr. Wegener. Während Dickinson neben ihm kniete, dessen Handgelenk zwischen den Fingern, und noch überlegte, was zunächst geschehen sollte, spürte er, wie ihn selbst ein eigenartiges Schwindelgefühl überkam. Mit Anstrengung raffte er sich auf, stand wieder auf seinen Füßen und fühlte, wie die Benommenheit von ihm wich. Begriff auch, was hier geschehen war.

Roddington und Dr. Wegener hatten die Stahlwand dicht über dem Schachtboden angeschweißt. Dort mußte sich Kohlensäure, die ja schwerer als Luft ist, in genügender Menge angesammelt haben, um die beiden zu betäuben. Nur dem Umstand, daß aus der Gasflasche fortwährend frischer Sauerstoff in diese vergiftete Atmosphäre strömte, war es wohl zu verdanken, daß sie überhaupt noch lebten.

Dickinson griff den Körper Roddingtons, schleppte ihn in die Sonde und sagte durch das Telephon in fliegenden Worten Bescheid nach Station V. Die Fördermaschine fuhr an. Die Sonde mit dem bewußtlosen Roddington schwebte in dem engen Rohr in die Höhe und verschwand im Dunkel. Dickinson blieb mit Dr. Wegener allein auf dem Schachtgrund. Wenigstens fünfzig Minuten würde es dauern, bis die Sonde zurück sein konnte, um auch den andern Verunglückten nach oben zu bringen. In den ewigen Schlaf konnte die Ohnmacht des Doktors übergehen, wenn ihm nicht früher Hilfe gebracht wurde.

Dickinson versuchte ihn aufzurichten, um seinen Kopf aus dem Bereich der gefährlichen Kohlensäure zu bringen, doch kraftlos sank der ohnmächtige Körper immer wieder in sich zusammen. Es glückte Dickinson erst, als er ihn gegen die Schachtwand stellte und die beiden großen Gasflaschen so vor ihn hinschob, daß er nicht mehr umfallen konnte. Die schweren Stahlflaschen hielten den Körper, doch kraftlos hing der Kopf des Doktors wie der eines Toten nach vorn herüber.

Es mußte sofort etwas geschehen, um sein Blut von der lähmenden Kohlensäure zu befreien. Dickinson griff nach seiner Maske, zog den Sauerstoffschlauch ab und schob ihn dem Doktor zwischen die Zähne. Gleichzeitig suchte er ihn zu verstärkter Atembewegung zu zwingen, soweit das an dem zwischen Schachtwand und den schweren Stahlflaschen festgehaltenen Körper des Bewußtlosen möglich war.

Lange Zeit mühte er sich vergeblich. Dann schien's ihm, als ob eine leichte Röte in die wachsbleichen Züge Dr. Wegeners zurückkehre. Er griff nach dessen Handgelenk, der Puls ging kräftiger und regelmäßiger als vorher. Wohl war der Doktor immer noch bewußtlos, aber trotz seiner Betäubung begann er jetzt doch instinktiv kräftiger aus dem Schlauch zu atmen. Der reine Sauerstoff, den er dabei mit jedem Atemzug einsog, jagte die Kohlensäure aus seinem Blut. Ein Zucken des Halses jetzt, ein Heben des Kopfes, ein Blinzeln der Lider, sein Bewußtsein kehrte zurück. Er blickte Dickinson an, verständnislos zuerst noch und verwirrt, wie jemand, der aus einem schweren Traum erwacht.

Seine Lippen bewegten sich, versuchten Worte zu formen.

»Dickinson... Sie hier? Was ist? Wo ist Roddington?«

Dickinson deutete mit der Hand nach oben.

»Auf dem Wege nach Station V, Doktor Wegener. Wie fühlen Sie sich jetzt? Nehmen Sie kräftig Sauerstoff!« Er schob ihm den Schlauch wieder zwischen die Lippen. »Die Luft ist hier nicht viel wert. Um ein Haar hätten Sie alle beide daran glauben müssen. Ein barbarischer Leichtsinn von Ihnen, ohne Bewetterungsrohr mit den Arbeiten anzufangen.«

Bei dem Wort »Arbeiten« kam Dr. Wegener die Erinnerung an die letzten Minuten vor dem Unfall zurück. Er blickte nach der Schweißstelle in der Schachtwand, versuchte mit der Hand darauf zu deuten. Der Arm sank zurück, noch war er zu schwach, ihn zu heben. Aber sein Geist arbeitete, und die Zunge gehorchte seinem Willen.

»Haben Sie es gesehen, Dickinson?« brach es von seinen Lippen. »Der Fels steht! Wir können mit dem Vortrieb eines Stollens in das Gestein beginnen.«

»In drei Tagen vielleicht, wenn wir Frischluft und elektrischen Strom hier unten haben. Frischluft vor allen Dingen. Sprechen Sie jetzt nicht mehr. Schonen Sie sich, Doktor, atmen Sie Sauerstoff.«

Mit leichter Gewalt schob er ihm den Gasschlauch zum drittenmal zwischen die Lippen. –

Zur gleichen Zeit mühten sich auf Station V Cranford und Griffith in ähnlicher Weise um Roddington. Seine Ohnmacht war schwerer als die des Doktors, aber sie konnten hier unter besseren Verhältnissen arbeiten als Dickinson zweitausendfünfhundert Meter tiefer. Bequem ausgestreckt lag Roddingtons Körper auf dem stählernen Boden der Station. Mit künstlicher Atmung und reichlicher Sauerstoffgabe versuchten sie ihn ins Leben zurückzurufen. Schwer lastete dabei die Sorge um Dr. Wegener und Dickinson auf ihnen. Wie sehr mußte die Atmosphäre auf dem Schachtgrund vergiftet sein, wenn sie solche todesähnliche Ohnmacht hervorrief. Würden die beiden dort unten durchhalten, bis die Sonde wiederkam, um sie heraufzuholen? Wie eine Erlösung empfanden sie die Worte Larkings, der, das Telephon am Ohr, eben die Fördermaschine stillsetzte.

»Gute Nachricht von Station VI. Dickinson wohlauf. Doktor Wegener noch schwach, aber wieder bei Bewußtsein.«

Wenn es Dickinson mit dem Doktor geschafft hatte, mußte es ihnen hier auch mit Roddington gelingen. Mit verdoppeltem Eifer setzten sie ihre Anstrengungen fort und erreichten es schließlich, daß auch Roddington aus der Ohnmacht erwachte und die Augen aufschlug.

Sein erster Blick fiel auf Dr. Wegener, den Larking eben aus der Sonde herausholte. Etwas blaß und noch ein wenig schwankend stand der Doktor vor ihm.

»Der Fels steht, Roddington! Wir können weiterarbeiten«, waren die ersten Worte, die er hervorbrachte. Dann überkam ihn die Schwäche von neuem. Er mußte sich auf die Fördermaschine stützen. Larking sah es und griff in einen Winkel. Wie vordem Dickinson den Gasschlauch, schob er ihm den Hals einer Whiskyflasche zwischen die Zähne und zog sie erst zurück, nachdem der Patient einen gehörigen Schluck genommen hatte.

»So, Doktor«, meinte er dabei lachend, »das wird bis Station IV reichen. Jetzt rauf mit Ihnen an Licht und Sonne! He, Jonny, Henry, helft dem Doktor über die Stiege nach oben.« Zwei seiner Leute sprangen hinzu. Halb geschoben, halb gezogen, wurde Dr. Wegener von ihnen über die steile eiserne Treppe in die obere Hälfte der Kugel geschafft.

Vergeblich protestierte er hier gegen weitere Hilfe.

»Sie sind noch zu schwach, Mister Doktor, um allein zu fahren. Mr. Larking hat mir aufgetragen, Sie bis zur Station Null zu bringen«, erklärte Jonny Smith und stieg zusammen mit ihm in die Förderschale.

Auf Station IV ging's durch die Luftschleuse, und ohne Widerspruch ließ sich Dr. Wegener noch einmal eine Portion Whisky in den Hals gießen. Sie gab ihm genügend Kraft, um auch den Rest der Fahrt durchzuhalten. Erst als er auf Station Null aus der Förderschale auf die Plattform trat, als Seeluft und Sonnenlicht ihn wieder umfingen, befiel ihn die Schwäche noch einmal. Mehr getragen als geführt, gelangte er in seine Kabine auf der »Blue Star« und ließ sich mit einem Seufzer der Erleichterung auf sein Lager sinken.

Nicht viel anders ging es Roddington, der eine halbe Stunde später auf Station Null die Förderschale verließ. Erst ein langer tiefer Schlaf auf der »Blue Star« verwischte die letzten Spuren des gefährlichen Abenteuers in der Tiefe und gab den beiden die volle Kraft wieder. –

Viele Augen hatten es gesehen, wie Dr. Wegener und Roddington in ein Boot getragen und zur »Blue Star« gebracht wurden, und sofort begannen Gerüchte unter der Belegschaft der Werftflotte umzulaufen. Von einer Erkrankung Roddingtons und des Doktors sprach man auf der Plattform. Von einer schweren Erkrankung munkelte man auf dem Deck des dritten Flugzeugmutterschiffes, und als das Gerücht die Messe erreichte, in der sich Mr. Merrywater nach getätigter Mahlzeit dem Genuß seiner Pfeife hingab, waren aus den Kranken schon Tote geworden. Jonas Merrywater hörte sich in Gemütsruhe mit an, was an den verschiedenen Tischen alles kolportiert wurde, und erinnerte sich dann seiner Pflichten. Nach einem Blick auf die Uhr verließ er den Meßraum und ging in seine Kabine. –

Die Prau schaukelte immer noch in der Nähe der Werkflotte. Nur um wenige hundert Meter war sie während der letzten zwei Stunden vorwärtsgekommen. Zur verabredeten Zeit schaltete Kyushu hier seinen Empfänger ein und schob sich die Hörer über die Ohren. Er brauchte nicht lange zu warten. Fast auf die Minute genau begann Merrywater zu funken. Der Major diktierte, und Oburu schrieb die Meldung mit.

»Schweres Unglück. Roddington und Doktor Wegener ums Leben gekommen. Ihre Leichen wurden eben auf die ›Blue Star‹ gebracht. Es heißt, daß im untersten Schachtteil eine schwere Explosion stattgefunden hat. Die Stimmung der Belegschaft grenzt an Meuterei. Die Mannschaften weigern sich, in den Todesschacht einzufahren. Man spricht davon, daß die Arbeiten abgebrochen und der Schacht aufgegeben wird. Frank Dickinson hat einen Nervenzusammenbruch erlitten. Die amerikanischen Zerstörer sollen Befehl erhalten haben, nach Frisco zurückzukehren...«

Während Kyushu sprach und Oburu schrieb, wechselten sie bedeutsame Blicke. Traf das zu, was Merrywater ihnen als sichere Tatsache funkte, so durfte die Affäre Roddington als erledigt betrachtet werden. Roddington, der Urheber dieses gigantischen Planes, und Dr. Wegener, sein bester Helfer, getötet... Frank Dickinson, der dritte Mann des Unternehmens, mit seinen Nerven niedergebrochen... ungezählte Millionen buchstäblich ins Wasser geworfen... für ein Unternehmen, dessen Undurchführbarkeit jetzt offen zutage lag... gleich stark waren Kyushu und Oburu davon überzeugt, daß niemand in den Vereinigten Staaten bereit sein würde, das Werk des toten Roddington fortzusetzen... noch weitere Millionen für eine verlorene Sache zu opfern. Es drängte den Major, die wichtige Nachricht schnell weiterzugeben, aber die Prau verfügte über keine dafür geeignete Sendeanlage.

Nur noch ein kurzes Hin und Her von Funksprüchen gab es zwischen Kyushu und Jonas Merrywater, wobei der letztere nochmals alle Einzelheiten bestätigte. Dann brach der Major die Verbindung ab, und nun zeigte es sich, daß die Prau doch nicht ein ganz gewöhnliches Eingeborenenboot war.

Das Segel, bei der Flaute vollkommen nutzlos, wurde niedergeholt. Eigenhändig räumten Major Kyushu und Vicomte Oburu in der Bootsmitte einen Haufen von allerlei Gerümpel beiseite, und ein starker Motor wurde sichtbar. Ein paar Kurbeldrehungen – und er sprang an.

Mit einer Geschwindigkeit, die wohl niemand dem alten Boot zugetraut hätte, eilte es unter dem Druck seiner Schraube nach Nordwesten davon, wo die »Hitsa Maru« außer Sichtweite der Werkflotte vor Anker lag.

Nur eine knappe Stunde noch – und aus der Antenne der »Hitsa Maru« spritzten die erstaunlichen Neuigkeiten Mr. Merrywaters in den Äther. Sie waren nur für Tokio bestimmt, und Major Kyushu hatte seinen Funkspruch sorgfältig verschlüsselt. Doch es fällt oft schwer, einen Telegrammschlüssel auf die Dauer geheimzuhalten. Auch von andern Stellen wurde das Radiogramm empfangen und entziffert.

Daß man sich auf japanischer Seite der Dienste Mr. Merrywaters versicherte, um die Vorgänge auf Roddingtons Flotte zu verfolgen, hatte bestimmte Gründe. Zunächst glaubte nämlich Mr. Collins nach seinen den Herren Itomo und Koami geleisteten Diensten, einen Anspruch auf diesen Posten zu haben, und setzte nach der gelungenen Flucht in Babeldaob alles daran um ihn zu erhalten. Aber er unterschätzte dabei die japanische Gerissenheit.

So naturgetreu auch die Verhaftung in den Bergen bei Manila und später die Flucht aus dem Gefängnis inszeniert worden waren, Major Kyushu ließ sich dadurch nicht täuschen. Als sich jener Befestigungsplan, den Collins dem Vicomte Oburu in die Hände gespielt hatte, als falsch erwies, erwachte Kyushus Mißtrauen, und trotz aller Bemühungen vermochte Mr. Collins es nicht wieder einzuschläfern.

Zwar gelang es ihm in Babeldaob, durch die Vermittlung Koamis, in Verbindung mit Kyushu zu kommen, doch seine Wünsche vermochte er bei dem nicht durchzusetzen. Major Kyushu empfing ihn, hörte ihn mit gleichmäßiger Miene an und hielt ihn mit nichtssagenden Versprechungen hin, während er auf der andern Seite bereits mit Jonas Merrywater verhandelte.

Fast eine Woche verstrich darüber. Im Hafen von Babeldaob wurde während dieser Zeit die »Hitsa Maru« mit geheimen Funkeinrichtungen versehen und fahrtbereit gemacht. Henry Collins versuchte es, sich das Schiff einmal genauer anzusehen, und die schroffe Art, in der die japanischen Wachen ihn dabei von Bord wiesen, ließ ihn blitzartig seine gefährliche Lage erkennen.

Auf Gnade und Ungnade war er auf den Palauinseln den Japanern ausgeliefert. Wenn dieser schweigsame, ewig lächelnde Major etwa doch irgendeinen Verdacht gefaßt hatte, dann bedurfte es hier auf japanischem Gebiet nur eines Winkes, um ihn für immer von der Bildfläche verschwinden zu lassen. Davor konnte ihn weder seine Eigenschaft als Bürger der Union noch sonst irgend etwas schützen.

So schnell Henry Collins die Gefahr erkannte, so schnell handelte er auch. Als Major Kyushu am nächsten Tage nach ihm schicken ließ, war er nirgends aufzufinden. Um diese Zeit durchpflügte der holländische Dampfer »Gelderland«, der am vorhergehenden Abend Babeldaob verlassen hatte, die Wasser des Pazifik schon viele Meilen westlich von den Palauinseln. In seinem Kesselraum stand Mr. Collins und schaufelte kräftig Kohlen in die Feuerung. Major Kyushu hatte seinen Entschluß, den zweideutigen Agenten verhaften zu lassen, zwölf Stunden zu spät gefaßt.

Die »Gelderland« lief Manila an, und zum Ärger des Ersten Maschinisten verschwand der neue Heizer dort spurlos von Bord. Vergeblich ließ der Holländer die Hafenkneipen nach ihm absuchen. Um diese Zeit war aus dem schmierigen Heizer schon wieder ein gutgekleideter Gentleman geworden, der in einem amerikanischen Flugzeug mit zweihundertfünfzig Stundenkilometer auf Ostkurs nach Frisco eilte. –

Kapitän Bancroft saß in seinem Büro im Marineamt, als ihm eine Besuchskarte hereingebracht wurde. Mit einiger Überraschung las er den Namen »Henry Collins« darauf. Um die Flucht aus Manila wußte der Kapitän, doch das lag schon um Wochen zurück. Seitdem hatte der Agent kein Lebenszeichen mehr von sich gegeben, und halb und halb hielt ihn Bancroft für verloren, irgendwie von den Japanern beseitigt.

»Unkraut vergeht nicht«, murmelte Kapitän Bancroft vor sich hin und gab Auftrag, den unerwarteten Besuch in sein Büro zu führen.

»Hallo, Mr. Collins! Glücklich wieder in den Staaten? Was machen Ihre gelben Freunde?« empfing er ihn.

Collins machte ein Gesicht, als ob er ein Glas Bitterwasser geschluckt hätte.

»Ich fürchte, Herr Kapitän, die Freundschaft hat ein Loch bekommen. Ich hielt es für zweckmäßig, die japanische Gastfreundschaft in Babeldaob nicht länger in Anspruch zu nehmen, und bin bei Nacht und Nebel losgefahren, ohne Herrn Major Kyushu erst um Urlaub zu bitten.«

»Major Kyushu?...« Kapitän Bancroft dachte einen Augenblick nach. »Die japanische Botschaft hatte hier vor einiger Zeit einen Handelsattaché namens Kyushu... ist es etwa der?«

Collins zuckte die Achseln.

»Das kann ich Ihnen nicht sagen, aber jedenfalls ist dieser Major Kyushu ein verdammt schlauer Hund. Ich vermute, daß er den Schwindel in Manila durchschaut hat, und zog es vor, die Geschäftsverbindung mit ihm abzubrechen.«

»Schade, Mr. Collins. Wirklich recht schade. Gerade Ihre japanischen Beziehungen waren wertvoll für uns. Jetzt sehe ich keine rechte Möglichkeit, wie wir weiter zusammen arbeiten können.«

Henry Collins lehnte sich bequem in seinen Stuhl zurück und wartete, ob der Kapitän noch etwas sagen wolle. Als der schwieg, begann er:

»Im Augenblick möchte ich Ihnen meinerseits ein Geschäft vorschlagen, Herr Kapitän. Ich habe aus Babeldaob etwas mitgebracht, was Sie sicherlich interessieren dürfte.«

Mit einer abweisenden Handbewegung sagte Bancroft:

»So klug wie Ihr Freund Kyushu sind wir auch, mein lieber Collins. Auf falsche Papiere oder Pläne fallen wir nicht 'rein... wenn Sie etwa die Absicht haben sollten, uns damit zu beglücken.«

»Davon ist keine Rede, Herr Kapitän... aber... wie hoch würden Sie den Geheimcode A des japanischen Generalstabes bewerten,... wenn er hier vor Ihnen auf dem Tisch läge?«

Einen Augenblick sah Bancroft sein Gegenüber starr an. Langsam und bedächtig kam danach die Antwort von seinen Lippen.

»Nicht sehr hoch, Mr. Collins. Die Japaner werden ihren Code ändern, sowie sie das Fehlen eines Exemplares bemerken. Nach längstens vierundzwanzig Stunden dürfte der Diebstahl entdeckt werden. Es wäre nur eine sehr kurze Freude für uns.«

Collins machte eine spöttische Verbeugung vor dem Kapitän.

»Halten Sie mich wirklich für so dumm, Kapitän Bancroft, daß ich das nicht selber wüßte? Selbstverständlich habe ich keinen Augenblick daran gedacht, ein Exemplar im Original mitzunehmen. Wozu gibt es denn jetzt die hübschen kleinen photographischen Apparate, mit denen man in wenigen Minuten ein ganzes Buch kopieren kann? So habe ich das gemacht, Herr Kapitän.«

Während Collins es sagte, zog er einen kleinen Band aus der Tasche und ließ dessen Blätter durch die Finger gleiten. Von seinem Platz aus konnte Bancroft sehen, daß das Buch weiße Lettern auf dunklem Grunde enthielt, das typische Aussehen solcher im Negativ genommenen Kopien. Er beugte sich vor und wollte danach greifen.

Collins zog es zurück. »Erst Ihren Preis, Herr Kapitän. Den Preis für eine vollständige Kopie des Code A...die genommen wurde, ohne bei den Gelben die Spur eines Verdachtes zu erregen.«

»Hm!...Sagen wir zehntausend Dollar, Mr. Collins.« Wieder streckte der Kapitän die Hand nach dem Codebuch aus. Collins zog es noch dichter an sich heran.

»Unmöglich! Kapitän Bancroft! Zwanzigtausend Dollar ist das Stück für mich wert und auch für Sie, Kapitän Bancroft. Bedenken Sie, die wichtigsten Funksprüche des japanischen Generalstabes werden nach diesem Code verschlüsselt.« –

Ein langes Hin und Her gab es danach zwischen Collins und Bancroft. Der Kapitän war ein zäher Unterhändler, aber auch Collins hielt mit Hartnäckigkeit an seinem Preise fest. Nur langsam kamen sie sich in Angebot und Forderung entgegen, bis der dunkle Handel endlich zum Satz von fünfzehntausend Dollar abgeschlossen wurde.

»Uff!« stöhnte der Kapitän und wischte sich die Stirn. »Sie sind der größte Gauner in den Staaten, Collins.«

»Herr Kapitän, Sie würden für den amerikanischen Pferdehandel eine unschätzbare Kraft bedeuten«, gab Collins das Kompliment zurück.

Bancroft schrieb einen Scheck über fünfzehntausend Dollar aus und schob ihn Collins hin. »Da! Nehmen Sie das Sündengeld. Ihretwegen bekomme ich vorzeitig graue Haare.«

»Brown und Bradley machen jetzt viel Reklame für ein neues Haarfärbemittel«, sagte Collins, während er den so sauer erkämpften Scheck in seine Brieftasche steckte. »Darf ich mir wieder die Ehre geben, wenn ich etwas...«

»Der Teufel holt Sie, Collins, wenn Sie zu einer andern Stelle damit gehen. Sie wissen, wo mein Büro ist.« –

Der Agent hatte den Raum verlassen, und Kapitän Bancroft vertiefte sich interessiert in das Studium des Codebuches. Seine Miene verriet, wie sehr er im Grunde seines Herzens mit dem eben abgeschlossenen Handel zufrieden war. Ein Exemplar des japanischen Geheimcode! Er wußte vielleicht noch besser als Collins, was der Besitz für die Nachrichtenabteilung seines Amtes zu bedeuten hatte...das Doppelte des gezahlten Preises hätte der von ihm herausholen können, wenn er sich gehörig dahintergesetzt hätte.

Weniger zufrieden als Kapitän Bancroft war Henry Collins mit dem Handel. Gewiß, fünfzehntausend Dollar waren eine ganz nette Summe, aber für die nächste Zeit hatte er kaum ein anderes lukratives Geschäft in Aussicht, und dabei wurde er das unangenehme Gefühl nicht los, er hätte für den Code mehr aus dem Kapitän herausschlagen können.

Die fünftausend Dollar, die er ihm nachgelassen hatte, wurmten ihn schwer, und je länger er daran dachte, um so mehr reifte ein anderer Plan in ihm.

Kapitän Bancroft hatte so ziemlich das Richtige getroffen, als er den Agenten einen Gauner von Format nannte. Sein Urteil wäre vielleicht noch schärfer ausgefallen, wenn er geahnt hätte, daß Mr. Collins noch eine Kopie von der eben von ihm erworbenen Kopie des Codebuches besaß. Die hatte sich Collins als vorsichtiger Mann in Washington noch für alle Fälle angefertigt, bevor er mit dem ersten Exemplar in das Marineamt ging, und mit der gedachte er jetzt noch einmal fünftausend Dollar zu verdienen. Auch den geeigneten Mann für dies zweite Geschäft hatte er sich bereits ausgesucht. –

Mit dem Mittagsflugzeug verließ Collins Washington. Zwei Stunden später ließ er sich in New York im Wannamakers-Building mit dem Lift zum zwanzigsten Stock emporfahren und betrat die Räume der »Morning Post«. In der Redaktion dieses Blattes saß ein alter Bekannter von ihm, Mr. Percy Drake, zu dessen Ressort die amerikanische Politik im Pazifik und im Fernen Westen gehörte.

»Lange nichts von Ihnen gehört, Collins. Wo haben Sie sich die ganze Zeit 'rumgetrieben?« begrüßte der Redakteur den Eintretenden.

»Komme direkt aus Tokio. Hatte da zwei Monate geschäftlich zu tun…« – bei dem Wort »geschäftlich« kniff Collins das linke Auge zusammen – »ich kann Ihnen sagen, Drake, es tut sich da drüben allerlei. Der Krieg steht vielleicht dichter vor der Tür, als unsere Leute es wahr haben wollen.«

»Nehmen Sie Platz, mein lieber Collins, und bedienen Sie sich!« sagte Drake, während er auf einen Sessel deutete und seinem Besuch Zigarren hinschob. »Bringen Sie wirklich neue und zuverlässige Informationen, dann raus damit! Sie wissen, wir bezahlen anständig.«

Während der nächsten Viertelstunde sprach Collins allein, während Drake den Bleistift über das Papier rasen ließ, um jedes Wort mitzustenographieren.

»So, Mr. Drake, das wären die letzten Neuigkeiten aus dem Fernen Westen«, schloß Collins seinen Bericht. »Sie sehen, das Pulverfaß kann jeden Augenblick explodieren.«

Drake überflog sein Stenogramm noch einmal und konnte ein leichtes Kopfschütteln nicht unterdrücken.

»Sagen Sie mal, Collins, ist das wirklich authentisch? Wir dürfen die öffentliche Meinung nicht grundlos alarmieren. Unsere Beziehungen zu Japan sind seit langem so gespannt, daß ein Zeitungsartikel den berühmten Funken für das Pulverfaß abgeben könnte.«

»Mein lieber Mr. Drake, für das, was ich eben gesagt habe, lege ich meine Hand ins Feuer.«

»Ein anderer Beweis wäre mir lieber«, erwiderte Drake trocken.

Collins beugte sich näher zu dem Redakteur heran.

»Ich könnte Ihren Wunsch erfüllen, Drake. Ich könnte Ihnen das Mittel an die Hand geben, die letzten geheimsten Absichten der gelben Großmacht direkt zu erfahren… Wenn Ihnen der Preis nicht zu teuer ist.«

Der Mann von der »Morning Post« lehnte sich zurück und sah Collins eine Weile starr an, fragte dann:

»Wie soll ich Ihre Worte verstehen?«

»So, wie sie gesagt waren, Mr. Drake. Sie können von mir den Code für die Funksprüche des japanischen Generalstabes bekommen, der Sie instand setzt, die geheimen Staatstelegramme der Gelben zu entschlüsseln, und diese Depeschen werden Sie ja wohl für authentisch halten.« –

Während der nächsten Minuten bewegte sich die Unterredung zwischen Collins und Drake in ähnlichen Bahnen wie drei Stunden früher die mit Kapitän Bancroft in Washington. Den Endpunkt bildete auch hier ein Scheck, diesmal über fünftausend Dollar, der in der Brieftasche von Collins verschwand.

Dann aber hielt es Collins für angebracht, dem Redakteur noch besondere Verhaltungsmaßregeln zu geben, die bei Kapitän Bancroft nicht nötig waren.

»Benutzen Sie die Nachrichten, die Sie durch den Code bekommen, mit großer Vorsicht, mein lieber Drake«, sagte er beim Abschied, »sonst könnten Sie sich diese Quelle leicht selber verschütten. Unter keinen Umständen dürfen die Gelben durch Ihre Veröffentlichungen Verdacht schöpfen, daß ein Exemplar des Geheimcode sich in dritter Hand befindet, sie würden ihn dann sofort ändern. Denken Sie bei jeder Zeile daran, die Sie in Zukunft schreiben.«

»Ich werde daran denken«, sagte Drake, während er den Agenten zur Tür begleitete. Er brannte vor Ungeduld, möglichst schnell eine Probe auf das Exempel zu machen und mit den guten Empfangsanlagen der »Morning Post« einen Fischzug im Äther zu unternehmen. –

»Schachtgrund von Roddington und Dr. Wegener erreicht, alles in guter Ordnung. Dickinson.«

Zum dritten und vierten Male überlas Staatssekretär Harding den kurzen Funkspruch und fühlte, wie der seelische Druck, unter dem er seit Wochen stand, von ihm wich.

»Schachtgrund erreicht, alles in Ordnung.«

Wie unendlich viel steckte in den wenigen Worten. Ein technisches Unterfangen von phantastischen Ausmaßen war damit zu einem glücklichen Ende gebracht. Selbst wenn alles andere, was Roddington weiter plante, nicht gelang, wenn er im Urgestein des Seebodens das nicht fand, um derentwillen er das riesenhafte Unternehmen gewagt hatte, so würde sein Name in der Geschichte der Technik doch durch die Jahrhunderte weiterleben...

Aber auch das weitere würde dem Kühnen glücken. Fester denn je war Harding jetzt davon überzeugt, und er begriff, warum Roddington sich ihm in den letzten entscheidenden Tagen versagt hatte und bei seinem Werk geblieben war. In dieser Sekunde vermochte er dessen Handlungsweise vollkommen nachzufühlen. Er begriff es, daß Roddington erst etwas von sich hören lassen wollte, wenn er einen Erfolg mitteilen konnte. –

Der Staatssekretär wurde in seinen Gedanken durch die Meldung unterbrochen, daß Admiral Jefferson ihn sprechen möchte.

Hoffentlich kommt er mir nicht jetzt gerade mit neuen Plänen für die Tankanlagen auf Manila, dachte Harding, während er den Admiral zu sich bitten ließ.

»Gute Nachrichten von Roddington«, empfing er den Eintretenden und schob ihm den Funkspruch Dickinsons hin. Der las ihn und sagte:

»Eben wegen Roddington komme ich zu Ihnen, Mr. Harding. Ich fürchte, Ihre Nachricht ist durch eine spätere, schlimmere überholt, wir fingen einen verschlüsselten Funkspruch der japanischen Marine auf, der leider ganz anders lautet. Hier ist er.«

Harding las das Telegramm.

»Die Leichen von Roddington und Dr. Wegener werden eben auf die ›Blue Star‹ gebracht. Es hat eine Explosion stattgefunden. Der untere Teil des Schachtes ist zerstört.«

Die Buchstaben verschwammen vor seinen Augen, eine Welt fühlte er um sich zusammenbrechen, alle seine Hoffnungen in Trümmer sinken.

Um die elfte Vormittagsstunde kam die neue Ausgabe der New-Yorker »Morning Post« heraus. In Rudeln stürmten die Zeitungsboys mit den frischen Exemplaren durch die Geschäftsstraßen der Hudson-Metropole und riefen die Schlagzeilen aus.

»Tragisches Ende eines Multimillionärs«... »Explosion in der Tiefsee«... »Riesenschacht zerstört«... »Mehr als hundert Tote«...

Im Handumdrehen setzten die Verkäufer ihre Ware ab. In einer Stunde war das Doppelte der normalen Auflage vergriffen, zehnfach machte sich an diesem Vormittag das japanische Codebuch für die »Morning Post« bezahlt. Denn nur durch diesen Code war die Redaktion des Blattes in den Besitz der außergewöhnlichen Nachricht gelangt, von der keine der übrigen New-Yorker Zeitungen etwas wußte oder brachte. –

Fast ein Jahr war seit jenem Februartage vergangen, an dem die Presse der Empire City das Publikum durch die Mitteilung vom Verkauf des Roddington-Konzerns an die Grand Corporation in Aufregung versetzte. Eine Zeitspanne, lang genug, um den Namen Roddingtons in der schnellebigen Riesenstadt wieder in Vergessenheit geraten zu lassen. Was kümmerte das Volk, das hier tagaus, tagein seiner Arbeit nachging, ein reicher Nichtstuer, der irgendwo in fernen Meeren auf einer Luxusjacht spazierenfuhr!

Durch gelegentliche Zeitungsnotizen hatte Roger Blake die Öffentlichkeit in dieser Meinung über seinen Vollmachtgeber geflissentlich bestärkt. »James Roddington mit der ›Blue Star‹ in Manila angekommen; nimmt am Tennisturnier teil« oder »Die ›Blue Star‹ im Hafen von Singapore; James Roddington beim englischen Gouverneur auf einer Garden Party« lauteten diese Mitteilungen etwa, die bewußt darauf angelegt waren, den Erben des Roddington Konzerns als sorglosen Müßiggänger erscheinen zu lassen, und sie erfüllten ihren Zweck vorzüglich.

Die Öffentlichkeit ahnte nichts von der wirklichen Tätigkeit des Millionärs. Kein Wort über die Unternehmungen in Trenton und Davao drang in das Publikum. Was beim Beginn der Arbeiten über neue Riesengeschütze vermutet und gemunkelt wurde, lag in den Geheimakten der verschiedenen Admiralstäbe begraben, und was in den Werken von Davao geschafft wurde und was weiter in der Tiefsee bei Mindanao geschah, blieb das Geheimnis der wenigen daran Beteiligten. –

Und nun wie ein Blitz aus heiterem Himmel diese überraschende Meldung der »Morning Post«! Percy Drake hatte seiner Phantasie bei der Abfassung des Artikels keine Zügel angelegt, sondern zu dem, was er mit Hilfe des Codebuches aus dem Äther fing, noch reichlich zuerfunden. Dinge, für deren Vorhandensein er nicht den geringsten Anhalt hatte, die aber immerhin möglich waren und in der von ihm gewählten Darstellung sogar recht wahrscheinlich klangen. Als ein hochherziger Patriot wurde Roddington auf der ersten Seite der »Morning Post« gemalt, der sein ganzes Vermögen und schließlich auch sein Leben dem Wohl des Vaterlandes geopfert habe. In der Absicht, seinen Artikel recht inhaltsreich und zugkräftig zu gestalten, schob ihm der erfindungsreiche Percy Drake eine Idee unter, die ihm beim Schreiben zufällig einfiel. Er hätte sie wahrscheinlich nicht zu Papier gebracht, hätte er die mannigfachen Aufregungen und Schwierigkeiten voraussehen können, die er sich damit selber bereitete.

Der tote Roddington hatte einen aus mächtigen Stahlrohren bestehenden Schacht in der See bei Mindanao bis zu einer Tiefe von sechs Kilometer abgesenkt. Das war ja sicher, denn Drake hatte es in dem japanischen Geheimspruch aufgefangen. Aber was hatte das Ganze für einen Zweck? Darüber stand nichts in der verschlüsselten Depesche, und einen Zweck mußte es doch haben. Drake war felsenfest davon überzeugt, daß ein Mann wie Roddington nicht sinn- und zwecklos handele; nach dem Beispiel von Sherlock Holmes begann er zu kombinieren und zu konstruieren.

Zusammen mit Roddington war dem japanischen Funkspruch zufolge ein deutscher Gelehrter, ein Dr. Wegener, ums Leben gekommen. Eine dunkle Erinnerung ging Drake durch den Kopf, als ob dieser Doktor früher einmal ein wissenschaftliches Buch über die Mineralogie der Tiefschichten des Erdballes geschrieben hätte. Er suchte in der Redaktionsbibliothek danach und hatte Glück. Das Buch war in einer englischen Ausgabe vorhanden. Unmöglich, das dickleibige Werk jetzt etwa noch zu studieren, wo sein Artikel in einer Stunde zur Setzerei mußte. Er konnte es eben nur flüchtig durchblättern, stieß dabei auf ein interessantes Kapitel über Petroleumvorkommen in der Tiefschicht und hatte danach die Idee, die seinem Aufsatz die ganze Richtung geben sollte... Daß der Name Wegener in Deutschland häufiger vorkommt, war ihm unbekannt, daß das Buch von einem ganz andern Dr. Wegener stammte, übersah er in der Hitze des Gefechts.

Glücklich, einen plausiblen Zweck für das gigantische Unternehmen Roddingtons gefunden zu haben, diktierte er den Aufsatz und berauschte sich während des Diktierens an seinen eigenen Worten. In brennenden Farben schilderte er, wie James Roddington nur das eine Ziel verfolgt habe, bei den Philippinen Öl zu erbohren, um dadurch die Machtstellung der amerikanischen Union im westlichen Pazifik unangreifbar zu machen. Wie es ihm gelungen sei, das von allen Ingenieuren der Welt bisher für unmöglich Gehaltene möglich zu machen und bis zu der ungeheuerlichen Tiefe von sechs Kilometer vorzustoßen. Wie der Erfolg kam und der stählerne Schacht wirklich in eine ölführende Schicht eindrang. Zur dramatischen Höhe entwickelte sich dann die Darstellungskunst von Mr. Drake, als er seinen Lesern weiter schilderte, wie die beiden Pioniere des großen Werkes, James Roddington und der deutsche Gelehrte, triumphierend auf dem öldurchtränkten Schachtboden standen, wie sie in ihrer Siegerfreude der gefährlichen Gase nicht achteten, die sich über dem Erdöl bildeten... wie ein zufälliger Funke ihnen den Tod und ihrem Werk die Vernichtung brachte.

So augenfällig und lebendig beschrieb Percy Drake alle diese Vorgänge; als ob er selber dabeigewesen wäre. Nur ein sehr kritisch veranlagter Leser hätte sich vielleicht darüber wundern können, wie man die Leichen der beiden Verunglückten zutage schaffte, nachdem der Schacht durch die Explosion zusammengebrochen war. Aber das Publikum der »Morning Post« neigte im allgemeinen nicht zur Kritik, und so wurde der Aufsatz ihres phantasiereichen Redakteurs journalistisch und geschäftlich ein beispielloser Erfolg, der die Herausgeber der andern New-Yorker Zeitungen vor Neid erblassen ließ.

In den nächsten Stunden nach seinem Erscheinen waren die Plätze der Luftlinie Frisco-Manila ausverkauft. Nicht nur in New York, sondern auch in allen andern amerikanischen Großstädten machte sich ein Heer von Reportern auf die weite Reise, um die Dinge bei Mindanao an Ort und Stelle zu untersuchen. Was der lebende Roddington glücklich vermieden hatte, das brach jetzt über den Totgesagten mit voller Wucht herein. Eine Meute von Spürhunden hetzte die amerikanische Presse auf seine Fährte. –

»Diesmal bist du noch mit einem blauen Auge davongekommen, mein lieber James«, sagte MacLane im Salon der »Blue Star« zu Roddington, »aber laß dir's für die Zukunft eine Lehre sein, alter Junge! Du bist die treibende Kraft des Ganzen, du darfst dich nicht derartig exponieren.«

»Ist nicht meine Meinung, Freddy«, erwiderte Roddington mit energischem Kopfschütteln. »Der Führer gehört an die Front.«

»...und setzt sich da unnötigen Gefahren aus, und dann erwischt's ihn, und dann ist niemand mehr da, der sein Werk weiterführen könnte. Falsches Heldentum, mein lieber James! Bei einigem Überlegen mußt du's selber zugeben. Ich bitte Sie«, fuhr er zu Dr. Wegener gewandt fort, »machen Sie Ihren Einfluß auf Freund Roddington auch in diesem Sinne geltend. Ich glaube, er gibt etwas auf Ihren Rat.«

»Leider viel zu wenig!« knurrte der Doktor verdrießlich. »Ich habe bei Gott genug geredet und gebeten, ich wollte allein fahren. Es war alles vergeblich, und ich fürchte, es wird auch weiter vergeblich sein.«

MacLane wollte etwas erwidern, als ein Matrose mit einer Meldung in den Salon kam.

»Flaggensignal von A 17. Ein Funkspruch aus Washington ist für Herrn Kapitänleutnant MacLane aufgenommen worden.«

»Lassen Sie zurücksignalisieren, daß ich gleich komme«, sagte MacLane und erhob sich.

»Der leidige Dienst! Auf Wiedersehen, James. Du wirst mir den Gefallen tun und meine Worte beherzigen und Sie bitte ebenfalls, Herr Doktor Wegener.« –

Die Motorbarkasse brachte MacLane zu dem Zerstörer A 17 zurück. Auf dem Tisch in seiner Kabine fand er den Funkspruch. Es war kein Klartext, Zahlengruppen bedeckten das Blatt. Mit einem Blick erkannte MacLane, daß die Depesche nach dem Code der amerikanischen Marine verschlüsselt war.

In einer Ecke hing ein Spiegel, scheinbar fest und unverrückbar mit den eisernen Kabinenwänden verbunden. In einem ganz bestimmten Rhythmus drückte MacLane auf den Rahmen, da wurde der Spiegel beweglich und ließ sich um ein Scharnier zur Seite drehen. Einen vielfach gezackten Schlüssel führte er in eine kaum sichtbare Öffnung, eine kleine Tresortür sprang auf, hinter ihr lag ein Buch, der Geheimcode der amerikanischen Marine.

Der Kapitänleutnant nahm es mit zum Tisch und machte sich daran, den Funkspruch zu dechiffrieren. Zahlengruppen verwandelten sich bei seiner Arbeit in Worte, und je weiter er kam, desto verwunderter blickte er auf das Geschriebene. Wer in Dreiteufelsnamen hatte dem Marineamt in Washington einen solchen Bären aufgebunden, daß Kapitän Bancroft ihm etwas Derartiges funken konnte?

...Roddington und Dr. Wegener tot?!...Vor fünf Minuten hatten sie im besten Wohlsein mit ihm zusammengesessen...der untere Teil des Schachtes demoliert?!...Eben erst hatte ihm Roddington erzählt, daß man vom Schachtgrund aus mit dem Vortrieb eines Stollens in das Urgestein begonnen habe...das ganze Unternehmen aufgegeben?!...Wer um des Himmels willen konnte denn ein Interesse haben, solche Tatarennachrichten in die Welt zu setzen?...Aha! Da schien eine Lösung des Rätsels zu kommen. Aus einem japanischen Geheimspruch, den man in Washington entschlüsselt hatte, stammte die Mitteilung...

MacLane wurde ernst, während er den letzten Teil der Depesche entzifferte. Japaner... auch hier wieder japanische Agenten, die das Werk Roddingtons belauerten und darüber durch Funkspruch an ihre Auftraggeber berichteten... auf der Werkflotte selbst unter den Leuten Roddingtons mußten sich Spione befinden, anders war diese Nachricht nicht zu erklären.

Roddington mußte gewarnt werden. Mit allen Mitteln mußte man versuchen, den dunklen Elementen auf die Spur zu kommen und sie unschädlich zu machen, das stand für MacLane fest. Doch zuerst galt es, Bancroft und seine Leute von ihrer Sorge zu befreien, in die diese Nachricht sie zweifellos versetzt hatte.

Er entwarf eine Antwort an Kapitän Bancroft und chiffrierte sie mit Hilfe des Code. Sorgsam schloß er das wertvolle Buch danach wieder in den Tresor, und der Spiegel rückte an seine alte Stelle, unbeweglich für jeden, der das Geheimnis des Federwerkes in seinem Rahmen nicht kannte. Ein Streichholz in MacLanes Hand leuchtete auf und entzündete eine Kerze. Bis auf den letzten Rest verbrannte er in ihrer Flamme alles beschriebene Papier zu weißer Asche. Nur seine chiffrierte Antwort an Bancroft blieb übrig. Mit der ging er zur Funkstation A 17 und ließ sie absenden. –

Danach brachte ihn die Barkasse zum zweitenmal zur »Blue Star« hinüber. Immer ernster wurden auch die Mienen Roddingtons und Dr. Wegeners, als er ihnen berichtete, was er soeben erfahren hatte. Wieder japanische Agenten unter der Belegschaft? Roddington preßte die Lippen zusammen, der Doktor fuhr sich nervös durch seinen Haarschopf. War denn alle Mühe und Sorgfalt vergeblich, mit der sie die einzelnen Leute ausgesucht und auf Herz und Nieren geprüft hatten?

»Ich sehe keinen Weg, Fred, wie man den Schuldigen herausfinden sollte«, sagte Roddington gedrückt, »mit dem gleichen Recht oder Unrecht könnte ich jeden einzelnen von meinen zweihundert Leuten auf der Werkflotte verdächtigen.«

»Laß uns einen Augenblick überlegen, mein lieber James«, unterbrach ihn MacLane. »Der japanische Funkspruch wurde vor sechsunddreißig Stunden aufgegeben. In den vorangegangenen Wochen, während ihr den Schacht absenktet, ist nichts Verdächtiges bemerkt worden. Das erlaubt die Vermutung, daß der Schuldige erst in letzter Zeit auf die Werkflotte gekommen ist. Wenn ihr etwa erst kürzlich neue Leute angeworben habt, so müßte sich euer Verdacht in erster Linie gegen...«

»Die Bergleute, Roddington!« fuhr Dr. Wegener dazwischen. »Sie haben vollkommen recht, Mr. MacLane. Vor zehn Tagen brachte uns ein Schiff aus Manila sechs Mann für die weiteren Abteufungsarbeiten hierher. Ihre Ausweise waren gut... aber trotzdem... sie sind werkfremd, kommen nicht aus Trenton wie alle andern Leute. Die müssen wir zuerst vornehmen.« Er griff nach einer Liste und überflog eine Reihe von Namen. »Brown, MacAndrew und Merrywater haben jetzt Schicht, stecken im Schacht. Die andern drei sind in ihrem Logis auf Mutterschiff 2. Ich möchte gleich rüberfahren und die Kabinen der drei Abwesenden untersuchen.«

MacLane schüttelte den Kopf.

»Tun Sie das nicht, Herr Doktor. Sie sind zu bekannt unter den Leuten. Ihr Erscheinen auf dem Mutterschiff könnte die Schuldigen vorzeitig warnen. Überlassen Sie die Sache lieber mir.«

»Mister MacLane hat recht, Doktor Wegener«, entschied Roddington den Fall, »als Offizier der amerikanischen Marine kann er unauffällig an Bord von Mutterschiff III gehen und im Einverständnis mit dem Kommandanten die Kabinen der Betreffenden durchsuchen, ohne Verdacht zu erregen. Notier dir die Namen, Fred! Brown, Mac Andrew und Merrywater. Die drei kommen erst in drei Stunden von der Arbeit zurück.«

»Genug Zeit, James, um hinter ihre Schliche zu kommen. Der Sicherheit halber werde ich mir auch gleich noch die drei andern aufschreiben. Wie waren die Namen, Herr Doktor?«

Dr. Wegener nannte sie ihm, fuhr dann fort: »Auf das Funkgerät kommt es an, Mr. MacLane! Ich habe mir die Angelegenheit überlegt. Der Betreffende muß einen Ultrakurzwellenapparat in seiner Kabine haben, mit dem er funken kann, ohne daß unsere Stationen etwas davon merken.«

»Seien Sie ohne Sorge, Doktor, ich werde den Geheimsender finden... und wenn er als Stiefelknecht maskiert wäre«, fügte er lachend hinzu. »In kurzer Zeit werden Sie von mir hören.« –

»Ich glaube, er ist der rechte Mann für die Sache«, sagte Dr. Wegener nachdenklich, als MacLane den Salon der »Blue Star« verlassen hatte.

»Er ist es, Doktor«, pflichtete Roddington ihm bei, »denken Sie nur daran, wie er die gelben Nester in Manila und Davao ausgenommen hat, ohne daß die Gegner ahnten, woher der Schlag kam. Er wird auch diesmal mit ihnen fertig werden.«

Für das große Publikum war der Artikel der »Morning Post« eine Sensation, die schon nach vierundzwanzig Stunden von irgendeiner andern abgelöst wurde. Für das amerikanische Marineamt und für die japanische Botschaft in Washington bedeutete er dagegen wesentlich mehr. An diesen beiden Stellen setzte er Kräfte in Bewegung, deren Wirken sein Verfasser bald merken sollte. –

Percy Drake hatte nicht die Absicht, auf seinen Lorbeeren auszuruhen. Eifriger denn je ging er nach dem Erscheinen jener ersten Veröffentlichung im Äther fischen, und das Glück war ihm günstig.

Er konnte auf der ihm vom ersten Mal her bekannten Wellenlänge einen langen Funkspruch aufnehmen und machte sich sofort daran, ihn mit dem von Henry Collins erworbenen Codebuch zu entschlüsseln.

»Dringende Informationen für Nr. 29«, begann der Text. Drake konnte ein Schmunzeln nicht unterdrücken, während er die Worte niederschrieb. Zweifellos hatte er eine Information für einen japanischen Geheimagenten erwischt. Bei richtiger Aufmachung konnte das sicher wieder eine Pfundsache für sein Blatt werden. Alle Warnungen, die ihm Collins noch beim Abschied gab, waren in diesem Augenblick vergessen. Er schrieb weiter und stutzte beim Schreiben.

»Die New-Yorker ›Morning Post‹ brachte vor sechs Stunden folgende Nachricht«, hieß es in dem Funkspruch weiter, und dann folgte über viele Zeilen fast wörtlich sein eigener Artikel. Mechanisch entzifferte er weiter in der Hoffnung, daß die Depesche schließlich noch etwas anderes enthalten müßte, und das kam denn auch am Ende.

»Vermutlich Geheimagent der ›Morning Post‹ auf der Werkflotte. Nehmen Sie wieder Verbindung mit M. auf. Versuchen Sie Namen des M.-P. Agenten zu erfahren. Stellen Sie fest, in welcher Tiefe Roddington im Seegrunde Petroleum gefunden hat. Sehr wichtig für uns, ob das Unternehmen nach seinem Tode aufgegeben wird. Erwarten Ihren Bericht zur üblichen Zeit.«

Fast zur gleichen Minute, zu der Percy Drake in New Port den japanischen Geheimspruch entzifferte, beschäftigte man sich noch an zwei andern Stellen mit ihm. In Washington hatte ihn Kapitän Bancroft vor sich liegen und überlas kopfschüttelnd die letzten Zeilen. Ein Agent der »Morning Post« auf der Werkflotte? ... Er hielt es bei der Sorgfalt, mit der Roddington seine Leute auswählte, für ausgeschlossen. Unter welcher Maske oder Tätigkeit hätte sich ein Zeitungsmensch in diese ausgewählte Schar von Ingenieuren und Spezialisten einschleichen sollen?

Woher bekam aber die Morning Post« als einzige von allen amerikanischen Zeitungen die Nachricht, wenn sie keinen Agenten auf der Werkflotte hatte? Bisher lag auch gar keine offizielle Mitteilung über den Unfall vor. Weder Frank Dickinson noch sonst einer der nach Roddingtons Tod zur Leitung des Unternehmens Berufenen hatte etwas darüber gemeldet. Nur durch den japanischen Geheimspruch hatte Kapitän Bancroft selber davon erfahren, und deswegen hatte er vor einer halben Stunde an Kapitänleutnant MacLane funken lassen, am endlich etwas Authentisches zu hören.

Wie kam also bei dieser Sachlage die »Morning Post« zu ihren Informationen? Ein unbestimmter Verdacht zuckte plötzlich durch Bancrofts Hirn. Vergeblich versuchte er ihn zu verwerfen, immer wieder drängte er sich ihm auf. Kapitän Bancroft faßte den Entschluß, sich den Verfasser des Artikels einmal näher anzusehen und ihm gründlich auf den Zahn zu fühlen. An gesetzlichen Handhaben dazu fehlte es ihm nicht, seitdem das Marineamt das Unternehmen Roddingtons als eine Angelegenheit der amerikanischen Flotte behandelte.

In die Überlegungen Bancrofts platzte die Rückantwort von MacLane herein, die der Angelegenheit wieder ein ganz anderes Aussehen gab.

»Ein geringfügiger Betriebsunfall, die Folgen längst überwunden. Roddington und Dr. Wegener bei bestem Wohlsein. Keine Spur von einer Explosion oder gar Zerstörung des Schachtes.

Die Abteufungsarbeiten im Gestein des Seebodens in rüstigem Fortgang. Der japanische Funkspruch von vorn bis hinten blanker Schwindel...«

Bancroft legte die Depesche in eine rote Eilmappe und schickte sie zu Admiral Jefferson. Während er auf dessen telephonischen Anruf wartete, ging ihm die Sache unaufhörlich durch den Kopf. Eine eklatante Falschmeldung war die japanische Geheimdepesche. Inhaltlich stimmte der Aufsatz in der »Morning Post« zu einem wesentlichen Teil mit ihr überein. Immer sicherer wurde es ihm, daß die Japaner und Mr. Drake irgendwie aus der gleichen Quelle geschöpft haben mußten, und er war entschlossen, der Angelegenheit auf den Grund zu gehen. So zog sich in Washington ein Wetter zusammen, das für Percy Drake recht unangenehm werden konnte. –

Die dritte Stelle, die gleichzeitig mit Drake und Bancroft an der Arbeit war, den Geheimspruch »Dringende Information für Nr. 29« zu entziffern, war Nr. 29 des japanischen Geheimdienstes selber, nämlich Herr Major Kyushu. Er hatte ihn in seiner Kabine auf der »Hitsa Maru« vor sich und diktierte den Klartext seinem Gefährten Oburu.

»Was halten Sie davon?« fragte er nach beendetem Diktat.

»Unser Mann muß den Agenten der ›Morning Post‹ auf der Werkflotte ausfindig machen«, sagte Oburu. »Er muß sich ihm gegenüber auch als Zeitungsreporter ausgeben. Zusammen werden die beiden leichter alles in Erfahrung bringen, was unsere Herren zu wissen wünschen.«

»Es wäre in der Tat gut«, stimmte Kyushu ihm bei, »der Mensch ist tüchtig, er hat seinem Blatt viel mehr gemeldet als unser Mann an uns. Erst auf dem Umweg über New York müssen wir erfahren, daß Roddington auf Petroleum gestoßen ist und eine Explosion von Benzingasen den Schacht zerstört hat Ich fürchte, Oburu, daß unser letzter Bericht nicht sehr befriedigt hat.«

Oburu zuckte die Achseln.

»Das Glück eines Geheimagenten ist noch veränderlicher als das des Soldaten, Major Kyushu. Gehen wir hin und suchen wir einen besseren Bericht zu machen, um unsere Auftraggeber zufriedenzustellen.«

Mit einem leichten Seufzer stand Kyushu auf. Die drei Worte »gehen wir hin« bedeuteten ja, aus den primitiven Räumlichkeiten der »Hitsa Maru« in die noch primitiveren der Prau überzusiedeln und sich vielleicht tagelang in der nicht ganz ungefährlichen Nähe der Werkflotte umherzutreiben, bis es glücken würde, die Funkverbindung mit Jonas Merrywater aufzunehmen. –

Während MacLane sich von der »Blue Star« nach dem Mutterschiff III übersetzen ließ und während Major Kyushu sich in Begleitung des Vicomte Oburu an Bord der Prau begab, befand sich Jonas Merrywater 15 342 Meter unter dem Spiegel des Pazifik. Das Licht elektrischer Lampen beleuchtete die Felswände eines Stollens, der reichlich mannshoch und ebenso breit wie hoch in starker Neigung in die Tiefe ging. An der Stirnwand des Stollens, dort, wo er endete – vor Ort, wie die Bergleute sagen –, stand Mr. Merrywater und überwachte das ratternde Spiel von vier Gesteinsbohrmaschinen.

In sinnverwirrendem Spiel schmetterte Preßluft die schweren Stahlmeißel der Maschinen gegen das feste Urgestein und holte sie wieder zurück. Tief und immer tiefer wurden dabei die Bohrlöcher, die sie in den Fels fraßen. Hin und wieder mußte Merrywater zu der einen oder anderen Maschine hinspringen und ein Kurbelrad drehen, um den arbeitenden Meißel dadurch tiefer in das Gestein einzusenken. Doch diese Tätigkeit ließ ihm genügend Zeit, seinen Gedanken nachzuhängen, die nicht eben heiter waren.

Mr. Merrywater war in ernstlicher Sorge um die fetten Bezüge, die ihm bisher aus dem japanischen Geheimfonds zuflossen. Zum hundertsten Male verwünschte er jene Falschmeldung, die er letzthin an Major Kyushu gab. Mit wie wenig Mühe hätte er den wahren Tatbestand erkunden können. Aus reiner Bequemlichkeit, um nicht zu sagen Faulheit, war er damals in der Messe von Mutterschiff III bei Kaffee und Zigarre sitzengeblieben und hatte nachher einfach die Gerüchte gefunkt, die dort von Mund zu Mund liefen.

Er sah keine Möglichkeit, wie er seinen Fehler wieder gutmachen oder zum mindesten vor seinen Auftraggebern verwischen könnte. Am liebsten hätte er sich nachträglich selber für seine Lässigkeit geohrfeigt...

Das Dröhnen der Bohrer wurde schwächer und zwang Merrywater, sich um die Maschinen zu kümmern. Er stellte die Bohrmeißel nach, bis die Felswand wieder unter den Schlägen erzitterte, dann sinnierte er weiter. Geschehen mußte etwas, um die verfahrene Geschichte wieder einzurenken, darüber war er sich klar. Gleich nach Beendigung seiner Schicht wollte er versuchen, zu der verabredeten Stunde die Funkverbindung mit Kyushu aufzunehmen. Hoffentlich würde die Prau noch so in der Nähe sein, daß er den Major mit seinem Kurzwellensender erreichen konnte. Schwer fiel es ihm jetzt auf die Seele, daß er seine Auftraggeber mehrere Tage ohne Nachrichten gelassen hatte. –

Die Bohrer hatten ihr Werk vollendet. Jonas Merrywater stellte den Strom ab und kurbelte die langen Stahlmeißel aus den Bohrlöchern zurück. Ein Ruf dann stollenaufwärts – und seine beiden Schichtkollegen Brown und MacAndrew eilten herbei, um ihm behilflich zu sein. Bohrmaschinen, Kraft- und Lichtkabel wurden hundert Meter zurückgezogen. Zu dritt füllten sie die Bohrlöcher mit einer Masse, die wie harmloses Glaserkitt aussah und doch ein Sprengstoff war, zwanzigmal gewaltiger als Ekrasit oder Roburit.

In sicherer Entfernung drückte Jonas Merrywater auf einen Knopf. Zündstrom ließ die Sprengladung in den Bohrlöchern detonieren, in feurigem Ausbruch zerbarst die Frontwand. Grollender Donner tobte durch den langen Stollen.

Als es wieder still geworden, riefen sie durch das Telephon weitere Hilfsmannschaften herbei. Gleise wurden vorgesteckt, prasselnd stürzten die gesprengten Trümmer in Transportwagen, ein Haspelseil zog die Wagen im Stollen aufwärts, der Stelle zu, wo er Verbindung mit dem stählernen Tiefschacht hatte. Dort war ein größerer, fast saalartiger Raum in das Urgestein gesprengt. Dröhnend und rasselnd arbeiteten hier Steinbrecher, die aller vor Ort gesprengte Fels erst passieren mußte, bevor er die lange Reise nach oben antreten durfte. Denn da war ja der bedenkliche Punkt der ganzen Anlage, jene Einschnürung des stählernen Schachtrohres zwischen Station V und VI. Nur mit der Sonde konnte man diese Stelle passieren. So klein mußte das Gestein vor der Förderfahrt erst gebrochen werden, daß es in die Sonde hineinging. Auch alle Maschinen, die hier unten arbeiteten, die Bohrmaschinen, die Steinbrecher und andere mehr, hatte man in ihren Einzelteilen so bemessen müssen, daß sie durch diesen Engpaß des stählernen Schachtes hindurchgingen.

Vor Ort waren die Bohrmaschinen indes schon wieder ratternd und dröhnend in Tätigkeit. Von neuem fraßen sich ihre Meißel in den Fels ein, während Jonas Merrywater in Gedanken an einem Funkspruch feilte, durch den er bei Major Kyushu wieder gut Wetter für sich machen wollte. Als nach langen Stunden endlich das Signal für den Schichtwechsel erklang, war er mit einem raffinierten Lügengespinst fertig, an dessen Wirkung auf die Japaner er nicht zweifelte. Befriedigt zwängte er seinen Körper in die Sonde und trat die Fahrt nach oben an. Von Station zu Station, von Schleuse zu Schleuse setzte er die lange Reise fort, doch je höher er stieg, desto mehr sank seine Zuversicht auf den Erfolg seines Planes. Als er auf Station Null der Förderschale entstieg und wieder in Licht und Sonne stand, sah er den kommenden Stunden mit Unbehagen entgegen. Fast sicher erschien es ihm jetzt, daß dieser ewig schweigsame japanische Major seine Lügen und Ausflüchte schon nach den ersten Worten durchschauen würde. Verzweifelt überlegte er andere Möglichkeiten, während er über die große Plattform ging, um zum Mutterschiff III zu gelangen.

So sehr beschäftigten ihn seine Gedanken, daß er es gar nicht bemerkte, wie ein Offizier der amerikanischen Marine, den er bisher auf dem Mutterschiff noch nie gesehen hatte, an seine Seite trat. Er fuhr erst auf, als der ihn anredete:

»Mr. Merrywater, wenn ich recht bin?«

»Merrywater ist mein Name, Sir.«

»Ich bin Kapitänleutnant MacLane. Bitte, Mr. Merrywater.« MacLane öffnete die Tür zu einer Kabine. Zögernd blieb Merrywater stehen.

»Ich weiß nicht ... was wollen Sie von mir? ...«

»Das werden Sie sofort erfahren«, sagte MacLane, während er ihn vor sich her in die Kabine schob und die Tür hinter sich verriegelte.

»Nehmen Sie Platz.« Er drückte den Zögernden auf einen Stuhl nieder und setzte sich ihm gegenüber. Unsicher blickte Jonas Merrywater abwechselnd auf die verriegelte Tür und den Offizier, der die Unterhaltung mit der Bemerkung eröffnete:

»Sie sind Kurzwellenamateur? Ein sehr interessanter Sport, nur bisweilen etwas gefährlich...« Entgeistert starrte Merrywater ihn an. Er versuchte etwas zu sagen, aber die Kehle war ihm wie zugeschnürt.

»Ihr Fall dürfte mit zehn bis fünfzehn Jahren Sing-Sing zu bewerten sein«, fuhr MacLane fort. Er hielt inne, weil er sah, daß Merrywater einer Ohnmacht nahe war, und nötigte ihn, ein paar Schluck Wasser zu trinken, bevor er weiterfragte.

»Wann ist Ihr nächster Depeschenwechsel mit den Herren Kyushu und Oburu fällig?«

Der Schlag war zu stark. Totenblässe bedeckte die Züge des Agenten. Seiner Glieder nicht mehr mächtig, sank er in sich zusammen. Geraume Zeit mußte MacLane warten, bis er sich wieder etwas erholte, zu stammeln, unzusammenhängende sinnlose Worte herauszustottern begann. Eine Weile ließ MacLane ihn gewähren, dann schnitt er ihm mit einer energischen Handbewegung die Rede ab.

»Wir wissen alles. Jeder Versuch zu leugnen, verschlimmert Ihre Sache. Nur durch rückhaltlose Offenheit können Sie sie verbessern... vielleicht sogar unter Umständen – wenn Sie alle meine Fragen befriedigend beantworten – straffrei ausgehen, Mr. Jonas Merrywater.«

Eine leise Hoffnung glomm in dem Agenten auf. Die schreckhafte Blässe wich etwas von seinen Zügen.

»Fragen Sie! Was wollen Sie erfahren, ich will Ihnen alles sagen, was ich weiß.« Überstürzt kamen die Worte von seinen Lippen.

»Es wird das Beste sein, was Sie tun können, Mr. Merrywater. Aber versuchen Sie nicht, mich zu täuschen. Eine einzige falsche Auskunft und das Zuchthaus ist Ihnen sicher.«

MacLane griff nach Schreibblock und Bleistift und begann ein langes Verhör mit dem entlarvten Agenten. Viele Fragen mußte der beantworten, bis der Kapitänleutnant schließlich den Block beiseitelegte.

»So, Mr. Merrywater. Das wäre alles.«

»Und ich, Sir? Bin ich frei? Kann ich nach den Staaten zurückkehren?«

»Sie bleiben vorläufig in der Kabine hier in Haft... bis sich Ihre Angaben als richtig erwiesen haben. Ist das der Fall, dann dürfen Sie mit dem nächsten Frachtschiff nach Frisco gehen.«

MacLane verließ die Kabine. Der Agent hörte, wie er sie verschloß. Hörte den schweren Schritt einer Wache, die draußen Aufstellung nahm. Hörte noch den Befehl des Offiziers: »Bei einem Fluchtversuch des Gefangenen von der Waffe Gebrauch zu machen!« –

In den Nachmittagsstunden war die Luft bei völliger Windstille etwas diesig und die Fernsicht erschwert. Deshalb hatte Kyushu das Segel der Prau einziehen lassen. Mit gedrosseltem Motor pirschte das Boot sich vorsichtig an die Werkflotte heran. An der Funkanlage in dem Kajütraum saß Kyushu, die Hörer an den Ohren. Abwechselnd gab er das verabredete Rufzeichen, schaltete danach wieder auf Empfang und lauschte. Da, jetzt ein Klingen in den Telephonen! Morsezeichen, die mit Merrywater für den Anfang jeder Depesche verabredete Zeichenfolge.

»Unser Mann meldet sich«, rief er Oburu zu. »Schreiben Sie! Funkspruch von Merrywater. Aufgenommen 3 Uhr 10 Ortszeit.«

Der Bleistift in Oburus Hand eilte über das Papier.

»Die Leichen Roddingtons und Wegeners mit dem Frachter ›City of Frisco‹; nach den Staaten unterwegs. Zwölf Leute der Werkmannschaft bei der Explosion verletzt, liegen im Lazarett auf Mutterschiff I. Die Hälfte davon so schwer verletzt, daß die Ärzte ihr Aufkommen bezweifeln. Der unterste Schachtabschnitt ungangbar. Immer noch Beratungen der Ingenieure, was weiter geschehen soll. Achtung, Achtung! Ich schalte auf Empfang.«

Kyushu drehte den Schalter seiner Anlage auf Senden, und die Morsetaste in seiner Hand begann zu klappern.

»Habe Ihre Nachricht verstanden. Unter Ihrer Belegschaft befindet sich ein Agent der New-Yorker ›Morning Post‹;. Versuchen Sie vorsichtig, die Verbindung mit ihm aufzunehmen...«

»Ei du Donnerwetter!« entfuhr es MacLane unwillkürlich, der in Merrywaters Kabine auf Mutterschiff II am Empfänger saß und jetzt ebenso eifrig mitschrieb wie eben noch vier Kilometer ab Vicomte Oburu.

»Am besten geben Sie sich ihm gegenüber auch als Zeitungsmann aus«, morste Kyushu weiter. »Versuchen Sie gegebenenfalls in Zusammenarbeit mit ihm herauszufinden: Wie tief ist der Schacht Roddingtons? Wo sind die etwa neunzig nicht beim Schachtbau benutzten Rohre von Davao aus hingebracht worden? Von welcher Beschaffenheit ist das Petroleumvorkommen auf dem Schachtgrund? Wiederholen Sie meine Fragen! Achtung, Achtung! Ich schalte um.«

MacLane morste die Fragen zurück und funkte danach weiter: »Im Schachtgrund kein Petroleumvorkommen. Nur Ausbruch von Erdgas unter riesenhaftem Druck. Schachttiefe sechstausend Meter. Über den Verbleib von neunzig Rohren hier nichts bekannt. Werde mit allen Mitteln versuchen, ›Morning-Post‹-Korrespondent ausfindig zu machen…«

»Bei Gott, das will ich«, knurrte er dabei ingrimmig vor sich hin. »Wenn ich den Kerl erwische, lasse ich ihn dreimal kielholen.«

»Achtung, Achtung! Ich schalte auf Empfang!« funkte er weiter.

»Seien Sie bei der Anknüpfung der Verbindung mit M. P.-Mann äußerst vorsichtig«, kam die Antwort von Kyushu. »Er darf unter keinen Umständen ahnen, wer Sie wirklich sind…«

»Der Schweinehund soll schon zu spüren kriegen, wer ich bin, wenn ich ihn erst habe«, brummte MacLane, während er weitere Anordnungen Kyushus aufnahm.

»Versuchen Sie schnellstens zu erfahren, was die Ingenieurkonferenz beschließen wird. Wir müssen wissen, ob das Unternehmen aufgegeben wird oder nicht. Im letzteren Falle…« Kyushu wollte noch etwas funken, besann sich aber anders und unterließ es. »Erwarte morgen um die gleiche Zeit Ihren Anruf. Schluß für heute«, beendete er seine Depesche.

Nachdenklich blieb der Major vor dem Sendegerät sitzen, tiefe Falten furchten seine Stirn.

»Sie wollten noch etwas anderes funken? Was war es?« fragte Oburu. Er mußte seine Frage wiederholen, bevor Kyushu sich zu einer Antwort entschloß.

»Roddington ist tot, das ist wohl außer Zweifel. Aber ich kann es nicht glauben, daß die Amerikaner sein Unternehmen aufgeben. Es ist zu wichtig für sie. Seit Jahren lassen sie auf den Philippinen Erdöl suchen, bisher vergeblich. Die erfolglosen Bohrungen von Tate und Caine haben ungezählte Millionen verschlungen. Jetzt ist Roddington dicht ans Ziel gekommen. Von Erdgas berichtet unser Mann, von Erdöl der M. P.-Mann…

Es ist zu wichtig für sie, Oburu! Es würde ihre Schlagkraft hier verhundertfachen, wenn sie Roddingtons Plan zu einem guten Ende führen… Aber das darf nicht sein! Wenn sie es nicht freiwillig aufgeben, müssen wir sie dazu zwingen… ehe es zu spät ist, Oburu.«

»Unser Mann funkte, Kyushu, daß die Ingenieure auf der Werkflotte noch beraten.«

»Die Ingenieure werden nicht zu entscheiden haben, Oburu, sondern die Staatsmänner in Washington.« Kyushu erhob sich und trat aus der engen dunstigen Kajüte ins Freie, Oburu folgte ihm.

Der Major deutete auf die Werkflotte am Horizont.

»Wenn sie es aufgeben wollten, würde es hier anders aussehen, Oburu. Sie haben noch alle ihre Schiffe hier. Alle Zerstörer…«

Kyushu sprach nicht weiter. Mit einem Sprung war er am Motor, gab Vollgas und ergriff dann selber das Steuer der Prau. Mit großer Geschwindigkeit schoß das leichte Boot über den glatten Wasserspiegel dahin.

Im Augenblick begriff Oburu den Grund für das Manöver seines Gefährten. Zwei Zerstörer hatten die Reihe der amerikanischen Kriegsschiffe verlassen und steuerten mit Volldampf auf die Prau zu. Nach menschlichem Ermessen mußten sie das schwache Boot bald erreichen, und dann war das Schicksal der beiden japanischen Offiziere wohl besiegelt. Innerhalb der amerikanischen Hoheitsgrenze von amerikanischen Kriegsschiffen aufgebracht… der Spionage nicht nur verdächtig, sondern bald auch überführt… das Ende ließ sich leicht absehen. –

Ein Befehl Kyushus rief Oburu und die drei Malaien, welche die Besatzung der Prau bildeten zu sich an das Heck des Bootes. Dicht und immer dichter mußten die vier zu ihm an das Steuer heranrücken, bis die veränderte Belastung sich auswirkte. Hoch tauchte das Vorderteil des leichten hölzernen Rumpfes aus dem Wasser heraus, aus dem Boot wurde ein Gleitboot, das, von dem starken Motor getrieben, mit hundert Stundenkilometer über das Wasser raste. Auf Südostkurs schoß es davon. In wenigen Minuten mußte es sich bei diesem Tempo außerhalb der amerikanischen Hoheitsgrenze befinden. –

Immer größer wurde die Entfernung zwischen der fliehenden Prau und den verfolgenden Zerstörern. Nur als ein schwacher Punkt noch war sie für die Verfolger sichtbar, als es an Bord von A 17 aufblitzte. Die erste Granate kam angeheult und schlug ein paar hundert Meter zu kurz ins Wasser. Ein leichter Druck von Kyushus Hand auf das Steuer. In leichtem Winkel bog die Prau von ihrem alten Kurs ab und raste mit unverringerter Geschwindigkeit weiter.

Noch gaben die Artilleristen der verfolgenden Schiffe das Spiel nicht verloren. Immer wieder krachten die schweren Geschütze, wirbelten Granaten den Wasserspiegel auf. Aber das Ziel war bereits unsichtbar geworden. Nur noch ein Zufallstreffer hätte jetzt Kyushu und seinen Gefährten zur Strecke bringen können. Schon lag die amerikanische Hoheitsgrenze hinter ihnen. Kaum wäre hier auf dem freien Meer ihre Verhaftung völkerrechtlich zu vertreten gewesen, aber Major Kyushu kannte seine Gegner und wußte, was er von ihnen zu erwarten hätte. Unbeweglich saß er am Steuer, die Zähne zusammengebissen, den Blick geradeaus in die Ferne gerichtet.

»Noch vierzig Minuten, Oburu. Dann geht die Sonne unter«, es waren die ersten Worte, die er seit dem Beginn der Flucht sprach. –

»Sie sind uns entwischt«, sagte auf der Brücke von A 17 MacLane zu Kapitän Ferguson.

Der Kapitän nickte.

»Teufelskerle sind's doch, MacLane. Ich bewundere ihre Kühnheit und Todesverachtung. Fast möchte ich mich darüber freuen, daß keine von unsern Granaten sie getroffen hat.«

»Wagemutig und tollkühn, das will ich zugeben. Aber auch verdammt gefährlich, Herr Kapitän. In dem Spiel, das sie mit uns treiben, dürfen wir keine Schonung kennen. Wenn sie uns wieder vor die Rohre kommen, muß es Treffer geben.«

Die Kabine Dr. Wegeners auf der »Blue Star« hatte in der letzten Zeit immer mehr das Aussehen eines Laboratoriums angenommen. Flaschen mit verschiedenen Säuren und Laugen, Reagenzgläser und allerlei andere Hilfsmittel eines Chemikers bedeckten den großen Mitteltisch, dessen Politur dadurch nicht besser wurde. In numerierten Holzkästchen lagen Dutzende von Gesteinsproben, nach der Tiefe geordnet, in der sie unten im Felsstollen gebrochen waren. Unermüdlich war Dr. Wegener bei der Arbeit, diese Brocken zu analysieren. Ein Plan an der Wand zeigte den Stollen im Aufriß; an mehr als fünfzig Stellen war die Zeichnung mit der krausen Bleistiftschrift des Doktors bedeckt. Namen von Gesteinen waren es, die sich da entziffern ließen. Granit, Quarz, Queiß, Granit, Basalt, Queiß, Basalt, vulkanisches Magma, diese und ähnliche Bezeichnungen waren in die Darstellung des Stollens eingetragen, der vom Ende des stählernen Schachtes mit einem Gefälle von 45 Grad nach unten verlief.

Dr. Wegener griff nach der letzten Probe, die er erst vor einer halben Stunde erhalten hatte. Nachdenklich betrachtete er das kleine Stück, das tiefschwarz und glasig glänzend in seiner Hand ruhte. »Immer noch Magma!« Er erkannte es, ohne erst eine chemische Analyse zu machen. Das, was er suchte, was er mit Sicherheit zu finden hoffte, war es immer noch nicht. Vulkanisches Magma, in den Jugendjahren unseres Erdballes einmal aus feurigem Fluß zu festem Gestein erstarrt, mußte nach seiner Theorie über dem Mineral liegen, dem er nachging. Aber wie stark war diese Magmaschicht? Mußte der Stollen noch Hunderte oder gar Tausende von Metern in die Tiefe vorgetrieben werden, bevor man endlich auf das Ersehnte stieß? Das war die große Frage, die einzige unbekannte Größe in der Rechnung des Doktors, die in allem übrigen bisher stimmte.

Mit einem leichten Seufzer ließ er sich in einen Sessel fallen. Ein Gefühl der Entmutigung wollte ihn beschleichen, wie es einen Feldherrn oft am Vorabend einer großen Schlacht überkommt. Im Geiste ließ er die Ereignisse der letzten Monate an sich vorüberziehen.

Fast über jedes Erwarten und Hoffen hinaus war bisher alles gut gegangen. Der stählerne Schacht hatte dem ungeheuren Druck der von dem zweiten Seebeben herangeschobenen Gesteinsmassen standgehalten. In glücklichster Weise bewirkten diese Massen einen dichten Abschluß des Schachtes gegen den ungeheuren Wasserdruck der Tiefe. Ohne Zwischenfälle war bisher der Vortrieb des Stollens verlaufen. Noch hielt die Nähe der eiskalten Tiefsee die Temperatur in ihm niedrig, noch störte kein Bergdruck den Stollenbau. Aber würde das alles so bleiben, wenn man noch Tausende von Metern in dem Urgestein vordringen mußte?

Eine tiefe Falte bildete sich auf der Stirn des Doktors, während er die Frage überdachte. Zu außergewöhnlich, zu sehr von allem Hergebrachten abweichend war ja das, was Roddington und er hier unternahmen. In einer bisher unbekannten Tiefe gingen die Arbeiten vor sich. Man konnte sich dabei auf keinerlei Erfahrungen stützen, mußte sich ganz und gar auf sein gutes Glück verlassen und zu jeder Stunde gewärtig sein, daß eine Katastrophe hereinbrach. –

Dr. Wegener war nicht der einzige an Bord der »Blue Star«, den an diesem Vormittag Sorgen drückten. Auch Roddington saß mit zergrübelter Miene an seinem Tisch. Vor ihm lagen die Aufstellungen seines Generalbevollmächtigten Roger Blake, die ein Flugzeug vor kurzem gebracht hatte. Lange Zahlenreihen, welche die Summen aufwiesen, die das Unternehmen bisher verschlungen hatte. Zahlen, die für ein Unternehmen von der Größe des Trenton-Werkes auch dann ungewöhnlich hoch gewesen wären, wenn ihnen entsprechende Einnahmen gegenübergestanden hätten. Hier aber gab es nur Ausgaben, nur Unkosten, nur eine Debetseite, der kein Kredit die Waage hielt.

Nur zu berechtigt war die Frage in dem Begleitschreiben Blakes, wie Roddington für die nächsten Monate finanziell weiter disponieren wolle. Ebenso begründet die zweite, welche Zeit und welche Mittel die Arbeiten am Schacht voraussichtlich noch in Anspruch nehmen würden. Welche Zeit und welche Mittel? Nur Dr. Wegener vermochte darüber vielleicht Auskunft zu geben. Er raffte seine Papiere zusammen und suchte den in seiner Kabine auf. –

Der Doktor beobachtete über ein Reagenzglas gebeugt, wie die scharfe Säure darin ein schwarzes Stückchen Mineral auflöste. Sorgfältig verfolgte er den Vorgang und prüfte das Gas, das schäumend emporperlte, als Roddington bei ihm eintrat. Mit halbem Ohr hörte er dessen Bericht und merkte erst schärfer auf, als die Schlußsummen und die Fragen Blakes zur Sprache kamen.

Einen Augenblick sank seine Gestalt tiefer in sich zusammen, als ob sie die schlimmen Neuigkeiten nicht mehr zu tragen vermöchte. Dann straffte sie sich zu frischem Widerstand.

»Wie lange es noch dauert? Wieviel es noch kosten wird? Ich kann es Ihnen nicht sagen, Roddington. Nur das eine ist sicher: Wir haben mit dem Stollen die Magmaschicht erreicht...«

»Die Magmaschicht, Doktor Wegener? Haben wir sie wirklich schon erreicht?«

Der Doktor deutete auf das Reagenzglas. »Was hier in der Säure brodelt, ist vulkanisches Magma. Wir sind bereits fünfzig Meter tief in die Schicht eingedrungen.«

»Das überrascht mich, Doktor. Nach Ihrer Theorie müßte das Magma erst in sehr viel größerer Tiefe unter dem Seeboden beginnen.«

»Sie vergessen die Verschiebungen, Roddington, die das erste große Seebeben bewirkt hat. Wenn ich's jetzt genau betrachte, war es ein unerhörter Glückszufall für uns; es hat uns mehrere Kilometer Urgestein aus dem Wege geräumt.«

»Aber wenn der Stollen jetzt schon im Magma steht, Doktor Wegener, dann müßten wir doch dicht vor dem Ziele sein.«

Dr. Wegener zuckte mit den Achseln. »Vielleicht stoßen unsere Leute vor Ort schon in den nächsten Stunden darauf, vielleicht dauert es noch Wochen... Monate... vielleicht machen die Gewalten der Tiefe alle unsere Pläne und Arbeiten noch in der letzten Minute zuschanden...«

Roddington stützte den Kopf in die Hände und atmete schwer. Dr. Wegener sprach weiter.

»Wir müssen der schlimmsten Möglichkeit furchtlos ins Auge sehen, Roddington, und unverzagt weiterarbeiten. Treffen Sie Ihre Dispositionen auf möglichst lange Sicht. Richten Sie sich so ein, daß wir noch für mehrere Monate durchhalten können. Erreichen wir unser Ziel früher, um so besser für uns.«

Roddington blickte müde auf.

»Die Anlagen in Davao wären jetzt entbehrlich, aber es dürfte sich kaum ein Käufer dafür finden. So bleibt mir nur noch das Trenton-Werk. Die Corporation würde es jederzeit übernehmen. Blake müßte mit Price deswegen in Verbindung treten.«

»Das Trenton-Werk verkaufen, Roddington? Wir werden es wieder brauchen, sobald wir gefunden haben, was wir suchen. Ich möchte nicht dazu raten. Haben Sie nicht noch andere Möglichkeiten, sich das Betriebskapital für die nächsten Monate zu beschaffen?«

»Möglichkeiten wohl, Doktor Wegener, aber sie sind nicht so ergiebig wie ein glatter Verkauf. Was wir später noch an Stahlguß brauchen, könnten wir schließlich auch von den neuen Besitzern des Trenton-Werkes beziehen ...«

»... und drei- oder vierfach bezahlen! Mr. Price ist ein Halsabschneider erster Klasse. Er würde uns gehörig hochnehmen, sobald er erkennt, daß wir auf schnellste Lieferfristen angewiesen sind. Wenn es sich irgendwie machen läßt, wollen wir das lieber vermeiden.«

Roddington stand aus. »Gut, Doktor Wegener, ich will die Einzelheiten Blake überlassen. Der Verkauf soll nur die letzte Möglichkeit bleiben, wenn alle anderen Mittel versagen.« –

Während der nächsten Stunden fand ein lebhafter Depeschenwechsel zwischen der »Blue Star« und Roger Blake statt. Der Zeitunterschied zwischen den Philippinen und New York brachte es mit sich, daß man Blake für den Empfang des ersten Funkspruches aus dem besten Morgenschlaf reißen mußte. Dann aber wurde er sehr munter, und ein halbes Dutzend Radiogramme gingen über den halben Erdball hin und her.

»Sie wissen, daß die ›Morning Post‹ Sie und Doktor Wegener totgesagt hat und daß man Sie in New York jetzt noch für tot hält?« stand in einem Funkspruch Blakes.

»MacLane hat mir den Unsinn erzählt. Wie kommen Sie jetzt darauf?« antwortete Roddington.

»Diese Falschmeldung kann bei den bevorstehenden Transaktionen vielleicht nützlich sein«, funkte Blake zurück.

Dr. Wegener las die Depesche, und zum erstenmal nach Tagen kam wieder ein Lachen aus seinem Mund.

»Blake ist ein schlauer Fuchs«, rief er vergnügt, »lassen Sie ihn nur machen, Roddington. Er wird Mr. Price schon nehmen, was er wert ist.«

Über dem Atlantik rötete sich bereits der Horizont und malte mit seinem Widerschein die Wolkenkratzer der Hudsonmetropole rosig an, als Blake endlich Zeit fand, sich noch für ein paar Stunden aufs Ohr zu legen.

Präsident Price saß vor dem großen Schreibtisch und zerrte nachdenklich an seinem buschigen Schnurrbart, als Direktor Curtis bei ihm eintrat.

»Die Nachricht wird auch noch von anderer Stelle bestätigt, Mr. Price«, sagte Curtis und legte die letzten Nummern des »Tokio Herald« und der »Shanghai News« auf den Tisch. »Hier haben Sie es noch zweimal schwarz auf weiß. Roddington und der deutsche Doktor sind bei einem Gasausbruch umgekommen. Der ›Morning Post‹ würde ich nicht so ohne weiteres Glauben schenken, aber nach den Mitteilungen hier ist ein Zweifel am Tode Roddingtons so gut wie ausgeschlossen.«

Price nickte. »Ich habe noch eine andere Bestätigung durch Oberst Barton bekommen. Der erfuhr es vom Admiral Jefferson. In Washington wußte man es schon vierundzwanzig Stunden vor dem Erscheinen des Artikels in der ›Morning Post‹. Ja, mein lieber Curtis, unser Freund Roddington hat sich zu seinen Vätern versammelt, und wir müssen sehen, daß wir das Trenton-Werk möglichst billig in die Hände bekommen.«

»Die Sache wird durch unsere Gesetzgebung ziemlich kompliziert, Mr. Price«, erwiderte Curtis. »Direkte Erben hat Roddington nicht hinterlassen. Bis man die Erbberechtigten ermittelt und ihre Ansprüche feststellt, können viele Monate ins Land gehen.«

Price überlegte eine kurze Weile, bevor er antwortete.

»Es wird alles darauf ankommen, wie die Vollmacht für Roger Blake abgefaßt ist. Wenn sie über Roddingtons Tod hinaus gilt, können wir sofort mit Blake verhandeln. Im andern Fall müßte das Gericht erst ein Kuratorium für den Nachlaß einsetzen. Das könnte in der Tat recht langwierig werden.«

»Und wäre auch nicht gut für das Trenton-Werk, Price. Erinnern Sie sich noch, wie die Werke in Detroit und Buffalo aus der Twayneschen Erbschaft durch solche Kuratoren heruntergewirtschaftet wurden? Die Leute sind entweder ungeschickt oder unehrlich. Das eine ist so schlimm wie das andere.«

Price bearbeitete seinen Schnurrbart mit beiden Händen.

»Zum Teufel ja, Curtis, Sie haben recht. Ich betrachte die Anlagen in Trenton schon heute als zur Corporation gehörig. Wir müssen versuchen, sofort Einfluß auf das Werk zu gewinnen, und verhindern daß ungeschickte Hände Schaden stiften.«

»Leicht gesagt, aber schwer getan, Mr. Price. Solange Frank Dickinson Chef des Trenton-Werkes ist, hat die Corporation wenig Aussichten.«

Price legte die Hände auf die Tischplatte und sah sein Gegenüber eine Weile starr an.

»Eine Möglichkeit vielleicht, Curtis, wenn die Leute jetzt Geld brauchten...«

»Ausgeschlossen, Price. Vor einem Jahr hat Roddington hundert Millionen von der Corporation bekommen. Die können noch nicht verbraucht sein.«

»Das sagen Sie, Curtis! Ich habe mir einen kleinen Überschlag über die Summen gemacht, die das unsinnige Unternehmen Roddingtons ungefähr verschlungen haben dürfte. Nach meinen Schätzungen kommt es recht dicht an die hundert Millionen heran.«

Er schob Curtis eine Aufstellung hin. »Da! Sehen Sie selbst. Hier die Zahlen für die Erweiterungsbauten in Trenton, allein der Stichkanal zu der neuen Gießhalle muß bei vorsichtiger Schätzung ein paar Millionen verschlungen haben. Hier die Unkosten für dreihunderttausend Tonnen Stahlguß. Hier die Gelder für die Transporte nach Davao. Vergessen Sie nicht, daß Roddington seit neun Monaten Schiffsraum von einer halben Million Tonnen gechartert hat. Schließlich noch die Posten für die Landkäufe und Werkanlagen in Davao. Es kommt dicht an die hundert Millionen heran, mein lieber Curtis. Wenn er etwa noch an das Marineamt für die Stellung von Schiffen zu zahlen hat, dürfte die Summe sogar überschritten sein.«

Während Price sprach, hatte Curtis die einzelnen Zahlen der Aufstellung prüfend durchgesehen.

»Bei Gott, es stimmt«, sagte er, während er Price das Blatt zurückgab. »Ich hätte es nicht für möglich gehalten. Im Laufe eines einzigen Jahres ein Vermögen von hundert Millionen Dollar für eine überspannte Idee zu verpulvern! Der alte Roddington würde sich im Grabe umdrehen, wenn er davon wüßte.«

»Lassen Sie den alten Roddington«, unterbrach ihn Price. »Der alte ist tot und der junge auch. Wir, die Führer der Corporation, sind die natürlichen Erben und müssen uns um den Nachlaß kümmern.«

»Frank Dickinson wird es niemals zulassen...«

»Ah bah, Curtis! Was schert uns Dickinson? Roger Blake ist unser Mann. Wenn seine Vollmacht noch gilt, müssen wir ihm eine Anleihe zu bequemen Bedingungen bieten, Ausgabe von Obligationen... hypothekarische Verpfändung des Werkes an die Obligationsgläubiger... die Gläubiger werden wir sein, Curtis. Dann sind wir da, wo wir hinwollen.«

»Wenn Blake sich darauf einläßt, Mr. Price! Wenn das Trenton-Werk Geld braucht, kann er auch selber Obligationen ausgeben und durch seine Bankverbindungen auf den Markt bringen...«

Price ließ Curtis ruhig weiterreden. Während der nach seiner Art mit hundert ›Wenn‹ und ›Aber‹ operierte, durchdachte der Präsident bereits in allen Einzelheiten einen Plan, wie er Roger Blake zur Aufnahme einer Anleihe herumbekommen könnte. Bis zu zehn Millionen Dollar wollte er gehen. Der Buchwert des Trenton-Werkes war etwa doppelt so hoch, ein Risiko für die Corporation demnach ausgeschlossen, ihr Einfluß aber gesichert.

»Wie kommen wir an Blake heran?« unterbrach er den Redefluß von Curtis.

»Wer den ersten Schritt tut, Mr. Price, schwächt seine Position«, griff Curtis die Frage auf, »es wäre besser, wenn Blake uns zuerst käme.«

Price machte eine abwehrende Bewegung. »Diesmal können wir nicht warten, Curtis, wir müssen ihm durch einen geeigneten Mittelsmann Angebote machen, die ihn veranlassen, sofort zuzufassen. Soviel ich weiß, hat er sein ständiges Büro hier in New York. Denken Sie mal nach, Curtis, wen könnten wir denn zu ihm schicken?«

Curtis stützte den Kopf in beide Hände und überlegte eine Weile. »Wie wär's mit Palmer, Mr. Price?«

»Hm... darüber ließe sich reden. Er hat seine Geschicklichkeit öfter als einmal bewiesen...«

»Außerdem ist er mit Blake seit einer Reihe von Jahren bekannt, Mr. Price. Er könnte ihn von sich aus aufsuchen, ohne daß Blake...«

»Geben Sie sich darüber keinen Illusionen hin, mein lieber Curtis, wie ich Blake kenne, weiß er ganz genau, daß Palmer zu uns gehört. Er wird keinen Augenblick darüber im Zweifel sein, daß Palmer im Auftrag der Corporation kommt. Das läßt sich nicht vermeiden, es schadet aber auch nichts. Wenn das Trenton-Werk wirklich Geld braucht, wird Palmer die Sache schon zu einem guten Ende bringen. Wir wollen ihn gleich kommen lassen.«

Während der nächsten Stunden besprachen die beiden Direktoren die Angelegenheit mit George Palmer. Mit Instruktionen reichlich versehen, verließ er das Haus, um noch am gleichen Tage die Verbindung mit Roger Blake aufzunehmen.

Einigermaßen ausgeschlafen kam Roger Blake in sein Büro in der Franklin Street. Seiner Gewohnheit gemäß griff er zunächst nach den Morgenzeitungen, um die wichtigsten Nachrichten zu durchfliegen. Eine Schlagzeile in der »Morning Post« ließ ihn stutzen.

»Gasausbruch in der Tiefsee vernichtet zwanzig Menschenleben«, sprang es ihm mit fetten Lettern in die Augen. Interessiert las er einen neuen Artikel des erfindungsreichen Percy Drake, den das Blatt unter dieser sensationellen Überschrift brachte, und fragte sich, während er ihn las, ob er wache oder träume.

Mit vielen Einzelheiten, wie sie nur ein Augenzeuge geben konnte, war dort ein riesenhafter Ausbruch von Erdgas auf dem Schachtgrund geschildert. Weiter wurde beschrieben, wie Roddington und Dr. Wegener mit achtzehn Leuten der Belegschaft den mit elementarer Gewalt auspuffenden Gasen zum Opfer fielen, wie die Leiber der Getöteten mit unwiderstehlicher Kraft emporgerissen und wie in einem Vulkanausbruch aus dem Schachtmund in die Luft gewirbelt wurden.

Roger Blake las es und faßte sich an den Kopf. Stunden hindurch hatte er in der verflossenen Nacht mit Roddington Funksprüche gewechselt, und hier wurde dessen Tod mit einer Anschaulichkeit und Überzeugungskraft gemeldet, daß ein Zweifel an der Nachricht für einen normalen Zeitungsleser fast ausgeschlossen war. Und merkwürdigerweise war es wieder allein von allen New-Yorker Zeitungen die »Morning Post«, die diese aufsehenerregende Meldung brachte.

Kopfschüttelnd legte Blake das Blatt beiseite. Er konnte ja die Entstehungsgeschichte dieses Artikels nicht ahnen. Den ersten Anstoß dazu gab jene Falschmeldung, die MacLane an Stelle von Merrywater den Japanern funkte. Sobald Kyushu auf der »Hitsa Maru« in Sicherheit war, gab er die Nachricht auf Langwelle verschlüsselt weiter. Prompt hatte Percy Drake sie aufgefangen und unter reichlichster Zugabe von Phantasie und Erfindung einen Artikel geschmiedet, den die Redaktion für würdig erachtete, auf der ersten Seite der »Morning Post« zu prangen.

Roger Blake war noch mit der Lektüre der anderen Zeitungen beschäftigt, als ihm George Palmer gemeldet wurde. Er begrüßte den Abgesandten der Corporation mit kräftigem Händedruck und nahm mit unbewegter Miene dessen Beileidserklärungen zum Tode Roddingtons entgegen.

»Ja, Mr. Blake«, schloß Palmer seine Rede, »das tragische Ende Ihres Vollmachtgebers bringt wohl auch für Sie eine große Veränderung mit sich?«

»Im Augenblick noch nicht, Mr. Palmer«, erwiderte Blake kühl, »meine Vollmacht bleibt in Kraft. Ich werde die Unternehmungen Roddingtons als Treuhänder weiterführen und, soweit es mir erforderlich scheint, liquidieren.«

Palmer konnte nicht an sich halten.

»Ihre Vollmacht geht über den Tod Roddingtons hinaus?« entfuhr es ihm.

113

Blake nickte. »So ist es, Mr. Palmer. Mein Freund Roddington hat an alle Möglichkeiten gedacht und sie juristisch festgelegt.«

Palmer entschloß sich, der Stier bei den Hörnern zu packen. »Wären Sie noch ermächtigt, das Trenton-Werk verkaufen?« fragte er unvermittelt.

Das könnte Herrn Price so passen! dachte Blake bei sich, während er antwortete.

»Ich könnte es, aber ich möchte es nicht tun. Es könnte später Weiterungen mit den Erbberechtigten geben. Vielleicht Anfechtungsklagen wegen eines zu niedrigen Verkaufspreises. Sie wissen, die Wege unserer Justiz sind oft krumm und wunderlich. Solchen Sachen möchte ich mich nicht aussetzen.«

Während Blake sprach, arbeitete Palmers Hirn fieberhaft. Blakes Vollmacht lief weiter, Blake war berechtigt, zu verkaufen. Wenn es ihm, Palmer, gelang, den Verkauf zu tätigen, würde er bei der Corporation einen schweren Stein im Brett haben. So entschloß er sich, die Katze aus dem Sack zu lassen.

»Ich glaube, Mr. Blake«, eröffnete er die Verhandlung, »daß niemand in den Staaten Ihnen ein günstigeres Angebot für das Trenton-Werk machen kann als die Corporation.«

Blake schüttelte den Kopf und schwieg.

»Verstehen Sie mich recht«, fuhr Palmer fort, »ich meine ein anständiges von Sachverständigen begutachtetes Angebot, das dem vollen Wert des Werkes entspricht, so daß Sie vor allen Regreßansprüchen sicher sind. Welchen Preis würden Sie selber für angemessen halten?«

Blake bewegte die Hand, als ob er etwas von dem Tisch schieben wollte.

»Geben Sie sich keine Mühe, mein lieber Palmer, ich beabsichtige nicht, zu verkaufen. Die Gründe dafür habe ich Ihnen schon auseinandergesetzt.«

»Schade drum!« platzte Palmer heraus. Er hätte die beiden Worte am liebsten gleich wieder verschluckt, denn er fühlte, daß er sich damit eine Blöße gegeben hatte. Blake sah ihn an und lachte.

»Daß Mr. Price Sie hierher geschickt hat, werden Sie mir nicht abstreiten wollen. Lassen Sie es!« schnitt er eine Entgegnung Palmers ab. »Es hat wirklich keinen Zweck. Wir wollen mit offenen Karten spielen. Ich befinde mich augenblicklich in einer etwas prekären Lage, mein lieber Palmer. Ich möchte Mr. Price nach Möglichkeit gefällig sein, um so mehr, als ich die Corporation für die einzige wirklich in Betracht kommende Käuferin des Trenton-Werkes halte. Aber ich darf andererseits nichts tun, aus dem mir die Erben Roddingtons etwa später irgendwie einen Strick drehen könnten. Sie kennen die Absichten von Mr. Price sicherlich besser als ich. Vielleicht können Sie mir einen Rat geben?«

Palmer druckste eine Weile, bevor er mit seinem Vorschlag herausrückte.

»Vielleicht könnte das Trenton-Werk im Augenblick Geld gebrauchen...«

»Geld kann man immer gebrauchen, mein lieber Palmer«, lachte Blake gutmütig. »Sie meinen wohl, das Werk könnte in irgendeiner Form eine Anleihe aufnehmen und sich dabei der Hilfe der Corporation bedienen. Ich glaube, das würde ich vor den Erben verantworten können, wenn –. Die Bedingungen dafür müßten allerdings wesentlich günstiger als die zur Zeit am offenen Geldmarkt üblichen sein. Sprechen Sie doch darüber mit Mr. Price. Ich könnte die Aufnahme einer solchen Anleihe mit der Notwendigkeit motivieren, das Betriebskapital zu vergrößern. Die Corporation würde sich dadurch eine Art von Erstkaufrecht auf das Werk sichern. Vergessen Sie bitte auch nicht, bei dieser Gelegenheit Mr. Price meine besten Empfehlungen auszurichten.«

Eigentlich hätte Palmer jetzt gehen müssen, um der Anregung Blakes entsprechend Instruktionen von Price zu holen. Daß er es nicht tat, war wieder ein Fehler. Nicht ohne Grund schloß Blake daraus, daß er diese Instruktionen bereits hatte und darauf brannte, die Verhandlungen sofort weiterzuführen.

Hoffentlich kommt man in Washington nicht auf die törichte Idee, die Todesnachricht zu dementieren, bevor wir abgeschlossen haben! ging es ihm durch den Kopf, während er äußerlich vollkommen ruhig abwartete, was Mr. Palmer weiter vorbringen würde. Er brauchte nicht lange zu warten.

»Wie hoch denken Sie sich die Anleihe etwa?« fragte der Agent.

»Im Interesse der Corporation würde es liegen, sie so hoch wie möglich zu nehmen, mein lieber Palmer. Das Trenton-Werk steht mit zwanzig Millionen zu Buch. Eine Anleihe bis zu fünfzig Prozent des Buchwertes würde ich meinen Vollmachtgebern gegenüber vertreten können.«

»Das wären zehn Millionen.«

»Richtig gerechnet, Sir! Sagen wir also, die Corporation verschafft dem Trenton-Werk durch ihre Bankverbindungen eine Anleihe von zehn Millionen Dollar. Ob sie die Obligationen nachher unter das Publikum bringt oder in ihren Tresor legt, braucht mich nicht zu kümmern.«

Palmer griff nach seinem Notizbuch und schrieb sich Zahlen auf.

»Zehn Millionen, Mr. Blake, zu – sagen wir zu vier Prozent...?«

Blake schüttelte den Kopf. »Nein, mein Lieber! Sagen wir zu dreieinhalb Prozent, sonst kann ich das Geschäft nicht auf meine Kappe nehmen.«

Vergeblich bemühte sich Palmer, um den Prozentsatz zu handeln.

»Zu vier Prozent würde man mir das Geld in Wallstreet nachwerfen«, schnitt Blake seine Einwände kurzerhand ab, »wenn ich mich dort um eine Anleihe bemühen wollte. Vergessen Sie nicht, Palmer, daß ich es überhaupt nur tue, um Mr. Price und der Corporation gefällig zu sein. Entweder zu dreieinhalb Prozent oder gar nicht.«

Palmer rutschte unschlüssig auf seinem Stuhl hin und her.

»Ich kann es nicht selbst entscheiden, Mr. Blake. Würden Sie mir Ihr Telephon gestatten, ich möchte Price anrufen.«

»Gern, mein lieber Palmer, aber vorher möchte ich Ihnen noch etwas zeigen. Das können Sie dann Price auch gleich mitteilen.«

Roger Blake ging zu seinem Tresor und holte ein Dokument hervor, das mehrfach gestempelt war. Er schlug es auf und zeigte Palmer einige Paragraphen darin. Der las sie und wunderte sich über ihren Inhalt. Wie schrankenlos mußte Roddington diesem Blake vertraut haben, daß er ihm eine derartig weitgehende Verfügungsgewalt über sein Vermögen gab, eine Vollmacht, die – hier stand es klar und deutlich – auch noch über den Tod des Machtgebers hinauslief.

»Haben Sie sich überzeugt, daß ich befugt bin, das Geschäft sofort Zug um Zug abzuschließen?« fragte Blake, während er die Vollmacht wieder in den Tresor schloß.

Palmer nickte schweigend.

»Dann nehmen Sie bitte das Telephon und sprechen Sie mit Price. Ich bewillige Ihrer Finanzgruppe einen Emissionsgewinn von drei Prozent. Meine übrigen Bedingungen kennen Sie.« –

Präsident Price saß zusammen mit Curtis in seinem Büro und blickte von Zeit zu Zeit auf die Uhr.

»Eine gute Stunde dürfte unser Mann jetzt bereits bei Blake sein«, sagte Curtis.

»Wenn ihn Blake hinausgeworfen hätte, würde er schon telephoniert haben«, brummte Price. »So hatten wir's verabredet. Im anderen Falle sollte er hierher kommen.«

In seine letzten Worte schrillte der Apparat auf seinem Tisch.

»Aha! Sollte die Sache mit Blake Essig sein?« Price griff zum Hörer.

»Hallo, hier Price. Sie sind's, Palmer? Wo sind Sie? Was? Immer noch bei Blake?... Sie sprechen von seinem Apparat? – Unter den Bedingungen ist er bereit?«

Hin und her flogen Rede und Gegenrede durch den Draht, immer heftiger bearbeitete Price dabei seinen Schnurrbart, während sein Gesicht sich rötete.

»Sind Sie sicher, daß er Vollmacht hat?« schrie er in das Mikrophon.

»Ich habe sie mit meinen Augen gesehen, Mr. Price. Absolute unbeschränkte Vollmacht«, kam es vom andern Ende der Leitung zurück. »Soll ich die Bedingungen in Ihrem Namen annehmen?«

Price ließ seinen Schnurrbart fahren und deckte das Mikrophon mit der rechten Hand zu.

»Palmer ist ein Esel«, knurrte er ingrimmig zu Curtis hinüber, »in Gegenwart des Kontrahenten mit uns zu telephonieren. Verdammt ungeschickt von ihm...«

»Hallo, Mr. Price, sind Sie noch da?« klang's aus der Hörmuschel.

»Ich bin noch da, Palmer. Bitten Sie Mr. Blake selber an den Apparat.«

Äußerlich ruhig, innerlich aufs höchste gespannt, war Blake dem Gespräch Palmers gefolgt. Mit gut gespielter Gleichgültigkeit nahm er den Hörer.

»Halloh, hier Blake! Tag, Mr. Präsident! Freue mich immer wieder, wenn ich Ihre Stimme höre. Palmer hat Sie bereits über die Bedingungen unterrichtet, unter denen ich Ihnen gefällig sein kann.«

»Maßlose Frechheit«, zischte Price auf der andern Seite über das abgedeckte Mikrophon. »Er nimmt zehn Millionen von uns und spricht dabei von Gefälligkeit!... Gefälligkeit seinerseits, Curtis, damit Sie mich recht verstehen.«

Das Gespräch zwischen Blake und Price ging weiter. Ebenso vergeblich wie Palmer vorher, versuchte es der Präsident der Corporation, einen höheren Zinssatz aus Roddingtons Bevollmächtigtem herauszuschlagen. Der spielte zuletzt seinen stärksten Trumpf aus.

»Vergessen Sie nicht, mein lieber Präsident, daß der Haupterbe Roddingtons wahrscheinlich sein Vetter Henry Garfield sein dürfte... der von den Bedlam Steelworks... Sie verstehen mich...«

Price machte ein Gesicht, als ob er etwas sehr Saures verschluckt hätte, während Roger Blake vergnügt vor sich hinlächelte. Und doch hatten die beiden Männer trotz so verschiedener Mienen im selben Augenblick den gleichen Gedanken. Garfield würde natürlich mit allen Mitteln bestrebt sein, das Trenton-Werk seinem eigenen Konzern anzugliedern.

»Hat sich Garfield schon gemeldet?« fragte Price.

»Bei mir noch nicht«, kam die Antwort von Blake. »Ich nehme an, daß er im stillen die Gerichte bearbeitet, um möglichst schnell die Einsetzung eines Kuratoriums zu erreichen. Natürlich wird er alle Hebel in Bewegung setzen, um selber Vorsitzender...«

»Hören Sie Blake«, fuhr Price dazwischen, »wir wollen das Geschäft abschließen, ohne Mr. Garfield zu bemühen. Würden Sie die Güte haben, zu mir zu kommen! Unser Syndikus ist zur Hand. Wir könnten gleich alles perfekt machen.«

»Gut, Mr. Price. Mein Wagen steht vor der Tür. In zehn Minuten kann ich bei Ihnen sein.«

Blake legte den Hörer auf und machte sich zur Ausfahrt fertig.

»Brenzliche Geschichte!« sagte Präsident Price zu Direktor Curtis. »Wenn uns Garfield dazwischen kommt, können wir dem Trenton-Werk nachsehen. Wir müssen versuchen, heute noch alles festzumachen.«

Price griff wieder zum Telephon und ließ sich mit dem Syndikus der Corporation verbinden.

»Hallo, Mr. Miller, suchen Sie die Verträge über die Anleihe heraus, die wir vor sechs Monaten dem Stahlwerk in Syracuse gegeben haben. Kommen Sie damit möglichst schnell zu mir, wir wollen dem Trenton-Werk unter denselben Bedingungen...«, er verbesserte sich, »unter ähnlichen Bedingungen eine Anleihe geben.«

Zuversicht und Lebensmut strahlten aus Roddingtons Augen, als er in Dr. Wegeners Kabine trat.

»Fürs erste sind wir die Sorgen los«, rief er vergnügt, eine Depesche schwenkend, »Freund Blake hat unter großartigen Bedingungen zehn Millionen beschafft. Wollen Sie sich nicht mit mir freuen, Doktor Wegener?« fuhr er fort und stutzte, als er das verbissene Gesicht des Doktors sah.

Der war wieder mit einem Experiment beschäftigt. Auf einer Asbestplatte lag ein faustgroßes Stück eines glasigen halbdurchsichtigen Minerals, die letzte Gesteinsprobe, die erst vor einer Viertelstunde bei Station Null an das Licht der Sonne gekommen war. Nadelscharf wie die Spitze eines Dolches stach die ultraheiße Flamme eines Knallgasbrenners an einem Punkt auf das Probestück. In einem für das Auge unerträglich hellen Glanz leuchtete die von der Flamme getroffene Stelle. Dr. Wegener beobachtete sie durch das Rohr eines optischen Photometers. Seine Stirn war gefurcht. Knirschend preßte er von Zeit zu Zeit die Kiefer zusammen. Das Eintreten und die Worte Roddingtons schien er überhört zu haben.

Roddington trat näher und legte ihm die Hand auf die Schulter.

»Hallo, Doktor Wegener! Was gibt's? Wie steht's im Schacht?«

Der Doktor trat von dem Instrument zurück und trocknete sich die feuchte Stirn. Ein paarmal schöpfte er tief Atem, bevor er antwortete.

»Ich weiß nicht mehr, Roddington, was ich von der Sache denken soll. Das Magma dort«, er wies auf den Lichtfleck der Gesteinsprobe, »...glüht unter dem Knallgasbrenner mit einer Temperatur von viertausenddreihundert Grad und fließt nicht. Es bleibt dabei fest.«

Roddington lachte. »Vorzüglich, Doktor Wegener! Solch feuerfestes Material kann man in der Technik gebrauchen. Wir werden das geförderte Gestein nicht mehr in die See werfen, sondern an die Besitzer von Hochöfen verkaufen. Man wird es uns teuer bezahlen.«

Dr. Wegener rang die Hände.

»Aber begreifen Sie doch, Mr. Roddington! Meine ganze Theorie kommt durch die unerwartete Erscheinung ins Wanken. Ich sagte Ihnen doch eben, daß dies Magma bei viertausenddreihundert Grad noch fest bleibt...«

Roddington nickte. »Gewiß, Doktor. Ich habe Sie sehr gut verstanden.«

»Sie haben mich nicht verstanden!« schrie Dr. Wegener verzweifelt. »Wenn das Gestein bei viertausenddreihundert Grad fest bleibt, muß es früher einmal bei einer noch höheren Temperatur zu diesem glasigen Fluß, so, wie es hier vorliegt, verschmolzen worden sein. Dann hätte aber die Umwandlung, die ich nach meiner Theorie erwartete, schon längst eintreten müssen.«

Mutlos ließ Dr. Wegener sich in einen Stuhl fallen und bedeckte die Augen mit der Hand.

»Ich werde an mir selber irre«, kam es matt von seinen Lippen.

Roddington stellte die Flamme des Knallgasbrenners ab. Schnell ließen Glanz und Glut nach. Er griff das Probestück mit einer Zange und betrachtete es sorgfältig, während er wie zu sich selbst sagte: »Glutflüssige Schmelze... Es braucht nicht so entstanden zu sein... Könnte es nicht auch unter dem riesigen Druck der Tiefe plastisch und glasig geworden sein?«

Dr. Wegener sog die Worte Roddingtons ein wie ein Verdurstender. Mit einem Ruck sprang er auf.

»Sie haben recht, Roddington! So muß es gewesen sein. Ich habe mich mit meiner Annahme in eine Sackgasse verrannt. Meine Theorie ist doch richtig. Wir werden sehen!«

Er wollte den Raum verlassen.

»Wo wollen Sie hin?« fragte Roddington.

»In den Schacht. Ich muß selber sehen, wie es jetzt vor Ort ausschaut. Ich glaube, Roddington, wir stehen dicht vor unserm Ziel. Der veränderte Charakter des Magmas, nicht mehr schwarz... durchsichtig wie Kristall... weit können wir von dem, was wir suchen, nicht mehr entfernt sein.«

Er trat durch die Tür auf den Schiffsgang hinaus.

»Seien Sie vorsichtig, Doktor Wegener! Setzen Sie sich keinen Gefahren aus! Ich brauche Sie noch!« rief ihm Roddington nach. Dr. Wegener hörte es nicht mehr. Er kletterte bereits über das Fallreep der »Blue Star« in die Barkasse, um sich zum Schacht fahren zu lassen. –

Nach langer Seilfahrt verließ Dr. Wegener auf Station V die Förderschale und stieg über die eiserne Leiter in die untere Hälfte der Stahlkugel hinab. Mit der Sonde wollte er von hier aus den letzten Teil des Weges durch die unterste eingeschnürte Strecke des Schachtes zurücklegen.

Bei der Fördermaschine traf er auf Ingenieur Larking und MacAndrew, einen Mann von der zweiten Schicht des Stollens, der um diese Zeit eigentlich hätte unten vor Ort sein müssen. Beide waren in einen heftigen Wortwechsel verwickelt, der in Tätlichkeiten auszuarten begann.

Mit einem kräftigen Stoß schleuderte MacAndrew den Ingenieur zur Seite, griff nach dem Steuerhebel der Fördermaschine und ließ sie angehen. Dabei hörte Dr. Wegener ihn mit Brown, dem andern Mann der Schicht vor Ort, durch das Schachttelephon sprechen, und er sah gleichzeitig an dem Tiefenanzeiger der Fördermaschine, daß die Sonde mit der für Personenfahrt vorgeschriebenen Geschwindigkeit nach oben kam. Larking hatte sich inzwischen wieder aufgerafft und wollte sich auf MacAndrew stürzen. Mit einer Handbewegung verwies der Doktor ihn zur Ruhe und trat selbst an die Fördermaschine. Kurz und knapp kam die Frage von seinen Lippen.

»Warum fahren Sie während der Schicht aus, MacAndrew?«

»Weil der Teufel da unten los ist!« schrie der Schotte, ohne die Hand vom Steuerhebel zu lassen.

»Hm! Wie sieht denn der Teufel aus?« fragte Dr. Wegener. Sein unerschütterlicher Gleichmut brachte den andern noch mehr in Harnisch.

»Er stinkt, Sir!« rief er erbittert. »Es stinkt da unten vor Ort, wie nur der Teufel stinken kann!« Er brüllte die Worte heraus, daß die stählerne Wand des engen Raumes erdröhnte.

»Aber gesehen haben sie ihn nicht?« fragte der Doktor phlegmatisch weiter. MacAndrew wurde unter seinem kühlen, forschenden Blick kleinlaut.

»Habe nicht darauf gewartet, Sir, bis er mich holte«, knurrte er mißmutig. »Bin getürmt, als der verfluchte Gestank losging. Hole jetzt auch Brown mit der Sonde nach oben, 's ist Christenpflicht«, fuhr er, auf einen neuen scharfen Blick des Doktors, entschuldigend fort. »Da unten ist's nicht mehr geheuer.«

Der Doktor wollte noch weiter fragen, als die Sonde aus dem Schachtmund auftauchte. Jimmy Brown entstieg ihr und schüttelte sich wie ein Pudel, der aus dem Wasser kommt.

»Brrr! Mac, habt ihr einen ordentlichen Whisky hier? Ich werde den verfluchten Geschmack und Gestank aus der Kehle nicht los.«

Erst jetzt erblickte Brown den Doktor und schwieg. Er wußte, daß mit dem bisweilen nicht gut Kirschenessen war. Erstaunen malte sich in seinen Zügen, als Dr. Wegener in seine Brusttasche griff, eine flache Whiskyflasche hervorzog und sie ihm hinhielt.

»Da, Mann! Nehmen Sie mal erst einen Schluck und dann erzählen Sie vernünftig, was da unten eigentlich los ist.« Jimmy Brown ließ sich das nicht zweimal sagen. Er tat einen Zug von beträchtlicher Länge, schluckte, schnalzte und stöhnte befriedigt.

»Ah! Jetzt wird mir besser, Sir. Jetzt ist der ekelhafte Geschmack weg.«

Dr. Wegener nahm die Flasche an sich und versenkte sie wieder in seine Tasche. Mit vielen Fragen holte er Stück um Stück aus Jimmy Brown heraus, was sich vor Ort eigentlich zugetragen hatte, und das war ungefähr folgendes:

Heller und endlich glasklar war das Gestein im Stollen vor Ort geworden, gleichzeitig auch immer härter, so daß die Bohrer immer langsamer vorwärts kamen. Um ein knappes Meter nur hatte man den Stollen während der letzten vier Stunden vortreiben können. Dann änderte das Gestein plötzlich seinen Charakter. Es wurde wieder undurchsichtig, ähnelte etwa feinkörnigem Sandstein und setzte den Bohrern einen geringen Widerstand entgegen.

Der feine Staub aber, der bei jedem Wechsel der Bohrer mit Preßluft aus den Bohrlöchern geblasen wurde, zeigte Eigenschaften, die MacAndrew und Brown bewogen, ihren Arbeitsplatz fluchtartig zu verlassen. Harmloser Gesteinsstaub schien es zu sein. Sobald er den beiden aber in Mund und Kehle geriet, gab es ein schauderhaftes Jucken und Brennen und gleichzeitig einen Geruch und Geschmack, der einigermaßen an Petroleum oder Benzin erinnerte. Unangenehm war das in Mund und Nase, viel unangenehmer noch an den Augen.

Als Dr. Wegener sich daraufhin die geröteten Lider von Brown genauer ansah, fühlte er sich gedrungen, ihm die Whiskyflasche noch einmal hinzureichen, und merkte es kaum, daß der sie bis auf den Grund leerte. Fieberhaft verarbeitete sein Hirn das eben Gehörte. Trockener Gesteinsstaub kommt auf die Schleimhäute, kommt mit Feuchtigkeit zusammen und erfährt dabei diese merkwürdige Umsetzung... es brennt... es ätzt... es riecht nach Petroleum oder Benzin... Kein Zweifel mehr, er war am Ziel, dem die gigantische Arbeit dieses letzten Jahres, dem all sein Planen und Trachten während so vieler vorangegangener Jahre gegolten hatte. Der Stollen hatte jene Tiefenschicht erreicht, auf deren Existenz er aus wissenschaftlichen Überlegungen geschlossen hatte und von deren Vorhandensein er schließlich auch Roddington überzeugte.

Stärkste Glut hatte vor Jahrmilliarden einmal in dieser Schicht geherrscht, und anders hatten die Elemente sich hier verbunden als an der Erdoberfläche... Das Ziel, das heiß ersehnte Ziel war erreicht!... Er strich sich über die Stirn und blickte auf, als wenn er aus einem Traum erwache. Da stand Jimmy Brown vor ihm und hielt ihm mit einem etwas verlegenen Gesicht sie leere Flasche hin. Der Doktor achtete nicht darauf. Mit seinen Gedanken war er schon wieder im Stollen, vor Ort. Fragen, Entschließungen, Anweisungen kamen in schneller Folge von seinen Lippen.

»Wie tief sind die Bohrlöcher? Können wir sofort sprengen?« Brown machte eine abwehrende Bewegung. Dr. Wegener begriff, was er meinte. »Natürlich muß von jetzt an mit Gasmasken gearbeitet werden... sie wurden ja längst beschafft.«

»Perkins auf Schleuse II hat sie unter Verschluß«, mischte sich Larking ein.

Dr. Wegener griff zum Telephon und sprach mit Schleuse II. Eine Viertelstunde später brachte die Förderschale von dort ein halbes Dutzend Gasmasken zu Station V. Der Doktor griff eine davon und zwängte sich in die Sonde.

»Nehmen Sie sich auch Masken und kommen Sie mir schnellstens nach«, rief er MacAndrew und Brown zu. »Los, Mr. Larking, Personenfahrt nach Station VI!«

Vorbei an den Steinbrechern und Ventilatoren eilte Dr. Wegener in den Stollen hinein. Es war ein langer und nicht unbeschwerlicher Weg, den er zurücklegen mußte. Ein tüchtiges Stück war man hier in den vergangenen Wochen vorangekommen. Über eine Länge von rund zwei Kilometer streckte sich der Stollen vom Schacht aus in das Urgestein, mit einer Neigung von fünfundvierzig Grad senkte er sich dabei in die Tiefe. Der Doktor mußte langsam gehen, um nicht zu fallen. Bisweilen verhielt er den Schritt und sog prüfend die Luft ein. Jetzt erblickte er weit vor sich die Bohrmaschinen und verspürte gleichzeitig einen eigenartigen Geschmack im Mund. Mit einem Ruck stülpte er sich die Maske über, schritt weiter und stand vor Ort.

Er nahm sich nicht die Zeit, auf Brown und MacAndrew zu warten, sondern machte sich sofort an die Arbeit, soweit er sie allein bewältigen konnte. Schon hatte er die Bohrlöcher mit dem Sprengstoff geladen und war dabei, die Zündschnur zu legen, als erst Brown und einige Zeit später auch MacAndrew erschien.

Zu dritt ging es leichter und schneller. Schon waren die Bohrmaschinen zurückgezogen, war alles zum Schießen bereit. Ein letzter Warnruf nach rückwärts in den Stollen herauf, ein Druck auf den Zündknopf, und die Kraft des entfesselten Sprengstoffes zerriß die Eingeweide der Erde. Der Doktor deutete auf das Gewirr von Brocken und Blöcken, welche die Sprengung in den Stollen geworfen hatte.

»Nichts davon in das Meer werfen! Alles zu mir auf die ›Blue Star‹; bringen lassen!« befahl er MacAndrew und Brown, griff dabei bereits selber nach einem ansehnlichen Brocken und eilte damit in den Stollen aufwärts. Den Leuten bei den Steinbrechern wiederholte er den Befehl, wiederholte ihn weiter noch fünfmal auf jeder der Stationen, die er auf der langen Seilfahrt passieren mußte, bis er auf Station Null das Tageslicht wieder erreichte.

Über Tabellen und lange Zahlenreihen gebeugt, saß Roddington in seiner Kabine, als Dr. Wegener hineinstürmte. Das Haar hing dem Doktor wirr in die Stirn, sein Gesicht war gerötet, seine Augen glänzten wie im Fieber.

»Wir sind am Ziel, Roddington!« Er stieß die Worte hervor und ließ sich erschöpft von der Erregung der letzten Stunden in einen Sessel fallen.

»Wirklich am Ziel, Doktor Wegener?«

»Am Ziel, Roddington! Kommen Sie mit mir, sehen Sie es selber.«

Er raffte sich wieder auf und eilte, von Roddington gefolgt, zu seiner Kabine. Gesteinsbrocken lagen hier zwischen Gläsern und Flaschen auf dem Tisch.

»Mit eigenen Augen müssen Sie das Wunder sehen, Roddington«, rief Dr. Wegener und drückte ihm einen Stein in die Hand; ein Stück Sandstein schien es zu sein. Während Roddington das Mineral noch betrachtete, griff der Doktor nach einem weiten hohen Glas und einer Flasche, die mit einer klaren Flüssigkeit gefüllt war.

»Das hier, Roddington«, erklärte er, während er das Glas zur Hälfte aus der Flasche füllte, »ist Seewasser, ganz gewöhnliches Seewasser, eben erst aus dem Pazifik in die Flasche gefüllt. Und das hier...« Er nahm Roddington den Stein wieder aus der Hand. »Ein maßloses Glück haben wir gehabt, Mr. Roddington. Das Mineral hier ist, soweit ich es in der Eile analysieren konnte, ein Karbidgemisch. Lithiumkarbid, Tantalkarbid, Vanadkarbid sind bestimmt darin enthalten... und nun sollen Sie das Wunder sehen.«

Dr. Wegener ließ den Stein in das Glas fallen. Bis auf den Grund des Gefäßes sank er hinab, scheinbar ruhig und in Wirklichkeit doch nicht ruhig. Zusehends wurde er kleiner, wie wenn

119

ein Stück Zucker sich in Wasser auflöst. Eigenartig schimmernd hob sich dabei etwas von seiner Oberfläche ab, stieg in zahllosen feinen Streifen durch das Wasser nach oben und bildete über ihm eine neue Schicht. Glasklar durchsichtig stand diese über dem Seewasser, das sich milchig trübte.

»Da haben Sie es, Roddington!« Dr. Wegener hielt ihm das Glas unter die Nase. »Riechen Sie es? Ein prima Leichtbenzin! Ein idealer Treibstoff für alle Motoren. Es ist mehr, als ich jemals zu hoffen wagte, Roddington! Keine Spur von Gas bildet sich, nur klares reines Benzin entsteht, wenn Seewasser mit diesem Gestein zusammentrifft.«

Während der Doktor sprach, stellte er das Gefäß wieder auf den Tisch und füllte die obere Flüssigkeitsschicht mit einer Pipette in eine Flasche über.

»Sie sind Ihrer Sache sicher, Doktor Wegener? Eine Täuschung ist ausgeschlossen?« Langsam kamen die Fragen von Roddingtons Lippen.

»Ein Zweifel ist ausgeschlossen, Mr. Roddington. Ich hab's schon analysiert. Ein reines Hexan ist es.«

Dr. Wegener goß aus der Flasche ein wenig Flüssigkeit in eine Platinschale und brachte ein brennendes Streichholz daran.

Hell flammte es über der Schale auf. Leuchtend, kaum rußend brannte es, bis der letzte Tropfen der Flüssigkeit verzehrt war.

»Wünschen Sie noch andere Beweise, Mr. Roddington? Wir könnten den Treibstoff in einem unserer Motoren auf der Plattform ausprobieren...«

»Später, Doktor Wegener, wenn wir mehr davon haben, jetzt nicht... lassen Sie mich einen Augenblick überlegen.«

Roddington lag in einem Sessel halb nach hinten gelehnt, als habe das Erlebnis dieser letzten Minuten ihn niedergeworfen. Wie befreit von einem lastenden Druck, atmete er in tiefen Zügen, ruhig ließ der Doktor ihn gewähren. Fast körperlich fühlte er mit, was jetzt Roddingtons Seele bewegte. Reinste, tiefste Freude über den gewaltigen Erfolg... ein tiefes befreiendes Aufatmen nach einem Jahr drückender Sorge und Ungewißheit... und doch eine neue Sorge schon wieder, ob auch das weitere gelingen würde, was jetzt noch zu tun war...

»Es wird glücken, Roddington! Keine Sorge darum!«

Dr. Wegener sprach die Worte, als ob er jeden Gedanken Roddingtons gehört hätte, langsam richtete der den Kopf auf.

»Was ist das nächste, Doktor Wegener?«

»Den Stollen weiter in die Karbidschicht vortreiben, Querstollen von ihm abzweigen, so wie ich's Ihnen vor fünfzehn Monaten einmal in New York aufzeichnete. Das wäre hier zu tun, Mr. Roddington. In Trenton müssen die Rohre für die neue Leitung in Angriff genommen werden und das Gußstück für den Schachtverschluß über Station Null.«

Dr. Wegener trat an Roddington heran, ergriff dessen Rechte und drückte sie fest.

»Noch einen Monat, Mr. Roddington, und wir haben es erreicht. Dann wird die neue Quelle so fließen, wie wir's dies lange Jahr hindurch erhofften.«

Während der Doktor es sagte, spürte er, wie Roddington den Druck seiner Hand fest erwiderte.

»Sie haben recht, Doktor Wegener. Noch dürfen wir nicht feiern. Wir wollen wieder an unser Werk gehen.«

Ein wenig später begann die Funkstation der »Blue Star« zu arbeiten. Aus der Antenne der Jacht flogen neue Aufträge für das Trenton-Werk mit Lichtgeschwindigkeit um den halben Erdball. Eine verschlüsselte Depesche war für Washington bestimmt. Sie meldete den eben errungenen Erfolg und befreite auch Staatssekretär Harding von seinen Zweifeln und Sorgen.

Ein hundertpferdiger Kraftwagen rollte mit verhaltener Kraft durch das Portal des Trenton-Werkes, fuhr an dem neuen Kanal entlang, an der großen Gießhalle vorbei und hielt vor dem Verwaltungsgebäude. Auf der Freitreppe stand Roger Blake zusammen mit Griffith und Cranford, bereit, den Besuch zu empfangen. Noch einmal schärfte er den beiden Oberingenieuren ihre Instruktionen ein.

»Sie beantworten nur die technischen Fragen, die Ihr Ressort betreffen. Alles andere überlassen Sie mir, ich werde den Herren schon sagen, was sie zu wissen brauchen.«

Blake eilte die Treppe hinab, um den Präsidenten Price zu begrüßen, der soeben, von Direktor Curtis gefolgt, aus dem Kraftwagen stieg.

»Wie geht's, Mr. Price? Freue mich aufrichtig, Sie hier zu sehen. Tag, Mr. Curtis! Die Herren haben dreihundert Kilometer hinter sich. Darf ich Sie erst einmal zu einem kleinen Imbiß in unser Kasino bitten?«

Price nickte.

»Ist eine gute Idee von Ihnen, Blake. Nach der Fahrt können wir's vertragen. Man ist doch einigermaßen durchgeschüttelt. Tüchtige Leistung übrigens von meinem Chauffeur. Er hat den Weg in zweieinhalb Stunden zurückgelegt, ist auf der Autostraße immer mit mehr als hundertfünfzig Kilometern gefahren.« Unter der Führung von Blake erreichten die Herren von der Corporation einen behaglichen Speiseraum, in dem sie es sich bequem machten.

»Ja, mein lieber Blake,« sagte Price zwischen Suppe und Fisch, »da wären wir ja nun einmal bei Ihnen. Als Gäste natürlich nur, denn von Geschäfts wegen haben wir hier ja nichts zu suchen.«

»Vorläufig, Mr. Price«, erwiderte Blake lächelnd. »Wer weiß, wie schnell sich das ändern kann? Vielleicht in sechs Wochen, vielleicht in einem Monat schon könnte das Werk Ihnen gehören. Auf unserm wunderlichen Planeten ist alles möglich.«

Price spitzte die Ohren. »Meinen Sie wirklich, Mr. Blake? Wird es so schnell zur Bildung eines Kuratoriums kommen? Haben Sie neue Nachrichten?«

»Keine direkten, Mr. Price. Es sind andere Gründe, die mich zu der Annahme veranlassen... Nehmen Sie von diesem Roastbeef, Mr. Price, ich kann es Ihnen mit gutem Gewissen empfehlen. Unser Kasino führt eine ausgezeichnete Küche. Bedienen Sie sich auch, Mr. Curtis. Wir haben nachher einen langen Weg vor. Ich möchte die Gelegenheit benutzen, Ihnen unser ganzes Werk zu zeigen. Sie verstehen ja einiges von Stahlwerken, Mr. Price. Sie werden sicherlich Ihre Freude daran haben.«

Für die nächsten Minuten war Price vollauf mit dem Essen beschäftigt, erst beim Nachtisch kam das Gespräch wieder in Gang.

»Hat das Werk gut zu tun?« fragte der Präsident.

Blake nickte. »Wir können nicht klagen, Mr. Price. Die meisten Abteilungen sind voll beschäftigt. Einige arbeiten sogar mit doppelter Schicht.«

»Alle Wetter, Blake! Ich wollte, ich könnte das von unsern Werken auch sagen. Wo haben Sie die Aufträge her?«

»Meistens Ausland, mein lieber Präsident.« Blake rührte nachdenklich in seinem Kaffee, während er langsam weitersprach. »Vieles geht nach Westen über See. Von den Aufträgen aus den Staaten könnten wir nicht fett werden.«

Curtis, der bisher mit Griffith und Cranford über technische Dinge geplaudert hatte, mischte sich in das Gespräch.

»Sie müssen brillante Vertreter draußen haben, Blake. Es ist jetzt verdammt schwer, gegen die japanische Konkurrenz Aufträge hereinzubekommen.«

Blake ließ sich mit der Antwort Zeit, als ob er vorher jedes Wort sorgfältig überlegen müßte.

»Unser Werk hat draußen eine alte Stammkundschaft, Mr. Curtis, die lieber bei uns als bei andern kauft.«

»Aber die Preise, Blake, die japanischen Konkurrenzpreise«, fiel Price dazwischen, »schließlich bekommt doch immer der Billigste den Auftrag.«

»Doch nicht immer, Mr. Price«, bog Blake den Einwand ab. »Wir haben draußen ein gutes Renommee. In der Qualität sind wir der Konkurrenz immer noch ein tüchtiges Stück voraus.«

Price zuckte die Achseln.

»Auf wie lange noch, Mr. Blake? Die Gelben spionieren überall herum, machen uns unsere Geheimnisse nach und verdrängen uns schließlich von den Auslandsmärkten. Bei der Höhe der amerikanischen Löhne scheint diese Entwicklung unaufhaltsam zu sein.«

»Wir denken darüber nicht ganz so wie Sie«, erwiderte Blake vorsichtig. »Es wäre nicht ausgeschlossen, daß das Trenton-Werk in nächster Zeit sogar aus Japan einen größeren Auftrag hereinbekommt.«

Price ließ seinen Löffel auf die Untertasse fallen und sah den Sprecher einen Augenblick starr an.

»Einen Auftrag aus Japan, Blake?! Einmal haben Sie's ja fertigbekommen. Damals, als noch niemand etwas von den wirklichen Plänen unseres armen Roddington wußte. Als die Gelben noch an das Märchen von den großen Kanonen glaubten. Daß es Ihnen ein zweites Mal gelingen sollte – das will mir nicht recht in den Kopf.«

»Ich könnte mich ja vielleicht irren, aber ich glaube doch ziemlich triftige Gründe für meine Annahme zu haben. Ich vermute, daß dies Geschäft in etwa sechs Wochen zustande kommen wird. Es soll mir ein Vergnügen sein, Ihnen dann Näheres mitzuteilen.«

Die Mahlzeit war beendigt, und die beiden Herren von der Corporation folgten der Einladung Blakes, das Werk zu besichtigen. Unterwegs fand Price Gelegenheit, Curtis einen Moment beiseite zu nehmen.

»Wir müssen die Vertreter 'rausbekommen, die für das Trenton-Werk im Ausland tätig sind«, raunte er ihm zu, »die Kerls müssen ja fabelhaft tüchtig sein, die müssen wir für die Corporation gewinnen. Denken Sie doch nur, Curtis, Aufträge aus Japan! Das grenzt ja schon an Hexerei.«

Curtis konnte nichts erwidern, weil Blake zu ihnen trat. Über Fabrikhöfe und Lagerplätze führte ihr Weg sie zu den Ofenbatterien der großen Gießhalle. Zum erstenmal sahen Price und Curtis hier, was sie bisher nur aus den Berichten ihres Agenten Palmer kannten, und sie fanden es in Wirklichkeit noch gewaltiger und imposanter, als sie es sich vorgestellt hatten.

Mit Kennerblicken musterte der Präsident der Corporation die Elektroöfen, staunend betrachtete er die mächtigen Stapel von Stahlrohren, die zur Verschiffung bereit am Ufer des Stichkanals lagerten. Reichlich armstark waren diese Rohre, hundert Meter lang war jedes von ihnen.

»Geht alles nach Holländisch-Indien«, erklärte Blake. »Die Mijnheers wollen da eine fünfzehn Kilometer lange Gasfernleitung anlegen.«

»Ich jage unsere indischen Vertreter samt und sonders zum Teufel«, flüsterte Price Curtis zu. »Kein Wort haben die faulen Hunde von diesem Bauvorhaben berichtet.«

Seine letzten Worte gingen in dem Lärm unter, der ihnen aus der geöffneten Tür der Gießhalle entgegenschlug. Fünf Schleudergußanlagen waren in Betrieb und erfüllten den Raum mit dumpfem Brausen. Blake mußte schreien, um sich Curtis verständlich zu machen.

»Hier wird in zwei Schichten gearbeitet. Jede Grube liefert in vierundzwanzig Stunden vier Rohre. Zwanzig Rohre gehen jeden Tag aus der Halle. Zwei Kilometer Rohrlänge täglich, Mr. Price. In acht Tagen erledigen wir den holländischen Auftrag.«

Price gab es bei dem Lärm auf, etwas zu erwidern, aber fester denn je setzte sich bei ihm der Entschluß fest, das Trenton-Werk so schnell wie möglich der Corporation anzugliedern. Der Weg ging weiter durch andere Hallen und Werkstätten. Überall waren die Belegschaften in reger Tätigkeit, und mit stillem Ingrimm dachte Price daran, wie es in manchem Werk der Corporation aussah und wie sehr man dort die Arbeit strecken mußte, um sich wenigstens die besten Leute zu halten.

»So! Jetzt wären wir so ziemlich mit allem durch«, sagte Blake und schlug die Richtung auf das Verwaltungsgebäude ein.

»Was haben Sie denn da noch?« fragte Price, während er auf einen etwas abseits liegenden Bau deutete.

Blake zögerte ein wenig mit der Antwort.

»Das ist unsere Formerei, Mr. Price. Da ist augenblicklich nicht viel los.« Er wollte weitergehen, als Price ihn zurückhielt.

»Wenn Sie nichts dagegenhaben, würde ich die Anlage auch gern besichtigen, Mr. Blake. Man lernt noch immer gern dazu.«

Es blieb Blake nichts anderes übrig, als dem so deutlich geäußerten Wunsch von Price zu willfahren, obwohl ihm der Wissensdurst des Präsidenten durchaus nicht gelegen kam. »Wie Sie wünschen, Mr. Price«, erwiderte er gelassen und führte seine Gäste in das Formereigebäude.

»Na, ich danke schön!« rief Price beim Betreten des Raumes. »Sie sagen, hier ist nichts los. Wollte Gott, daß in unsern Formereien immer soviel los wäre!«

Sein Ausruf war nicht ganz unberechtigt. Reichlich ein Dutzend Werkleute waren dabei, ein mächtiges, aus vielen Teilen kunstvoll zusammengesetztes Holzmodell in den schwarzen Sand einzumauern.

Price verfolgte die Arbeiten geraume Zeit mit gespanntem Interesse und schien dabei etwas zu überschlagen und zu berechnen. »Ein strammer Brocken, Blake! Schätze, daß die Form zweihundert Tonnen Stahl schlucken wird.«

»Stimmt ziemlich genau, Mr. Price, das Gußstück ist mit hundertachtundachtzig Tonnen kalkuliert.«

»Ein tolles Ding, Mr. Blake. Komme nicht recht dahinter, was es werden soll. Glaubte erst, es könnte ein Turbinengehäuse sein, aber das ist es ja nicht.«

Blake biß sich auf die Lippen. Unmöglich konnte er Price erzählen, daß hier das Stück eingeformt wurde, das später einmal bei Station Null Roddingtons Schacht abschließen sollte. Das hätte sofort zu weiteren Fragen des neugierigen Präsidenten der Corporation geführt, die er weder beantworten wollte noch konnte. Ein Königreich für eine passende Ausrede! ging es ihm durch den Sinn, während Price die Gestalt des Holzmodells mit einem Eifer betrachtete, als sollte er später eine Zeichnung davon machen. Cranford bemerkte seine Verlegenheit und kam ihm zu Hilfe.

»Sie haben nicht so unrecht, Mr. Price. Auf den ersten Blick könnte man das Ding für einen Turbinenmantel halten, aber es ist etwas Chemisches. Für die ›United Chemical Limited‹; in Oswego bestimmt.«

»Interessant, Mr. Cranford, wirklich interessant!« sagte Price und wanderte um die Formgrube herum, um sich das Modell von allen Seiten zu besehen.

»Die Leute in Oswego taten sehr geheimnisvoll«, fuhr Cranford in seiner Erklärung fort. »Sie schickten uns nur das Holzmodell mit dem Auftrag, danach zu formen und zu gießen. Was es eigentlich sein soll, haben sie uns auch nicht verraten. Ich glaube, es ist das Abschlußstück für einen der Hochdruckbehälter, in denen sie dort Kohle hydrieren.«

»Das wäre vielleicht möglich«, sagte Price, ohne seine Augen von dem Modell zu lassen.

»Na, uns kann es ja schließlich egal sein«, mischte sich Blake wieder ein. »Die Hauptsache ist, daß die Leute uns den vereinbarten Preis für die Tonne Stahlguß prompt bezahlen.«

»Sehr richtig«, meinte Price. Er war während der letzten Minuten merkwürdig einsilbig geworden. –

Mit dem Besuch der Formerei war die Besichtigung des Werkes beendet. Nach einem kurzen Abschied fuhren Price und Curtis aus dem Werk. –

»Cranford, Mann! Sind Sie ganz des Teufels!« sagte Blake, als der Wagen davonrollte. »Wissen Sie nicht, daß Price im Aufsichtsrat der ›United Chemical‹; sitzt! Er wird sich natürlich schleunigst in Oswego erkundigen, warum man den Auftrag nicht der Corporation gegeben hat. Dann kommt der ganze Schwindel 'raus... Na, meinetwegen! Lange wird sich die Geschichte doch nicht mehr verheimlichen lassen.« –

»Warum hat dieser Oberingenieur mich so unverschämt angelogen?« sagte ungefähr zur gleichen Zeit Price in seinem Wagen zu Curtis.

»Ich habe mich auch darüber gewundert«, meinte der, »die Aufträge der ›Chemical‹; gehen doch selbstverständlich an die Corporation.«

»Selbstverständlich Curtis! Aber, warum schwindelt der Kerl? Da steckt irgend 'was dahinter, was wir herausbekommen müssen. Fiel es Ihnen nicht auf, daß Blake uns die Formerei am liebsten unterschlagen hätte? Die Leute haben da etwas zu verbergen. Aber was ist es?«

Curtis setzte zum Sprechen an und schwieg wieder.

»Sie wollten etwas sagen?« fragte der Präsident.

»Nichts, Mr. Price. Ein momentaner Einfall, aber das ist ja ganz ausgeschlossen.«
»Bitte, immer 'raus damit, Curtis! Was dachten Sie?«
»Daß das Gußstück vielleicht für Roddingtons Schacht bestimmt sein könnte.«

Price runzelte die Stirn. »Ich hätte bessere Einfälle von Ihnen erwartet, Curtis«, meinte er kurz. »Über Roddington sind die Akten geschlossen und über seinen verrückten Schacht auch.«

Geraume Zeit saßen die beiden im Wagen, der mit höchster Geschwindigkeit auf der großen Autostraße nach Südosten dahinschoß.

»Wir müssen Palmer mit der Sache beauftragen«, nahm Price nach einer Weile das Gespräch wieder auf. »Er muß es herausbringen, wer das merkwürdige Gußstück bestellt hat. Außerdem muß er uns eine Liste der Vertreter verschaffen, die für das Trenton-Werk tätig sind. Ich will damit nicht warten, bis wir das Werk selber haben. Diese wertvollen Kräfte müssen wir uns sofort sichern. Wer weiß, wie lange es noch dauert, bis wir mit dem Kuratorium klarwerden.«

In dem Augenblick konnte Price noch nicht ahnen, daß ihm diese Klarheit in einer halben Stunde in einer völlig unerwarteten und für ihn wenig erfreulichen Weise zuteil werden sollte. Bequem legte er sich in den Wagen zurück und blickte durch das Fenster hinaus. Die Autostraße folgte hier dem Lauf des Susquehannaflusses. Breit wälzte der Strom seine Wogen neben der Straße her.

»In fünfundzwanzig Minuten werden wir in Walton sein. Da soll der Fahrer tanken«, sagte Price und schaute danach schweigend auf das blinkende Wasser des Flusses. –

Es wurde bereits früher gesagt, daß die Erfolge Percy Drakes und der New-Yorker »Morning Post« die Konkurrenz nicht schlafen ließen und alsbald ein Run von Berichterstattern auf Roddingtons Werkflotte einsetzte. Ausnahmslos stießen sie jedoch auf geschlossene Abwehr. MacLane war der Mann dazu, auch die findigsten Reporter unverrichteter Sache heimzuschicken.

Was etwa zur See ankam, das wurde bereits in weitem Abstand von der Werkflotte durch die Zerstörer angehalten und mit einer ernsten Verwarnung nach Hause geschickt. Was sich in Flugzeugen näherte, bekam funktelegraphischen Befehl, sofort umzukehren. Wenn das nicht half, bellten die Abwehrgeschütze der Zerstörer. Unangenehme Schrapnellwolken standen in bedenklicher Nähe der vorwitzigen Flugzeuge im Äther und zwangen auch die verwegensten Reporter, sich zurückzuziehen. Minimal war die Ausbeute, die sie von ihrer Expedition in den Pazifik mitbrachten, in keinem Verhältnis stand sie zu den Unkosten, und sehr bald gaben die großen Zeitungen das aussichtslose Unternehmen auf.

Nur ein einziger konnte einen Erfolg verbuchen. Das war Oswald Lloyd, der Vertreter des »Daily Herald«, des schärfsten Konkurrenten der »Morning Post«. Durch die Erfahrungen der andern gewitzigt, traf er für sein Unternehmen ganz besondere Vorbereitungen, zu denen unter anderm eine Telekamera und Sauerstoffapparate gehörten. In Himalajahöhe überflog seine Maschine Roddingtons Flotte, während die Fernkamera unablässig arbeitete. Als die Zerstörer ihn entdeckten und das Feuer auf sein Flugzeug eröffneten, hatte er bereits hundert Aufnahmen auf seinen Platten und machte schleunigst, daß er aus dem Bereich der Geschütze kam.

In New York wurden die Bilder entwickelt, vergrößert, noch ein zweitesmal vergrößert, und da zeigten sich eigenartige Dinge auf ihnen. Da sah man Roddington und Dr. Wegener, deren Leichen zur Zeit dieser Aufnahmen schon dicht vor San Franzisko sein sollten, vergnügt und sehr lebendig auf dem Deck der »Blue Star« stehen. Da war weiter zu sehen, wie von der Plattform des Schachtes Gestein aus vollen Loren in die See gekippt wurde, ein sicherer Beweis dafür, daß die bergmännischen Arbeiten in der Tiefe noch weitergingen. Unumstößlich ging aus all diesen Bildern hervor, daß der alarmierende Bericht der »Morning Post« eine fette Ente war, und die Redaktion des »Daily Herald« ließ sich die Gelegenheit nicht entgehen, dem Konkurrenzblatt eins auszuwischen. –

Der Wagen von Price hielt an einer Tankstelle in Walton. Während Treibstoff eingefüllt wurde, stieg der Präsident aus dem Wagen, um sich ein wenig die Beine zu vertreten. Ein Zeitungsboy lief ihm dabei in den Weg. Schon von weitem hörte er ihn schreien: »James William Roddington bei guter Gesundheit ... Die Todesnachricht ein Bluff ...!« Price hörte die Worte, ohne sie zu glauben. Zeitungen ...! Pah ...! Eine log immer mehr als die andere. Als Leiter eines großen Konzerns hatte er einige Erfahrungen darin, wie man falsche oder nur halbrichtige Nachrichten in die Spalten der Presse fließen läßt. Hatte ihm nicht Blake, der Generalbevollmächtigte Roddingtons, selber dessen Tod mitgeteilt? Erst jetzt kam's ihm zum Bewußtsein, daß das nicht geschehen war. Man hatte zwar verhandelt, als ob der Tod Roddingtons eine feststehende Tatsache sei, aber direkt bestätigt hatte Blake diese Nachricht niemals. Je mehr Price sich die Verhandlungen mit Blake ins Gedächtnis zurückrief, desto klarer wurde ihm das. Beunruhigt ging er auf den Zeitungsboy zu und kaufte die Nummer des »Herald«, sah die Schlagzeilen, sah auch die Bilder und erblaßte. Das konnte nicht retuschiert oder gestellt sein. Das waren zweifellos Originalaufnahmen, und die Daten darunter bewiesen schlagend, daß jene Nachricht der »Morning Post« falsch war.

»Curtis, sehen Sie das!« Die Stimme von Price klang heiser, als er es in den Wagen hineinrief. Curtis überflog den Artikel und ließ ihn erschrocken sinken.

»Wie ist das möglich, Price? Sie bekamen die Nachricht doch auch durch Barton aus Washington.«

»Barton... ja! Er hörte es von Admiral Jefferson. Curtis«, Price zerknitterte die Zeitung wütend in seiner Faust, »können Sie es sich denken, Curtis, daß die Corporation dem lebenden Roddington eine Anleihe von zehn Millionen Dollar gegeben hat? Können Sie sich vorstellen, daß wir solche Esel gewesen sind?«

Der Chauffeur trat hinzu und meldete, daß man weiterfahren könne.

»Vorläufig hierbleiben!« knurrte Price. »Wo ist die nächste Fernsprechstelle?«

Fünf Minuten später hatte er Verbindung mit dem Trenton-Werk. Cranford meldete sich am Apparat.

»Wo ist Blake!« schrie Price aufgebracht in die Muschel.

»Nicht mehr im Werk, Mr. Price. Kurze Zeit nach Ihnen fortgefahren.«

Price konnte nicht mehr an sich halten.

»Wissen Sie, daß die Todesnachricht Schwindel ist? Daß Roddington lebt, bei guter Gesundheit sogar?!« brüllte er in den Apparat. »Antworten Sie mir! Die reine Wahrheit will ich wissen, Mr. Cranford. Raus mit der Sprache!«

Während Price noch weiter an seinem Mikrophon tobte, fand Cranford Zeit, seine Gedanken zu sammeln. Als Price erschöpft eine kurze Pause machte, klang die Antwort aus Trenton an sein Ohr.

»Keine Ahnung von dem, was Sie meinen, Mr. Price. Wir sind hier ohne jede Nachricht.«

»Was heißt Nachricht?« erboste sich Price von neuem. »Ich will wissen, ob Roddington lebt oder tot ist!?«

»Ich kann es Ihnen wirklich nicht sagen, Sir. Das Werk hat noch keine Nachricht darüber bekommen.«

Price zitterte vor Wut.

»Worüber keine Nachricht? Daß er lebt? Daß er tot ist? Antworten Sie doch endlich, Cranford!«

»Ich sage es Ihnen ja fortwährend, Mr. Price, wir haben keinerlei Nachricht, weder über das eine noch über das andere. Das richtigste wäre es wohl, wenn Sie sich durch Funkspruch direkt erkundigten...«

Die unerschütterliche Ruhe des Oberingenieurs brachte Price zum Rasen. Mit einem kurzen »Danke! Schluß!« hieb er den Hörer auf die Gabel und kehrte zur Tankstelle zurück. Seine Laune war von einer Art, daß Curtis es lebhaft bedauerte, für die nächste Stunde im Wagen in seiner Nähe aushalten zu müssen. Vieles von dem, was er in den nächsten Minuten über die Personen Roddingtons und Blakes sagte, fiel sogar dem an mancherlei gewöhnten Curtis auf die Nerven. Danach versank er in ein dumpfes Grübeln und fand erst kurz vor New York die Sprache wieder.

»Hier ist eine Riesenschweinerei passiert, Curtis! Man hat uns nach allen Regeln der Kunst hochgenommen. Daß Roddington und Blake an der Sache beteiligt sind, ist mir außer Zweifel. Aber wie ist es möglich, daß Barton uns die falsche Nachricht auch von Washington meldete?«

»Sie glauben doch nicht, daß Oberst Barton etwas...?«

»Keine Rede davon, Curtis! Barton ist uns mit Leib und Seele verschrieben. Er ist selbst getäuscht worden. Es muß ihm alles daran liegen, die Scharte wieder auszuwetzen. Er wird dieser Intrige schon im eigenen Interesse auf den Grund zu kommen suchen.«

»Bleibt noch der Artikel der ›Morning Post‹;«, warf Curtis ein. »Wo ist der zustande gekommen?«

»Das ist es ja, Curtis«, schrie Price, »wo ich immer wieder einhake und nicht weiterkomme. Wer hat der ›Morning Post‹ das Material für ihren Alarmartikel gegeben? Ich halte es für ausgeschlossen, daß der Verfasser – der Artikel war mit Percy Drake gekennzeichnet – sich das alles aus den Fingern gesogen hat. Außerdem die merkwürdige Übereinstimmung mit dem Gerücht in Washington. Barton soll mal dafür sorgen, daß die Herren in Washington sich diesen Mr. Drake vornehmen. Die haben ja schließlich auch ein Interesse daran.«

Der Wagen fuhr bereits in die Straße ein, in der das Gebäude der Corporation lag, als Price mit seinen Überlegungen und Schlußfolgerungen zu Ende kam.

»Ich glaube, aus diese Weise können wir das verdammte Lügennest ausräuchern. Oberst Barton steht ja gut mit Kapitän Bancroft und General Grove. Die beiden müssen dem ›Morning Post‹;-Mann mal die amtlichen Daumenschrauben anlegen. Dann werden wir bald wissen, was hinter dem ganzen Schwindel steckt.«

MacLane war mit seiner Kunst zu Ende. So sorgfältig er auch die Belegschaft der Werkflotte beobachtete, so gründlich er einzelne, die ihm irgendwie auffielen, ins Gebet nahm, es fand sich niemand darunter, der als Geheimagent der »Morning Post« in Betracht kommen konnte. Ausnahmslos waren es biedere Werkleute, tüchtig in ihrem Beruf, aber durchaus ungeeignet, als Pressekorrespondenten zu wirken. Jonas Merrywater war wirklich das einzige schwarze Schaf in der Herde gewesen. –

Kapitän Bancroft in Washington las eben den Funkspruch, in dem MacLane ihm das negative Ergebnis seiner Nachforschungen mitteilte, als ihm Oberst Barton gemeldet wurde. Nach kurzem Hin und Her kam Barton auf die Artikel der »Morning Post« und die Person Percy Drakes zu sprechen. Vorsichtigerweise verschwieg er dabei die Wünsche der Corporation und schob das Interesse in den Vordergrund, das die Öffentlichkeit an der Affäre hatte. Zu seiner angenehmen Überraschung konnte er schon nach wenigen Sätzen feststellen, daß seine Gedanken sich mit denen des Kapitäns auf halbem Wege begegneten.

»Sie haben recht«, meinte Bancroft. »Es handelt sich hier um reichlich dunkle Machenschaften, denen wir auf den Grund kommen müssen. Wir glaubten zunächst, daß die ›Morning Post‹ einen Geheimagenten unter die Leute Roddingtons eingeschmuggelt hätte. Ich bekam jedoch die Nachricht, daß das nicht zutrifft.«

Kapitän Bancroft deutete, während er es sagte, auf den vor ihm liegenden Funkspruch.

»Ja, aber wie kommt die ›Morning Post‹ dann zu ihrer Sensationsmeldung?« fragte Barton. »Hat sich Mr. Drake das alles aus den Fingern gesogen?« Bancroft schüttelte den Kopf.

»Das wäre eine einfache Lösung, aber so harmlos liegt die Sache nicht, Oberst Barton. Es hat damals tatsächlich einen Unfall gegeben. Roddington und Doktor Wegener wurden bewußtlos aus dem Schacht geholt. Ein Agent einer fremden Macht, den wir inzwischen unschädlich gemacht haben, befand sich zu jener Zeit unter der Belegschaft und hat den Vorfall an seine Auftraggeber gefunkt...«

»Da hätte man ja eine Erklärung, Kapitän Bancroft. Die Leute der ›Morning Post‹ haben den Funkspruch aufgefangen und einen Alarmartikel daraus gemacht.«

»Der Funkspruch wurde verschlüsselt gesandt, in einem fremden Geheimcode. Wir waren in der Lage...« der Kapitän warf Oberst Barton einen vielsagenden Blick zu, »...ihn zu entziffern; aber es ist unmöglich, daß irgendein Mann von der ›Morning Post‹ das könnte.«

»Warum nicht, wenn er die Chiffre besaß?«

Das Gesicht Bancrofts überzog sich mit einer dunklen Röte. »Die ›Morning Post‹, am Ende dieser Percy Drake selber, im Besitz eines fremden Geheimcodes! – Der Gedanke ist unmöglich.«

»Unmöglich ist nichts in dieser Welt, Herr Kapitän. Sie konnten sich den Schlüssel verschaffen... nehme ich an«, fügte er augenzwinkernd hinzu. »Warum sollte es einem andern unmöglich sein, wenn er genügend Dollar auf den Tisch legt.«

Bancroft trommelte nervös auf der Tischplatte. Barton ließ ihn eine Weile gewähren, bevor er weitersprach.

»Wenn sich keine andere Lösungsmöglichkeit findet, müßte man dieser nachgehen. Das ist meine Meinung über die Sache, Kapitän Bancroft. Greifen Sie sich den verdächtigen Vogel, aber packen Sie hart zu, damit er ihnen nicht entkommt.« –

Lange, nachdem der Oberst gegangen war, saß Bancroft noch an seinem Tisch und ließ sich das eben Gehörte durch den Kopf gehen. Dann raffte er sich zu einem Entschluß auf...

Drake war im Gebäude der »Morning Post« dabei, einen schwungvollen Artikel zu verfassen, als ihm eine Besuchskarte gebracht wurde: »William Bancroft, Washington«; achtlos schob er sie beiseite.

»Sagen Sie dem Herren, daß ich jetzt keine Zeit habe. Für die nächsten zwei Stunden habe ich anderweitig zu tun.«

Der Diener verschwand mit der Karte; nach kurzem kam er zurück und legte sie zum zweitenmal auf den Tisch.

»Was soll das?« fragte Drake unwirsch. »Haben Sie ihm nicht gesagt, daß ich jetzt nicht zu sprechen bin?«

»Verzeihung, Mr. Drake, der Herr will sich nicht abweisen lassen. Er hat etwas für Sie aufgeschrieben.«

Erst jetzt warf Drake einen Blick auf die Karte und stutzte, als er zwei Buchstaben erblickte, die, mit Bleistift geschrieben, hinter dem Namen Bancroft auf der Karte standen. Zwei S, zwei einfache schlichte S. Aber Drake wußte, was sie zu bedeuten hatten. Secret Service, Geheimdienst hieß das. Er spürte ein unbehagliches Gefühl im Rücken. Aus gelegentlichen Erzählungen seiner Kollegen wußte er, daß der Geheimdienst der Bundesregierung nicht mit sich spaßen ließ. In aller Geschwindigkeit überflog er das Register seiner privaten und journalistischen Sünden, ob da irgend etwas vorhanden sei, was ihm die bedenkliche Ehre dieses Besuches verschaffen könnte. Er fühlte sich ziemlich schuldlos, und etwas beruhigt gab er den Auftrag, Mister Bancroft hereinzuführen.

Eine kurze Vorstellung. Als Kapitän Bancroft führte der Besucher sich ein. »Geheimdienst des Marineamtes!« durchzuckte es Percy Drake, während er dem Besucher einen Stuhl anbot.

»Sie würden mich durch eine Auskunft verpflichten, Mr. Drake«, eröffnete Bancroft die Unterhaltung.

»Bitte, Herr Kapitän. Ich stehe Ihnen ganz zur Verfügung, soweit es sich nicht etwa um Dinge handelt, zu deren Geheimhaltung ich beruflich verpflichtet bin.«

Bancroft nickte.

»Ich verstehe, Mr. Drake... Redaktionsgeheinmis. Ich glaube nicht, daß unsere Angelegenheit damit etwas zu tun hat.«

»Um so besser, Herr Kapitän. Es gibt Fragen, auf die ich nicht antworten dürfte, etwa nach den Gewährsleuten und Quellen für meine Aufsätze. Was meinen Sie, wie oft ich in diesen letzten Tagen wegen meiner Artikel über Roddington interpelliert worden bin.«

Bancroft machte eine Bewegung, als ob er etwas vom Tisch fortwischen wollte.

»Das interessiert uns nicht, Mr. Drake, das ist Roddingtons eigene Angelegenheit. Ich vermute allerdings, daß er Ihnen eine Schadenersatzklage anhängen wird, die nicht von schlechten Eltern ist.«

»Eine Schadenersatzklage?! Warum?!... Was haben ihm meine Artikel geschadet?«

Drake stieß die Worte erregt heraus. Bancroft zuckte die Achseln.

»Man spricht davon, Mr. Drake, daß große Finanztransaktionen durch die fälschliche Todesmeldung gestört worden sind. Es soll sich um eine Summe von zehn Millionen Dollar handeln. Es liegt auf der Hand, daß er versuchen wird, Sie dafür haftbar zu machen...«

Durch die halbgeschlossenen Lider beobachtete Bancroft den Eindruck, den seine Warte auf Drake machten. Der lag zurückgesunken im Sessel und wischte sich die Stirn mit seinem Taschentuch. Eine Klage um solche Summen... Im Geiste sah er einen Riesenskandal, seinen wirtschaftlichen und journalistischen Ruin voraus.

»Sind das Tatsachen – oder nur Gerüchte, Kapitän?« fragte er stammelnd.

»Ich möchte es für Tatsachen halten. Sie wissen, der SS erfährt unter der Hand so mancherlei.«

Bancroft ließ sein Opfer eine Weile zappeln, bevor er zum nächsten Schlag ausholte. »Die Angelegenheit, derentwegen ich zu Ihnen komme, betrifft einen gemeinschaftlichen Bekannten, Mr. Drake, einen gewissen Henry Collins.«

Als der Name »Collins« fiel, konnte Drake eine plötzliche Bewegung nicht unterdrücken.

»Collins«... Henry Collins?... Ja, ich erinnere mich. Er spricht gelegentlich auf der Redaktion vor. Hat bisweilen ganz brauchbare Nachrichten gebracht.«

»Wann war er das letzte Mal bei Ihnen, Mr. Drake? Es ist für uns wichtig, das zu wissen.«

Drake überlegte und schien die Zeit an den Fingern nachzurechnen. »Heute vor zwölf Tagen«, sagte er dann. Bancroft nickte. »Das stimmt mit seiner eigenen Aussage überein.«

Drake wurde wieder unruhig.

»Liegt gegen Mr. Collins etwas vor?« fragte er unsicher.

»Es liegt so viel gegen ihn vor, Mr. Drake, daß wir uns veranlaßt sahen, ihn in Haft zu nehmen. Vermutlich wird er für eine längere Reihe von Jahren ein Quartier beziehen müssen, in dem es keinen Hausschlüssel gibt.«

Das war ein grober Bluff von Bancroft, denn zu dieser Zeit erfreute sich Henry Collins noch durchaus seiner Freiheit und ging in irgendeinem Staat der Union seinen zweifelhaften Geschäften nach. Aber auf Percy Drake verfehlte die Mitteilung ihre Wirkung nicht. Er verlor den letzten Rest seiner Sicherheit, setzte zu einer Frage an und stockte wieder, weil er fürchtete, mit jedem Wort zuviel zu sagen und sich selbst in die Affäre zu verwickeln. Eine Weile ließ Kapitän Bancroft ihn gewähren, dann fuhr er gleichmütig fort.

»In dem bevorstehenden Prozeß werden Sie voraussichtlich auch als Zeuge vernommen werden. Unter Ihrem Eid, Mr. Drake! Da gibt es kein Redaktionsgeheimnis, und Sie müssen die volle Wahrheit aus den Tisch legen.«

»Ich, Kapitän Bancroft«,... Zeuge in einem Prozeß gegen Collins? Ja, was habe ich denn mit der Sache zu tun?«

Kapitän Bancroft hielt Percy Drake jetzt für genügend erschüttert, um ihm den »Knock out« zu geben.

»Es wird eine schwere Anklage gegen Collins erhoben«, sagt« er in ernstem Ton. Er hat sich gewisse Papiere verschafft, deren Geheimhaltung im Interesse unserer Wehrmacht erforderlich gewesen wäre, und hat sie an Privatpersonen verkauft... an Privatpersonen, Mr. Drake, für die sie ganz und gar nicht bestimmt waren und die sie auch niemals von ihm kaufen durften. Das hat er im Vorverhör bereits gestanden.«

Drake mußte wieder zum Taschentuch greifen. Nervös und zittrig tupfte er sich damit die Stirn. Sein Gesicht war aschfahl, ein einziger Gedanke nur war in seinem Hirn... Der verdammte Code!... Warum habe ich mich auf den Kauf eingelassen?

Bancroft zählte im stillen langsam bis zehn, bevor er weitersprach.

»Für die Leute, die sich mit Collins eingelassen haben, gibt es nur einen Weg, wenn sie sich unangenehme Weiterungen ersparen wollen.« Drakes Augen hingen an seinen Lippen, während er fortfuhr. »Diese Personen müßten dem Geheimdienst reinen Wein einschenken und die zu Unrecht erworbenen Papiere zurückgeben. Dann könnte man die Angelegenheit niederschlagen, und sie brauchten auch nicht als Zeuge aufzutreten...«

Jetzt endlich fand Drake die Sprache wieder.

»Ist das sicher, Kapitän Bancroft? Wäre die Angelegenheit dadurch ein für allemal aus der Welt geschafft?«

»Darauf gebe ich Ihnen mein Wort als Offizier, Mr. Drake.«

Drake verfiel wieder in Schweigen. Eine Zeitlang kämpfte er mit einem Entschluß. Dann zog er ein Schlüsselbund aus der Tasche, öffnete ein Fach seines Schreibtisches und holte ein kleines Buch heraus.

»Gut, Herr Kapitän! Ich vertraue auf Ihr Ehrenwort. Mr. Collins verkaufte mir diesen Code hier. Es ist die Geheimchiffre einer auswärtigen Macht. Ich glaube nicht, daß ich durch den Erwerb gegen die Interessen oder Gesetze der amerikanischen Union verstoßen habe.«

Bancroft griff nach dem Buch. Ein Blick zeigte ihm, daß er eine Kopie des von ihm seinerzeit selbst erworbenen Geheimcodes vor sich hatte.

»Ihre Meinung ist irrig, Mr. Drake«, sagte er streng. »In der Hand eines Unbefugten kann dieser Schlüssel für unsere Interessen sehr gefährlich werden. Als ein pflichttreuer Bürger der Union hätten Sie den Geheimdienst von dem Erwerb in Kenntnis setzen müssen. Es war ein schwerer Fehler, daß Sie es nicht getan haben.«

Er steckte das Buch zu sich und stand auf.

»Und was wird nun?« fragte Drake bedrückt.

»Ich gab Ihnen mein Wort, Mr. Drake. Die Sache ist damit für Sie erledigt.« Er sah die jämmerliche Miene des andern und fuhr fort: »Vielleicht kann ich noch mehr für Sie tun. Wieviel haben Sie Collins gezahlt?«

»Fünftausend Dollar, Kapitän Bancroft.«

Bancroft pfiff durch die Zähne...fünftausend Dollar...das war der Betrag, um den er Collins bei dem Handel gedrückt hatte.

»Ich werde veranlassen, daß die Summe Ihnen vom Geheimdienst zurückvergütet wird, mein lieber Drake. Aber hüten Sie sich in Zukunft vor ähnlichen Erwerbungen, die Sache könnte auch einmal schiefgehen.«

Damit verließ der Kapitän den Journalisten. Der blieb in einer reichlich gemischten Stimmung zurück. Die eine große Sorge war er los, die andere lauerte drohend im Hintergrund. Würde Roddington wirklich wegen jener Artikel auf Schadenersatz gegen ihn klagen? In allen Tonarten verwünschte er Collins und seinen Code, die ihn in dieses Abenteuer hineingerissen hatten.

Jene Stahlrohre, die angeblich für Holländisch-Indien bestimmt waren und über die sich Price in Trenton so weidlich ärgerte, hatten inzwischen ihren Weg über den Pazifik und zur Werkflotte genommen. Nach der Ankunft der ersten Schiffsladung begann nun die letzte Etappe der Arbeiten, nicht ganz so riskant und schwierig wie die vorangegangenen, aber immer noch schwierig genug. Der kühne Plan Roddingtons und Dr. Wegeners ging ja dahin, aus diesen etwa schenkelstarken Rohren eine Leitung in den Schacht hinunter und weiter durch den Stollen bis zu der Karbidschicht im Urgestein zu verlegen. Seewasser sollte später durch diese Leitung in die Tiefe hinabstürzen, im Urgestein dort unten sollte sich in großem Maßstabe die chemische Umsetzung vollziehen, die man bisher nur im kleinen im Reagenzglase studiert hatte. Für jedes Kubikmeter Ozean, das man in den Schacht einfließen ließ, sollte dessen Mündung ein Kubikmeter Treibstoff entquellen.

Das war der Plan, genial in seiner Einfachheit und imposant, aber schwierig war die Ausführung. Wie man sich erinnern wird, waren bei Kilometer V und Kilometer X Luftschleusen in dem Schacht eingebaut. Das war notwendig, weil sonst der Druck der im Schacht stehenden Luftsäule nach unten hin unerträglich hoch geworden wäre. Aber die hundert Meter langen Rohre, die jetzt in den Schacht hinabgelassen werden mußten, ließen sich natürlich nicht wie kleine Maschinenteile durch diese Schleusen bringen. Man mußte die Schleusen vollkommen öffnen, um mit den langen Rohren hindurchzukommen, und das gab derartige Komplikationen, daß Roddington in diesen Wochen oft nahe daran war, noch in letzter Stunde am Gelingen des Werkes zu verzweifeln. –

Zusammen mit Dr. Wegener stand er auf der Plattform. In ihrer Nähe, etwas dichter am Schachtmund, befand sich Ingenieur Larking, der das Einhängen der langen Rohre überwachte.

Wieder hatte die Tiefe zehn davon verschlungen, die Zeit für eine Durchschleusung war gekommen. Fünf Kilometer tiefer öffneten die Werkleute die Schleusentore, brausend und gurgelnd stürzte sich bei Station Null die Luft in den Schacht und strömte orkanartig in die Tiefe.

»Vorsicht, Roddington!« Das Heulen der in den Schacht stürzenden Luftmassen übertönte den Warnungsschrei des Doktors. Mit jähem Ruck warf er sich zu Boden und zog Roddington im Sturze nach sich. Seine Linke krallte sich in dessen Arm, seine Rechte umklammerte einen vorstehenden Haken in der Plattform. So vermochte er dem mächtigen Sog zu widerstehen, der alles in der Nähe mit Übergewalt zu dem Schachtmund hin riß, und so gelang es ihm auch, Roddington festzuhalten.

Auch Larking erkannte die drohende Gefahr, warf sich nieder, griff mit den Händen umher, um einen Halt zu suchen, und fand ihn auf der glatten Plattform nicht. Der Wirbelsturm warf ihn gegen die Fördermaschine, die unmittelbar neben dem Schacht stand. Für den Bruchteil einer Sekunde schien er gerettet zu sein, da der weite Montageanzug, den er über seiner Kleidung trug, sich an dem Steuerhebel der Maschine verfing. Für einen kurzen Moment nur, dann wurde der Luftdruck, der auf seinen Körper wirkte, übermächtig. Bis zur Brust hin schlitzte der Maschinenhebel den starken blauen Leinenstoff des Montageanzuges auf, die in den Schacht einstürzenden Luftmassen rissen ihn mit.

Der Doktor sah es, ohne helfen zu können. Minuten vergingen, bis der Luftdruck im Schacht sich ausgeglichen, die Atmosphäre sich wieder beruhigt hatte.

»Wo ist Larking?« fragte Roddington, als er wieder auf seinen Füßen stand.

Der Doktor deutete auf den Schachtgrund. »Vom Sog mit in die Tiefe gerissen, Mister Roddington.«

»Das erste Opfer, das unser Werk gefordert hat, hoffentlich bleibt es das letzte, Doktor Wegener«, sagte Roddington bedrückt.

»Grauenhaft, Roddington! Ein Sturz in eine Tiefe von zehn Kilometer. Der Körper Larkings muß mit Flintenkugelgeschwindigkeit bei Schleuse II aufgeschlagen sein.«

»Ich fürchte, Doktor Wegener, dies Unglück wird wieder böses Blut bei unsern Leuten machen.«

»Wir müssen daraus lernen, Roddington, es darf sich nicht wiederholen. Hoffentlich ist die Sache bei Schleuse I ohne Unfall verlaufen.« –

In Schleuse I hatte Mr. Trotter, ein erfahrener Ingenieur, die Leitung, und seiner Umsicht war es zu verdanken, daß hier alles glatt ging. Bevor er die Schleusentore öffnen ließ, band er seine beide Maschinisten und sich selbst mit schweren Kabelenden an das Gestell der Fördermaschine fest, so daß sie von den mit Gewalt in den unteren Schachtabschnitt hineinstürzenden Luftmassen nicht mit fortgerissen werden konnten. Trotzdem durchlebten sie kritische Minuten, während der Orkan nach unten brauste. Hier wurde eine Mütze mitgenommen, dort das eine oder andere Werkzeug mit in die Tiefe geschleudert, und dann kam etwas von oben. Etwas Bläuliches, einer menschlichen Gestalt Ähnliches, sauste mit Blitzzuggeschwindigkeit durch die Schleuse und verschwand in der Tiefe. Der Herzschlag stockte den drei Männern, die es sahen. Erst nach langer Zeit fanden sie die Sprache wieder.

»Was war das? Wer war das?« fragte Trotter.

»Einer von oben, den die Luft mitgerissen hat«, sagte einer der Maschinisten, »am Ende Mr. Larking, der hatte auf Station Null den Dienst an der Fördermaschine«, fügte der zweite hinzu.

»Pfui Teufel, der hatte Fahrt!« murmelte Trotter und schüttelte sich. »Von dem ist nichts mehr übrig, wenn er unten ankommt.« –

In der Tat war es Ingenieur Larking, der dreißig Sekunden, nachdem der Wirbelwind ihn in den Schachtmund hineinriß, durch die erste Schleuse stürzte. Trotz des rasenden Sturzes war er bei vollem Bewußtsein. Mit einer eigenartigen, fast gespenstischen Klarheit überschaute er seine Lage und erkannte, daß in wenigen Sekunden der fürchterliche Aufprall auf das stählerne Tor der zweiten Schleuse seinen Leib in Atome zerschmettern mußte. Mit dem Leben hatte er abgeschlossen, mit einer Art von wissenschaftlichem Interesse sah er seinem Ende entgegen. –

Sein Körper stürzte schnell, aber noch viel schneller brach die Luft von oben her in den Schacht ein. Lange vor ihm traf sie auf das geschlossene Tor der zweiten Schleuse, brandete dagegen, staute sich auf und flutete nach oben zurück.

Larking fühlte, wie ihn ein starker Luftstrom von unten her traf, und spürte plötzlich einen starken Ruck. Der zurückflutende Luftstrom hatte sich in seinem aufgerissenen Montageanzug verfangen und den Stoff in der Weise eines Fallschirms nach oben gebauscht, so daß er überall dicht an der Schachtwand anlag. Der Schacht hatte ja nur ein Meter lichte Weite. Ein Teil dieses Querschnittes wurde bereits durch den Körper des Ingenieurs ausgefüllt, den Rest versperrte der Leinenstoff seines Anzuges, und so wurde das kaum Denkbare Wirklichkeit.

Er merkte, wie die Geschwindigkeit seines Sturzes nachließ. Wie ein Puffer oder eine Bremse wirkte die unter ihm im Schacht eingeschlossene Luft. Immer langsamer glitt er in die Tiefe. Es war dunkel hier im Schacht zwischen den beiden Schleusen. Er konnte nicht sehen, wie schnell er an der Schachtwand entlang glitt, aber als er die Hand ausstreckte, fühlte er, daß die Geschwindigkeit nicht mehr allzu groß war, und ganz schwach begann sich Hoffnung in seinem Herzen zu regen. Die wahnwitzige Hoffnung, daß er aus diesem fürchterlichen Sturz – er befand sich in diesem Augenblick immer noch 1500 Meter über Schleuse II – mit dem Leben davonkommen könne. –

In Schleuse II stand Ingenieur Bowden am Telephon und hörte, was Dr. Wegener zehn Kilometer über ihm bei Station Null in das Mikrophon sprach, und antwortete dazwischen.

»Nein, Herr Doktor... Wir haben nichts gehört... der Körper müßte längst bei uns aufgeschlagen sein... ausgeschlossen, daß wir das überhört hätten... ein Sturz über zehn Kilometer, er müßte ja mit Sternschnuppengeschwindigkeit bei Schleuse II angekommen sein... er ist nicht angekommen, Herr Doktor... vielleicht schon unterwegs an einer der Zwischenstationen zerschellt, es wäre die einfachste Erklärung... Hören Sie, Herr Doktor Wegener! Hören Sie, Herr Doktor...«

»Was soll ich denn hören, Mr. Bowden?« knurrte die Stimme des Doktors ärgerlich dazwischen. »Hören Sie, Doktor Wegener, über uns klopft und trommelt es an der oberen Schleusentür. Soweit man's durch die Stahlwand verstehen kann, klingt es auch, als ob jemand ruft. Ich lasse die Tür eben öffnen und nachsehen.«

Roddington bemerkte das Erstaunen in Dr. Wegeners Zügen.

»Was gibt's, was hat Bowden gemeldet?« fragte er.

»Bowden ist verrückt geworden! Komplett übergeschnappt!« stieß Dr. Wegener heraus. Ärgerlich wollte er den Hörer an den Haken hängen, als die Stimme Bowdens wiederkam.

»Herr Doktor Wegener, es war Larking, der draußen anklopfte. Er ist lebendig bei Schleuse II angekommen.«

»Sind Sie toll geworden, Bowden?« brüllte der Doktor in den Apparat und fuhr im nächsten Augenblick zusammen, als ob er ein Gespenst sähe. Larking, den er längst eine formlose blutige Masse wähnte, sprach durch den Apparat zu ihm. Larkings Stimme klang an sein Ohr, etwas heiser, etwas stockend, aber doch unzweifelhaft die wohlbekannte Stimme.

»Ich bin's selbst, Mr. Wegener... ich bin am Leben... ein Wunder... ich weiß selber nicht, wie es geschah...«

Immer leiser wurde die Sprache, jetzt verstummte sie ganz.

»Sind Sie noch da, Larking?« rief Dr. Wegener in das Telephon.

»Was sagen Sie? Larking?!« während Roddington es fragte, nahm er ihm das Telephon aus der Hand, lauschte und vernahm die Stimme Bowdens.

»Er ist ohnmächtig geworden. Die Aufregung, die Todesangst... der lange Sturz...«

»Mensch! Bowden! Von wem sprechen Sie?«

Bowden merkte, daß nicht mehr Dr. Wegener, sondern Roddington am Apparat war.

»Ich spreche von Larking, Mr. Roddington. Von dem unfaßlichen Wunder... er ist unverletzt bei uns angekommen.«

Roddington ließ den Apparat sinken, wandte sich zu Dr. Wegener. »Was halten Sie davon, Doktor? Ist Bowden wahnsinnig geworden?«

Der Doktor schüttelte langsam den Kopf.

»Ich habe die Stimme Larkings im Apparat gehört, Roddington. Das Wunder ist geschehen.« – – –

Anderthalb Stunden später half ein Mann von Schleuse II Larking auf Station Null aus der Förderschale. Wie ein Lauffeuer hatte sich inzwischen die Kunde von seinem Sturz und der wunderbaren Errettung auf der Werkflotte verbreitet. Was von der Belegschaft nicht gerade Schicht hatte, war auf der Plattform versammelt, und nicht enden wollten die Cheer- und Hurrarufe, als Larking, von Roddington und Dr. Wegener geführt und gestützt, seinen Weg durch die jubelnde Menge nahm.

Zu gewaltig war der Eindruck dieses Empfanges auf den Ingenieur. Aufs neue überkam ihn Schwäche, er drohte den Armen Roddingtons und Dr. Wegeners zu entgleiten. Da drängten die Werkleute von allen Seiten heran, Dutzende von Händen griffen zu, und wie in einem Triumphzug trugen sie den Bewußtlosen in die Barkasse. –

Als er die Augen wieder aufschlug, lag er in einer Kabine der »Blue Star«. Dr. Wegener saß an seinem Lager und hielt seinen Puls.

»Alles in Ordnung, Mr. Larking. Nichts gebrochen, nichts verstaucht. Nur ein paar Schrammen und blaue Flecke. Sie haben ein märchenhaftes Glück gehabt.«

»Ich möchte aufstehen, Doktor Wegener«, sagte Larking und versuchte sich aufzurichten, »Hunger habe ich auch.«

»Aufgestanden wird erst morgen früh«, erklärte der Doktor kategorisch. »Aber eine ordentliche Mahlzeit werde ich Ihnen gleich servieren lassen.«

Das Essen kam, und danach fiel der Gerettete in einen gesunden Schlaf, der bis tief in den nächsten Morgen anhielt. Dann ließ sich Larking nicht mehr halten. In der Nachmittagsschicht tat er wieder seinen Dienst. – –

Aber wenn viele Jahre später noch zwei oder drei von den Männern, die auf Roddingtons Werkflotte mitgearbeitet hatten, irgendwo zusammentrafen – auf den Ölfeldern Pennsylvaniens oder bei den Kupferminen Kaliforniens – so kam die Rede immer wieder auf den abenteuerlichen Sturz Larkings und seine wunderbare Errettung. Von Mund zu Mund lief die Erzählung durch das weite Gebiet der Union, und jeder, der sie weitergab, fügte etwas hinzu, schmückte sie etwas aus, bis schließlich noch zu Lebzeiten Larkings aus dem tatsächlichen Geschehnis ein Mythos wurde.

Kapitän Bancroft war bedenklich von der Wahrheit abgewichen, als er zu Percy Drake davon sprach, daß Henry Collins hinter Schloß und Riegel säße. In Wirklichkeit befand sich dieser zweifelhafte Zeitgenosse auf freiem Fuß und ging in San Franzisko seinen Geschäften nach. Ein Zufall führte ihm in New York Kemi Itomo, den alten Bekannten von Manila her, über den Weg. Collins war auf der Suche nach einer neuen gewinnbringenden Tätigkeit. Itomo brauchte gewisse Informationen über die den Hafen von San Franzisko anlaufenden Schiffe Roddingtons und wußte noch nicht, wie Major Kyushu über die Persönlichkeit von Collins dachte. So kam das Geschäft zustande.

Zwei Tage später war Collins in Frisko und trat wieder in der Rolle auf, die er zuletzt bei seiner Flucht aus Babeldaob auf der »Gelderland« gespielt hatte. Als Schiffsheizer, der neue Heuer sucht, trieb er sich im Hafen herum. Das gab ihm gute Gelegenheit, Bekanntschaft mit dem Maschinenpersonal der einlaufenden Schiffe zu machen, wobei der arbeitslose Heizer eine bemerkenswerte Freigebigkeit entwickelte.

In den Hafenkneipen, in denen er die Möglichkeit, angeheuert zu werden, mit den neuen Freunden besprach, ließ er eine Lage nach der andern auffahren, und sehr bald war dabei von ganz andern Dingen die Rede als von einer Heuer. Ein ganzes Bündel von Nachrichten vermochte er während der nächsten acht Tage daraufhin an seinen Auftraggeber zu senden, die diesen einigermaßen in Erstaunen setzten.

...Die Leichen von Roddington und Dr. Wegener an Bord der »City of Frisco«?...Kein wahres Wort daran... Der Oberheizer der »City of Frisco« hatte die beiden noch springlebendig auf der Plattform gesehen, als der Frachter die Werkflotte verließ. Das Schiff hatte den Bauch voll Maschinen, die beim Schacht nicht mehr gebraucht wurden, aber keine Särge an Bord... Der Schacht von der Explosion zerstört?... Faustdicker Schwindel von vorn bis hinten. Tag und Nacht gingen die Bergmannsarbeiten in der Tiefe weiter, unaufhörlich kippten die Loren das geförderte Gestein über den Rand der Plattform in die See...

Rückfragen kamen von Itomo, der diese Nachricht an die höheren Stellen weitergab, ohne seinen Gewährsmann zu nennen. Verwunderung sprach aus den Fragen, dann ungläubiges Erstaunen, der unverkennbare Verdacht zuletzt, daß der Agent seine Auftraggeber täusche. Da entschloß sich Collins, stärkere Beweise zu geben.

Der nächste Frachter, der, von Roddingtons Werkflotte kommend, Frisko anlief, brachte eine größere Kiste mit, die für das Laboratorium der Harvard-Universität bestimmt war. Durch einen kühnen Trick gelang es Collins, dies Frachtstück auf dem Weg vom Schiff zur Bahn verschwinden zu lassen. Vier Tage später wurde es bei Itomo in New York abgeladen. Eine Nachricht von Collins gab die Erklärung, daß es Gesteinsproben aus dem tiefsten Schachtgrunde enthielt, die im Harvard-Laboratorium untersucht werden sollten.

Gleich nach dem Empfang der Sendung fuhr Itomo im Auto nach Washington; die Kiste stand vor ihm im Wagen. In Washington wurde sie diplomatisches Gepäck und trat im Flugzeug den langen Weg nach Tokio an, wo Major Kyushu sie in Empfang nahm, und dann beschäftigten sich japanische Geologen und Chemiker mit ihrem Inhalt. Das Ende dieser Untersuchung war ein Experiment, das aufs Haar demjenigen glich, das Dr. Wegener an Bord der »Blue Star« wenige Wochen früher Roddington gezeigt hatte. Mit Wasser zusammengebracht, ergab das rätselhafte Gestein ein reines, klares Benzin.

Als Major Kyushu den Bericht darüber las, fiel es ihm wie Schuppen von den Augen. Er erkannte, was Roddington und der deutsche Doktor mit ihrem scheinbar so unsinnigen Unternehmen in Wirklichkeit bezweckten. Im Augenblick begriff er, daß ein Gelingen des Planes die amerikanische Stellung auf den Philippinen uneinnehmbar, ja unangreifbar machen mußte. Eine unerschöpfliche Treibstoffquelle in nächster Nähe der Inseln! Noch innerhalb der amerikanischen Hoheitsgrenze gelegen, so daß auch die schärfsten Verteidigungsmaßnahmen der Union ohne weiteres völkerrechtlich zulässig waren. Der Schacht Roddingtons der Küste so nahe, daß sich ohne große Schwierigkeiten in einer gegen jeden Angriff schützenden Meerestiefe eine Unterwasserleitung bis zum Lande führen ließ.

Schicksalswende für die Machtverhältnisse im Fernen Westen würde es bedeuten, wenn die neue Treibstoffquelle erst einmal floß. Jeder Versuch eines Gegners, den amerikanischen Streitkräften dort den Lebensnerv zu unterbinden, war dann aussichtslos. Hinfällig wurden alle Pläne einer japanischen Expansion nach dem Süden, welche die Welt schon seit Jahren beunruhigten.

Vertauscht würden dann vielmehr die Rollen sein. Nicht mehr bedroht, sondern unüberwindbar und selber drohend stand dann die amerikanische Macht im Süden, bereit und fähig, dem Inselreich bei seinem Vordringen nach Westen jeden Augenblick in die Flanke zu fallen...

Wie Bergeslast legte sich diese Erkenntnis Kyushu auf die Seele. Gab es noch eine Möglichkeit, die schicksalsschwere Entwicklung in zwölfter Stunde zu verhüten? Hundert Möglichkeiten überdachte er und mußte jede verwerfen. Allzu fest und unangreifbar stand der Schacht Roddingtons in der Tiefsee. Ungeheuerliche Sprengstoffmengen hätte man unter Wasser an ihn heranbringen und detonieren lassen müssen, um den riesenhaften Stahlrohren, die ihn bildeten, ernstlich Schaden zuzufügen. Und wenn es doch gelang, wenn das scheinbar Unmögliche wirklich glückte und der Ozean durch den zerrissenen Schacht in die Tiefe stürzte, bestand ja erst recht die Gefahr, daß die Treibstoffquelle mit Macht zu fließen begann; daß die Zerstörung das Gegenteil von dem erzielte, was damit bezweckt war.

Major Kyushu sah keinen andern Ausweg mehr, als alles das, was ihn in dieser Stunde bewegte und erschütterte, den Stellen vorzutragen, die für die Sicherheit des asiatischen Inselreiches verantwortlich waren, den Admiralen zuerst. Schweigend hörten Yoritama, Togukawa und Harunobu an, was er zu sagen hatte. Sie brauchtes nicht auszusprechen, was sie dabei empfanden. Die niederdrückende Erkenntnis, daß der kühne Schachzug eines einzelnen Mannes, keines Feldherrn, keines Politikers, eines einfachen Bürgers nur, im Begriff stand, ein großes mächtiges Reich mattzusetzen.

Geschehen mußte etwas, wenn man das große Spiel nicht für viele Jahre aufgeben wollte. Rücksichten durfte es nicht mehr geben, mochte der große Kampf um die Herrschaft über den Pazifik dabei auch sofort entbrennen. – –

Drei Tage und drei Nächte währten die Beratungen der Admirale und Heerführer, bis eine Möglichkeit entdeckt, ein greifbarer Plan geschmiedet wurde. Noch einmal zehn Tage würden die technischen Vorbereitungen dafür in Anspruch nehmen, noch einmal zwei Tage der Anmarsch einer Luftflotte und dann... wenn alles so ging, wie man hoffte... würde der Schacht Roddingtons nur noch eine Erinnerung sein. Die Erinnerung an eine Gefahr, der Tatkraft und mutige Entschlossenheit noch in letzter Minute ein Ende bereiteten. –

MacLane war einer Einladung Roddingtons auf die »Blue Star« gefolgt. Behaglich hatten sich die beiden Schulfreunde auf dem Achterdeck unter dem Sonnensegel niedergelassen und taten den eisgekühlten Getränken, die ein Steward vor ihnen aufbaute, alle Ehre an.

»Heute nacht wird die Rohrleitung bis nach Station Null hin fertig, Freddy«, sagte Roddington mit einem Seufzer der Erleichterung, »dann haben wir Gott sei Dank das dickste Ende hinter uns.«

»Und du wirst der berühmteste Mann in den Staaten sein, James, und kannst dich für den Rest deines Lebens auf wohlverdienten Lorbeeren ausruhen«, gab MacLane lachend zurück. »Wo hast du übrigens deinen Schatten gelassen? Wo steckt Doktor Wegener?«

»Ich vermute auf der ›City of Baltimore‹. Der Frachter hat das große Gußstück gebracht, mit dem wir morgen den Schacht auf Station Null schließen wollen. Wie ich den Doktor kenne, läßt er es sich nicht nehmen, den Transport dieses wichtigen Stückes zur Plattform hin zu überwachen.«

»Ein merkwürdiger Mensch, dieser Doktor Wegener«, meinte MacLane kopfschüttelnd. »Ich glaube, er hat im letzten Jahr keine tausend Stunden geschlafen.«

»Mit dem Wort ›merkwürdig‹ wirst du ihm nicht gerecht«, unterbrach ihn Roddington. »Sage lieber, ein treuer Mensch, ein Fanatiker der Arbeit, und unserer Sache auf Tod und Leben ergeben. Damit wirst du ihn besser kennzeichnen.«

MacLane wollte etwas erwidern, stockte, murmelte: »Wenn man vom Wolf spricht, dann...« Dr. Wegener kam von der Brücke her über das Deck.

»Wieder einmal eine verdächtige Geschichte, Roddington«, begann er unvermittelt, »eben bekam ich einen Funkspruch der Harvard Universität. Professor Waterford, ein alter Bekannter von mir, beschwert sich, daß die Kiste mit den Gesteinsproben, die ich ihm brieflich avisierte, immer noch nicht angekommen ist. Ich war selber dabei, als sie an Bord der ›City of Frisco‹ gebracht wurde. Die Sache ist mir unbegreiflich!«

MacLane spitzte die Ohren, denn derartige Dinge fielen in sein Ressort. Ein Dutzend Fragen prasselten auf den Doktor nieder; dann wußte MacLane alles, was er von ihm erfahren konnte, und begab sich in die Funkstation der »Blue Star«. Bald danach flogen Depeschen durch den Äther. Fragen an den Kapitän der »City of Frisco«, die sich schon wieder auf halbem Wege zwischen San Franzisko und den Philippinen befand. Der alte Seebär konnte nur wenig darauf antworten. Er beschränkte sich auf die Mitteilung, daß die Kiste ordnungsgemäß ausgeladen und abtransportiert worden sei. Von dem, was ihr danach auf dem kurzen Wege zur Bahn passiert war, wußte er nichts und konnte auch der ganzen Sachlage nach nichts wissen, denn Mr. Collins pflegte bei seinen dunklen Geschäften jedes unnötige Aufsehen zu vermeiden.

Viel lebhafter war der Widerhall, den MacLanes Funkspruch bei Kapitän Bancroft fand. Der hatte mit Hilfe des von Collins erworbenen Geheimschlüssels vor kurzem ein paar recht interessante Nachrichten aus dem Äther gefischt. Von einem merkwürdigen Gestein war in den entzifferten Funksprüchen die Rede, das den Geologen der Universität Tokio zur Untersuchung vorgelegt werden sollte. Da kam dem Kapitän der Bericht MacLanes gerade wie das fehlende

Glied einer Kette zupasse. Jetzt wußte er, woher dies Gestein stammte und daß es in San Franzisko ausgeladen worden war, und in San Franzisko begann unmittelbar danach der Geheimdienst zu arbeiten.

Der arbeitete unauffällig, gut und schnell. Ein etwas schmieriger Heizer, der in Marney's Saloon ein paar Kollegen eben eine Lage spendierte, schrak zusammen, als sich eine Hand auf seine Schulter legte und die vier Worte »You are the man« an sein Ohr drangen, jene stereotypen Worte, mit denen in den Vereinigten Staaten Verhaftungen angekündigt werden. Wohl oder übel mußte er den Beamten des Geheimdienstes folgen, und nun wurde es wirklich Wahrheit, was Kapitän Bancroft vor kurzem Percy Drake nur vorspiegelte. Mr. Henry Collins saß hinter Schloß und Riegel.

Mit gemischten Gefühlen empfing der Kapitän die Nachricht von der Verhaftung. Er schätzte Henry Collins als einen gewiegten Agenten, dessen Dienste er öfter als einmal mit gutem Erfolge gebraucht hatte. Aber daß er auf beiden Achseln trug und heute ebenso bereit war, für irgendeine fremde Macht zu arbeiten, wie gestern für Washington, tat seinem Wert doch bedeutenden Abbruch.

Lange Zeit schwankte Kapitän Bancroft, was er tun solle. Überließ er den Sünder einfach der ordentlichen Justiz, so konnte es ihm übel ergehen. Die Beraubung eines öffentlichen Transportes würden die Richter aus dem Tatbestand herauslesen und Mr. Collins für die nächsten fünf Jahre hinter schwedische Gardinen setzen. Solange mochte Bancroft ihn nicht entbehren, aber einen gehörigen Denkzettel mußte der unzuverlässige Agent endlich mal bekommen.

So verlief das weitere wie in einer gut vorbereiteten Komödie. Wegen »Unordentlichen Benehmens«, das heißt, aus der amerikanischen Gerichtssprache ins Gemeinverständliche übersetzt: »Wegen Trunkenheit«, wurde der Heizer Collins dem Richter vorgeführt und erhielt drei Monate Gefängnis, die er sofort ohne Widerspruch annahm. Dem Werke Roddingtons konnte er auf diese Weise nicht mehr gefährlich werden, während einer späteren ersprießlichen Arbeit für Kapitän Bancroft durch den kleinen Schönheitsfehler in seinen Personalakten kein Abbruch zu geschehen brauchte.

Die Kiste kam freilich durch die Verurteilung von Collins nicht wieder zutage, und Dr. Wegener war auch nicht mehr in der Lage, seinem Freund Waterford eine zweite Probe des merkwürdigen Gesteins zu senden, denn der Stollen in der Tiefenschicht, in dem es vorkam, war nicht mehr zugänglich. Schritt für Schritt hatte man in dem gleichen Maße, in dem die Rohrleitung von unten nach oben hin fertig wurde, alles übrige aus dem Schacht wieder ausgebaut. Verschwunden waren die sechs Förderanlagen und lagen wohlverpackt in einem Frachtschiff. Herausgenommen hatte man auch die Tore der beiden Schleusen, durch welche der ganze Schacht bisher in drei Abschnitte unterteilt war. Zusammenhängend stand eine Luftsäule von fünfzehn Kilometer Länge in dem Schacht, und das hatte zur Folge, daß auf seinem Grunde ein Luftdruck von annähernd fünf Atmosphären herrschte.

Als ein glattes endloses Riesenrohr von zwei Meilen Länge stellte Roddingtons Schacht sich jetzt dar, in dem ein zweites dünneres Rohr nach unten lief, das mit vielen Abzweigungen in den Stollen der Tiefenschicht endete. In der Nacht wurde, wie Roddington es zu MacLane sagte, die Montage dieser zweiten Leitung fertig. Als die Sonne des neuen Tages heraufkam, schwebte jenes Gußstück, über dessen Bestimmung sich Price und Curtis bei ihrem Besuch in Trenton vergeblich den Kopf zerbrochen hatten, an den Haken vier starker Kräne über dem Schachtmund. Langsam senkte es sich darauf nieder, bis Flansch auf Flansch lag, und das Finale in dieser Symphonie der Arbeit begann. Auf Loren fuhren die Werkleute die mächtigen Bolzen und Schraubenmuttern heran, um das kuppelförmige Gußstück mit dem Schachtmund zu verbinden. Bolzen um Bolzen senkte sich in die Flanschenlöcher, mit Maschinengewalt wurden die Schrauben angezogen. Als die Sirenen der Werkflotte die Mittagsstunde kündeten, saß die letzte Schraube. Unverrückbar fest und gasdicht war das Verschlußstück mit dem Schacht verbunden, bereit, den mächtigen Druck aufzunehmen, der sich nach den Plänen Roddingtons und den Berechnungen Dr. Wegeners nun bald in ihm entwickeln sollte.

Vollendet war das Riesenwerk, an dem so viele hundert Hände ein volles Jahr hindurch geschafft hatten. Nur wenige Stunden noch nahmen die Aufräumungsarbeiten in Anspruch. Die letzten Kräne und Maschinen wurden auf die Werkflotte verfrachtet; die große Plattform, welche die Mutterschiffe verband, wurde abgebaut. Noch stand die Sonne über dem Westhorizont, als die Schachtkuppel einsam und verlassen aus der See ragte.

Reges Leben herrschte dagegen auf den Schiffen in den Quartieren der Werkleute und Ingenieure. Ausnahmslos waren sie dabei, das Arbeitsgewand des Alltages mit einer festlichen Kleidung zu vertauschen und sich für die Feier bereitzumachen, zu der Roddington alle auf die »Blue Star« geladen hatte. Ein fröhliches Bankett sollte dort den Abschluß des glücklich vollendeten Werkes bilden. An festlicher Tafel und bei vollem Becher wollte James Roddington seine Helfer nach so langen sauren Arbeitswochen um sich versammeln. –

Wie ein roter Feuerball sank die Sonne an der Westkimme in die See, als die ersten Barkassen bei der »Blue Star« anlegten. Schnell folgten ihnen andere, und über das Fallreep empor strömte die Schar der geladenen Gäste und ergoß sich über das von Scheinwerfern hell erleuchtete Deck der Jacht. Lange hufeisenförmige Tafeln waren hier vorbereitet. In hundert Reflexen glänzten Gläser und Teller auf dem weißen Tischzeug, und bald hatte jeder seinen Platz gefunden.

Es kann nicht ganz ruhig zugehen, wo zweihundert Menschen beim Mahle zusammensitzen, aber merkwürdig still war es hier. Nur gedämpft klang die Unterhaltung auf, denn allzu viele wehmütige Gedanken mischten sich in die Freude dieses Festes. Zu Ende war für sie alle die Arbeit hier, die ihnen so lange nicht nur Brot, sondern einen reichen Lohn gegeben hatte. Wenige Tage nur noch, und sie würden sich wieder in alle Winde zerstreuen, würden sich irgendwo anders in den Staaten ihr Brot suchen müssen. Ein härteres, schwereres Brot jedenfalls, wenn sie überhaupt das Glück hatten, es zu finden. Der Gedanke an die Zukunft goß ihnen allen Wermut in den Wein, der rot oder goldig in ihren Gläsern schimmerte.

Am Kopfende der mittleren Tafel saß Roddington, Dr. Wegener hatte den Platz an seiner Linken, Frank Dickinson den zur Rechten.

»Höre, James, die Leute machen alle Gesichter, als ob sie von einem Begräbnis kämen«, sagte Dickinson, »warte mit deiner Mitteilung nicht bis zum Nachtisch. Sage ihnen gleich jetzt, was du zu sagen hast. Der Braten wird ihnen danach besser schmecken.«

Roddington warf einen Blick über die langen Tafeln.

»Du kannst recht haben, Frank«, erwiderte er, erhob sich und schlug an sein Glas.

»Pst! Ruhe! Stille! Der Boß will reden«, raunte es durch die Reihen, und alle Gesichter wandten sich ihm erwartungsvoll zu, als er zu sprechen begann.

Mit einem Dank für geleistete Arbeit und bewährte Treue hub seine Rede an. Die Größe der technischen Leistung, die unübertroffen, ja unerhört dastehe, malte er weiter aus, und Stolz begann sich in den Herzen der Zuhörer darüber zu regen, daß sie bei solchem Werk mittun durften.

Aber größer und immer größer wurden die Augen, als Roddington auf den letzten Zweck des Unternehmens einging und seinen Zuhörern Dinge offenbarte, von denen sie bisher nichts gewußt, die sie kaum dunkel geahnt hatten. In höchster Spannung lauschten sie seinen Worten, begierig darauf, was jeder nächste Satz bringen könne. Und dann kam der Schluß, der allen die größte Überraschung brachte.

»Das Werk ist noch nicht beendet. Die Werkflotte wird vorläufig nach Davao gehen. Sie alle bleiben dort zu den bisherigen Bedingungen in Ihren Stellungen, bis ich neue Anordnungen gebe ...«

Er konnte seine Rede nicht zu Ende bringen, brausende Hochrufe aus zweihundert Kehlen übertönten die letzten Worte. Im Augenblick war die volle Festesfreude da, kräftiger wurde dem Wein zugesprochen, lauter klang an allen Tafeln das Gespräch auf. Nur bisweilen wurde es unterbrochen, wenn irgendwo in den langen Reihen ein Ingenieur oder Werkmann sich mühsam Ruhe verschaffte, um seinerseits eine Rede zu halten und ein Hoch auf den Boß, auf James Roddington, auszubringen. – – –

Die Stunden verstrichen darüber. In der allgemeinen Fröhlichkeit fiel es kaum auf, daß Roddington und Dr. Wegener sich von der Tafel entfernten. In der Barkasse der »Blue Star« fuhren sie zu dem Schacht. Sie waren allein in dem Boot, das von Dr. Wegener gesteuert wurde. Von fern her drang der Lärm ihrer Gäste über die stille See, als die Barkasse den Schacht erreichte.

Leise plätscherten die Wellen gegen den mächtigen Holzzylinder, der das stählerne Schachtrohr umschloß. Sie machten die Barkasse fest und mußten an einer steilen eisernen Stiege zwanzig Meter in die Höhe steigen, bevor sie die kleine Plattform erreichten, die der Zylinder oben bildete. Der Zugang war jetzt nicht mehr so mühelos wie vor einigen Stunden, als hier noch die Werkflotte lag. Von einem Frachtschiff her schlug es die zehnte Abendstunde, als sie neben die Stahlkuppel traten, die jetzt den Schacht abschloß. Eine Anzahl von Manometern war an ihr montiert, auf Null standen die Zeiger der Druckmesser, noch herrschte in dem abgeschlossenen Schacht hier oben der gleiche Druck wie draußen. Ein großes Handrad befand sich an einer Seite der Stahlkuppel; durch ein Gestänge, das dreißig Meter in die Tiefe führte war es mit einem Ventil verbunden.

Als der zehnte Schlag der fernen Uhr verklang, griff Dr. Wegener mit einem fragenden Blick auf Roddington in die Speichen des Rades. In dem vollen Licht des Mondes sah er ein Lächeln auf Roddingtons Zügen.

»Ich habe es Ihnen versprochen, Doktor Wegener«, sagte der, »Sie sollen der See den Weg in die Tiefe öffnen, der Augenblick ist gekommen.«

Unter den Händen des Doktors begann sich das Rad zu drehen, weiter und immer weiter, bis das Ventil zehn Meter unter dem Meeresspiegel voll offen stand.

»Der Weg ist frei«, sagte der Doktor und trat von dem Rade zurück. Eine Weile lauschten sie beide und lauschten vergebens. Nichts Besonderes war zu vernehmen, nur das leise Atmen des Weltmeeres und der ferne Festtrubel von der »Blue Star« drangen in ihr Ohr, kein Rauschen, kein Brausen verriet, daß der Ozean wie ein Sturzbach in den Schacht stürzte, daß Tausende von Litern in jeder Sekunde durch das Stahlrohr in die Tiefe strömten.

Roddington hatte die Uhr gezogen und verfolgte den Gang des Minutenzeigers.

»Jetzt könnte das Wasser den Schachtgrund erreicht haben, Doktor Wegener.« Während seine Worte durch die stille Nacht klangen, zog auch Dr. Wegener seine Uhr. Eine lange Pause des Schweigens danach, dann wieder die Stimme Roddingtons.

»Jetzt strömt es wohl aus der Leitung in den Stollen...jetzt fließt es auf das Karbid...jetzt beginnt zwei Meilen unter uns die chemische Umsetzung.« Während der Worte steckte er seine Uhr wieder ein und trat zu den Manometern heran.

»Zu früh, Roddington, noch zu früh, Sie können noch nichts sehen«, murmelte Dr. Wegener vor sich hin, während er ihm folgte. Im Mondlicht waren die Skalenscheiben der Druckmesser deutlich zu erkennen. Unverrückt standen die Zeiger der Meßinstrumente noch auf der Null. Unruhig sah Roddington den Doktor an. Fast bestürzt kam die Frage von seinen Lippen.

»Was bedeutet das, Doktor Wegener, die Instrumente rühren sich nicht?«

»Es muß so sein, Roddington. Es können Stunden vergehen, bevor der Druck einsetzt. Wir müssen Geduld haben.«

»Geduld...Geduld...« Roddington preßte die Worte zwischen den Zähnen hervor und starrte wie hypnotisiert auf die Skalenscheiben. Eine Viertelstunde verging und eine halbe. Unverändert standen die Zeiger auf Null.

»Was ist das, Doktor Wegener?« Während er die Frage stellte, wandte er dem Doktor den Kopf zu, so daß das Mondlicht voll auf sein Antlitz fiel. Tief gefurcht waren seine Züge in diesem Augenblick, gealtert und verfallen erschien das Gesicht.

»Haben wir einen Fehler gemacht, Doktor Wegener? Mehrere tausend Kubikmeter Wasser müssen jetzt im Stollen stehen, aber die Instrumente zeigen nichts an.«

»Es wäre schlimm, wenn sie jetzt schon etwas anzeigten.« Wie die verkörperte Ruhe stand der Doktor vor Roddington, als er die Antwort gab, und wie ein Dozent auf dem Katheder fuhr er fort.

»Erst nach Stunden können wir ein merkliches Steigen der Zeiger erwarten. Es sind gut zwanzigtausend Kubikmeter, die gefüllt werden müssen...«

»Aber die chemische Umsetzung, Doktor Wegener! Müßte sie an den Instrumenten nicht schon zu erkennen sein?«

»Es wäre schlimm, wenn es so wäre, Roddington. Es wäre ein Zeichen, daß sich dort unten nicht reines Benzin, sondern Gas bildet. Es wäre ein böses Zeichen dafür, daß unsere Rechnung nicht stimmt, daß unser Plan mißlungen ist.«

Roddington hielt es nicht mehr auf der Stelle aus. Nervös begann er auf der Plattform hin und her zu gehen. Eine Weile ließ der Doktor ihn gewähren, dann schloß er sich ihm an und sprach während des Gehens auf ihn ein.

»Geduld, Roddington. Verlieren Sie die Nerven nicht in den letzten Stunden. Es verläuft alles so, wie es verlaufen muß. Wenn die Zeiger sich überhaupt erst einmal bewegen, werden sie bald schnell und immer schneller steigen.«

Der Doktor sprach weiter und entwickelte allerlei Zukunftspläne, um Roddington über diese letzten Stunden unruhiger Erwartung hinwegzuhelfen. Langsam schlich darüber die Zeit weiter, wieder drangen aus der Ferne her die Schläge einer Schiffsuhr zu den beiden einsamen Männern. Zwölf Schläge zählte der Doktor. Während er Roddington zu den Manometern führte, sagte er:

»Seit zwei Stunden strömt das Meer in den Schacht ein. Jetzt könnte man vielleicht schon ein Steigen des Druckes bemerken. – Ah! Sehen Sie!« er brachte sein Gesicht dicht an eine der Skalen heran. »Schon zehn Atmosphären. Es verläuft alles, wie wir erwarteten.« – –

Der Verlauf während der nächsten Viertelstunde gab ihm recht. Immer schneller kletterten die Zeiger über die Skalen. Hundert Atmosphären...zweihundert...fünfhundert...bei siebenhundert Atmosphären stellten sie ihre Bewegung ein.

»Hurra! Gelungen!« schrie Dr. Wegener. »Genau so, wie wir's berechneten! Siebenhundert Atmosphären. Der Überdruck, der notwendig ist, um die Treibstoffsäule im Schacht und die Wassersäule im Zuleitungsrohr gegeneinander im Gleichgewicht zu halten. Gelungen, Roddington! Unser großes Werk ist gelungen!«

Die Bewegung übermannte ihn, er zog Roddington an sich und schloß ihn in freudiger Erregung in seine Arme. –

Noch lag tiefe Dunkelheit über dem Ozean, als die Barkasse sie zur »Blue Star« zurücktrug. Beiden war es unmöglich, in dieser Nacht noch Schlaf zu finden, denn zu stark bewegte die Freude über das glückliche Gelingen des großen Werkes ihre Herzen.

Verlassen lag das Deck der Jacht da, nur die abgedeckten Tafeln zeugten hier noch von dem festlichen Schmaus der Werkleute. An den Tischreihen vorbei gingen sie zum Heck der »Blue Star« und ließen sich dort nieder. Rede und Gegenrede flog zwischen ihnen hin und her; noch einmal erlebten sie in der Erinnerung das Jahr voller Arbeit und Aufregungen, das nun glücklich hinter ihnen lag, und entwarfen Pläne für die kommende Zeit.

Denn Roddington hatte ja recht, als er seinen Leuten sagte, daß das große Werk noch gar nicht völlig vollendet sei. In seinem starken, gegen jeden Angriff gesicherten Rohrstrang mußte der Treibstoff von dem Schacht noch bis zur Küste hin geleitet werden, wenn das Ganze sich wirklich so zum Nutzen der amerikanischen Wehrmacht auswirken sollte, wie Roddington und Dr. Wegener es von Anfang an erhofft und geplant hatten. Die Stunden verstrichen darüber, licht wurde es im Osten. Ein neuer Tag brach an und brachte neue Arbeit und neue Sorgen für die beiden.

Kurz nach Tagesanbruch stieg in Tainan auf Formosa ein Geschwader von zehn japanischen Flugzeugen auf. Ernst und entschlossen war die Stimmung der Besatzungen, denn sie wußten alle, daß es einen Flug auf Leben und Tod galt, von dem wohl manche Maschine nicht zurückkehren würde. In einem kühnen überraschenden Überfall sollten sie das verhaßte Werk Roddingtons zerstören, bevor es sich zur Stärkung amerikanischer Macht auszuwirken vermochte.

Die Führung des Geschwaders hatte Major Kyushu. Nach so vielen vergeblichen Versuchen, den Bau des gefährlichen Schachtes zu verhindern, setzte er seine Ehre und sein Leben jetzt für diesen letzten Schlag ein. Mißlang auch der, dann hatte das Leben für Kyushu keinen Wert mehr. Zusammen mit ihm befand sich Oburu im Führerstand des Spitzenflugzeuges, der darauf bestanden hatte, das gefährliche Unternehmen mitzumachen.

»Es muß uns gelingen Oburu«, sagte Kyushu, während das Geschwader auf Kurs Südsüdwest in fünftausend Meter Höhe dahinstürmte. »In den ersten Nachmittagsstunden können wir an Ort und Stelle sein. Dann im Sturzflug hinunter. So tief wie möglich hinunter, mögen die amerikanischen Zerstörer auch feuern, was ihre Rohre hergeben. Ganz dicht an den Schacht müssen die Wasserbomben fallen.«

»... und Roddingtons Schacht zerschmettern, Kyushu. Unseren neuen Bomben widersteht sein Stahlrohr nicht, wenn sie in einer Wassertiefe von zweitausend Meter detonieren.«

Kyushu nickte. »Dafür haben wir Gewißheit, Oburu. Es war gut, daß Itomo in Trenton die Rohre kaufte. So konnten unsere Techniker die Wirkung genau studieren.« Die verschlossenen Mienen Kyushus hellten sich auf, während er weitersprach. »Ich habe die Rohre gesehen, als sie nach den Bombenabwürfen wieder aus zweitausend Meter Tiefe emporgehißt wurden. Alle zehn waren zerfetzt und zerrissen wie dünnes Blech. Erreicht auch nur eine einzige unserer Bomben ihr Ziel, dann ist der Schacht erledigt.«

»Erledigt, Kyushu. In zweitausend Meter Seetiefe können die Yankees das zerrissene Rohr nicht flicken. Sie müßten einen neuen Schacht bauen.«

»Wir werden ihnen keine Zeit dazu lassen, Oburu. Die Stunde des Handelns ist gekommen. Heute ebenso wie damals, als unsere Torpedoboote die russischen Panzer im Hafen von Port Arthur versenkten. Schnell und vernichtend muß der Schlag jetzt geführt werden, komme danach, was kommen muß.«

Für eine längere Zeit ruhte das Gespräch zwischen den beiden. Durch die Funkstation ließ Kyushu in verschlüsseltem Text genaue Weisungen für die bevorstehende Aktion an die Piloten des Geschwaders geben. Nach Erreichung des zehnten Grades nördlicher Breite sollte das Geschwader sich in Kiellinie formieren und auf achttausend Meter steigen. So bestand die Möglichkeit, das Ziel ungehört und ungesehen anzufliegen. Auf ein gegebenes Signal dann dem im Sturzflug niedergehenden Führerschiff dicht aufgeschlossen folgen und gleich nach ihm die Bomben abwerfen.

Kyushu ließ sich den Empfang seiner Weisungen von den einzelnen Flugzeugen bestätigen, bevor er sich wieder seinem Gefährten zuwandte.

»Mögen die Götter geben, Oburu, daß die Amerikaner heute ebenso sorglos sind wie die Russen damals vor Port Arthur. Wenn uns das Feuer ihrer Zerstörer nicht während der wenigen Minuten des Sturzfluges packt, muß unser Unternehmen gelingen.« –

Was sich während der nächsten Minuten ereignete, sollte außer mancherlei anderen Folgen auch die von Mr. Collins gänzlich unerwartete nach sich ziehen, daß ihm der größte Teil seiner Gefängnisstrafe erlassen wurde. Während die einzelnen Piloten des japanischen Geschwaders noch dabei waren, den Funkspruch Kyushus zu bestätigen, lag dessen Text schon auf dem Schreibtisch von Kapitän Bancroft, und eifrig war er dabei, ihn zu entschlüsseln. Ein Großalarm des Marineamtes in Washington war die nächste Folge, und dann flog der Funkspruch Kyushus, diesmal nach einem amerikanischen Schlüssel chiffriert, über den Pazifik zurück zu den Antennen der Zerstörerflotte.

Da war auch hier Alarm. Signale schrillten, die Mannschaften traten auf Deck an, die Munitionsaufzüge begannen zu arbeiten. Wie Teleskope spielten die langen Rohre der Flak-Geschütze nach allen Seiten, zu hohen Stapeln häuften sich neben ihnen die Granaten. Und nicht nur die Abwehrkanonen, auch Dutzende scharfer Fernrohre suchten das Himmelsgewölbe ab, um den Gegner frühzeitig zu entdecken. Onkel Sam schlief nicht wie damals der Russe bei Port Arthur, sondern bereitete alles vor, um das japanische Luftgeschwader heiß zu empfangen. –

MacLane fuhr zur »Blue Star« hinüber, um Roddington von dem, was bevorstand, Kenntnis zu geben. Er traf ihn in der Gesellschaft von Dr. Wegener auf dem Achterdeck, von wo aus die beiden mit wachsendem Erstaunen die Gefechtsvorbereitungen auf der Zerstörerflotte beobachteten.

»Was gibt's denn bei euch, Freddy«, begrüßte ihn Roddington, »ihr benutzt wohl die Gelegenheit, hier ein kleines Flottenmanöver abzuhalten...«

Er stutzte, als er die ernste Miene MacLanes bemerkte, und vernahm mit Bestürzung, was ihm der zu berichten hatte.

»Ja, so stehen die Dinge, mein lieber James«, schloß MacLane seine Mitteilungen. »In einer knappen Stunde dürfte das japanische Geschwader hier erscheinen. Die Schüsse unserer Abwehrkanonen werden vielleicht das Signal zu einem neuen Weltkrieg geben. Es wird hart auf hart gehen, aber ich vertraue auf die Tüchtigkeit unserer Artilleristen. Sie werden diesen Feind hoffentlich vernichten, bevor er Schaden anrichten kann. Trotzdem möchte ich dir empfehlen, die ›Blue Star‹ zu verholen. Wenn es doch zu einem Bombenabwurf kommen sollte, werden sie sicher hier in der Nähe des Schachtes fallen.«

MacLane mußte an Bord von »A 17« zurückkehren. Schweigend drückte Roddington ihm die Rechte.

»Kopf hoch, James!« rief MacLane noch zum Abschied und stieg an dem Fallreep hinab.

Roddington kehrte zu Dr. Wegener zurück. Der hatte den Bericht MacLanes mitangehört, ohne ein Wort zu sagen. Den Kopf in die Hände gestützt, saß er jetzt am Tisch und grübelte vor sich hin. Als Roddington zum Telephon griff, fuhr er aus seinem Nachdenken auf.

»Was wollen Sie tun, Roddington?«

»Den Rat MacLanes befolgen, mit der ›Blue Star‹ ein Stück vom Schacht fortgehen.«

»Wenn Sie durchaus wollen, meinetwegen, aber lassen Sie vorher die Barkasse klarmachen.«

»Warum? Was haben Sie vor, Doktor Wegener?«

»Das Gegenteil von dem, was Sie wollen, Mr. Roddington. Ich beabsichtige, mir die Ereignisse der nächsten Stunden eben gerade von unserm Schacht aus anzusehen.«

»Sind Sie des Teufels, Doktor?« Roddington warf ihm einen erstaunten Blick zu. »Gehen Sie mit Selbstmordgedanken um, daß Sie sich ausgerechnet auf die Schießscheibe setzen wollen?«

Mit einer jähen Kopfbewegung warf Dr. Wegener das Haar aus seiner Stirn.

»Falsche Diagnose, Roddington. Ich gedenke, dieses schöne Leben noch recht lange mitzumachen. Fahren Sie mit mir zum Schacht. Sie werden es nicht bereuen, ich verspreche Ihnen das interessanteste Schauspiel Ihres Lebens.«

Während der Doktor sprach, hatte er sein Taschenfeuerzeug hervorgeholt. Spielerisch ließ er es ein paarmal auf und zu schnappen und schien seine helle Freude an den kräftigen Funken zu haben.

Nun schob er es in seine Tasche zurück und fragte:

»Wie ist es, Mr. Roddington? Wollen Sie mitkommen? Ich versichere Ihnen, es wird sich für Sie lohnen.«

Ein kurzes Zögern und Überlegen, dann hatte Roddington seinen Entschluß gefaßt.

»Gut, Doktor, ich will Sie begleiten, wenn ich auch keine Ahnung habe, was das Ganze bezwecken soll.«

Während er mit dem Doktor zusammen in die Barkasse stieg, setzte sich die »Blue Star« auf seinen Befehl in Bewegung und dampfte ein paar Kilometer von dem Schacht fort. Der Doktor warf ihr einen Blick nach, öffnete die Lippen, als ob er etwas sagen wolle, und zog es dann doch vor, nicht auszusprechen, was er dachte. – – –

Es waren fast die gleichen Gedanken, die Major Kyushu in dieser Minute entwickelte. Auf eine Frage Oburus, warum das Geschwader auch noch Thermitbomben mitgenommen habe, erwiderte er:

»Wenn unsere Wasserbomben den Schacht in der Tiefe aufgerissen haben, werden ihm sofort Riesenmengen von Treibstoff entströmen. Es können viele tausend Kubikmeter sein. Der Treibstoff, den unsere Gelehrten aus den Gesteinsproben entwickelten, war viel leichter als Seewasser, und hier wird es natürlich ebenso sein. Er wird also schnell zur Meeresoberfläche emporsteigen und sich weithin über die See verbreiten. Eine einzige Thermitbombe darauf, Oburu, und die Zerstörerflotte ist geliefert. Auf viele Kilometer hin wird die See danach ein Feuermeer sein. Was nicht verbrennt, wird ersticken.«

Vergeblich versuchte Oburu, die Furcht zu unterdrücken, die in ihm aufkam. Er vermochte nicht, den Gedanken zu verscheuchen, daß solch ein Riesenbrand auch den eigenen Flugzeugen verhängnisvoll werden könnte. Daß alle Maschinen, die etwa niedergehen mußten, verloren waren, daß ihre Besatzungen einem schauervollen Tode verfallen seien. Er verhielt sich während des weiteren Fluges schweigsam und hörte nur noch mit halbem Ohr, was Kyushu sagte. – – –

Die Barkasse der »Blue Star« lag am Schacht, auf der Plattform standen Roddington und Dr. Wegener. Tiefblau wogte die See um den Schacht, wie ein Azurschild wölbte sich der Himmel über ihr. Mit einem scharfen Glas suchte der Doktor den Horizont in der Richtung ab, aus der das japanische Geschwader zu erwarten war.

»Wollen Sie mir jetzt endlich sagen, Doktor Wegener, was Sie vorhaben«, fragte Roddington ungeduldig.

»In wenigen Minuten werden Sie es erfahren, Mr. Roddington!«

Während der Doktor es sagte, preßte er das Glas noch dichter an die Augen, spähte schärfer hindurch und ließ es dann sinken. Ganz in der Ferne, dicht über der Kimme im Norden, hatte er zehn winzige silberne Pünktchen erschaut.

»Der Feind ist da, Roddington. Jetzt los!«

Mit einem Sprung war er an dem Handrad, welches das große Treibstoffventil der Schachtkuppel bediente. Fest packten seine Fäuste in die Speichen und begannen es aufzudrehen.

Roddington wollte etwas sagen, doch jeder Versuch war vergeblich. Über dem geöffneten Ventil heulte und brüllte es auf, als ob zehntausend Sirenen auf einmal schrien. Zwanzigtausend Kubikmeter Luft auf einen Druck von siebenhundert Atmosphären zusammengepreßt, entwichen explosionsartig aus dem Schacht. Und dann war dichtes schweres Schneegestöber mitten in der sonnigen Südsee über ihnen. In dicken Flocken rieselte es herab. Bald bedeckte eine Schneeschicht die ganze Plattform. Trotz der tropischen Wärme blieb sie liegen, denn dieser Schnee war reichlich hundert Grad kalt. Sobald die aus dem Schacht herauspuffende Preßluft sich in der freien Atmosphäre ausdehnte, mußte sie ja eine Abkühlung erfahren, die jede Spur von Wasserdampf in der Umgebung sofort in Schneekristalle verwandelte. – –

Ebenso schnell wie dies überraschende Schneetreiben auftrat, verschwand es auch wieder. Innerhalb weniger Sekunden war die Preßluft dem Schacht entströmt, und Treibstoff folgte ihr. In diesem Augenblick ließ das ohrenbetäubende Brausen und Dröhnen nach und ging in ein scharfes Zischen über, das freilich nicht minder an den Nerven riß.

Ein schenkelstarker, wasserklarer Strahl schoß aus dem Ventil, stieg hoch und immer höher. Eine Riesenfontäne, die in den Himmel ragte...und deren Strahl nicht wieder zur Erde zurückfiel.

Vergeblich mühte sich Roddington, die Höhe zu schätzen, mindestens fünftausend Meter mochte sie betragen. Sechstausend...siebentausend...achttausend Meter konnten es auch wohl bis zu jener Stelle im Äther sein, wo der Strahl sich verbreitete, sich nach allen Seiten hin in Wolkenform dehnte und in dem blauen Firmament verschwand. Er wollte etwas sagen, wollte den Doktor etwas fragen. Es war unmöglich bei dem nervenzerrüttenden Pfeifen und Schrillen, mit dem der Treibstoff aus dem Schacht zum Himmel schoß.

Dr. Wegener wandte ihm halb den Rücken zu. Die Linke auf den Augen spähte er scharf nach den feindlichen Flugzeugen aus. Seine Rechte hielt etwas umschlossen, was Roddington nicht erkennen konnte.

Viel näher war das japanische Geschwader jetzt herangekommen, doch in gewaltiger Höhe flog es dahin. Auch jetzt noch war es nur zehn Silberfleckchen. In einer geraden Linie, als wären es Perlen, die auf eine Schnur gereiht sind, zog das Geschwader am Firmament daher. Keinen Moment ließ der Doktor es aus den Augen, während er langsam rückwärts schritt, bis er dicht neben dem Treibstoffstrahl stand.

Neue Bewegung kam plötzlich in das Geschwader. Die Linie der Flugzeuge knickte nach unten um. Die erste Maschine setzte zum steilen Sturzflug an. Die zweite...die dritte...in dem Augenblick zuckte die Rechte des Doktors zu dem Strahl hin. Roddington erkannte, was er in der Hand hielt, und ein tödlicher Schrecken ließ seinen Herzschlag stocken. Er wollte hinzuspringen, wollte den Doktor zurückreißen ... zu spät ...

Das Feuerzeug in dessen Hand schnappte auf, ein Funkenstrom schlug blitzend heraus und traf den Strahl. Wie gelähmt stand Roddington, außerstande, ein Glied zu rühren, unfähig, sich von der Stelle zu bewegen. Mit aufgerissenen Augen starrte er auf das Wunderbare.

Wabernde Lohe flammte auf, wo die Funken in den Strahl fielen. Ein Feuerstrom schoß in den Himmel, blitzartig zuckte es in schwindelnder Höhe meilenweit über das Firmament. In einer einzigen fürchterlichen Explosion verpufften die riesigen Mengen von Knallgas, die sich in jener Höhenschicht gebildet hatten. Dunstig grau lag der eben noch strahlende Himmel über der See. Wie ausgelöscht, wie weggewischt war das feindliche Geschwader. Senkrecht über dem Schacht stand in fünftausend Meter Höhe frei in der Luft ein lodernder qualmender Riesenbrand. Dort fraß das Feuer die Treibstoffmengen, die der Schacht ihm unaufhörlich entgegenschleuderte ... Wasserhell und klar stand der Strahl bis zu dieser Stelle hin. Schneller stieg er bis dorthin nach oben, als die Flamme sich an ihm nach unten fressen konnte. – – –

Im Pilotenraum des Führerflugzeuges stand Kyushu, die Sauerstoffmaske vor dem Gesicht. Seine Blicke gingen hin und her zwischen dem Höhenzeiger, der achttausend Meter wies, und der amerikanischen Zerstörerflotte, deren Schiffe immer deutlicher und größer wurden. Er nahm ein Glas zu Hilfe, suchte die See ab, sah den Schacht, die schwarze Stahlkuppel, die gelbe Plattform ringsherum. Sah zwei schwarze Punkte auf der Plattform sich bewegen, die nur Menschen sein konnten.

Roddington und der deutsche Doktor! schoß es ihm durch den Kopf, sie werden den Untergang ihres Werkes nicht überleben. Einen Augenblick empfand er Mitleid mit den beiden Männern, die dort auf einem verlorenen Posten standen und die nach menschlichem Ermessen in Kürze ein schauriges Ende in den Flammen finden würden. Eine Veränderung ließ ihn schärfer hinblicken. Verschwunden war plötzlich der Schacht, nur eine weiße, wirbelnde Wolke dort, wo er eben noch stand.

Ein Dröhnen und Brausen kam plötzlich auf, hier oben in der verdünnten Luft bei weitem nicht mehr so stark wie unten unmittelbar am Schacht, doch immer noch stark genug, um den Propellerlärm des Geschwaders zu übertönen.

Dann war die weiße Wolke verschwunden, und senkrecht wie ein Baum stand der Treibstoffstrahl in der Luft. Wie ein Baum breitete er eine mächtige Krone aus, genau in der Höhe des anfliegenden Geschwaders.

Unwillkürlich machte Major Kyushu beim Anblick des unheimlichen Schauspiels eine Bewegung. Einer der Zerstörer geriet dadurch in das Blickfeld seines Glases. Flak-Geschütze sah er drohend auf sein Geschwader gerichtet, Granaten danebenliegen, die Mannschaften bei den Kanonen. Er erkannte, daß sein Unternehmen verraten war, daß das Abwehrfeuer der Gegner im nächsten Augenblick einsetzen könnte, daß ihm nur noch Sekunden für die Durchführung seines Planes blieben.

Im Sturzflug schoß seine Maschine nach unten, im gleichen Moment, in dem die Hand Dr. Wegeners zum Strahl hin zuckte. Es war, als ob das Flugzeug gegen einen massiven Fels anrannte, der es jäh in seinem Lauf aufhielt. Für einen Augenblick stand es in den detonierenden Gaswolken still. Von allen Seiten preßte der Explosionsdruck den Körper des großen Vogels zusammen. Ein Gewirr von zerbrochenem, zerfetztem Metall war es nur noch, das abstürzte.

Major Kyushu sah nichts mehr davon. Der erste Zusammenprall der Maschine mit den explodierenden Gasmassen hatte ihn mit unwiderstehlicher Gewalt gegen die Vorderwand des Führerstandes geschleudert. Mit gebrochenem Genick lag er da, über ihm die Leiche Oburus, während die Ruine des Flugzeuges in die Tiefe wirbelte. Neun andere Trümmerstücke folgten ihr. Das ganze Geschwader war in Bruchteilen einer Sekunde von der ungeheuren Explosion vernichtet worden. – – –

Auf den Zerstörern wollten die Geschützführer noch letzte Richtungsbefehle geben. Die Ausführung verzögerte sich, weil das schrille Pfeifen des ausströmenden Treibstoffes die Verständigung fast unmöglich machte. Da trat schon die Katastrophe ein, die Riesenflamme, die

Explosion. Verschwunden war das Ziel, nach dem sie die Rohre richten wollten. Noch standen Offiziere und Mannschaften wie erstarrt bei den Geschützen und spähten vergeblich nach dem feindlichen Geschwader, als grollender, rollender Donner vom Firmament auf die See brach. So stark traf die aus der Höhe kommende Explosionswelle noch das Meer, daß es weithin aufschäumte und im Augenblick von tausend kämmenden Wogen bedeckt war.

»Packt eure Granaten wieder ein. Roddingtons Schacht schützt sich selbst«, brüllte MacLane dem Kommandanten Ferguson ins Ohr. Der hörte es, ohne den Sinn der Worte zu fassen. Seine Blicke – die Augen von dreitausend amerikanischen Matrosen folgten den Trümmerstücken, die immer noch brennend und qualmend niederstürzten, auf die See aufschlugen, in den Fluten verschwanden.–

Mit dem jähen Absturz in den Ozean endete die Tragödie des japanischen Luftgeschwaders, ein anderes Schauspiel folgte ihr. Langsam begann die Flammenwolke, die in Alpenhöhe über dem Schacht stand, tiefer zu sinken, kleiner wurde sie dabei, während das pfeifende Brausen nachließ. Ein einzelner schwacher Mensch meisterte den wilden Ausbruch der Naturkraft und legte dem Element wieder stählerne unzerreißbare Fesseln an.

Langsam und stetig drehte sich das große Rad des Treibstoffventils unter den Fäusten Dr. Wegeners, Zoll um Zoll sperrte das Ventil dem Treibstoff den Weg ins Freie. Immer geringer wurde die ausströmende Menge, aber immer tiefer senkte sich das feurige Gebilde, das in der Luft noch brannte, auf den Schacht herab. Würde es gelingen, ihn ganz zu schließen, ohne daß das Feuer auch seinen Bändiger fraß?

Hunderte von Gläsern waren von der Zerstörerflotte her auf den Mann gerichtet, der dicht neben der Schachtkuppel stand und unentwegt das Spindelrad drehte.

Nur noch hundert, jetzt nur noch fünfzig Meter stand die brennende qualmende Flammenmasse über ihm. Schon mußte die strahlende Hitze des gewaltigen Feuers ihn treffen. Würde er aushalten oder die Rettung seines Werkes mit dem Leben bezahlen müssen?

Noch schwebte die Frage auf tausend Lippen, da stand plötzlich eine zweite Gestalt neben dem Doktor. Roddington war ihm zu Hilfe gesprungen, gemeinsam griffen sie in die Speichen des Rades. Mit der letzten Aufbietung aller Kräfte ließen sie es in rasendem Spiel kreisen, die Leiber weit vorbeugen, die Köpfe gesenkt. Einen harten Ruck gab's, als das Ventil sich schloß. Verschwunden war das Feuer. Schwarz und dunkel lag der Schacht wieder in der See.

Keuchend richteten sie sich auf, standen einen Moment atemlos. Ein schneller Griff von Roddingtons Hand riß dem Doktor die Mütze vom Kopf, in weitem Bogen flog sie in die See, zog Streifen von Rauch und Qualm hinter sich her, bis sie aufs Wasser fiel. – –

MacLane beobachtete diese Szene von der Brücke von »A 17« aus durch sein Glas.

»Gott sei gelobt! James ist heil davongekommen«, murmelte er vor sich hin.

»Was meinten Sie, MacLane?« fragte der Kommandant.

»Roddington und Doktor Wegener scheinen unverletzt zu sein, Kapitän Ferguson, aber... aber ich fürchte...«

»Was fürchten Sie, MacLane?« fiel ihm Ferguson ungeduldig ins Wort.

»Ich fürchte, Kapitän, der Doktor wird sich die Haare schneiden lassen müssen, sein Schopf ist hart mitgenommen.« – –

Die Beobachtung MacLanes war richtig. Kopf und Rücken hatten die beiden auf der Plattform beim Schließen des Ventils der strahlenden Hitze der zum Schacht zurückkehrenden Flamme aussetzen müssen. Nur drei höchstens, vier Sekunden hatte das gedauert, aber die kurze Zeit hatte genügt.

»Sie sind hübsch angesengt«, sagte Dr. Wegener und strich Roddington mit der Hand über den Rücken. Wie Zunder fiel der Stoff von dessen Rock unter der Berührung auseinander.

»Bei Ihnen ist es nicht anders«, gab Roddington zurück, und machte den gleichen Versuch bei dem Doktor, »wir sehen beide nicht sehr gesellschaftsfähig aus, lassen Sie uns zur ›Blue Star‹ zurückfahren.«

Die »Blue Star« hatte ein gutes Stück verholt. Sie mußten die Linie der Zerstörer kreuzen, um zu ihr zu gelangen. Dicht gedrängt standen die Besatzungen an den Relings der Kriegsschiffe, donnernd brausten Hurrarufe auf, als die Barkasse sich ihnen näherte, und pflanzten sich von Bord zu Bord über den ganzen Ring der Zerstörer fort. Und dann – war's eine Idee von MacLane, war's ein Einfall von Kapitän Ferguson – »A 17« dippte dreimal das Sternenbanner, als die Barkasse vorüberfuhr, und die andern Schiffe folgten den Beispiel. Zwei Männern, die in zerrissener Kleidung verrußt und unansehnlich in einem unscheinbaren Motorboot daherfuhren, bereitete die amerikanische Kriegsmarine durch diesen Gruß eine Ehrung, die in den Annalen ihrer Flotte nicht ihresgleichen hatte.

Durch das Telegraphenbüro des amerikanischen Marineamtes wurde die folgende Nachricht an die Presse gegeben:

»Zwei Uhr nachmittags, Ortszeit Manila. Östlich von Mindanao geriet ein Flugzeuggeschwader unbekannter Nationalität innerhalb der amerikanischen Hoheitsgrenze in einen Wirbelsturm und stürzte ab. Amerikanische Schiffe, die zufällig in der Nähe waren, bemühten sich vergeblich um die Rettung. Die Flugzeugtrümmer versanken in der Tiefsee, bevor Hilfe zur Stelle war.

gez. Bancroft.«

Die amerikanischen Zeitungen veröffentlichten die Depesche auf der dritten Seite, ohne eine Sensation daraus zu machen, in Tokio wirkte sie alarmierend. Die leitenden Staatsmänner und die Führer der Wehrmacht des asiatischen Inselreiches waren ratlos. Man hatte stärksten Verdacht, daß nicht verantwortungslose Naturgewalt, sondern amerikanische Granaten den Untergang des Geschwaders verursacht hätten, aber man hatte keinen Beweis dafür.

Kaum fünf Minuten vor der in der amerikanischen Nachricht angegebenen Zeit hatte Major Kyushu zum letztenmal gefunkt. Er meldete knapp und zuversichtlich: »Schacht in Sicht, wir greifen an.«

Die kommenden Minuten mußten also über den Erfolg oder Mißerfolg des Unternehmens entscheiden. Mit steigender Spannung harrten die japanischen Empfangsstationen auf die nächste Meldung des Majors, doch kein weiteres Lebenszeichen kam. Vierundzwanzig Stunden lang war das Geschwader verschollen, bis nun die amerikanische amtliche Verlautbarung diese Aufklärung brachte.

Mehr als unwahrscheinlich war ihr Inhalt, doch kein Überlebender war da, der die Yankees Lügen strafen könnte. Mit unheimlicher Treffsicherheit mußten die amerikanischen Granaten ihr Ziel gepackt haben, so schnell und so vernichtend, daß keins der zehn Flugzeuge mehr in der Lage war, einen Funkspruch abzugeben. Wäre auch nur ein einziges dem Feuer entronnen, hätte auch nur ein einziges vor dem Absturz noch funken können, so hätte Tokio der Union unvermeidlich den Krieg erklärt. So aber fehlte der Anlaß dazu.

Und noch etwas anderes hinderte das Inselreich, sofort loszuschlagen. Man wußte in Tokio nicht, wie es um den Schacht Roddingtons stand, aber das eine wußte man sehr genau: War er unbeschädigt geblieben, dann war die amerikanische Stellung auf den Philippinen unangreifbar und der Zeitpunkt für eine Kriegserklärung so ungünstig wie möglich. Bevor diese Kraftquelle nicht zerstört war, durfte man die große Auseinandersetzung nicht wagen.

Mit verbissenem Ingrimm entschloß man sich in Tokio, die friedliche Maske zu wahren und ein Geschwader der Luftmacht als verloren abzubuchen. Von »unbekannter Nationalität« war in der amerikanischen Depesche die Rede. Das enthob die japanische Botschaft in Washington der bitteren Notwendigkeit, sich für die Rettungsversuche der amerikanischen Marine bedanken zu müssen.

Bestehen blieb die politische Hochspannung zwischen der gelben und der weißen Großmacht zu beiden Seiten des Pazifik. Wer kurz oder lang mußte sie zur Entladung kommen, aber die stärkeren Trümpfe in dem Spiel hatte vorläufig die Union in der Hand. – – –

Staatssekretär Harding hatte eine Karte von Mindanao und den Bericht Roddingtons vor sich liegen, dessen wichtigste Zahlen von Dr. Wegener stammten.

»Heute können wir die Entscheidung über die Tankanlagen auf den Philippinen treffen«, eröffnete er die Besprechung mit den Admiralen Jefferson und Burrage. »Hier werden wir sie errichten«, er setzte dabei den Finger auf einen Punkt der Karte. »Hier an der Nordostküste von Mindanao. Der Plan, den uns Kapitän Craven für die Anlagen in Manila entworfen hat, kann dabei mit geringen Abänderungen benutzt werden.«

Die beiden Admirale studierten die Karte. Der von Harding bezeichnete Ort lag knapp fünfzehn Seemeilen von dem Tiefseeschacht entfernt.

»Sie nehmen an, daß die neue Quelle genügend Treibstoff liefern kann, um die Anlagen von jeder andern Versorgung unabhängig zu machen?« fragte Jefferson.

Der Sekretär schlug eine Seite in Roddingtons Bericht auf.

»Hier können Sie es lesen. Der Schacht liefert in vierundzwanzig Stunden mehr als dreihunderttausend Kubikmeter Treibstoff. Im Laufe von zehn Tagen können wir den Bedarf für ein Kriegsjahr in die Tanks füllen. Dies Fassungsvermögen müssen die Anlagen im ersten Ausbau bekommen. Im zweiten soll es verdoppelt werden. Damit wird unsere Stellung auf den Inseln unangreifbar sein.«

»Es wird notwendig werden, auch den Schacht unangreifbar zu machen«, sagte Admiral Burrage nachdenklich. »Was unseren Gegnern einmal mißglückte, kann ihnen das nächste Mal gelingen.«

»Sie glauben, daß die Versuche sich wiederholen werden?« fragte Harding.

»Ich bin der festen Überzeugung, Mr. Harding. Die Gegenseite muß das letzte daransetzen, die Quelle unserer Kraft auf den Philippinen zu zerstören. Wir dürfen es uns nicht verhehlen, daß sie in den Tiefseebomben eine fürchterliche Waffe besitzt und hundert Möglichkeiten hat, sie anzuwenden. Ein U-Boot kann sich an den Schacht heranschleichen und Bomben sinken lassen. Irgendein Fischerboot könnte sie unauffällig verlieren. Ein neuer Flugzeugangriff könnte unternommen werden. Wie sollen wir uns dagegen schützen?«

Während Admiral Burrage sprach, schlug Staatssekretär Harding einen andern Teil des Berichts auf.

»Auf Ihre Fragen, Admiral Burrage«, erwiderte er, »hat Roddington schon die Antwort gegeben. Hier sehen Sie seine Pläne für eine Befestigung des Schachtes. Eine schwimmende gepanzerte Insel fest mit dem Schachtkopf verbunden. Sie deckt ihn gegen jeden Luftangriff. Ein starkes stählernes Netz, mit Minen gespickt, hängt von ihren Ufern fünfhundert Meter tief in die See hinab und bedeutet Vernichtung für jedes U-Boot, das mit ihm in Berührung kommt.«

Für eine geraume Zeit vertieften sich die beiden Admirale in die Pläne und Berechnungen Roddingtons.

»Noch eine letzte Frage, Herr Staatssekretär«, sagte Burrage. »Das Schachtrohr bildet die Ankertrosse für die Panzerinsel. Wird es standhalten, wenn Stürme an ihr zerren?«

»Mit zehnfacher Sicherheit, Admiral Burrage. Hier sehen Sie die Anfangsstellungen Doktor Wegeners. Er hat seinen Berechnungen die größten jemals bei den Philippinen beobachteten Sturmstärken zugrunde gelegt. In sich federnd, wird das mächtige Stahlrohr jedem Angriff der Elemente Trotz bieten und die Insel fest an ihrer Stelle halten.«

»So bleibt uns nur noch eins zu tun, Mr. Harding, unsere Pläne, die Pläne Roddingtons, so schnell wie möglich in die Tat umzusetzen.«

»Deswegen bat ich Sie zu mir«, beendete Staatssekretär Harding die Besprechung. »Nehmen Sie die Pläne Cravens und Roddingtons an sich und lassen Sie die Projekte ausarbeiten. Es bleibt uns auch noch etwas anderes zu tun«, sagte er beim Abschied noch zu Burrage. »Die Abrechnung mit Roddington, der Dank für das, was er dem Vaterland geleistet hat.« – – –

Die Abrechnung mit Roddington. Schon seit Tagen beschäftigte den Staatssekretär der Gedanke an sie. Ließ sich der Wert dessen, was James Roddington in dem verflossenen Jahr für die amerikanische Union geschaffen hatte, überhaupt in Dollar und Cent ausdrücken? Es gab zu viele unberechenbare ideale Werte dabei. Er fand keinen Ausgangspunkt, an dem er eine Rechnung ansetzen konnte.

Es blieb die andere Möglichkeit, rein kaufmännisch den materiellen Wert zugrunde zu legen; doch wie sollte das geschehen? Es war ausgeschlossen, daß das Marineamt mit Roddington wie mit irgendeinem beliebigen Treibstoffverkäufer verhandelte und ihn für jeden gelieferten Liter bezahlte. Und wenn man dem Abkommen etwa die Lieferung für einen zweijährigen Kriegsbedarf zugrunde legte, dann sprang eine Summe heraus, vor deren Höhe der Staatssekretär erschrak. – – –

Heute sollte die Frage geklärt werden. Um elf Uhr vormittags verließen Jefferson und Burrage Hardings Zimmer. Für zwölf Uhr stand der Besuch von Roger Blake auf seinem Terminkalender notiert. Es würde das beste sein, erst dessen Vorschläge zu hören und dann eine Entscheidung zu treffen. – –

Auf die Minute pünktlich wurde ihm der Bevollmächtigte Roddingtons gemeldet. Warum kommt Roddington nicht selber? dachte Harding, während er den Besuch bitten ließ. Schickt er erst seine Vorposten, um das Gelände zu klären? Er wurde angenehm enttäuscht, als Roger Blake vor ihm saß und das Angebot Roddingtons auf den Tisch legte.

Ein kurzer bündiger Vertragsentwurf war es, der nur drei Paragraphen enthielt: Die Erstattung der für den Schachtbau verauslagten Unkosten; dafür den bedingungslosen Übergang des Schachtes in den Besitz der Union; schließlich die Übertragung der Schachtbefestigung an das Werk in Trenton. Eine genaue Aufstellung der Unkosten lag bei. Sie schloß mit der Summe von hundertundfünf Millionen Dollar ab. Das war nur ein Bruchteil der Beträge, mit denen Harding vorher in Gedanken gerechnet hatte.

»Würde Ihr Vollmachtgeber nicht besserfahren, wenn er uns den Treibstoff der neuen Quelle zum Marktpreis verkaufte?« Der Staatssekretär konnte die Bemerkung nicht unterdrücken, obwohl sie gegen die Interessen seines Ressorts ging.

»Mr. Roddington hat nicht die Absicht, Gewinne auf Kosten seines Landes zu machen«, wies Blake den Einwand zurück. »Er wünscht nur die Erstattung der Kosten, die er für dessen Verteidigung verauslagt hat. Einen andern Vertrag, als den hier, bietet er der Bundesregierung nicht, einen andern wird er auch nicht annehmen. Treffen Sie danach Ihre Entscheidung, Herr Staatssekretär.«

Harding stand auf und ergriff die Rechte Blakes.

»Meine Entscheidung ist getroffen, Mr. Blake. Ich nehme den Vertrag an. Ich bin sicher, daß das Kabinett mir darin folgen wird. Wie soll ich, wie sollen Regierung und Land James Roddington für diese selbstlose Tat danken?«

»Indem Sie das, was er Ihnen zu treuen Händen überläßt, in seinem Sinn verwenden. Zum Schutz und zur Wohlfahrt unseres Landes, für das er es schuf. Das wird der beste Dank für ihn sein.« – – –

Ohne Zwischenfall rollten die Ereignisse während der nächsten Wochen ab. Mit einer in der Geschichte der amerikanischen Union seltenen Einmütigkeit nahmen Senat und Kongreß die Vorlage der Regierung an, durch die zum Gesetz erhoben wurde, was Staatssekretär Harding und Roger Blake vereinbart hatten. Einstimmig beschlossen beide Parlamente der Union eine Adresse, in der James Roddington der Dank des Vaterlandes ausgesprochen wurde.

Nur einmal war bisher in den Vereinigten Staaten etwas Derartiges geschehen. Vor mehr als hundertundfünfzig Jahren, als George Washington nach der Befreiung des Landes vom fremden Joch den Oberbefehl in die Hände der Regierung zurückgab.

Bedrückt von der Größe der einzigartigen Ehrung nahm Roddington das Dokument in Washington aus der Hand des Staatspräsidenten entgegen. Freier atmete er auf, als er nach langer Abwesenheit wieder sein Werk in Trenton betrat. In reichem Flaggenschmuck grüßten ihn hier die mächtigen Hallen, mit brausenden Jubelrufen empfingen ihn seine Werkleute, als er durch ihre Reihen schritt. Und über die Stimmen der Menschen hinweg umbrauste ihn das Lied der Arbeit. Essen rauchten, Hämmer dröhnten. Gewaltige Pressen reckten den glühenden Stahl. Viele tausend Hände waren geschäftig dabei, die Wehr zu schmieden, die den Schacht unangreifbar machen sollte.

Präsident Price hatte Telephonverbindung mit Roger Blake.

»Sie deuteten damals an, Blake, daß die Corporation das Trentonwerk jetzt übernehmen könne. Wie steht's damit?« fragte Price in den Apparat.

»Ich bedauere, Ihnen keine Auskunft geben zu können, Mr. Price. Sie müssen sich an Roddington selber wenden. Meine Vollmacht ist erloschen.«

Ein Knacken in der Leitung verriet, daß Blake abgehängt hatte. – –

Am nächsten Vormittag war Price in Trenton. Lange ließ Roddington ihn reden. Endlich war Price fertig, und Roddington nahm das Wort.

»Das Trentonwerk bekommen Sie nicht, mein lieber Price, und ebensowenig meinen Freund, den Doktor Wegener. Die beiden behalte ich.

Sie liefern jetzt die Tankanlagen auf Mindanao, ich baue die Verteidigungswerke für den Schacht. Die nächste Zukunft wird uns noch große Aufgaben und Aufträge bringen. Es ist Raum und Arbeit genug für uns beide in den Staaten. Lassen Sie uns Frieden schließen.«

Er streckte dem Präsidenten die Rechte hin. »Schlagen Sie ein, Price, auf das künftige Zusammenarbeiten unserer Werke.«

Langsam legte Price seine Hand in die des andern.

»So soll es sein; Roddington. Sie waren der Stärkere in diesem Spiel. In Zukunft wollen wir zusammengehen.«

Roddington drückte die dargebotene Hand.

»So soll es sein, Price, zum Besten unseres Vaterlandes wollen wir zusammenarbeiten.«

Printed in Poland
by Amazon Fulfillment
Poland Sp. z o.o., Wrocław